FaNGIRL

Fangirl

Primera edición: agosto de 2014

D. R. © Rainbow Rowell, 2013

D. R. © 2014, derechos de edición mundiales en lengua castellana:
Santillana Ediciones Generales, S. A de C. V., una empresa de
Penguin Random House Grupo Editorial, S. A. de C. V.
Av. Río Mixcoac 274, col. Acacias, C. P. 03240
México, D. F.

www.megustaleer.com.mx

Comentarios sobre la edición y el contenido de este libro a:
megustaleer@penguinrandomhouse.com

ISBN: 978-607-11-3465-3

Impreso en México / Printed in Mexico

Rainbow Rowell

FaNGIRL

Traducción de Victoria Simó

ALFAGUARA

Semestre de otoño de 2011

La saga Simon Snow

De Wikipedia, la enciclopedia libre

[Este artículo trata de la serie de libros infantiles. Para otros usos de este término, véase Simon Snow (desambiguación).]

Simon Snow es una serie de siete novelas fantásticas firmadas por la filóloga inglesa Gemma T. Leslie. Los libros narran las aventuras de Simon Snow, un huérfano de once años procedente de Lancashire que cierto día recibe una invitación para matricularse en el colegio Watford de Magia, donde estudiará para convertirse en mago. Al hacerse mayor, Simon se une a un grupo de magos, los Hechiceros, que luchan contra el Insidioso Humdrum, un ser malvado que pretende apoderarse del mundo mágico.

Desde el lanzamiento de la primera novela, *Simon Snow y el Príncipe Hechicero,* en 2001, los libros han sido traducidos a cincuenta y tres idiomas y, hoy por hoy, agosto de 2011, han vendido más de 380 millones de ejemplares.

La autora ha sido criticada por la violencia de la saga y por haber creado un héroe que tiende a mostrarse egoísta e irascible. La escena de un exorcismo en el cuarto libro, *Simon Snow y los cuatro selkies,* desató boicots entre grupos cristianos estadounidenses en 2009. Las novelas, pese a todo, están consideradas clásicos contemporáneos y en 2010 la revista *Time* definió a Simon como "el personaje más importante de la literatura infantil desde Huckleberry Finn".

La publicación del octavo y último libro de la serie está prevista para el 1 de mayo de 2012.

Títulos publicados

Simon Snow y el Príncipe Hechicero, 2001
Simon Snow y la segunda serpiente, 2003
Simon Snow y la tercera puerta, 2004
Simon Snow y los cuatro selkies, 2007
Simon Snow y las cinco espadas, 2008
Simon Snow y los seis conejos blancos, 2009
Simon Snow y el séptimo roble, 2010
Simon Snow y el octavo baile, previsto para el 1 de mayo de 2012

CAPITULO 1

Había un chico en su cuarto.

Cath miró el número pintado en la puerta y luego el papel que llevaba en la mano, en el que figuraba el número de habitación que le habían asignado.

"Residencia Pound, 913."

Aquélla era sin duda la habitación 913, pero tal vez se hubiera confundido de residencia; los edificios parecían todos iguales, como las residencias públicas de ancianos. A lo mejor debería advertir a su padre del error antes de que subiera con el resto de las cajas.

—Tú debes de ser Cather —le dijo el chico, que ahora sonreía y le tendía la mano.

—Cath —lo corrigió ella con un nudo en el estómago. Hizo caso omiso de la mano tendida. (De todas formas, tenía las manos ocupadas con una caja. ¿Qué esperaba que hiciera?)

Debía de ser un error... Tenía que ser un error. Por otra parte, Pound era una residencia mixta... *¿Existen las habitaciones mixtas?*

El chico le tomó la caja y la depositó sobre un colchón desnudo. La otra cama ya estaba cubierta de ropa y bultos sin abrir.

—¿Tienes más equipaje abajo? —preguntó él—. Nosotros ya hemos acabado. Me parece que vamos a ir a comer una hamburguesa.

¿Quieres una? ¿Ya has estado en el Pear? Preparan unas hamburguesas del tamaño de tu puño —le tomó el brazo. Cath tragó saliva—. Cierra el puño —ordenó el chico.

Cath obedeció.

—Más grandes que tu puño —rectificó él. Soltó su mano y recogió la mochila que Cath había dejado caer al suelo—. ¿Has traído más cajas? Seguro que has traído más. ¿Tienes hambre?

Era alto, delgado y bronceado, y se diría que acababa de quitarse una gorra, a juzgar por el aspecto de su pelo, revuelto y de puntas. Cath devolvió la vista al papel que le indicaba el número de su habitación. ¿Reagan era un muchacho?

—¡Reagan! —dijo el chico, con voz animada—. Mira, ha llegado tu compañera.

Una chica entró en el cuarto esquivando a Cath y volteó a verla con desinterés. Tenía el cabello liso y castaño, y llevaba un cigarrillo apagado en la boca. Él se lo arrebató y se lo puso entre los labios.

—Reagan, Cather. Cather, Reagan —las presentó.

—Cath —repitió ella.

Reagan asintió y hurgó en el bolso hasta encontrar otro cigarrillo.

—Me he quedado en este lado del cuarto —dijo, y señaló con un gesto las cosas apiladas a la derecha de la habitación—. Pero me da igual. Si tienes manías con el feng shui, coloca mis trastos donde te parezca —volteó a mirar al chico—. ¿Vamos?

Éste se giró hacia Cath.

—¿Vienes?

Ella negó con la cabeza.

Cuando la puerta se cerró tras ellos, Cath se sentó en el colchón desnudo que, por lo visto, le correspondía (el feng shui era la menor de sus preocupaciones) y apoyó la cabeza contra la pared de hormigón.

Sólo necesitaba tranquilizarse.

Tomar toda aquella ansiedad, que le emborronaba la visión y le latía en la garganta como un segundo corazón, y empujarla al estómago, donde debía estar; donde, como mínimo, podía amarrarla con fuerza y fingir que no la notaba.

Su padre y Wren subirían en cualquier momento, y Cath no quería que se dieran cuenta de que estaba al borde del colapso. Si ella se desmoronaba, su padre se desmoronaría también. Y si eso sucedía, Wren se comportaría como si lo estuvieran haciendo adrede para arruinarle su alucinante aterrizaje en el campus. Su fantástica aventura.

"Ya verás cómo acabarás por darme las gracias", le repetía Wren una y otra vez. Se lo había dicho por primera vez en el mes de junio.

Cath ya había enviado los formularios de matrícula y, naturalmente, había escrito el nombre de Wren en la casilla correspondiente a "compañero de habitación". No lo había pensado dos veces. Llevaban dieciocho años compartiendo cuarto. ¿Por qué iban a cambiar a esas alturas?

—Hace dieciocho años que dormimos en la misma habitación —protestó Wren.

Sentada en la cabecera de la cama de Cath, exhibía esa insufrible expresión de "yo soy la hermana madura".

—Y nos ha ido de maravilla —arguyó Cath agitando el brazo con un gesto que abarcaba todo el dormitorio: los montones de libros, los carteles de Simon Snow y el armario donde guardaban la ropa mezclada, sin preocuparse casi nunca de qué pertenecía a quién.

Sentada a los pies de la cama, intentaba ahuyentar de su rostro esa expresión que sugería "yo soy la hermana patética que siempre acaba llorando".

—Hablamos de la universidad —insistió Wren—. La gracia de ir a la universidad es conocer gente.

—La gracia de tener una hermana gemela —objetó Cath— es que no te tienes que preocupar de esas cosas. De compañeras raras que te roban los tampones, huelen a aderezo de ensalada y te sacan fotos mientras duermes...

Wren suspiró.

—Pero ¿de qué hablas? ¿Por qué iba alguien a oler a aderezo de ensalada?

—A vinagre —aclaró Cath—. ¿No te acuerdas de aquella vez que fuimos de excursión y el dormitorio de una chica apestaba a aderezo?

—No.

—Bueno, pues era asqueroso.

—Hablamos de la universidad —insistió Wren, exasperada. Se tapó la cara con las manos—. Se supone que tiene que ser una aventura.

—Ya es una aventura —Cath se deslizó por la cama para colocarse junto a su hermana y le apartó las manos del rostro—. La perspectiva resulta aterradora.

—La gracia es conocer gente —repitió Wren.

—Yo no quiero conocer gente.

—Y eso demuestra lo mucho que necesitas hacer nuevos amigos —Wren apretó las manos de su hermana—. Cath, piénsalo. Si vamos a todas partes juntas, la gente nos tratará como si fuéramos la misma persona. Pasarán cuatro años antes de que nadie sea capaz de distinguirnos siquiera.

—Lo único que tienen que hacer es prestar atención.

Cath tocó la cicatriz que surcaba la barbilla de Wren, por debajo del labio. (Un accidente de trineo. Tenían nueve años y Wren iba delante cuando se estrellaron contra un árbol. Cath cayó de espaldas en la nieve.)

—Sabes que tengo razón —dijo Wren.

Cath negó con la cabeza.

—No.

—Cath...

—Por favor, no me obligues a hacer esto sola.

—Nunca estás sola —objetó Wren y volvió a suspirar—. Eso es el fastidio de tener una hermana gemela.

♡ ♡ ♡

—Qué bonito —comentó el padre de Cath mientras echaba un vistazo a la habitación 913 de la residencia Pound y dejaba una cesta para ropa sucia llena de zapatos y libros sobre el colchón de su hija.

—No es bonito, papá —protestó Cath, ahora plantada en la puerta, muy tiesa—. Parece una habitación de hospital, sólo que más pequeña. Y sin tele.

—Tienes unas estupendas vistas del campus —observó él.

Wren se acercó despacio a la ventana.

—La mía da a un estacionamiento.

—¿Cómo lo sabes? —preguntó Cath.

—Google Earth.

Wren estaba impaciente por empezar la universidad. Su compañera de cuarto —Courtney— y ella llevaban semanas comunicándose. Courtney también era de Omaha. Las dos chicas ya se habían conocido en persona y habían quedado para comprar adornos para el dormitorio. Cath se les había pegado como una lapa y había procurado no hacer pucheros mientras las otras dos escogían carteles y lamparillas iguales.

El padre de Cath se separó de la ventana y rodeó a su hija con el brazo.

—Todo irá bien —la animó.

Ella asintió.

—Ya lo sé.

—Muy bien —dijo el padre, dando una palmada—. Siguiente parada, residencia Schramm. Segunda parada, pizzería. Tercera parada, mi triste nido vacío.

—Pizza, no —se disculpó Wren—. Lo siento, papá. Courtney y yo hemos quedado para ir a la barbacoa de bienvenida de esta noche —echó una ojeada a Cath—. Tú también deberías venir.

—Pizza, sí —replicó Cath en tono desafiante.

El padre de las chicas sonrió.

—Tu hermana tiene razón, Cath. Deberías ir. Conocer gente.

—Eso es lo único que voy a hacer durante los próximos seis meses. Hoy elijo pizza.

Wren puso los ojos en blanco con un gesto de impaciencia.

—Muy bien —repitió el padre, y palmeó el hombro de Cath—. Siguiente parada, residencia Schramm. ¿Damas?

Abrió la puerta.

Cath no se movió.

—Puedes pasar a buscarme cuando la hayas dejado en su cuarto —dijo, posando los ojos en su hermana—. Quiero empezar a deshacer el equipaje.

Sin objetar, Wren salió al pasillo.

—Hablamos mañana —se despidió, casi sin voltear a mirar a Cath.

—Claro —respondió ella.

No tenía ganas de deshacer el equipaje. Se limitó a poner sábanas en la cama y a colocar los carísimos libros de texto en los estantes de su nuevo escritorio.

Cuando su padre volvió a buscarla, se dirigieron juntos a la pizzería Valentino. Todas las personas con las que se cruzaron por el camino tenían la edad de Cath. Era espeluznante.

—¿Por qué todo el mundo es rubio? —preguntó Cath—. ¿Y por qué son todos tan blancos?

El hombre soltó una carcajada.

—Es que estás acostumbrada a vivir en el barrio más multicultural de todo Nebraska.

La casa de Cath se alzaba en un vecindario mexicano, en la zona sur de Omaha. La única familia de cabello claro de toda la manzana era la suya.

—Por Dios —suspiró Cath—. ¿Crees que habrá un puesto de tacos por aquí?

—Creo que vi un restaurante Chipotle...

Cath gimió.

—Vamos —le dijo su padre—. Siempre te ha gustado la comida del Chipotle...

—Ésa no es la cuestión.

La pizzería Valentino estaba abarrotada de estudiantes. Unos cuantos habían acudido acompañados de sus padres, igual que Cath, pero no muchos.

—Parece un libro de ciencia ficción —comentó ella—. No hay niños... Ni nadie mayor de treinta... ¿No hay viejos o qué?

El padre de Cath levantó su porción de pizza.

—Los reciclan y se los comen. Ya sabes, *Cuando el destino nos alcance*.

Ella se echó a reír.

—Pues yo no me siento viejo, ¿sabes? —el hombre tamborileaba en la mesa con los dedos índice y corazón de la mano derecha—. Tengo cuarenta y uno. En el trabajo, los chicos de mi edad empiezan ahora a tener hijos.

—Inteligente estrategia —bromeó Cath—. Tú ya te has quitado de encima las responsabilidades. Ahora podrás llevar a casa a todas las chicas que quieras; la costa está despejada.

—Las únicas... —repuso él, mirando el plato—. Ustedes son las únicas chicas que me importan.

—Puaj, papá, qué mal ha sonado eso.

—Ya sabes lo que quiero decir. ¿Y qué les pasa a tu hermana y a ti? Nunca se habían peleado así.

—Ya no nos peleamos —replicó Cath. Dio un mordisco a un trozo de pizza de hamburguesa con queso y tocino—. Maldición.

Escupió el bocado en el plato.

—¿Qué pasa? ¿Encontraste una pestaña?

—No. Lleva pepinillo. No me lo esperaba.

—Pues a mí me parece que sí se pelean —objetó el hombre, volviendo al tema.

Cath negó con la cabeza. Wren y ella apenas se hablaban ya, y mucho menos se peleaban.

—Es que Wren quiere más... independencia.

—Me parece sensato —repuso él.

Claro que sí, pensó Cath, *la sensatez es la especialidad de Wren.* Pero se lo guardó para sí. No quería preocupar a su padre en aquellos momentos. Sabía, por su modo de golpetear la mesa, que le costaba mantener la compostura. Demasiadas horas seguidas comportándose como un padre normal.

—¿Cansado? —le preguntó.

Él sonrió avergonzado y escondió la mano bajo la mesa.

—Es un gran día. Un día importante y difícil. O sea, estaba mentalizado, pero... —levantó una ceja—. Las dos el mismo día. Uf. Aún no puedo creer que no vayan a volver a casa conmigo.

—No te relajes demasiado. No estoy segura de que vaya a aguantar todo el semestre —Cath bromeaba sólo a medias y su padre lo sabía.

—Te sentirás bien, Cath —el hombre posó una mano, la menos inquieta, sobre la de su hija y se la apretó—. Y yo también. ¿Sabes?

Cath se forzó a mirarlo a los ojos un momento. Parecía cansado —y sí, inquieto—, pero lúcido.

—Ojalá adoptaras un perro —le dijo.

—Olvidaría darle de comer.

—A lo mejor le podías enseñar a que te diera de comer él a ti.

♡ ♡ ♡

Cuando Cath volvió a su cuarto, su compañera —Reagan— aún no había vuelto. O quizá hubiera regresado y se hubiera marchado otra vez. En cualquier caso, sus cajas parecían intactas. Cath acabó de guardar la ropa y luego abrió la caja de objetos personales que se había llevado consigo.

Sacó una instantánea de su hermana y ella y la prendió a la superficie de corcho que había detrás del escritorio. Era la foto de su graduación. Ambas iban de rojo y sonreían. Wren aún llevaba el pelo largo...

Su hermana ni siquiera le había comentado a Cath sus intenciones. Un día, a finales de verano, se presentó en casa con el pelo corto y con las puntas paradas. Estaba alucinante..., lo que significaba que a ella el peinado le quedaría igual de bien. Por desgracia, ya nunca lo comprobaría, ni aunque reuniera el valor necesario para cortarse el pelo cuarenta centímetros. No podía imitar a su hermana gemela.

A continuación, sacó una foto enmarcada de su padre, el retrato que, en casa, reposaba sobre la cómoda. Era una fotografía preciosa, tomada el día de su boda. Estaba joven y sonriente, con un girasol en la solapa. La colocó en un estante del escritorio.

Luego extrajo una instantánea del baile de graduación, en la que aparecían Abel y ella. Cath llevaba un flamante vestido verde, a juego con el fajín de Abel. Era una buena foto, pero la cara de Cath ofrecía un aspecto desnudo y anodino sin los lentes. Y Abel también estaba guapo, aunque parecía aburrido.

Abel siempre tenía una expresión como de aburrimiento.

Cath debería haberle mandado un mensaje a esas alturas del día, sólo para decirle que había llegado bien, pero prefería esperar a sentirse más animada y tranquila. Lo escrito, escrito está. Si te pones en plan melancólico y tristón en un mensaje de texto, las palabras se quedan ahí, en tu teléfono, para recordarte lo tonta que eres.

Encontró los carteles de Simon y Baz guardados al fondo de la caja. Cath los depositó sobre la cama con cuidado. Algunos eran originales; dibujos o pinturas realizados especialmente para ella. Tendría que escoger sus favoritos; no cabían todos en el tablón de corcho y Cath había decidido no colgar nada en las paredes, donde todo el mundo pudiera verlo.

Eligió tres...

Simon blandiendo la Espada de los Hechiceros. Baz descansando en un dentado trono negro. Los dos caminando juntos por un mar de hojas doradas, con las bufandas ondeando al viento.

Quedaban más cosas en la caja: un ramillete de flores secas, la banda que Wren le había regalado con la inscripción "El club del plato limpio", bustos conmemorativos de Simon y Baz que Cath había encargado a la colección Noble...

Buscó un lugar para cada cosa y luego se apoltronó en la desvencijada silla de madera. Allí sentada, de espaldas a las paredes desnudas y a las cajas de Reagan, casi se sentía en casa.

Había un chico en el cuarto de Simon. Un niño de brillante cabello negro y fríos ojos grises. Giraba sobre sí mismo, sosteniendo un gato en alto. A su lado, una niña daba saltos intentando quitárselo.

—Devuélvemelo —decía la niña—. Le harás daño.

El chico se reía y levantaba el gato aún más, para ponerlo fuera de su alcance. De repente, reparó en Simon, que lo observaba todo desde el umbral, y dejó de moverse. Su expresión se endureció.

—Hola —dijo el niño moreno, dejando caer el animal al suelo. El minino aterrizó de pie y salió del cuarto como alma que lleva el diablo. La niña echó a correr tras él.

El chico no les prestó atención. Se atusó la chaqueta del uniforme y sonrió con el lado izquierdo de la boca.

—Yo te conozco. Eres Simon Snow… el Príncipe Hechicero —tendió la mano con petulancia—. Soy Tyrannus Basilton Pitch. Pero me puedes llamar Baz. Compartimos cuarto.

Simon frunció el ceño e ignoró la mano pálida del chico.

—¿A qué ha venido eso del gato?

(Capítulo 5 de *Simon Snow y el Príncipe Hechicero*, copyright de Gemma T. Leslie, 2001.)

Capítulo 2

Los personajes de los libros, cuando despiertan en una cama extraña, siempre se quedan un momento desorientados, sin recordar dónde están.

Cath no era de esas personas; cuando despertaba, recordaba perfectamente dónde se había dormido.

Sin embargo, le resultó raro oír su viejo despertador en aquel nuevo entorno. La luz que se colaba por la ventana también le pareció extraña, demasiado estridente para ser tan temprano, y en el dormitorio flotaba un olor a detergente al que no creía que llegara a acostumbrarse nunca. Cath agarró el teléfono y apagó la alarma, recordando que todavía no le había enviado ningún mensaje a Abel. Ni siquiera había comprobado el correo electrónico ni la cuenta de Fan-Fixx antes de meterse en la cama.

primer día, le escribió a Abel, *ya te contaré. bs, abrzo, etc.*

La cama del otro lado seguía vacía.

Cath podía acostumbrarse a eso. Puede que Reagan se pasara la vida en el dormitorio de su novio. O en su departamento. El chico parecía mayor; seguramente vivía fuera del campus con otros veinte compañeros en una casa ruinosa con un sofá en el jardín delantero.

Aun teniendo el cuarto para ella sola, a Cath no le parecía seguro cambiarse allí. Reagan podía entrar en cualquier momento. O, aún peor, el novio de Reagan. Y cualquiera de los dos podía ser un pervertido de esos que van por ahí haciendo fotos con el teléfono.

Se llevó la ropa al cuarto de baño y se encerró en una cabina para vestirse. Vio a una chica delante de los lavamanos, desesperada por establecer un contacto visual amistoso. Cath fingió no darse cuenta.

Terminó de asearse con mucho tiempo de margen para desayunar, pero no quería enfrentarse al comedor; no sabía dónde estaba ni cómo funcionaba...

En las situaciones nuevas, las reglas más delicadas son las que nadie se molesta en explicarte (y las que no puedes buscar en Google). Como por ejemplo: ¿dónde empieza la fila? ¿Qué platos se pueden agarrar? ¿Dónde se supone que debes esperar y luego dónde te debes sentar? ¿Adónde vas cuándo terminas, por qué todo el mundo te mira...? Buf.

Cath abrió una caja de barritas de proteínas. Tenía cuatro cajas más y tres tarros gigantes de mantequilla de cacahuate escondidos bajo la cama. Si se dosificaba bien, podría prescindir del comedor hasta octubre.

Masticando una barrita de algarroba y avena, desplegó la laptop y echó una ojeada a su página de FanFixx. Le habían dejado un montón de comentarios nuevos. Todo el mundo se retorcía las manos con impaciencia porque Cath, la víspera, no había subido un capítulo nuevo de *Adelante*.

"Hola, chicos —tecleó—. Lamento lo de anoche. Primer día en la universidad, familia, etc. No creo que hoy pueda subir nada tampoco. Pero prometo saldar mi deuda el martes. He preparado algo particularmente malvado. Paz y amor, Magicath."

Mientras se dirigía al aula, Cath no podía sacudirse la sensación de estar haciendo el papel de universitaria en la típica película de adolescentes. El escenario coincidía al detalle: onduladas extensiones de césped, edificios de ladrillos, chicos y chicas pertrechados con mochilas por todas partes. Incómoda, se ajustó la mochila a la espalda. *Mírenme, parezco sacada de un catálogo de fotos de estudiantes universitarios.*

Llegó a clase de Historia con diez minutos de margen, un tiempo insuficiente para agenciarse un pupitre al fondo de la clase. Todos los presentes parecían incómodos y nerviosos, como si hubieran dudado mucho antes de optar por una u otra indumentaria.

(*Vístete como si fuera un día normal,* se había dicho Cath cuando había escogido la ropa la noche anterior. Jeans. Camiseta de *Simon.* Chaqueta verde.)

El chico sentado al pupitre contiguo llevaba auriculares y movía la cabeza al ritmo de la música con aire cohibido. La chica del otro lado no paraba de apartarse la melena de la cara, ahora hacia este hombro, ahora hacia el otro.

Cath cerró los ojos. Oía los crujidos de los pupitres de sus compañeros. Olía sus desodorantes. La mera presencia de aquellas personas la hacía sentirse tensa y acorralada.

Si Cath hubiera sido una pizca menos orgullosa, se habría matriculado en el mismo grupo que su hermana; tanto Wren como ella necesitaban créditos de Historia. Quizás se habría sentido mejor asistiendo con Wren a las pocas clases que compartían (no les interesaban los mismos temas). Wren quería estudiar marketing... y quizá buscar trabajo en una agencia de publicidad, como su padre.

Cath no se imaginaba a sí misma trabajando o ejerciendo un oficio. Se había examinado para Literatura inglesa, con la esperanza de pasarse los próximos cuatro años leyendo y escribiendo. Y puede que cuatro años más.

En cualquier caso, ya sabía de qué trataban las clases de primero, y cuando se reunió con la jefa de estudios en primavera, Cath la había convencido para que la dejara matricularse en Introducción a la Escritura Creativa, una asignatura destinada a los alumnos de cursos superiores. Era la única asignatura —lo único relativo a la universidad, de hecho— que Cath aguardaba con impaciencia. La profesora titular era una novelista de verdad. Cath había leído tres de sus novelas (sobre el declive y la desolación de la Norteamérica rural) durante los meses de verano.

—¿Por qué lees eso? —le había preguntado Wren al reparar en el título del libro.

—¿El qué?

—Un libro que no tiene dragones ni elfos en la portada.

—Amplío mis horizontes.

—Chist —dijo Wren, a la vez que le tapaba los oídos al personaje del póster que Cath tenía sobre la cama—. Baz te va a oír.

—Baz confía plenamente en mí —repuso Cath, sonriendo a su pesar.

Ahora, al pensar en Wren, Cath decidió llamarla.

Seguro que su hermana había salido la noche anterior.

A juzgar por el ruido que llegaba la víspera del exterior, cualquiera habría pensado que el campus entero estaba de fiesta. Cath se había sentido asediada en la residencia vacía. Gritos. Risas. Música. Procedentes de todas partes. Seguro que Wren no había podido resistirse.

Cath sacó el teléfono de la mochila.

ya te levantaste? Enviar.

Unos segundos después, el teléfono emitió una señal.

esa frase no es mía?

demasiado cansada ayer, tecleó Cath, *me fui a dormir a las 10.*

señal. pasando de tus fans...

Cath sonrió.

siempre tan celosa de mis fans...

que tengas un buen día.

sí. lo mismo digo.

Un hindú de mediana edad ataviado con una abrigadora chaqueta de tweed entró en el aula. Cath desconectó el teléfono y lo guardó en la mochila.

Al llegar a la residencia, Cath se dio cuenta de que estaba muerta de hambre. A ese paso, las barritas de proteínas no le durarían ni una semana...

Había un chico sentado junto a la puerta. El mismo de la otra vez. ¿Era el novio de Reagan? ¿Su compañero de cigarrillos?

—¡Cather! —la saludó sonriendo.

En cuanto la vio, procedió a levantarse con un movimiento de lo más aparatoso. Tenía los brazos y las piernas desproporcionadamente largos.

—Me llamo Cath —lo corrigió ella.

—¿Estás segura? —el chico se pasó los dedos por el pelo. Como si quisiera asegurarse de que seguía despeinado—. Porque a mí "Cather" me gusta mucho.

—Seguro —replicó ella en tono seco—. He tenido mucho tiempo para pensarlo, créeme.

Él se quedó allí, esperando a que Cath abriera la puerta.

—¿Está Reagan ahí dentro? —preguntó ella.

—Si Reagan estuviera ahí dentro —sonrió él—, ya me habría dejado pasar.

Cath introdujo la llave en la cerradura, pero no abrió la puerta. No estaba preparada para eso. Aquel día ya había sufrido una sobredosis de "novedad" y "otredad". Sólo quería acurrucarse en aquella cama extraña y chirriante y zamparse tres barritas de proteínas. Miró al pasillo que se extendía por detrás del chico.

—¿Tardará mucho?

Él se encogió de hombros.

A Cath se le hizo un nudo en el estómago.

—Verás, es que no puedo dejarte entrar —le soltó a bocajarro.

—¿Y por qué no?

—Ni siquiera te conozco.

—¿Me estás vacilando? —se rio él—. Nos conocimos ayer. Yo ya estaba en tu habitación cuando tú llegaste.

—Ya, pero de todas formas no te conozco. Ni siquiera conozco a Reagan.

—¿Y a ella también la vas a dejar esperando afuera?

—Mira... —Cath movía la cabeza con ademán preocupado—. No puedo dejar entrar a desconocidos en mi cuarto. Ni siquiera sé cómo te llamas. Me daría mal rollo estar ahí dentro contigo.

—¿Mal rollo?

—Ya me entiendes —dijo ella—, ¿no?

El chico alzó una ceja y negó con la cabeza sin dejar de sonreír.

—La verdad es que no. Pero ahora a mí tampoco me dan ganas de entrar. Eso del "mal rollo" me hace sentir incómodo.

—A mí también —respondió ella agradecida.

Él se apoyó contra la pared y se dejó caer al suelo sin dejar de mirarla. Luego le tendió la mano.

—Soy Levi, por cierto.

Cath frunció el ceño y, sin soltar las llaves, le estrechó apenas la mano.

—Muy bien —dijo. Abrió la puerta y la cerró a su espalda a toda prisa.

Cath intentaba pasear de un lado a otro por su zona del cuarto, pero no había suficiente espacio. Se sentía prisionera, sobre todo sabiendo que el novio de Reagan hacía guardia —o montaba guardia, como se dijera— en el exterior. Estaría más tranquila si pudiera hablar con alguien. Se preguntó si sería demasiado pronto para llamar a Wren... Al final decidió llamar a su padre. Le dejó un mensaje de voz.

Le envió un mensaje de texto a Abel.

eh, me ignoras. qué tal?

Abrió el libro de sociología. Luego la laptop. A continuación se levantó para abrir la ventana. Hacía calor afuera. Al otro lado de la calle, junto a la sede de una fraternidad, un grupo de alumnos jugaba con pistolas Nerf. Pi-Kappa-Frikis-Marginados.

Cath sacó el teléfono y marcó.

—Hola —contestó Wren—. ¿Qué tal tu primer día?

—Bien. ¿Y el tuyo?

—También —repuso su hermana. Siempre se las arreglaba para parecer animada—. Superestresante, en realidad. Cuando me dirigía a Estadística, me equivoqué de edificio.

—Qué mal.

La puerta se abrió, y Reagan y Levi cruzaron el umbral. Reagan miró a Cath con cara rara, pero Levi se limitó a sonreír.

—Sí —dijo Wren—. Sólo me retrasé unos minutos, pero me sentí una idiota. Oye, Courtney y yo nos vamos a comer ahora. ¿Te llamo luego? ¿O quieres que comamos juntas mañana? Creo que quedaremos en la residencia Selleck a mediodía. ¿Sabes dónde está?

—La encontraré —prometió Cath.

—Genial. Nos vemos, pues.

—Perfecto —se despidió Cath. Pulsó el botón de "Finalizar llamada" y se guardó el teléfono en el bolsillo.

Levi ya se había apoltronado en la cama de Reagan.

—Haz algo útil —le dijo Reagan a la vez que le tiraba una sábana arrugada—. Hola —saludó a Cath.

—Hola —contestó ésta.

Se quedó allí plantada un momento, esperando a que Reagan dijera algo más, pero la otra la ignoró. Revisaba caja tras caja, como si buscara algo.

—¿Qué tal el primer día? —preguntó Levi.

Cath tardó un segundo en darse cuenta de que le hablaba a ella.

—Muy bien —respondió.

—Eres nueva, ¿verdad?.

Levi le estaba haciendo la cama a Reagan. Cath se preguntó si pensaba pasar la noche allí. Y eso no estaría padre. Nada de nada.

Él seguía mirándola muy sonriente, así que asintió.

—¿Encontraste todas las clases?

—Sí...

—¿Conociste gente?

Sí, pensó Cath, *a ustedes.*

—Involuntariamente —dijo.

Oyó el bufido de Reagan.

—¿Dónde tienes las fundas de almohada? —preguntó Levi volviéndose hacia el armario.

—En las cajas —dijo Reagan.

El chico procedió a vaciar una caja, colocando los distintos objetos en el escritorio de su amiga como si supiera dónde iba cada cosa. La cabeza le colgaba de los hombros y del cuello como si no la tuviera bien sujeta. Como si fuera uno de esos muñecos de acción que llevan tiras de goma haciendo las veces de articulaciones. Levi parecía un poco salvaje. Y también Reagan. *La gente tiende a emparejarse así,* pensó Cath, *con sus iguales.*

—¿Y qué estudias? —le preguntó Levi a Cath.

—Literatura inglesa —repuso ella. Tras un instante demasiado largo, preguntó a su vez—: ¿Qué estudias tú?

Saltaba a la vista que Levi estaba encantado de responder a la pregunta. O a cualquier pregunta.

—Gestión de ranchos.

Cath no sabía qué demonios significaba eso, pero no quiso preguntar.

—Por favor, no empieces a hablar de gestión de ranchos —gimió Reagan—. Lo adoptaremos como norma, durante todo el curso. En mi habitación no se habla de gestión de ranchos.

—También es la habitación de Cather —objetó Levi.

—Cath —lo corrigió Reagan.

—¿Y si no estás aquí? —quiso saber él—. ¿Podemos hablar de gestión de ranchos si tú no estás presente?

—Si yo no estoy presente —replicó ella—, me temo que tendrás que esperar en el pasillo.

Cath sonrió en dirección a Reagan, que seguía de espaldas. Cuando se dio cuenta de que Levi había reparado en el gesto, se puso seria otra vez.

La clase completa parecía llevar toda la semana aguardando aquel momento. Reinaba el mismo ambiente que justo antes del inicio de un concierto. O de un estreno cinematográfico a medianoche.

Cuando la profesora Piper entró, algunos minutos más tarde, Cath se fijó enseguida en que parecía más bajita que en las fotos o en las solapas de los libros.

Puede que fuera una tontería. Al fin y al cabo, sólo eran instantáneas. Sin embargo, la profesora Piper llenaba todas aquellas fotos con sus pómulos marcados, sus grandes ojos azules color acuarela y la espectacular melena castaña.

En persona, el cabello de la profesora resultaba igual de espectacular, pero se apreciaban las hebras grises que lo surcaban y parecía algo más enmarañado que en las fotos. Además, era tan bajita que tuvo que dar un saltito para sentarse en la superficie del escritorio.

—Bueno —dijo en vez de "hola"—. Bienvenidos a Escritura Creativa. Reconozco algunas caras...

Sonrió a unas cuantas personas, pero no a Cath.

Por lo visto, era la única alumna de primero de toda la clase. Cath ya había aprendido a distinguir las señas de identidad de los nuevos. Las flamantes mochilas. El maquillaje de las chicas. Las camisetas con lemas ingeniosos de los chicos.

Y también todo lo que Cath llevaba encima, desde sus vans rojos recién estrenados hasta los lentes de montura morada que había elegido en la óptica de Target. Los alumnos de cursos superiores llevaban gafas negras de pasta. Y también los profesores. Si Cath se comprara unas gafas negras de pasta, podría pedir un gin tonic y nadie le preguntaría la edad.

—Bien —dijo la profesora Piper—. Me alegro de que estén aquí.

Tenía una voz cálida y susurrante. Se podría decir que "ronroneaba" sin llegar a resultar amanerada. Y hablaba en un tono lo bastante quedo como para que todo el mundo tuviera que prestar mucha atención.

—Tenemos mucho trabajo este semestre —anunció—, así que no voy a perder ni un minuto. Nos sumergiremos de lleno en el tema —sujetándose al borde del escritorio, se inclinó hacia delante—. ¿Están listos? ¿Dispuestos a sumergirse conmigo?

Casi todo el mundo asintió. Cath bajó la vista.

—Bueno. Empecemos con una pregunta que en realidad no tiene respuesta. ¿Por qué escribimos ficción?

Uno de los alumnos más veteranos se animó a empezar.

—Para expresarnos —propuso.

—Claro —dijo la profesora Piper—. ¿Tú escribes por eso?

El chico asintió.

—Muy bien. ¿Y qué más? —Porque nos gusta el sonido de nuestras propias voces —apuntó una chica. Llevaba el pelo como Wren, pero aún más genial. Parecía Mia Farrow en *El bebé de Rosemary* (si Mia Farrow hubiera llevado unas ray-ban).

—Sí —se rio la profesora. Tenía una risa un poco afectada, pensó Cath—. Yo escribo por eso, no cabe duda. Y también enseño por eso —todos rieron con ella—. ¿Y qué más?

¿Por qué escribo yo? Cath intentó discurrir una respuesta profunda (sabiendo que, aunque la encontrara, no la expresaría en voz alta).

—Para explorar nuevos mundos —dijo alguien.

—Para explorar viejos mundos —añadió otro.

La profesora Piper asentía.

Para ser otra persona, pensó Cath.

—¿O quizá...? —ronroneó la profesora—. ¿Para entendernos a nosotros mismos?

—Para liberarnos —dijo una chica.

Para liberarnos de nosotros mismos.

—Para mostrar a los demás lo que llevamos dentro —señaló un chico enfundado en unos jeans rojos y ajustados.

—Suponiendo que quieran saberlo —repuso la profesora Piper. Todo el mundo se rio.

—Para hacer reír.

—Para llamar la atención.

—Porque es lo único que sabemos hacer.

—Habla por ti —replicó la profesora—. Yo sé tocar el piano. Pero adelante..., esto me encanta. Me encanta.

—Para dejar de oír nuestras voces internas —dijo el chico que se sentaba delante de Cath. Llevaba el pelo negro muy corto, casi rapado en la zona de la nuca.

Para dejar de existir, pensó Cath.

Para no ser nada ni estar en ninguna parte.

—Para dejar nuestra impronta —opinó Mia Farrow—. Para crear algo que nos sobreviva.

El chico que Cath tenía delante volvió a hablar.

—Reproducción asexual.

Cath se imaginó a sí misma ante la laptop. Trataba de expresar con palabras cómo se sentía, qué pasaba cuando todo fluía, cuando las palabras surgían antes de que supiera que estaban allí, burbujeando en el pecho. Era como hacer rimas, como rapear, *como saltar a la cuerda,* pensó, como dar un salto justo antes de que la cuerda te azote los tobillos.

—Para compartir algo auténtico —dijo otra chica. Otra con ray-ban.

Cath negó con la cabeza.

—¿Por qué escribimos ficción? —repitió la profesora Piper.

Cath miró su cuaderno.

Para desaparecer.

Estaba tan concentrado —y frustrado— que no vio a la chica pelirroja cuando ésta se sentó a su mesa. Llevaba coletas y unos lentes de estilo ojos de gato pasados de moda, de esos que te pondrías para acudir a una fiesta disfrazada de bruja.

—Acabarás agotado —le advirtió la chica.

—Sólo intento hacerlo bien —gruñó Simon, que fruncía el ceño con desesperación. Dio otro toque de varita a la moneda de dos peniques que tenía delante. Nada cambió.

—Mira —dijo ella, y pasó la mano rápidamente por encima de la moneda.

No tenía varita, pero llevaba un gran anillo lila. Se lo había sujetado con un lazo para que no se le cayera.

—*Vuela, vuela, a casa ligera.*

La moneda se estremeció y, acto seguido, le crecieron una espalda y seis patas. Se alejó correteando. La chica barrió la mesa con la mano para guardarla en un tarro.

—¿Cómo lo hiciste? —le preguntó Simon.

Ella también estaba en primero, igual que él. Lo sabía por el escudo verde de su suéter.

—Uno no hace magia —repuso ella. Intentaba sonreír con modestia y más o menos lo conseguía—. Uno es mago.

Simon miró fijamente la moneda catarina.

—Soy Penelope Bunce —se presentó la chica tendiéndole la mano.

—Yo soy Simon Snow —contestó él a la vez que se la estrechaba.
—Ya lo sé —dijo Penelope. Y sonrió.

(Capítulo 8 de *Simon Snow*
y el Príncipe Hechicero,
copyright de Gemma T. Leslie, 2001.)

Capítulo 3

Era imposible escribir en esas condiciones.

En primer lugar, el cuarto era minúsculo; un pequeño rectángulo lo bastante ancho para albergar dos camas a ambos lados de la puerta (de hecho, cuando la puerta se abría, golpeaba el extremo del colchón de Cath) y apenas lo suficientemente largo como para encajar un escritorio a cada extremo, entre las camas y las ventanas. Si alguna de las dos hubiera llevado un sofá, el mueble habría invadido todo el espacio libre del centro de la habitación.

Pero no habían llevado un sofá. Ni una tele. Ni lamparillas monas de Target.

Al parecer, Reagan no se había traído de casa nada personal, aparte de la ropa y de una tostadora absolutamente ilegal; sin contar a Levi, claro, que ahora descansaba en la cama de Reagan con los ojos cerrados mientras ésta aporreaba las teclas de la computadora (una PC tan mierdosa como la de Cath).

Cath estaba acostumbrada a compartir cuarto; Wren y ella siempre habían dormido en la misma habitación. Sin embargo, el dormitorio que Cath tenía en casa era el triple de grande que aquél. Y Wren no ocupaba tanto espacio como Reagan. O sea, espacio figurado. Espacio mental. En compañía de Wren, Cath no tenía la sensación de que hubiera otra persona presente.

Y Cath aún no tenía claro qué pretendía Reagan...

Por una parte, Reagan no demostraba ningún interés en quedarse levantada hasta altas horas de la madrugada trenzándose el pelo con su compañera de cuarto y haciéndose su amiga del alma. Lo cual era un alivio.

Por otra, tampoco mostraba interés en Cath. Ninguno en absoluto.

En realidad, también eso era un alivio; Reagan daba miedo.

Lo hacía todo a trompicones. Abría la puerta de golpe, la cerraba de un portazo. Era más grande que Cath, un poco más alta y mucho más tetona (en serio, tetona). Parecía mayor. Y más madura.

Cuando Reagan estaba presente, Cath procuraba no interponerse en su camino. También intentaba no establecer contacto visual con ella. Reagan fingía que su compañera no existía, así que Cath hacía lo mismo. Por lo general, se las arreglaban bastante bien.

En aquel momento, por desgracia, a Cath le costaba demasiado simular que Reagan no estaba allí como para concentrarse.

Estaba redactando una escena particularmente delicada: Simon y Baz conversaban sobre si los vampiros podían ser buenos y si debían ir juntos al baile de graduación. En teoría, tenía que ser una escena muy divertida, romántica y reveladora, todo lo cual se le daba de maravilla. (También estaba especializada en traiciones. Y en dragones parlantes.)

Por desgracia, no conseguía pasar de: "Simon se apartó de los ojos un mechón de cabello color miel y suspiró". No lograba siquiera que Baz se moviera. No dejaba de pensar en Reagan y en Levi, allí sentados a su espalda. El cerebro de Cath se había atascado en el modo: "¡ALARMA, INTRUSOS!".

Además, se estaba muriendo de hambre. En cuanto Reagan y Levi se fueran a cenar, Cath pensaba zamparse un tarro entero de mantequilla de cacahuate. Eso si al final se marchaban; Reagan seguía aporreando el teclado como si quisiera hacer saltar las teclas y Levi... Levi estaba allí. Y a Cath le rugían las tripas.

Tomó una barrita energética y abandonó el cuarto, pensando que caminaría hasta el final del pasillo para despejarse.

Pero el pasillo parecía el servicio de bienvenida de un aeropuerto. Salvo la suya, todas las puertas estaban abiertas de par en par. Las chicas pululaban de acá para allá, charlando y riendo. Toda la planta olía a palomitas de microondas quemadas. Cath se metió en el baño y se encerró en una cabina. Mientras desenvolvía la barrita, se desahogó llorando.

Dios mío, pensó. *Por favor. Okey. Esto no es tan horrible. En realidad, no tiene nada de horrible. ¿Qué problema hay, Cath? Ninguno.*

Estaba crispada a más no poder. A punto de estallar. Y le rugía el estómago.

Sacó el teléfono y se preguntó qué estaría haciendo Wren. Probablemente aprendiéndose las coreografías de las canciones de Lady Gaga. O probándose los suéteres de su compañera de cuarto. Seguro que no estaba encerrada en un lavabo comiendo una barrita de almendra y semillas de linaza.

Cath habría podido llamar a Abel... pero sabía que al día siguiente se marchaba a la Universidad de Misuri y que su familia celebraba una gran fiesta aquella noche, con tamales caseros y los panes de coco de su abuela, tan especiales que ni siquiera los vendían en el negocio familiar. Abel trabajaba en la panadería y su familia vivía en el departamento de arriba. El cabello de Abel siempre desprendía un aroma a canela y a levadura... Dios mío, qué hambre tenía.

Metió el envoltorio de la barrita en el contenedor de toallas sanitarias y se lavó la cara antes de volver a su cuarto.

Reagan y Levi se disponían a salir, gracias a Dios. Por fin.

—Nos vemos —se despidió Reagan.

—Apúrate —sonrió Levi.

Cath estuvo a punto de desplomarse cuando la puerta se cerró tras ellos.

Tomó otra barrita de proteínas, se acomodó en la vieja silla de madera —empezaba a gustarle aquella silla— y abrió un cajón para apoyar los pies.

Simon se apartó de los ojos un mechón de cabello color miel y suspiró.

—Sólo porque no se te ocurra ningún vampiro que se haya comportado de manera heroica no significa que no existan.

Baz se olvidó del baúl que intentaba levantar con la fuerza del pensamiento y miró a Simon. La luz arrancó un reflejo a sus colmillos.

—Los buenos chicos van de blanco —dijo Baz—. ¿Alguna vez has intentado quitar una mancha de sangre de una capa blanca?

La residencia Selleck estaba situada en el centro del campus. Los estudiantes podían acudir a comer aunque no se alojaran allí. Cath solía esperar a Wren y a Courtney en el vestíbulo para no tener que entrar sola en la cafetería.

—¿Y cómo es tu compañera de cuarto? —quiso saber Courtney mientras las tres hacían cola en el bufé de ensaladas. Se lo preguntó como si Cath y ella fueran viejas amigas; como si Cath supiera algo sobre Courtney, además de que le gustaban los melocotones con queso cottage.

La oferta de ensaladas de Selleck era pésima. Queso cottage con melocotones, peras en conserva con cheddar rallado...

—¿Y esto qué es? —preguntó Cath, sacando una cucharada de ensalada fría de alubias.

—A lo mejor es otro plato típico del oeste de Nebraska —se burló Wren—. En nuestra residencia hay chicos que llevan el sombrero vaquero todo el tiempo, hasta para ir al lavabo.

—Voy a buscar una mesa —propuso Courtney.

—Eh —Cath miró las verduras que Wren había amontonado en su plato—, ¿en alguna de nuestras *fic* aparecían Simon y Baz bailando?

—No me acuerdo —respondió Wren—. ¿Por qué? ¿Vas a escribir una escena de baile?

—Un vals. En lo alto de la muralla.

—Qué romántico.

Wren buscó a Courtney con la vista.

—Me preocupa que Simon me esté quedando muy blandengue.

—Simon *es* blandengue.

—Ojalá lo leyeras —dijo Cath mientras seguía a su hermana hasta la mesa.

—¿No lo están leyendo ya todos los adolescentes de Estados Unidos?

Wren se sentó junto a Courtney.

—Y de Japón —añadió Cath, sentándose a su vez—. Tengo un éxito sorprendente en Japón.

Courtney se inclinó hacia Cath con ademán conspiratorio, como si ambas compartieran un gran secreto.

—Cath, Wren me ha dicho que escribes historias de *Simon Snow*.

Es genial. Soy superfán de Simon Snow. Leí todos los libros cuando era pequeña.

Cath desenvolvió un bocadillo con expresión escéptica.

—No todos —dijo.

Courtney tomó un bocado de queso cottage sin pescar la corrección.

—Quiero decir —prosiguió Cath— que aún no se han publicado *todos* los libros. El octavo no saldrá hasta el año que viene...

—Háblanos de tu compañera de cuarto —la interrumpió Wren, sonriendo con desgana.

—No hay nada que contar.

—Pues inventa algo.

Wren estaba molesta. Y eso molestó a Cath. Pero se recordó lo mucho que se alegraba de estar comiendo con cubiertos por una vez y de estar hablando con personas que no eran unas completas desconocidas, y decidió hacer un esfuerzo con la pizpireta compañera de Wren.

—Se llama Reagan. Lleva el pelo teñido de color caoba... Y fuma.

Courtney arrugó la nariz.

—¿En el cuarto?

—En realidad, no anda mucho por allí.

Wren la miró con desconfianza.

—¿Hablan?

—Nos saludamos —respondió Cath—. Y he intercambiado unas palabras con su novio.

—¿Cómo es su novio? —preguntó Wren.

—No sé. ¿Alto?

—Bueno, sólo llevas allí unos días. Seguro que acabarán por conocerse mejor.

Wren cambió de tema y se puso a comentar algo que les había sucedido a Courtney y a ella en una fiesta. Llevaban apenas dos semanas compartiendo cuarto, pero ya tenían un montón de bromas privadas que Cath no entendía.

Se comió el bocadillo de pavo y dos raciones de papas fritas. Luego, cuando Wren no prestaba atención, se guardó un segundo bocadillo en la mochila.

♡ ♡ ♡

Aquella noche, Reagan durmió en el cuarto por fin. (Levi no, gracias a Dios.) Cuando se metió en la cama, Cath aún estaba escribiendo.

—¿Te molesta la luz? —le preguntó, señalando la lamparilla del escritorio—. Si quieres, la apago.

—No hace falta —la tranquilizó Reagan.

Cath se puso tapones para no oír los ruidos que hacía Reagan al quedarse dormida. Su respiración. El roce de las sábanas. Los chirridos de la cama.

¿Cómo es posible que se duerma tan tranquila sabiendo que hay una desconocida en la habitación?, se preguntó Cath. Cuando por fin se metió en la cama, se dejó los tapones puestos y se tapó con el edredón hasta la cabeza.

♡ ♡ ♡

—¿Sigues sin hablar con ella? —le preguntó Wren a la semana siguiente mientras comían.

—Hablamos —repuso Cath—. Ella me dice: "¿Te importa si cierro la ventana?". Y yo le respondo: "No, ciérrala". También nos decimos "eh". Intercambiamos interjecciones a diario. A veces dos al día.

—Qué situación más rara —dijo Wren.

Cath jugueteó con el puré de papas.

—Me estoy acostumbrando.

—Sigue siendo rara.

—¿En serio? —le preguntó Cath—. ¿De verdad te interesan mis problemas de comunicación con la pirada de mi compañera de cuarto?

Wren suspiró.

—¿Y qué me dices de su novio?

—Llevo unos días sin verlo.

—¿Qué vas a hacer este fin de semana?

—Tareas, supongo. Escribir *Simon*.

—Courtney y yo vamos a una fiesta esta noche.

—¿Dónde?

—¡En la Casa del Triángulo! —exclamó Courtney. Lo anunció igual que una tarada de remate diría: "En la Mansión Playboy".

—¿Qué es la Casa del Triángulo? —preguntó Cath.

—Una fraternidad de ingenieros —explicó Wren.

—¿Y qué hacen? ¿Se emborrachan y construyen puentes?

—Se emborrachan y diseñan puentes. ¿Quieres venir?

—No —Cath tomó un bocado de carne asada con papas; en el comedor de Selleck siempre servían carne con papas los domingos por la noche—. Nerds borrachos. No es lo mío.

—Te gustan los nerds.

—No los que se apuntan a una fraternidad —le aseguró Cath—. Ésa es una subcategoría de nerds que no me interesa en absoluto.

—¿Y le hiciste jurar a Abel que no bebería cuando estuviera en Misuri?

—¿Abel es tu novio? —quiso saber Courtney—. ¿Es mono?

Cath no le hizo caso.

—Abel nunca será un borracho. Ni siquiera aguanta la cafeína.

—Esa afirmación carece de lógica.

—Ya sabes que no me gustan las fiestas, Wren.

—Y tú ya sabes lo que dice papá: hay que probar las cosas antes de decir si te gustan o no.

—¿En serio? ¿Vas a utilizar a papá para convencerme de que vaya a la fiesta de una fraternidad? Sé perfectamente lo que son las fiestas. Aún me acuerdo de aquélla en casa de Jesse, con el tequila...

—¿Has probado el tequila?

—No, pero tú sí, y me tocó a mí limpiar el vómito.

Wren esbozó una sonrisa soñadora y se alisó el largo flequillo sobre la frente.

—Cuando se trata de tequila, lo que importa no es el destino, sino el viaje...

—Llámame —dijo Cath—, ¿va?

—¿Si vomito?

—Si necesitas ayuda.

—No necesitaré ayuda.

—Pero ¿me llamarás?

—Por Dios, Cath. Sí. Tranquilízate, ¿quieres?

—Pero, señor —insistió Simon—, ¿tengo que compartir cuarto con él, año tras año, hasta que nos marchemos de Watford?

El Gran Hechicero sonrió con indulgencia y revolvió el cabello color caramelo de Simon.

—Formar pareja con el compañero de cuarto es una tradición sagrada en Watford —hablaba en tono dulce pero firme—. El Crisol los ha emparejado. Tienen que cuidarse mutuamente, llegar a conocerse como si fueran hermanos.

—Sí, pero, señor… —Simon se revolvió en la silla—. El Crisol debe de haber cometido un error. Mi compañero de cuarto es un cretino. Puede que hasta sea malvado. La semana pasada, alguien cerró mi laptop con un pase de magia. Y estoy seguro de que fue él. Prácticamente se rio en mi cara.

El Gran Hechicero se acarició la barba con gesto solemne, unas cuantas veces. Llevaba una perilla de chivo que le cubría apenas la barbilla.

—El Crisol los ha emparejado, Simon. Es tu destino cuidar de él.

(Capítulo 3 de *Simon Snow y la segunda serpiente*, copyright de Gemma T. Leslie, 2003.)

Capítulo 4

Más que domésticas, las ardillas del campus eran unas descaradas. Si te ponías a comer algo, se te acercaban y empezaban a parlotear a tu alrededor: *chit chit chit*.

—Toma —dijo Cath, y le tiró un trozo de barrita de soya y fresas a la ardilla gorda y rojiza que tenía casi pegada a los pies. Le tomó una foto y se la envió a Abel. *ardilla descarada,* tecleó.

Abel le había enviado fotos del cuarto —la suite— de la Universidad Tecnológica de Misuri en la que se albergaba, y una instantánea en la que aparecía con sus cinco compañeros en plan *Big Bang Theory*. Cath se rio en voz alta sólo de imaginarse la cara que pondría Reagan si le pidiera que posara para una foto. La ardilla se sobresaltó, pero no huyó.

Los miércoles y los viernes, Cath tenía cuarenta y cinco minutos libres entre Biología y Escritura Creativa, y últimamente mataba el tiempo en los jardines del campus, sentada en el césped que se extendía junto a la Facultad de Literatura. Allí no tenía que relacionarse con nadie. Con nadie salvo con las ardillas.

Comprobó si tenía algún mensaje de texto, aunque el teléfono no había sonado.

La verdad es que Abel no la había llamado ni una vez desde que Cath había llegado a la universidad, hacía tres semanas, aunque sí le enviaba mensajes. Y alguno que otro correo electrónico. Le decía que estaba bien y que el ambiente en Misuri era terriblemente competitivo. "Todos los alumnos de esta universidad fueron los primeros de su clase en secundaria."

Cath tuvo que contenerse para no responder: "Menos tú, ¿no?".

Si bien era cierto que Abel había sacado un excelente en el examen de materias de la selectividad, eso no significaba que fuera el mejor de su clase. La asignatura de Historia se le daba fatal, y a duras penas había aprobado Español. *Español,* por el amor de Dios.

Le había dicho a Cath que no regresaría a Omaha hasta las vacaciones de Acción de Gracias, y ella no había intentado convencerlo de lo contrario.

Aún no lo echaba de menos.

Wren habría alegado que no lo añoraba porque, en realidad, Abel y Cath no salían juntos. Las dos hermanas mantenían la misma conversación una y otra vez.

—Es perfecto para mí —decía Cath.

—Es un florero —respondía Wren.

—Siempre está disponible.

—... para decorar un cuarto.

—¿Preferirías que saliera con alguien como Jesse? Así tú y yo podríamos pasarnos el fin de semana llorando juntas.

—Preferiría que salieras con un chico al que te gustara besar.

—Abel y yo nos hemos besado.

—Cath, calla, por favor. Me entran arcadas sólo de oírte.

—Llevamos saliendo tres años. Es mi novio.

—Baz y Simon te gustan más que él.

—No me digas. Como si fueran comparables... Son Baz y Simon. Abel me gusta. Es de fiar.

—Sigues describiendo un florero.

Wren salía con chicos desde segundo de secundaria (dos años antes de que Cath se lo planteara siquiera). Y, hasta la llegada de Jesse Sandoz, no había durado con ninguno más allá de unos cuantos meses. Y si con Jesse aguantó mucho más, fue sólo porque nunca llegó a estar segura de si sentía algo por ella o no; como mínimo, ésa era la teoría de Cath.

Wren solía perder el interés en los chicos en cuanto los conquistaba. Su fase favorita de las relaciones era la que llamaba la "conversión".

—Me refiero a ese momento —le explicaba a Cath— en el que te das cuenta de que él te mira de manera distinta, como si llenaras más su campo de visión. Me refiero a ese instante en el que empieza a no ver nada aparte de ti.

A Cath le gustó tanto aquella última frase que al cabo de unas semanas la puso en boca de Baz. Wren se enfadó cuando la leyó.

Sea como fuera, Jesse jamás había llegado a "convertirse". Nunca tuvo ojos sólo para Wren, ni siquiera después de que se acostaran juntos, el otoño pasado. Wren no sabía qué pensar.

Cath respiró al saber que Jesse había conseguido una beca de futbol en el estado de Iowa. El chico no tenía la capacidad de atención suficiente como para mantener una relación a distancia, y en la Universidad de Nebraska habría un mínimo de diez mil desconocidos dispuestos a dejarse "convertir" por Wren.

Le tiró a la ardilla otro trozo de barrita, pero alguien calzado con unos zapatos de cordones color añil se acercó demasiado y la ardilla, sobresaltada, se alejó pesadamente. *Qué ardillas más gordas,* pensó Cath. *Ni siquiera se alejan de un salto.*

Las zapatos se acercaron un paso más y se detuvieron. Cath alzó la vista. Había un chico plantado ante ella. Desde allí abajo y deslumbrada por el sol, le calculaba unos dos metros y medio de altura. Cath bizqueó para verlo mejor pero no supo ubicarlo.

—Cath —dijo él—, ¿verdad?

Reconoció su voz; era el chico moreno que se sentaba delante de ella en clase de Escritura Creativa. Nick.

—Sí —respondió.

—¿Ya terminaste el ejercicio de redacción?

La profesora Piper les había pedido que redactaran cien palabras desde el punto de vista de un objeto inanimado. Cath asintió, sin dejar de bizquear.

—Ay, lo siento —se disculpó Nick. Se apartó del sol y se sentó en la hierba, junto a Cath. Dejó caer la mochila entre las rodillas—. ¿Y qué objeto escogiste?

—Una cerradura —repuso Cath—. ¿Y tú?

—Una pluma —hizo una mueca—. Me temo que todo el mundo escribirá sobre lo mismo.

—Qué va —dijo ella—. Escribir sobre plumas es una pésima idea.

Nick se echó a reír y Cath miró al suelo.

—Y qué —siguió hablando él—, ¿crees que nos pedirá que lo leamos en voz alta?

Cath levantó la cabeza de repente.

—No. ¿Por qué iba a hacer eso?

—Siempre lo hace —respondió él, como si Cath tuviera que saberlo.

No estaba acostumbrada a mirar a aquel chico de frente. Tenía un rostro infantil, los ojos azules, algo caídos, y unas cejas negras y espesas que casi se rozaban en el entrecejo. Parecía un pasajero de tercera clase del *Titanic*. Alguien que haría cola en Ellis Island. Un tipo de buena casta. Y mono.

—Pero no habrá tiempo para que los leamos todos —arguyó Cath.

—Seguramente nos separará por grupos —dijo él, otra vez como si ella debiera saberlo.

—Ah, es que soy nueva.

—¿Estás en primero?

Cath asintió y puso los ojos en blanco, como disculpándose.

—¿Y cómo se ha colado una principiante en una clase para alumnos de cursos superavanzados?

—Lo pedí.

Nick enarcó sus pobladas cejas y sacó el labio inferior como si estuviera muy impresionado.

—¿De verdad crees que escribir sobre una pluma es una pésima idea?

—No sé qué quieres que te diga —repuso Cath.

—¿Sufres un trastorno alimenticio? —le preguntó Reagan.

Cath estaba sentada en la cama, estudiando.

Reagan daba saltos delante del armario abierto para quitarse una bota negra de tacón. Seguramente había pasado por el cuarto de camino al trabajo; Reagan siempre estaba de camino a alguna parte. Usaba la habitación como estación de paso, un lugar donde paraba un momento entre las clases y la biblioteca, entre su trabajo en el centro estudiantil y su empleo en el restaurante Olive Garden. Un sitio donde cambiarse de ropa, dejar los libros y recoger a Levi.

De vez en cuando, otros chicos se dejaban caer también por allí. A lo largo de un mes, Cath había conocido a un tal Nathan y a un tal Kyle, pero ninguno de los planetas que orbitaban en el sistema solar de Reagan lo hacía de forma tan permanente como Levi.

Lo cual convertía a Levi en parte del sistema solar de Cath también. Aquel mismo día se lo había encontrado en el campus y la había acompañado al edificio Oldfather sin dejar de hablar de unos mitones que se había comprado en un puesto hippy, delante del centro estudiantil.

"Tejidos a mano. En Ecuador. ¿Alguna vez has visto una alpaca, Cather? Son las llamas más encantadoras del mundo. O sea, ¿te imaginas la llama más mona que pueda existir? Pues más. Y la lana... No es lana en realidad, sino fibra, y es hipoalergénica."

Ahora, Reagan miraba a Cath con el ceño fruncido. Llevaba unos jeans negros, ajustados, y un top también negro. Puede que no se hubiera vestido para ir a trabajar; quizá pensaba salir.

—Tienes el bote lleno de envolturas de barritas energéticas —dijo Reagan.

—¿Has estado curioseando en mi basura? —una oleada de rabia inundó a Cath.

—Levi estaba buscando un sitio para tirar el chicle... ¿Y bien? ¿Sufres un trastorno alimenticio?

—No —dijo Cath, convencida de que habría respondido eso mismo si fuera anoréxica.

—Y entonces ¿por qué no te alimentas como Dios manda?

—Lo hago —Cath cerró los puños. Tenía la piel tensa y reseca—. Sólo que... no aquí.

—¿Eres maniática con la comida?

—No, es que... —Cath miró al techo y comprendió que aquél era uno de esos momentos en los que decir la verdad resulta más sencillo que mentir—. No sé dónde está el comedor.

—Llevas viviendo aquí más de un mes.

—Ya lo sé.

—¿Y no has encontrado el comedor?

—No lo he buscado.

—¿Y por qué no le has preguntado a alguien dónde está? ¿Por qué no me lo has preguntado a mí?

Cath miró al techo y luego a Reagan.

—¿De verdad quieres que empiece a molestarte con preguntas estúpidas?

—Si son preguntas relativas a comida, agua, aire o refugio..., sí. Por Dios, Cath, soy tu compañera de cuarto.

—Bueno —dijo Cath, devolviendo la vista al libro—. Lo tendré en cuenta.

—Y qué, ¿quieres que te diga dónde está el comedor?

—No, da igual.

—No puedes seguir viviendo de barritas. Se te están acabando.

—No se me están acabando.

Reagan suspiró.

—Es posible que Levi se haya comido unas cuantas.

—¿Permites que tu novio me robe las barritas de proteínas?

Cath se echó sobre la cama para ver cómo andaba de provisiones. Todas las cajas estaban abiertas.

—Dijo que te hacía un favor —repuso Reagan—. Que así te ponía entre la espada y la pared. Y no es mi novio. No exactamente.

—Esto me parece una violación de mi intimidad —replicó Cath enfadada, olvidando por un momento que Reagan era la persona más intimidante que conocía.

—Ponte los zapatos —dijo Reagan—. Te voy a enseñar dónde está la cafetería.

—No —Cath notó cómo la ansiedad le hacía trizas el estómago—. No es sólo eso... Es que no me gustan los sitios nuevos. Las situaciones nuevas. Habrá un montón de gente y no sabré dónde sentarme. No quiero ir.

Reagan se dejó caer en su propia cama y se cruzó de brazos.

—¿Vas a clase normalmente?

—Claro.

—¿Y cómo lo haces?

—Las clases son distintas. Tienes algo en qué concentrarte. Lo paso mal de todas formas, pero lo puedo soportar.

—¿Te medicas?

—No.

—A lo mejor deberías...

Cath hundió los puños en la cama.

—No es asunto tuyo. Ni siquiera me conoces.

—Por esto —se lamentó Reagan—. Por esto precisamente no quería compartir cuarto con una niña de primero.

—¿Y a ti qué más te da? ¿Acaso te molesto?

—Vamos a comer ahora mismo.

—Para nada.

—Trae tu credencial de estudiante.

—No pienso comer contigo. Ni siquiera te caigo bien.

—Claro que me caes bien.

—Esto es absurdo.

—Por el amor de Dios, ¿no tienes hambre?

Cath apretaba los puños con tanta fuerza que se le pusieron los nudillos blancos.

Pensó en un filete de pollo frito. En papas al horno. En pastel de fresa y ruibarbo. Y se preguntó si la cafetería de Pound tendría una máquina de helado como la de Selleck.

Luego pensó que ella salía perdiendo. Que aquello, fuera lo que fuera, la loca que llevaba dentro, estaba ganando la partida. Cath, cero; chiflada, un millón.

Se echó hacia delante y se apretó el nudo que tenía en el estómago.

Acto seguido, se levantó con toda la dignidad que pudo reunir y se puso los vans.

—He estado comiendo comida de verdad... —musitó—. Almuerzo en Selleck con mi hermana.

Reagan abrió la puerta.

—Y entonces ¿por qué no comes aquí?

—Porque he esperado demasiado. Me he bloqueado. Es difícil de explicar...

—En serio, ¿por qué no te medicas?

Cath salió del cuarto pasando junto a su compañera.

—¿Estudiaste Psiquiatría? ¿O sólo te haces pasar por psiquiatra en la tele?

—Yo sí me medico —dijo Reagan—. Es genial.

♡ ♡ ♡

Cath no experimentó ni un momento de desazón en el comedor. No se quedó plantada con la bandeja en las manos preguntándose dónde podía sentarse para no llamar la atención.

Reagan se sentó en la primera mesa más o menos libre que encontró. Ni siquiera saludó a los demás comensales.

—¿No llegarás tarde al trabajo? —le preguntó Cath.

—Iba a salir. Pero pensaba cenar aquí primero de todas formas. Pagamos las comidas; ¿por qué desperdiciarlas?

Cath se dispuso a atacar un plato de macarrones gratinados y dos cuencos de coles de Bruselas. Se moría de hambre.

Reagan tomó un bocado de ensalada de pasta. La larga melena le caía sobre los hombros. Brillaba con veinte tonos rojizos y dorados distintos, ninguno de ellos natural.

—¿De verdad piensas que me caes mal? —preguntó con la boca llena.

Cath tragó saliva. Reagan y ella nunca habían mantenido una charla antes de aquel día y mucho menos una conversación en serio.

—Mmm... Tengo la sensación de que no quieres compartir cuarto.

—No quiero compartir cuarto —Reagan frunció el ceño. Lo hacía tan a menudo como Levi sonreía—. Pero eso no tiene nada que ver contigo.

—Y entonces ¿por qué vives en la residencia? No eres nueva, ¿verdad? Pensaba que los veteranos no vivían en el campus.

—No tengo más remedio —le explicó Reagan—. La beca no da para más. Se suponía que este año tendría una habitación para mí sola. Me la habían concedido. Pero las residencias están a tope.

—Lo siento —dijo Cath.

—Tú no tienes la culpa.

—Yo tampoco quería una compañera de cuarto —reconoció Cath—. O sea..., pensaba que viviría con mi hermana.

—¿Tu hermana está matriculada aquí?

—Mi hermana gemela.

—¡Puaj! Qué horror.

—¿Qué tiene de horrible? —preguntó Cath.

—No sé. Es siniestro. Como tener un doble. ¿Son idénticas?

—En teoría.

—¡Uf! —Reagan se estremeció con ademán melodramático.

—No es siniestro —objetó Cath—. ¿Pues qué te imaginas?

Reagan hizo una mueca y volvió a estremecerse.

—¿Y por qué no vives con tu hermana?

—Ella quería conocer gente —explicó Cath.

—Tal como lo dices, cualquiera pensaría que ha roto contigo.

Cath se encogió de hombros y pinchó otra col de Bruselas.

—Vive en Schramm —dijo mirando la bandeja.

Cuando alzó la vista, vio que Reagan la observaba frunciendo el entrecejo.

—Haces que te compadezca otra vez —le soltó.

Cath señaló a su compañera con el tenedor.

—No me compadezcas. No quiero que me compadezcas.

—No puedo evitarlo —replicó Reagan—. Eres patética.

—No lo soy.

—Lo eres. No tienes amigos, tu hermana te deja y eres maniática con la comida... Y estás obsesionada con Simon Snow.

—No estoy de acuerdo con nada de lo que acabas de decir.

Reagan masticó. Y frunció el ceño. Llevaba los labios pintados de rojo oscuro.

—Tengo muchos amigos —objetó Cath.

—Yo nunca los he visto.

—Acabo de llegar. Casi todos mis amigos han ido a otras universidades. Hablamos por internet.

—Los amigos de internet no cuentan.

—¿Por qué no?

Reagan se encogió de hombros con un gesto de desdén.

—Y no estoy obsesionada con Simon Snow —se defendió Cath—. Sólo soy un miembro muy activo del *fandom*.

—¿Y qué demonios es "el *fandom*"?

—No lo entenderías —suspiró Cath, pensando que ojalá no hubiera empleado esa palabra.

Sabía que tratar de explicarle a Reagan su significado sólo serviría para empeorar las cosas. La chica no se creería —ni comprendería— que Cath no era una simple fan de Simon. Era una de *las* fans. Una fan con nombre propio que contaba con sus propios seguidores.

Si le explicaba que sus *fics* de Simon recibían un promedio de quince mil visitas... Reagan se burlaría de ella.

Además, decir todo eso en voz alta haría que Cath se sintiera una cretina integral.

—Tienes cabezas de Simon Snow en el escritorio —observó Reagan.

—Son bustos conmemorativos.

—Te compadezco, y voy a ser tu amiga.

—No quiero que seamos amigas —replicó Cath haciendo esfuerzos por seguir seria—. Prefiero que no seamos amigas.

—Yo también —le soltó Reagan—. Lástima que lo hayas estropeado siendo tan patética.

Te damos la bienvenida a FanFixx.net, donde el relato nunca termina.

Somos un foro y archivo de *fan fiction* gestionado por voluntarios que acepta ficción de calidad de cualquier *fandom*. Hazte voluntario o deja tu donativo <u>aquí</u>. Crea un perfil de autor de FanFixx.net <u>aquí</u>. Debes tener trece años o más para subir un comentario a FanFixx.net.

Capítulo 5

—Por favor, no me obligues a esperar en el pasillo —suplicó Levi.

Cath pasó por encima de sus piernas para alcanzar la puerta.

—Tengo que estudiar.

—Reagan llegará tarde, y ya llevo aquí sentado media hora —bajó la voz para hablar en susurros—. Tu vecina, la de las botas Ugg de color rosa, no para de salir a hablar conmigo. Por favor, ten piedad.

Cath lo miró frunciendo el ceño.

—No te molestaré —insistió él—. Esperaré a Reagan sin decir ni pío.

Ella puso los ojos en blanco y dejó la puerta abierta al entrar.

—Ya entiendo por qué Reagan y tú hacen buenas migas —Levi se levantó para seguirla—. Las dos pueden llegar a ser muy antipáticas.

—No hacemos buenas migas.

—No es eso lo que me han dicho... Eh, y ahora que ya comes en la cafetería, ¿te puedo agarrar las barritas de proteínas?

—Ya me agarras las barritas de proteínas —replicó Cath, indignada, mientras se sentaba al escritorio y abría la laptop.

—Me siento culpable si lo hago sin que te enteres.

—Bien.

—Pero ¿verdad que estás más contenta? —se sentó a los pies de la cama y, cruzando las largas piernas por los tobillos, se apoyó contra la pared—. Ya tienes mejor aspecto.

—Mmm... Gracias.

—¿Y bien?

—¿Qué?

Él sonrió.

—¿Puedo tomar una barrita de proteínas?

—Eres un caso.

Levi se echó hacia delante y metió la mano bajo la cama.

—Las de frutas del bosque son mis favoritas...

En realidad, era verdad que Cath estaba más contenta. (Aunque no pensaba reconocerlo ante Levi.) De momento, ser la beneficiaria de la caridad de Reagan no requería gran cosa: sólo acudir con ella a la cafetería y ayudarla a ridiculizar a todo aquel que desfilaba ante la mesa.

A Reagan le gustaba sentarse junto a la puerta de la cocina, justo donde el bufé desembocaba en el comedor. Lo llamaba "buscar asientos para el desfile" y nadie se libraba de sus comentarios.

—Mira —le había dicho a Cath la noche anterior—, es el Cojeras. ¿Cómo crees que se habrá roto la pierna?

Cath alzó la vista para mirar al chico que Reagan le señalaba, un muchacho increíblemente agradable, greñudo y con unos lentes enormes.

—Se habrá tropezado con la barba.

—¡Ja! —exclamó Reagan—. Su novia le lleva la bandeja. Mírala; ésa es una sirena. ¿Crees que se conocieron a través de los anuncios de American Apparel?

—Estoy segura de que se conocieron en Nueva York, pero tardaron cinco años en llegar aquí.

—Uy, la Chica Lobo a las tres en punto —dijo Reagan muy emocionada.

—¿Lleva la coleta postiza?

—No lo sé, espera un momento... No. Maldita sea.

—Me gusta su cola y tal.

Cath sonrió con cariño a aquella chica gordita de pelo decolorado.

—Si Dios me ha puesto en tu vida para evitar que te pongas una puta coleta postiza —declaró Reagan—, acepto la misión.

En opinión de Reagan, Cath ya era bastante rara sin necesidad de complementos.

—Ya es triste que tengas carteles de Simon Snow pintados a mano —había comentado la noche anterior mientras se preparaban para meterse en la cama—, pero... ¿tienen que ser carteles de Simon en plan gay?

Cath alzó la vista hacia los dibujos que había colgado por encima del escritorio, en los que aparecían Simon y Baz cogidos de la mano.

—Déjalos en paz —repuso—. Están enamorados.

—Pues juraría que yo nunca he leído nada parecido.

—En mis historias —dijo Cath—, están enamorados.

—¿A qué te refieres con "en mis historias"? —Reagan guardó silencio mientras se ponía la camiseta—. No, ¿sabes qué? Da igual. No quiero saberlo. Ya me cuesta bastante mirarte a los ojos.

Levi tenía razón, debían de hacer buenas migas porque ahora, cuando Reagan decía cosas así, Cath se partía de risa. Si Reagan se saltaba la cena, Cath bajaba de todos modos a la cafetería y se sentaba a la mesa de siempre. Luego, cuando su compañera regresaba —si acaso volvía— Cath le contaba todo lo que se había perdido.

—Sandalias de Futbol por fin le ha dirigido la palabra a la Lindsay Lohan venezolana —decía Cath.

—Gracias a Dios —respondía Reagan tirándose sobre la cama—. La tensión sexual me estaba matando.

Cath no estaba segura de dónde pasaba Reagan las noches que no regresaba al dormitorio. Quizá con Levi. Cath lo miró...

Éste seguía sentado en la cama de Cath, zampándose la que debía de ser su segunda barrita de frutas del bosque. Llevaba jeans negros y una camiseta también negra. A lo mejor Levi también trabajaba en el Olive Garden.

—¿Eres mesero? —le preguntó.

—¿Actualmente? No.

—¿Trabajas en un mostrador de cosméticos?

Él se echó a reír.

—¿Qué?

—Trataba de adivinar por qué a veces vas todo de negro.

—A lo mejor me va el rollo gótico —Levi sonrió—, pero sólo de vez en cuando.

Cath no podía imaginar a nadie menos gótico que Levi; era la persona más sonriente que había conocido jamás. Sonreía con toda la cara, de la barbilla a la calva incipiente. Se le arrugaba la frente, guiñaba los ojos. Hasta sus orejas participaban del gesto: se movían como las de los perros.

—O puede que trabaje en el Starbucks —dijo.

Ella resopló.

—¿En serio?

—En serio —respondió Levi sin dejar de sonreír—. Algún día necesitarás un seguro médico y no pensarás que trabajar en el Starbucks sea ningún chiste.

Levi y Reagan siempre le hacían lo mismo: recordarle lo joven e ingenua que era. Reagan sólo le llevaba dos años. Ni siquiera tenía edad para beber alcohol. Edad legal. (Aunque en el campus daba igual, había bebidas alcohólicas por todas partes. Wren ya se había agenciado una identificación falsa. "Pídemelo cuando quieras —le había dicho a Cath—. Di que te has puesto extensiones".)

Cath se preguntó cuántos años tendría Levi. Parecía lo bastante mayor para beber, pero quizás fuera a causa del pelo...

No porque estuviera calvo. Ni mucho menos. (Todavía.)

Sin embargo, tenía grandes entradas que retrocedían hacia las sienes creando un pico de viuda en el nacimiento de la frente. Y en vez de dejárselo largo para disimular —o de renunciar y rapárselo, como hacían muchos— Levi lo llevaba peinado hacia atrás, como una gran onda rubia. Y siempre se lo estaba toqueteando, lo cual atraía aún más la atención hacia su frente despejada. Se estaba tocando el pelo en aquel mismo instante.

—¿Qué estás haciendo? —le preguntó él. Se peinó el cabello con los dedos y se rascó la nuca.

—Estudiar en silencio —repuso ella.

♡ ♡ ♡

Cath sólo había publicado un capítulo de *Adelante, Simon* aquella semana, la mitad de extenso de lo habitual, para colmo.

Por lo general, subía algo a su cuenta de FanFixx cada noche; si no un capítulo entero, sí por lo menos una entrada de blog.

Los comentarios habían sido amistosos a lo largo de toda la semana... "¿Qué tal estás? Sólo echaba un vistazo." "Estoy deseando leer la próxima entrada." "¡Socorro! Necesito mi dosis diaria." Pero Cath los vivía como exigencias.

Cuando empezó a escribir *fanfic* leía y respondía a todos los comentarios que le dejaban —los consideraba estrellas doradas, premios al mérito—, pero desde que *Adelante, Simon* había arrancado, la cosa se le había ido de las manos. El año anterior había pasado de recibir unas quince visitas por capítulo a un millar, por lo menos.

Y un día, uno de los pesos pesados de la página más importante del *fandom,* Fic-station, se refirió a *Adelante* como "la gran *fic* del octavo tomo"; y la página de Cath recibió treinta y cinco mil visitas en un solo día.

Ya no escribía para Wren y el pequeño círculo de foreras aficionadas a la escritura. Ya no se trataba de unas cuantas chicas intercambiando *fics* de cumpleaños, *fics* de ánimo e historias para hacer reír a las demás.

Cath tenía público, y fiel. Un montón de personas a las que no conocía, que tenían expectativas puestas en ella y cuestionaban sus decisiones. A veces incluso la criticaban. La ponían verde en otras páginas de fans, decían que Cath había perdido la chispa: que Baz era demasiado previsible o excesivamente imprevisible, que Simon era mojigato, que Penelope adquiría demasiado protagonismo...

—No les debes nada —le decía Wren, acercándose a la cama de Cath a las tres de la mañana para quitarle la laptop—. Vete a dormir.

—Enseguida. Es sólo que... quiero acabar esta escena. Creo que Baz por fin se va a declarar a Simon.

—Seguirá queriéndolo mañana.

—Es un capítulo genial.

—Todos son geniales.

—Esta vez es diferente —Cath llevaba un año diciendo lo mismo—. Es el último.

Wren tenía razón: Cath ya había escrito aquella historia. Baz y Simon enamorados, montones de veces con anterioridad. Había redactado aquella escena, aquella frase —"Snow... Simon, te quiero"— de cincuenta formas distintas.

Pero *Adelante* era otra cosa.

Se trataba de la *fic* más larga que había escrito hasta el momento; ya constaba de más palabras que cualquiera de los libros de Gemma T. Leslie, y Cath sólo llevaba redactados dos tercios de la historia.

Adelante estaba escrita como si fuera el octavo libro de *Simon Snow,* como si le correspondiera a Cath atar todos los cabos sueltos: asegurarse de que Simon ocupaba el trono de Gran Hechicero, redimir a Baz (algo que Gemma T. Leslie nunca haría), conseguir que los dos chicos se olvidaran de Agatha; describir las escenas de despedida, la graduación y las revelaciones de última hora; y llevar a escena la batalla final entre Simon y el insidioso Humdrum.

El *fandom* en su totalidad escribía *fics* sobre el octavo tomo en aquellos momentos. Todo el mundo quería probar suerte con el gran final antes de que el último libro de *Simon Snow* se publicara en mayo.

Sin embargo, para miles de personas, *Adelante* era el verdadero final.

La gente siempre le estaba diciendo a Cath que después de haber leído su material veían la serie oficial con otros ojos ("¿Por qué Gemma odia a Baz?").

En Etsy, la página de artículos vintage, vendían camisetas con el lema *"Keep Calm and Carry On"* ("Mantén la calma y sigue adelante") en las que aparecían Baz y Simon mirándose fijamente. Wren le había regalado una a Cath para su decimoctavo cumpleaños.

Cath procuraba que todo aquello no se le subiera a la cabeza. "Estos personajes pertenecen a Gemma T. Leslie", escribía al comienzo de cada capítulo.

—Perteneces a Gemma —le decía al póster de Baz que tenía en casa sobre la cama—. Yo sólo te he tomado prestado.

—No has tomado prestado a Baz —replicaba Wren—. Lo has secuestrado y lo has criado como si fuera tu hijo.

Si Cath se quedaba escribiendo hasta muy tarde varias noches seguidas —si se obsesionaba con los comentarios y las críticas—,

Wren subía a la cama de Cath y le robaba la laptop, y luego dormía abrazada a la máquina como si fuera un osito de peluche.

En esas noches, Cath habría podido bajar a escribir en la computadora de su padre si hubiera querido... pero no deseaba contrariar a Wren. Se escuchaban mutuamente cuando se negaban a escuchar a nadie más.

"Eh, chicos —escribía ahora Cath en su blog de FanFixx. Deseó que Wren estuviera allí para que le diera un repaso al comentario antes de publicarlo—. No tengo más remedio que reconocer que la universidad es dura —¡la universidad es dura! O, como mínimo, ocupa mucho tiempo— y seguramente no voy a actualizar *Adelante* tanto como solía ni tanto como me gustaría...

"Pero no voy a desaparecer. Lo prometo. Ni tampoco voy a renunciar. Ya sé cómo acaba todo esto y no descansaré hasta llegar allí."

♡ ♡ ♡

Nick se giró hacia Cath en cuanto la clase terminó.

—Lo hacemos juntos, ¿sí?

—Okey —aceptó ella. Advirtió que una chica de la otra fila los miraba decepcionada. Quizá porque quería trabajar con Nick.

Les habían pedido que se emparejaran y escribieran una historia a medias fuera de las horas de clase. El objetivo del ejercicio, dijo la profesora Piper, era trabajar conscientemente el argumento y la voz... y llevar a sus cerebros por caminos que nunca habrían encontrado solos.

Nick quería quedar en la biblioteca Love del campus. (Se llamaba así realmente, Love; gracias al donativo del alcalde Don Lathrop Love.) Nick trabajaba allí unas cuantas noches a la semana, reponiendo los libros en los estantes.

Reagan la miró con recelo cuando vio que Cath guardaba la laptop en la mochila después de cenar.

—¿Sales de casa después del anochecer? ¿Tienes una cita?

Lo dijo como si fuera un chiste. Como si fuera imposible que Cath tuviera una cita.

—Quedé para estudiar.

—No vuelvas sola si se te hace tarde —le aconsejó Levi.

Reagan y ella habían desparramado un montón de apuntes por el cuarto.

—Yo siempre vuelvo sola —le espetó Reagan.

—Es distinto —Levi le sonrió con dulzura—. Tú no emites vibraciones de Caperucita Roja. Tú das miedo.

Reagan hizo una mueca en plan lobo feroz.

—No creo que a los violadores los acobarde la autoconfianza.

—¿No? —Levi volteó a mirarla con mucha seriedad—. Pues yo creo que buscan presas fáciles. Chicas jóvenes y marginadas.

Reagan bufó. Cath se puso la bufanda.

—Yo no soy una marginada... —musitó.

Levi se levantó de la cama de Reagan y se puso un gran tabardo verde.

—Vamos —dijo.

—¿Por qué?

—Te acompaño a la biblioteca.

—No hace falta —protestó Cath.

—Llevo dos horas aquí metido. No me importa.

—No, en serio...

—Anda, Cath —dijo Reagan—. Sólo tardarás cinco minutos, y si te violan será culpa nuestra. No tengo ganas de malos rollos.

—¿Vienes? —le preguntó Levi a Reagan.

—Para nada. Hace un frío que cala.

Hacía muchísimo frío. Cath caminó a paso vivo. Pero Levi, con aquellas piernas tan largas, mantenía el ritmo sin sofocarse lo más mínimo.

Le estaba contando a Cath algo sobre los búfalos. Por lo que ella lograba entender, Levi tenía una asignatura entera dedicada a ese animal. Oyéndolo hablar, se diría que le habría gustado licenciarse en búfalos, de ser posible. A lo mejor sí que era posible...

La facultad no dejaba de recordarle a Cath lo sumamente rural que era el estado de Nebraska; algo que, al haber nacido en Omaha, la única ciudad de verdad de todo el estado, nunca había pensado. Cath había recorrido Nebraska unas cuantas veces en coche de camino a Colorado —había visto la hierba y los maizales— pero jamás había considerado lo que implicaban aquellas vistas. Nunca había sentido curiosidad por saber cómo vivía la gente de por allí.

Levi y Reagan procedían de un pueblo llamado Arnold que, según Reagan, "apestaba a estiércol y además tenía todo el aspecto de un estercolero".

"La tierra de Dios —lo llamaba Levi—. De todos los dioses. A Brahma y a Odín les encantaría".

Levi seguía hablando de búfalos aunque ya habían llegado a la biblioteca. Cath se subió al primer peldaño de la entrada y se puso a dar saltitos para conservar el calor. Allí de pie era casi tan alta como él.

—¿Entiendes lo que quiero decir? —le preguntó él.

Cath asintió.

—Vacas malas. Búfalos buenos.

—Vacas buenas —la corrigió él—. Bisontes mejores —sonrió despacio torciendo la boca—. Todo esto es muy importante, ¿sabes? Por eso te lo cuento.

—Vital —dijo ella—. Ecosistemas. Llaves. Aguas freáticas. Musarañas al borde de la extinción.

—Llámame cuando termines, Caperucita.

No, pensó Cath, *ni siquiera tengo tu número.*

Levi ya se estaba alejando.

—Estaré en tu cuarto —dijo por encima del hombro—. Llámame allí.

Además de la planta baja, la biblioteca tenía seis pisos superiores y dos sótanos.

Las plantas inferiores, que era donde conservaban los libros, tenían una disposición extraña y sólo se podía acceder a ellas desde ciertas escaleras; casi tenías la sensación de que los libros yacían bajo otros edificios del campus.

Nick trabajaba en la zona norte del almacén, en una gran sala pintada de blanco; prácticamente un zulo de misiles con estanterías. Estuvieras donde estuvieras, oías un murmullo constante, y aunque Cath no veía ningún conducto de ventilación, notaba corrientes de aire. Nick tuvo que depositar un bolígrafo sobre las hojas para evitar que salieran volando de la mesa.

Escribía a mano.

Cath intentó convencerlo de que se turnaran con la laptop.

—Pero entonces no repararemos en las diferencias. No veremos cómo desarrolla cada uno la historia.

—Yo no puedo pensar si escribo a mano.

—Perfecto, pues —opinó él—. El ejercicio consiste en superar tus propias limitaciones.

—Está bien —suspiró Cath. No tenía sentido seguir discutiendo. Él ya había apartado la laptop a un lado.

—Muy bien —Nick cogió el bolígrafo y le quitó el capuchón con los dientes—. Yo empiezo.

—Espera —dijo ella—. Hablemos primero del tipo de relato que vamos a escribir.

—Ya lo verás.

—Pero eso no es justo —Cath se inclinó hacia delante, con la mirada clavada en la hoja en blanco—. No quiero escribir sobre, no sé, cuerpos en descomposición o... cuerpos desnudos.

—Lo que quieres decir es: nada de cuerpos.

Nick empezó a escribir con letra inclinada. Era zurdo, así que emborronaba la tinta conforme avanzaba. *Necesitas un rotulador de punta fina,* pensó Cath mientras intentaba descifrar el texto al revés. Cuando Nick le tendió el cuaderno, apenas si pudo leerlo, ni siquiera al derecho.

—¿Qué dice aquí? —preguntó señalando una palabra.

—Retinas.

Te espera en un estacionamiento, debajo de una farola. Y es tan rubia que te deslumbra. Te quema la puta retina, cono a cono. Se inclina hacia ti y te agarra por la camiseta. Ahora está de puntitas. Se aferra a ti. Huele a té negro y a licor. Y cuando te acerca la boca al oído, te preguntas si recuerda tu nombre.

—Ah... —dijo Cath—. ¿Lo escribimos en presente?

—Segunda persona —asintió Nick.

Cath lo miró frunciendo el ceño.

—¿Qué pasa? —preguntó él—. ¿No te gustan las historias de amor?

Ella notó que se sonrojaba y quiso disimularlo. *No te alteres, Caperucita.* Se agachó para sacar una pluma de la mochila.

Le costaba mucho escribir a mano... sobre todo porque Nick la miraba como si acabara de pasarle una papa caliente.

—Por favor, no se lo digas a mamá —se ríe ella.

—¿Y qué quieres que me calle exactamente? —le preguntas—. ¿Lo del pelo? ¿O que fumas para hacerte la interesante?

Te estira de la camiseta, enfadada, y tú la empujas como si tuviera doce años. No tiene muchos más; es tan joven... Y tú estás tan cansado. ¿Y qué va a pensar Dave si te largas de tu primera cita para cuidar de la cretina de tu hermana pequeña?

—Eres un insoportable, Nick —dice ella. Apesta a alcohol. Vuelve a tambalearse bajo la farola.

Cath le dio la vuelta a la libreta y la empujó hacia Nick.

Él hizo un gesto de guasa y sonrió.

—Así que el narrador es gay... —observó—. Y se llama igual que yo...

—Me encantan las historias de amor —dijo Cath.

Nick asintió unas cuantas veces.

Y ambos se echaron a reír.

♡ ♡ ♡

Se sentía como si estuviera escribiendo con Wren, casi igual que cuando su hermana y ella se sentaban ante la computadora, se turnaban al teclado e iban leyendo en voz alta lo que escribía la otra.

Cath redactaba casi todos los diálogos. A Wren se le daban mejor la trama y los estados emocionales. A veces, Cath escribía las conversaciones y luego Wren añadía su parte, decidiendo dónde estaban Baz y Simon en cada momento y adónde se dirigían. Una vez Cath había pretendido escribir una historia de amor y Wren la había convertido en un duelo a espada.

Incluso cuando dejaron de escribir a medias, Cath seguía a Wren por toda la casa suplicándole que la ayudara cuando no conseguía que Simon y Baz hicieran nada más que hablar.

Nick no era Wren.

Era más mandón y fanfarrón. Además de ser un chico. De cerca, sus ojos parecían de un azul más vivo y sus cejas adquirían vida propia. Se relamía cuando escribía y hacía chasquear la lengua.

En su favor, Cath debía reconocer que había reaccionado de maravilla al detalle del protagonista gay. Y eso que el Nick gay del relato tenía las cejas negras y espesas y llevaba zapatos de cordones de un tono índigo.

Al Nick real le costaba esperar su turno; intentaba arrancarle la libreta a Cath antes de que ella hubiera acabado, el texto estaba sembrado de rayones verdes.

—Espera —le decía ella.

—No, tengo una idea... y me la vas a estropear.

Cath se esforzaba en imitar la voz de Nick, pero su propio estilo se colaba cada dos por tres. Fue genial advertir que él también hacía esfuerzos por copiar el suyo.

Al cabo de unas horas, Cath bostezaba, y la historia tenía el doble de extensión de la necesaria.

—Tardaremos siglos en copiarla en la máquina —dijo ella.

—Pues no lo haremos. La presentaremos así.

Cath miró el texto escrito en tinta verde y azul, lleno de borrones.

—Sólo tenemos esta copia.

—Pues no dejes que el perro se la coma —Nick se abrochó la sudadera gris y buscó su raída chaqueta de mezclilla—. Es medianoche. Tengo que checar la salida.

El carro de libros que aguardaba junto a la mesa seguía lleno.

—¿Y qué vas a hacer con eso? —le preguntó Cath.

—Ya los guardará la chica de las mañanas. Así se espabilará.

Cath arrancó las hojas con cuidado y se las guardó en la mochila. Luego siguió a Nick por la escalera de caracol. No vieron a nadie de camino a la planta baja.

Ahora se sentía más a gusto con él. Más a gusto incluso que hacía unas horas. Contenta. Cath no tenía la sensación de que su auténtico yo yacía enterrado bajo capas y capas de miedo y ansiedad patológicos. Nick subía a su lado, y siguieron hablando como si aún se estuvieran pasando el cuaderno.

Cuando salieron de la biblioteca, se detuvieron en la acera.

Cath notó cómo el nerviosismo volvía a apoderarse de ella. Se toqueteó los botones del abrigo.

—Bueno —dijo Nick, abrazando su propia mochila contra el pecho—. ¿Te veo en clase?

—Sí —asintió ella—. Procuraré no perder nuestra novela.

—Nuestra primera novela —la corrigió él, y echó a andar hacia la salida del campus—. Adiós.

—Adiós.

Cath lo vio marcharse, una mancha de pelo oscuro y tonos azules bajo la luna...

Y de repente se quedó sola a la entrada de la biblioteca. Cath y unos trescientos árboles en los que no había reparado a la luz del día. Las luces del edificio se apagaron a su espalda; su sombra desapareció.

Cath suspiró y sacó el teléfono. (Tenía dos mensajes de texto de Abel pero los ignoró.) Marcó el número de su habitación, con la esperanza de que su compañera no estuviera durmiendo.

—¿Sí? —Reagan contestó al tercer pitido. Se oía música de fondo.

—Soy Cath.

—Vaya, hola, Cath. ¿Qué tal tu cita?

—No era una... Mira, ahora salgo. Iré deprisa. Ya estoy andando.

—Levi ha salido en cuanto ha sonado el teléfono. Espéralo.

—No hace falta que...

—Se preocupará aún más si no te encuentra.

—Bueno —se rindió Cath—. Gracias, supongo.

Reagan cortó la llamada.

Cath se quedó junto a una farola para que Levi la viera, procurando ofrecer más aspecto de cazador que de niña con cesta. El chico apareció mucho antes de lo que ella esperaba, trotando por el camino. Hasta su trote parecía relajado.

Echó a andar hacia él, pensando que así le ahorraría unos cuantos pasos.

—Pero si es Catherine —dijo Levi, que se detuvo cuando llegó a su altura y dio media vuelta para echar a andar a su lado—. Y de una pieza.

—Ni siquiera me llamo así —le espetó Cath.

—Sólo Cather, ¿eh?

—Sólo Cath.

—¿Te has perdido en la biblioteca?

—No.

—Yo siempre me pierdo en la biblioteca —dijo él—, por muy a menudo que vaya. De hecho, creo que me pierdo más ahora que antes. Como si el lugar empezara a conocerme y accediera a enseñarme pasillos que antes mantenía ocultos.

—¿Pasas mucho tiempo en la biblioteca?

—Pues la verdad es que sí.

—¿Y cómo es posible, si siempre estás en mi cuarto?

—¿Y dónde crees que duermo? —preguntó Levi.

Cuando Cath lo miró, él sonreía.

Simon se acurrucó en la cama como un potro de unicornio herido, sosteniendo el trozo de terciopelo verde contra el rostro empapado en lágrimas.

—¿Te encuentras bien? —le preguntó Basil.

Se notaba que no tenía ganas de preguntárselo. Se notaba que le desagradaba hablar con su gran enemigo.

—Déjame en paz —le escupió Simon, ahogando las lágrimas y odiando a Basil aún más que de costumbre—. Era mi madre.

Basil frunció el ceño. Entornó sus ojos de color gris ahumado y se cruzó de brazos, como si le costara un esfuerzo quedarse allí plantado. Como si estuviera deseando lanzarle a Simon otro hechizo de estornudos.

—Lo sé —dijo Basil en tono irritado—. Sé por lo que estás pasando. Yo también perdí a mi madre.

Simon se limpió los mocos con la manga de la chaqueta y se sentó despacio, mirando a su compañero con unos ojos tan grandes y azules como el octavo mar. ¿Le estaría mintiendo Basil? Eso sería típico de él, el muy idiota.

(De *Amigos de por vida... y después de la vida*, subido en agosto de 2006 a FanFixx.net por Magicath y Wrenegade.)

Capítulo 6

—¿Papá? Llámame.

...

—Soy yo otra vez. Llámame.

...

—Papá, no ignores mis mensajes. ¿Los has escuchado? ¿Sabes cómo hacerlo? Aunque no sepas, sé que ves mi número en las perdidas. Llámame, ¿sí?

...

—Papá. Llámame. O llama a Wren. No, llámame a mí. Estoy preocupada por ti. No quiero preocuparme.

...

—No me obligues a llamar a los vecinos. Se presentarán en casa. Y tú no hablas español. Te vas a morir de vergüenza.

...

—¿Papá?

—Hola, Cath.

—Papá. ¿Por qué no me has llamado? Te he dejado un millón de mensajes.

—Me has dejado demasiados mensajes. No deberías llamarme, ni siquiera pensar en mí. Estás en la universidad. Supéralo.

—Sólo son clases, papá. Que yo sepa, no nos hemos peleado para siempre ni nada.

—Cariño, he visto muchos episodios de *Beverly Hills 90210*. Los padres ni siquiera aparecen en la serie cuando Brandon y Brenda empiezan la universidad. Es tu momento. Se supone que deberías estar asistiendo a las fiestas de las fraternidades y volviendo con Dylan.

—¿Por qué todo el mundo quiere que vaya a las fiestas de las fraternidades?

—¿Quién quiere que vayas a las fiestas de las fraternidades? Estaba bromeando. No salgas con los chicos de las fraternidades, Cath, son horribles. Lo único que saben hacer es emborracharse y ver *Beverly Hills 90210*.

—Papá, ¿cómo estás?

—Muy bien, cariño.

—¿Te sientes solo?

—Sí.

—¿Comes?

—Sí.

—¿Qué comes?

—Cosas nutritivas.

—¿Qué has comido hoy? No me mientas.

—Una cosa muy ingeniosa que descubrí en la tienda de la gasolinera: es una salchicha envuelta en una tortita y luego cocinada al punto en un grill de salchichas...

—Papá.

—Bueno, Cath, me dijiste que no te mintiera.

—¿Y no podrías ir al supermercado o algo?

—Venden fruta en la gasolinera.

—¿De verdad?

—Claro. Pregunta por ahí.

—Ya sabes que odio preguntar por ahí. Estás consiguiendo que me preocupe por ti.

—No te preocupes por mí, Cath. Compraré fruta.

—Eso no es mucho consuelo...

—Está bien, iré al supermercado.

—No me mientas. ¿Me lo prometes?

—Te lo prometo.

—Te quiero.

—Yo también te quiero. Dile a tu hermana que la quiero.

...

—Cath, soy papá. Ya sé que es tarde y que seguramente estás durmiendo. ¡Espero que estés durmiendo! Pero he tenido una idea. Es una idea genial. Llámame.

...

—¿Cath? Soy papá otra vez. Sigue siendo tarde, pero no podía esperar a contarte esto. ¿Te acuerdas de que querían un baño en el piso de arriba? Pues resulta que su cuarto está justo encima del baño. Podríamos poner una trampilla. Y una escalera. Sería como un atajo secreto al baño. ¿No te parece una idea fantástica? Llámame. Soy papá.

...

—¡Cath! Aún mejor. ¡Un poste de bomberos! Tendrían que usar las escaleras para subir, pero, Cath, un poste de bomberos. Creo que puedo hacerlo yo mismo. O sea, tendré que encontrar un poste...

...

—¿Papá? Llámame.

...

—Llámame, ¿okey?

...

—Papá, soy Cath. Llámame.

Era viernes por la noche y Cath tenía el dormitorio para ella sola.

Intentaba trabajar en *Adelante, Simon*, pero no paraba de distraerse... Aquel día, en clase, la profesora Piper les había devuelto el relato que Nick y ella habían escrito. La profesora había llenado los márgenes de "eses" y había dibujado en una esquina una pequeña caricatura de sí misma gritando: "¡Sobresaliente!".

Había pedido a unas cuantas parejas —las mejores— que leyeran sus relatos en voz alta. Cath y Nick habían leído los últimos y se habían ido intercambiando el papel de tal modo que cada cual leyera siempre lo que el otro había escrito. Provocaron grandes carcajadas. Seguramente porque Nick leía como si estuviera recitando a Shakespeare en un parque. Para cuando se sentó, Cath tenía las mejillas y el cuello rojos como un tomate.

Después de la clase, Nick le ofreció el meñique. Cuando ella miraba el dedo sin hacer nada, le dijo:

—Vamos, hagamos un juramento.

Cath le rodeó y le entrelazó su propio meñique y se lo apretó.

—Compañeros, automáticamente, cada vez que haya que trabajar en equipo... ¿Hecho?

Nick tenía una mirada tan profunda que cuanto decía adquiría un tono intenso.

—Hecho —asintió Cath mirando a otra parte.

—Maldita sea —exclamó él, soltándole el dedo—. Somos brutales.

—No creo que queden sobresalientes después de todas las "eses" que nos ha puesto —dijo Cath mientras se encaminaban al pasillo—. Por nuestra culpa, la gente tendrá que conformarse con un notable alto durante ocho años por lo menos.

—Deberíamos seguir haciéndolo —dijo Nick al llegar al umbral, dándose la vuelta de repente.

Cath le dio un golpe de cadera sin pensar lo que hacía.

—Ya lo hemos jurado —respondió, retrocediendo un paso.

—No me refiero a eso. No para las clases. Deberíamos seguir haciéndolo porque fue genial, ¿sabes?

Había sido genial. Era lo más divertido que Cath había hecho desde... bueno, desde que había llegado allí, eso seguro.

—Sí —dijo—. Perfecto.

—Trabajo los martes y los jueves por la noche —le informó Nick—. ¿Quieres que quedemos el martes? ¿A la misma hora?

—Claro —asintió Cath.

No se lo podía quitar de la cabeza. Se preguntaba qué escribirían. Quería contárselo a Wren. Había intentado llamarla hacía un rato, pero Wren no había contestado. Ya eran casi las once...

Cath cogió el teléfono y pulsó el número de Wren.

Su hermana respondió.

—¿Sí, hermanita?

—Eh, ¿puedes hablar?

—Sí, hermanita —repuso Wren entre risas.

—¿Dónde estás?

—Estoy en el décimo piso de la residencia Schramm. Es el lugar al que acuden... todos los turistas cuando visitan el colegio mayor. El observatorio. "Vea el mundo desde *Tyler's room*..." Eso ponen en las postales. Por la película.

La voz de Wren sonaba pastosa. El padre de las chicas siempre decía que Wren y Cath tenían la misma voz, pero Wren hablaba a treinta y tres revoluciones por minuto mientras que Cath lo hacía a cuarenta y cinco... Arrastraba las palabras.

—¿Estás borracha?

—Estaba borracha —dijo Wren—. Esto es algo más.

—¿Estás sola? ¿Dónde está Courtney?

—Aquí. Creo que estoy sentada sobre su pierna.

—Wren, ¿estás bien?

—Sí, sí, sí, hermanita. Por eso contesté la llamada. Para decirte que estoy bien. Ahora ¿me dejarás en paz un rato? ¿Verdad que sí?

El rostro de Cath se ensombreció. Más por lo hiriente del comentario que por la preocupación.

—Sólo llamaba para hablarte de papá —se arrepintió de haber usado la palabra sólo. Era su comodín pasivo-agresivo, como esas personas que padecen un tic cuando mienten—. Y de otras cosas. De chicos...

Wren soltó una risilla.

—¿De chicos? ¿Simon vuelve a salir con Agatha? ¿O Baz lo convirtió en vampiro? ¿Están entrelazando los dedos en el pelo del otro con expresión soñadora? ¿Llegaste a la parte en que Baz lo llama "Simon" por primera vez? Porque eso siempre es la bomba... Es la alarma de incendios.

Cath separó el teléfono para que no le tocara la oreja.

—Vete a la mierda —susurró—. Sólo quería asegurarme de que estabas bien.

—Sí, sí, sí —contestó Wren en tono cantarín. Y cortó la llamada sin más.

Cath dejó el teléfono sobre la mesa del escritorio y se alejó. Como si mordiera.

Debe de estar borracha. O drogada.

Wren nunca... nunca.

Nunca utilizaba a Simon y a Baz para burlarse de ella. Simon y Baz eran....

Cath se levantó y apagó la luz. Tenía los dedos fríos. Se quitó los jeans y se metió en la cama.

Volvió a levantarse y comprobó que la puerta estuviera cerrada. Miró por la cerradura al pasillo vacío.

Volvió a la cama y se quedó sentada.

Abrió la laptop, la encendió y volvió a cerrarla.

Wren debe de estar drogada. Wren nunca...

Sabía lo que implicaban Simon y Baz. Lo que significaban. Simon y Baz eran...

Cath se tendió en la cama y se tapó con el edredón, luego se tocó las sienes entre las palmas y hundió los dedos en el pelo hasta notar un tirón en las raíces.

Simon y Baz eran intocables.

♡ ♡ ♡

—Qué poco animado está esto —dijo Reagan, mirando las mesas de la cafetería con expresión sombría.

Nunca se encontraba muy bien el sábado y el domingo por la mañana (cuando dormía allí). Bebía demasiado y dormía poco. Aún no se había limpiado los restos del maquillaje y apestaba a sudor y a tabaco. La Reagan del día anterior, pensó Cath.

Sin embargo, a Cath no le preocupaba Reagan, no tanto como Wren. Quizás porque Reagan tenía pinta de lobo feroz; Wren parecía más bien Caperucita con un nuevo corte de pelo.

Entró una chica vestida con una sudadera roja de Husker Football y jeans ajustados. Reagan suspiró.

—¿Qué pasa? —preguntó Cath.

—Todos se parecen cuando hay partido —respondió Reagan—. No puedo ver sus verdaderas personalidades, deformes y retorcidas —volteó a mirar a Cath—, ¿Qué vas a hacer hoy?

—Esconderme en el cuarto.

—Necesitas tomar un poco el aire.

—¿Yo? —Cath se atragantó con el bocadillo de estofado—. Y tú necesitas un ADN nuevo.

—Si tengo mala pinta, es porque estoy viva —replicó Reagan—. Porque he vivido experiencias. ¿Me entiendes?

Cath miró a Reagan y sonrió sin poder evitarlo.

Reagan llevaba el lápiz de ojos emborronado. Como una Kate Middleton dura de pelar. Y aunque era más grande que casi todas las chicas —caderas anchas, pechos grandes y hombros amplios— se comportaba como si tuviera justo el tamaño que todo el mundo querría tener. Y los demás le seguían el juego: incluido Levi y los otros chicos que la esperaban en el cuarto mientras Reagan terminaba de arreglarse.

—Una no consigue este aspecto —dijo Reagan, señalando su tez grisácea del día anterior— encerrada en su habitación todo el fin de semana.

—Para que conste —remató Cath.

—¿Por qué no hacemos algo hoy?

—Hoy hay partido. Lo más inteligente es meterte en casa y clavar tablones a las ventanas.

—¿Tienes algo rojo? —le preguntó Reagan—. Si nos ponemos algo rojo, podríamos dar una vuelta por el campus y beber gratis.

Sonó el teléfono de Cath. Lo miró. Wren. Pulsó la tecla de "Ignorar".

—Hoy tengo que escribir —repuso.

Cuando volvieron a la habitación, Reagan se bañó y luego se maquilló delante de su espejo de tocador.

Se marchó y volvió unas horas después cargada con bolsas de unos grandes almacenes y un chico llamado Eric. Volvió a salir y no regresó hasta el anochecer. Sola esta vez.

Cath seguía sentada a su escritorio.

—¡Ya basta! —exclamó Reagan casi gritando.

—¡Por Dios! —dijo Cath, volviéndose a mirarla. Tardó unos segundos en ser capaz de distinguir nada que no fuera una pantalla de computadora.

—Vístete —le ordenó su compañera—. Y nada de discutir. No voy a seguir jugando a esto.

—¿A qué?

—Me pone de nervios verte aquí como una pobre ermitaña. Vístete. Nos vamos al boliche.

Cath se echó a reír.

—¿Al boliche?

—Ya lo creo que sí —replicó Reagan—. No será más patético que nada de lo que haces normalmente.

Cath se separó del escritorio. Se le había dormido la pierna izquierda. La sacudió.

—Nunca he jugado boliche. ¿Qué me pongo?

—¿Que nunca has jugado boliche? —Reagan no daba crédito—. ¿La gente no juega boliche en Omaha?

Cath se encogió de hombros.

—¿Los ancianos, quizá?

—Ponte lo que quieras. Algo que no guarde relación con Simon Snow, para que la gente no dé por supuesto que te diste un golpe en la cabeza a los siete años.

Cath se puso la camiseta roja de *Adelante* y unos jeans, y se arregló la coleta.

Reagan la miró enfurruñada.

—¿Por qué te peinas así? ¿Eres mormona o algo así?

—No soy mormona.

—Dije "o algo así".

Alguien llamó a la puerta y Reagan acudió a abrir. Levi estaba al otro lado, prácticamente dando saltitos de impaciencia. Llevaba una camiseta blanca, en cuya tela había dibujado un cuello y unos botones con rotulador permanente, además de un bolsillo en el pecho con la inscripción "El rey de la chuza" en una caligrafía muy elegante.

—¿Qué? ¿Nos vamos? —dijo.

Reagan y Levi jugaban de maravilla. Por lo visto, en Arnold había un boliche. Ni mucho menos tan bonito como aquél, dijeron.

Eran las únicas personas menores de cuarenta años en todo el boliche, lo que no impidió a Levi charlar con todos y cada uno de los presentes. Habló con el encargado de los zapatos, con la pareja de jubilados que jugaba en la pista contigua y con un grupo de mamás apuntado a una liga, que lo dejaron marchar al cabo de un rato con el pelo revuelto y una gran jarra de cerveza.

Reagan se comportó como si no se enterara de nada.

—Creo que hay un bebé en aquella esquina esperando a que le des un beso —le dijo Cath.

—¿Hay un bebé? —Levi agrandó los ojos.

—No —repuso ella—. Yo sólo...

Sólo.

Levi dejó la jarra sobre la mesa. Con la otra mano sostenía tres vasos en equilibrio; los dejó caer y aterrizaron sin volcarse.

—¿Por qué haces eso?

—¿Qué?

El chico sirvió una cerveza y se la tendió. Cath la cogió sin pensar, luego volvió a dejarla en la mesa con cara de asco.

—¿Esforzarte tanto en caer bien?

Levi sonrió... pero ya estaba sonriendo, de modo que se limitó a sonreír más.

—¿Crees que debería parecerme más a ti? —preguntó. Luego volteó hacia Reagan, que miraba enfurruñada (y con cierta voluptuosidad) el retorno de las bolas—. ¿O a ella?

Cath puso los ojos en blanco.

—Tiene que haber un grado de felicidad intermedia.

—Yo soy feliz —dijo—, así que debe de ser éste.

Haciendo caso omiso de la cerveza, Cath fue a buscar un refresco de cereza al bar. Reagan compró dos platos de chorreantes nachos color naranja y Levi tres gigantescos pepinillos en vinagre, tan agrios que todos gritaron de la impresión.

Reagan ganó la primera partida. Luego Levi ganó la segunda. Antes de empezar la tercera, el chico habló con el tipo del mostrador para que colocara protectores en las pistas, como los que ponen cuando juegan los niños. Cath aún no había conseguido ningún pleno. Levi volvió a ganar.

A Cath sólo le quedaba dinero para comprar un sándwich helado para cada uno en la máquina expendedora.

—Soy el rey de la chuza —alardeó Levi—. Todo lo que escribo en mi camisa se hace realidad.

—Seguro que se hace realidad esta noche en Muggsy's.

Levi se rio e hizo una bola con el envoltorio del helado para tirársela a Reagan. Cuando se sonreían, Cath miraba a otra parte. Parecían tan cómodos el uno con el otro... Como si se conocieran por dentro y por fuera. Reagan se mostraba más dulce —y más cruel— con Levi de lo que era nunca con Cath.

Alguien le estiró la coleta, obligándola a levantar la barbilla.

—Te vienes con nosotros —le dijo Levi—, ¿de acuerdo?

—¿Adónde?

—A Muggsy's. La noche es joven.

—Y yo también —objetó Cath—. No me dejan entrar en los bares.

—Irás con nosotros —repuso él—. Nadie te dirá nada.

—Tiene razón —añadió Reagan—. A Muggsy's sólo van repetidores y alcohólicos empedernidos. Ningún novato intentaría colarse.

Reagan se llevó un cigarrillo a la boca, pero no lo encendió. Levi se lo arrebató y lo tomó entre los labios.

Cath estuvo a punto de acceder.

Al final, negó con la cabeza.

Cuando llegó a su cuarto, pensó en llamar a Wren.

Pero llamó a su padre. Aunque parecía cansado, no dijo nada de reemplazar las escaleras por un tobogán de agua, lo cual ya era algo. Y había comido dos platos precocinados Opción Sana para cenar.

—Parece una opción sana —comentó Cath, en tono jocoso.

Tenía algunas lecturas pendientes. Cuando terminó, se quedó levantada un rato más, trabajando en *Adelante* hasta que le escocieron los ojos, y supo que se dormiría en cuanto apoyara la cabeza en la almohada.

—Las palabras son muy poderosas —dijo la señorita Possibelf, caminando despacio entre las filas de pupitres—. Y adquieren más poder cuanto más las pronuncias.

"Cuanto más las pronuncias y también cuanto más las lees y las escribes, siempre que las combines de la manera adecuada —se detuvo ante el pupitre de Simon y lo golpeteó con una varita corta y enjoyada—. *Arriba, arriba y adiós* —dijo pronunciando las palabras con mucha claridad.

Los pies de Simon abandonaron el suelo. El chico se cogió del borde del pupitre, tirando al hacerlo un montón de libros y papeles sueltos. Al otro lado del aula, Basilton se partía de risa.

La señorita Possibelf golpeteó la playera deportiva de Simon con la varita —*guía a tus caballos*— y el pupitre avanzó tres metros en el aire.

—La clave para hechizar algo —dijo la profesora— es conectar con ese poder. No sólo hay que pronunciar las palabras sino también evocar su sentido…

"Ahora —prosiguió— abran los libros de Fórmulas mágicas por la página cuatro. Y baja de ahí, Simon. Por favor.

(Capítulo 3 de *Simon Snow y el Príncipe Hechicero*, copyright de Gemma T. Leslie, 2001.)

Capítulo 7

Cuando Cath leyó el nombre de Abel en la pantalla del teléfono, al principio pensó que se trataba de un mensaje de texto, aunque era obvio que la estaba llamando.

Abel nunca la llamaba.

Se escribían correos. Se enviaban mensajes; se habían enviado uno la noche anterior. Sin embargo, jamás hablaban a menos que fuera en persona.

—¿Sí? —respondió.

Cath esperaba junto a la puerta de Andrews, el edificio de Literatura inglesa. Hacía mucho frío para estar a la intemperie, pero a veces Nick pasaba por allí antes de clase y echaban un vistazo a los trabajos del otro o hablaban de la historia que estaban escribiendo. (Tenía visos de ser otra historia de amor. Había sido Nick quien le había dado ese giro.)

—¿Cath?

Oyó la voz de Abel, grave y familiar.

—Hola —lo saludó ella, notando que la inundaba una ola de afecto. Se sorprendió. A lo mejor sí que echaba de menos a Abel. Seguía evitando a Wren (no había vuelto a comer en Selleck desde que

Wren le había contestado mal), así que quizá sólo echara de menos su hogar—. Eh, ¿cómo estás?

—Muy bien —respondió él—. Te dije ayer por la noche que estaba bien.

—Sí. Bueno, ya lo sé. Pero por teléfono es distinto.

Abel se mostró sorprendido.

—Eso es exactamente lo que dice Katie.

—¿Quién es Katie?

—Katie es la razón que me ha inducido a llamarte. Es, como, las mil razones por las que te estoy llamando.

Cath ladeó la cabeza.

—¿Qué?

—Cath, conocí a alguien —declaró. Así, a bocajarro. Como en una telenovela.

—¿Katie?

—Sí. Y... verás, me he dado cuenta de que... bueno, de que lo nuestro no es real.

—¿De qué hablas?

—Hablo de nuestra relación, Cath; no es real.

¿Por qué pronunciaba su nombre una y otra vez?

—Pues claro que es real. *Abel.* Llevamos juntos tres años.

—Bueno, más o menos.

—De eso nada —replicó Cath.

—Bueno..., en cualquier caso —Abel adoptó un tono firme—, conocí a alguien.

Cath se giró hacia el edificio y apoyó la cabeza en los ladrillos.

—Katie.

—Y con ella todo es más real —dijo él—. Estamos... bien juntos, ¿sabes? Hablamos de todo. Ella también es programadora. Y sacó un 9.85 en el examen de ingreso a la universidad.

Cath había sacado un 9.75.

—¿Cortas conmigo porque no soy lo bastante lista?

—Esto no es una ruptura. En realidad, no estábamos juntos.

—¿Es eso lo que le has dicho a Katie?

—Le he dicho que nos hemos distanciado.

—Sí —le espetó Cath con desprecio—. Porque sólo me llamas para cortar conmigo.

Dio un puntapié a la pared y se arrepintió al instante.

—Claro. En cambio tú me llamas constantemente.

—Lo haría si a ti te gustara —replicó ella.

—¿Lo harías?

Cath volvió a patear la pared.

—A lo mejor.

Abel suspiró. Parecía más exasperado que otra cosa; más que apenado o contrito.

—En realidad, no estamos juntos desde primero de bachillerato.

Cath quería discutir con él, pero no se le ocurría ninguna réplica convincente. *Pero sí me llevaste al baile militar*, pensó. *Pero sí me enseñaste a conducir.*

—Pero si tu abuela siempre hace el pastel de las tres leches para mi cumpleaños.

—Lo hace de todas formas para el negocio.

—Muy bien —Cath se dio media vuelta y se apoyó de espaldas contra la pared. Ojalá pudiera llorar; sólo para que él tuviera que consolarla—. Tomo nota. Tomo nota de todo. No rompemos pero hemos terminado.

—No hemos terminado —objetó Abel—. Aún podemos ser amigos. Sigo leyendo tu *fic*; Katie también lo lee. O sea, siempre lo ha leído. Qué coincidencia, ¿verdad?

Cath negó con la cabeza. No tenía palabras.

En aquel momento, Nick dobló en la esquina del edificio y la saludó como lo hacía siempre, mirándola a los ojos y levantando brevemente la barbilla. Cath respondió con el mismo gesto.

—Sí —dijo al teléfono—. Qué coincidencia.

Nick había dejado la mochila en una jardinera y estaba hurgando entre los libros y los cuadernos. Llevaba la chaqueta sin abrochar, y cuando se inclinaba así Cath alcanzaba a atisbar el interior de la camiseta. Apenas. Unos centímetros de piel pálida y vello negro.

—Tengo que irme —se disculpó.

—Ah —dijo Abel—. Okey, ¿nos vemos igualmente en Acción de Gracias?

—Tengo que irme —repitió Cath, y apretó la tecla de "Finalizar la llamada".

Respiró despacio. Se sentía mareada y tensa, como si algo muy grande hubiera roto el cascarón dentro de su pecho. Volvió a apoyarse en la pared y miró la coronilla de Nick.

Él alzó la vista y sonrió de soslayo a la vez que sacaba unas hojas de papel.

—¿Quieres leer esto? A lo mejor es una mierda. O puede que sea alucinante. Seguro que es alucinante. Dime qué te parece, ¿va? A menos que te parezca una mierda.

♡ ♡ ♡

Escondiendo el teléfono tras las anchas espaldas de Nick, Cath le envió un mensaje a Wren justo antes de Escritura Creativa.

abel rompió conmigo.
ay. lo siento. quieres que vaya a verte?
sí. a las cinco?

okey. estás bien?
creo. fin del florero.

♡ ♡ ♡

—¿Aún no has llorado?

Estaban sentadas en la cama de Cath, comiéndose las últimas barritas de proteínas.

—No —dijo Cath—. No creo que vaya a hacerlo.

Wren se mordió el labio.

—Dilo —le pidió Cath.

—No hace falta. Nunca pensé que no decirlo fuera tan agradable.

—Dilo.

—¡En realidad, no estaban juntos! ¡Nunca te ha gustado en ese sentido!

Wren empujó a Cath con tanta fuerza que la tiró de la cama.

Cath se rio y volvió a sentarse, rodeándose las piernas con los brazos.

—Pero yo pensaba que sí.

—¿Cómo es posible? —Wren también se reía.

Cath se encogió de hombros.

Era jueves por la noche, y Wren ya se había vestido para salir. Se había aplicado sombra verde pálido y sus ojos parecían más verdes que azules. También se había pintado los labios de un rojo brillante. Llevaba la raya a un lado, y el corto flequillo le caía sobre la frente con una onda glamorosa.

—En serio —dijo Wren—, tú sabes lo que se siente cuando estás enamorada. Lo has descrito de mil modos distintos.

Cath hizo una mueca.

—Eso es diferente. Es fantasía. Es... "Simón acarició a Baz, y su nombre sonó a magia en sus labios".

—No todo es fantasía... —apuntó Wren.

Cath pensó en la mirada de Levi cuando Reagan le tomaba el pelo.

Pensó en cómo Nick hacía chasquear la lengua contra los dientes pequeños y regulares.

—No puedo creer que Abel me pasara por la jeta la nota que sacó esa chica en las pruebas de ingreso —dijo—. ¿Qué espera que haga? ¿Ofrecerle una beca?

—¿Estás triste?

Wren buscó bajo la cama y agitó una caja de barritas vacía.

—Sí... Y avergonzada de no haber roto con él hace tiempo. De haber pensado que podíamos seguir así indefinidamente. Estoy triste porque tengo la sensación de haber cortado los lazos con la época de la secundaria. Como si Abel fuera el único recuerdo de esa época feliz que me pudiera llevar conmigo.

—¿Te acuerdas de cuando te regaló un cable de laptop para tu cumpleaños?

—Fue un buen regalo —replicó Cath, señalando a su hermana con un dedo acusador.

Wren le agarró el dedo y se lo empujó hacia abajo.

—¿Pensabas en él cada vez que lo enchufabas?

—Necesitaba un cable nuevo —Cath se apoyó contra la pared, mirando a Wren—. Aquel día, el día que cumplí diecisiete años, me besó por primera vez. O quizás fuera yo la que lo besó.

—¿Fue un beso "electrizante"?

Cath soltó una risilla.

—No. Pero recuerdo haber pensado... que me sentía segura con él —frotó la cabeza contra el cemento pintado—. Recuerdo haber pensado que Abel y yo nunca seríamos como papá y mamá, que si alguna vez Abel se cansaba de mí, yo sobreviviría al golpe.

Wren aún sostenía la mano de Cath. Se la apretó. Luego apoyó la cabeza en la pared, imitando la postura de su hermana. Ésta lloraba ahora.

—Ahí lo tienes —dijo Wren—. Sobrevive.

Cath se rio e introdujo los dedos tras los cristales de los lentes para enjugarse las lágrimas. Wren le cogió también esa mano.

—Ya conoces mi postura al respecto —afirmó.

—Fuego y lluvia —susurró Cath. Notó que Wren le rodeaba las muñecas con los dedos.

—Somos indestructibles.

Cath miró el brillante pelo castaño de su hermana y aquel destello acerado que ceñía el verde de los ojos como una corona gris.

Tú lo eres, pensó.

—¿Y eso significa que se acabó el pastel de tres leches para tu cumpleaños? —preguntó Wren.

—Te quería contar otra cosa también —dijo Cath sin pararse a pensar—. Hay, o sea, creo que hay... un chico.

Wren enarcó las cejas, pero antes de que su hermana pudiera continuar, oyeron voces y el ruido de una llave en la cerradura. Wren soltó las muñecas de Cath al advertir que se abría la puerta. Reagan entró como un vendaval y tiró al suelo una maleta deportiva. Luego volvió a salir a toda prisa, antes incluso de que Levi hubiera pisado el cuarto.

—Eh, Cath —la saludó él, sonriente—, estás...

Miró hacia la cama y se calló de golpe.

—Levi —dijo Cath—, ella es mi hermana, Wren.

Wren le tendió la mano.

Cath nunca había visto a Levi abrir unos ojos tan grandes. Sonrió a Wren y le estrechó la mano tendida.

—Wren —musitó—. Los nombres de su familia son fascinantes.

—Nuestra madre no sabía que íbamos a ser gemelas —explicó Wren—. Y le dio pereza pensar otro nombre.

—Cather, Wren... —se diría que Levi acababa de descubrir la sopa de ajo—. Catherine.

Cath puso los ojos en blanco. Wren se limitó a sonreír.

—Qué lista, ¿verdad?

—Cath —repitió Levi, e intentó sentarse junto a Wren en la cama, aunque no había espacio suficiente. Wren se rio y se deslizó hacia Cath. Ésta se hizo a un lado también. De mala gana. *Si le das la mano a Levi...*

—No sabía que tuvieras mamá —dijo—. Ni una hermana. ¿Qué más me ocultas?

—Cinco primos —repuso Wren—. Y una larga sucesión de desgraciados hámsteres, todos llamados Simon.

Levi sonrió aún más abiertamente.

—Ay, borra esa cara —protestó Cath, asqueada—. No quiero que derroches todo ese encanto con mi hermana. ¿Y si no te lo devuelve?

Reagan cruzó el umbral y le echó un vistazo a Cath. Al reparar en la presencia de Wren, se estremeció.

—¿Es tu hermana gemela?

—¿Lo sabías? —preguntó Levi.

—Wren, Reagan —las presentó Cath.

—Hola —saludó Reagan frunciendo el ceño.

—No te lo tomes como algo personal —le dijo Cath a su hermana—. Estos dos son así con todo el mundo.

—De todas formas, tengo que irme —Wren se levantó de la cama muy animada. Llevaba un vestidito rosa y mallas marrones, con unas botas marrones de tacón adornadas con una fila de botones verdes a los lados. Eran de Cath, pero ella nunca había reunido valor para ponérselas—. Encantada de conocerlos —dijo sonriendo a Reagan y a Levi—. Te veo mañana a la hora de comer —se despidió de Cath.

Reagan no respondió. Levi la saludó con la mano. Cath la acompañó a la puerta.

—Gracias —le dijo.

En cuanto la puerta se cerró, Levi volvió a abrir unos ojos como platos.

—¿Ella es tu hermana gemela?

—Idéntica —añadió Reagan con cara de asco.

Cath asintió y se sentó a la mesa del escritorio.

—Diablos —Levi se desplazó para mirarla de frente.

—No estoy segura de lo que te pasa —le espetó Cath—, pero me parece que es ofensivo.

—¿Cómo puede ofenderte el hecho de que tu hermana gemela esté buenísima?

—Porque —le explicó Cath, demasiado animada por la visita de Wren y, por raro que parezca, por Abel e incluso por Nick como para sentirse realmente molesta— tengo la sensación de que estás insinuando que yo soy la hermana fea.

—Tú no eres la fea —sonrió Levi—. Sólo eres Clark Kent.

Cath se puso a mirar su correo.

—Eh, Cath —la llamó Levi, dándole una patada a la silla. El tono burlón no le pasó desapercibido—. ¿Me avisarás cuando te quites los lentes?

Agatha Wellbelove era la bruja más encantadora de Watford. Todo el mundo lo sabía: los chicos, las chicas, los profesores… Los murciélagos del campanario, las serpientes del sótano…

La propia Agatha lo sabía. Lo cual, en cualquier otro caso, le habría restado encanto y belleza. Agatha, sin embargo, a los catorce años, jamás utilizaba esas armas para perjudicar a los demás o para manipularlos.

Sabía que era encantadora, y compartía su encanto como si fuera un don. Cada una de sus sonrisas era como despertar a un día de sol. Agatha era consciente de ello y sonreía a todo aquel que se cruzaba en su camino, como si fuera el mejor regalo que pudiera ofrecer.

(Capítulo 15 de *Simon Snow
y los cuatro selkies*,
copyright de Gemma T. Leslie, 2007.)

CAPÍTULO 8

—¿Ya has empezado a escribir la escena?

Estaban en el sótano de la biblioteca, en el subsótano en realidad, y hacía aún más frío que de costumbre. La corriente agitaba el flequillo de Nick. *¿El de los chicos también se llama flequillo?*, se preguntó Cath.

—¿Por qué sopla viento aquí dentro? —preguntó.

—¿Por qué sopla viento en cualquier parte? —replicó Nick.

Cath se echó a reír.

—No sé. ¿Por las mareas?

—¿Por la respiración de las cuevas?

—No es viento, ni mucho menos —dijo Cath—. Es lo que se siente antes de un salto temporal al futuro.

Nick le sonrió. Tenía los labios delgados pero oscuros, del mismo color que el interior de la boca.

—Los alcaldes ingleses son inútiles —dijo gesticulando con las cejas. A continuación le dio a Cath un codazo—. Y qué, ¿empezaste a escribir la escena? Seguro que ya la terminaste. Eres un puto rayo.

—Tengo mucha práctica —reconoció ella.

—¿Práctica escribiendo?

—Sí —por un segundo, consideró la idea de contarle la verdad. Sobre Simon y Baz. Decirle que escribía un capítulo diario y que recibía treinta y cinco mil visitas...—. Escribo porque sí —dijo—. Cada mañana, sólo para adquirir práctica. ¿Empezaste tu escena?

—Sí —respondió Nick. Dibujaba remolinos en el margen de una hoja—. Tres veces... No tengo claro qué hay que hacer.

La profesora Piper quería que escribieran una escena con un narrador mentiroso. Cath había escrito la suya desde el punto de vista de Baz. Era una idea que llevaba en la cabeza desde hacía tiempo; a lo mejor lo convertía en una *fic* más larga algún día, cuando hubiera acabado *Adelante*.

—Para ti debería ser pan comido —dijo Cath devolviéndole el codazo, aunque con más suavidad—. Ninguno de tus narradores es de fiar.

Nick le había dejado leer unos cuantos relatos y los primeros capítulos de la novela que había empezado el curso pasado. Todo lo que el chico escribía era oscuro —más obsceno y sombrío que nada de lo que Cath hubiera escrito jamás— pero divertido, pese a todo. Y potente, de algún modo. Nick era bueno.

A Cath le gustaba sentarse a su lado y observar cómo aquel material tan fuerte brotaba de su mano. Ver cómo surgían las bromas en tiempo real. Comprobar cómo las palabras iban encajando.

—Exacto —asintió él, y se lamió el labio superior. Prácticamente carecía de labio superior más allá de una raya roja—. Por eso tengo la sensación de que esta vez tengo que hacer algo especial.

—Vamos —Cath intentó quitarle la libreta—. Me toca.

Siempre le costaba un poco arrebatarle el cuaderno a Nick.

La primera noche que habían quedado para trabajar en su relato extracurricular, Nick había aparecido con tres páginas ya redactadas.

"Eso es trampa", había protestado Cath.

"Sólo es el primer impulso —se había excusado él— para calentarnos".

Ella había cogido la libreta y le había corregido el texto, apretujando nuevos diálogos en los márgenes y tachando frases que le parecían excesivas. (A veces Nick llevaba su estilo demasiado lejos.) Luego había añadido unos cuantos párrafos propios.

Se habían acostumbrado a escribir en papel, aunque Cath seguía echando en falta la laptop.

"Necesito cortar y pegar", le decía a Nick.

"La próxima vez —le espetaba él— trae tijeras".

Ahora, cuando trabajaban, se sentaban codo con codo; resultaba más cómodo para poder ver lo que el otro hacía. Cath había aprendido a sentarse al lado derecho de Nick; así los brazos no chocaban sin querer cuando escribían.

En esas ocasiones, Cath se sentía parte de un monstruo de dos cabezas. Una carrera a tres piernas.

Se sentía en casa.

No estaba segura de lo que sentía Nick...

Hablaban mucho, antes de clase y durante las sesiones; Nick se giraba completamente en su silla. A veces, después de clase, Cath fingía que tenía que pasar por delante del edificio Bessey, donde Nick tenía la siguiente clase, aunque no había nada más allá de Bessey salvo el estadio de futbol americano. Afortunadamente, Nick nunca le había preguntado adónde iba.

Tampoco se lo preguntaba cuando salían de la biblioteca por la noche. Siempre se quedaban un minuto charlando en las escaleras mientras el chico se colocaba la mochila a la espalda y se cubría el cuello con una bufanda de cachemira azul. Luego le decía: "Te veo en clase". Y se iba.

Si Cath hubiera sabido que Levi estaba en su cuarto, lo habría llamado para que fuera a buscarla. Por lo general, marcaba el 112 y echaba a correr hacia la residencia con el dedo a punto sobre el botón de llamada.

Wren comía poquísimo.

—Es la dieta de la zorra esquelética —bromeó Courtney.

—Es vegana —aclaró Wren.

El comedor de Selleck celebraba el viernes de las fajitas. Wren había escogido un plato de pimientos verdes asados y dos naranjas. Llevaba unas cuantas semanas comiendo así.

Cath la miró con atención. Wren llevaba ropa que Cath también se había puesto, así que lo notaría enseguida si había adelgazado. El suéter le quedaba un poco apretado por la zona del pecho; los jeans, holgados por la parte del trasero. Tanto Wren como ella tenían traseros potentes; a Cath le gustaba ponerse camisas y suéteres que le cubrieran las caderas pero Wren prefería llevar cosas que se pudieran meter por dentro.

—Te veo igual —opinó Cath—. Eres como yo, y mira lo que estoy comiendo.

Cath había escogido dos fajitas de ternera con crema agria y tres tipos de queso.

—Sí, pero tú no bebes.

—¿Eso forma parte de la dieta de la zorra esquelética?

—Queremos ser zorras esqueléticas durante la semana —dijo Courtney— y zorras ebrias los fines de semana.

Cath intentó captar la mirada de Wren.

—Pues vaya gracia. ¿No pueden aspirar a otra cosa?

—Demasiado tarde —la cortó Wren antes de cambiar de tema—. ¿Viste a Nick ayer por la noche?

—Sí —asintió Cath, y sonrió. Intentó transformar la sonrisa en una mueca, pero sólo consiguió arrugar la nariz como un conejo.

—¡Ay! ¡Cath! —exclamó Courtney—. Hemos pensado que podríamos dejarnos caer por la biblioteca una noche, para echarle un vistazo. Los martes y los jueves, ¿no?

—No. Para nada. No, no y no —Cath miró a Wren—. No, ¿va? Di "va".

—Va —Wren pinchó unos trozos de cebolla—. ¿Por qué te pones histérica?

—No me pongo histérica —protestó Cath—. Pero si aparecen por allí, parecerá que estoy histérica. Se cargarán mi estrategia rollo: "Eh, por cierto, ¿quieres que quedemos? Genial".

—¿Tienes una estrategia? —le preguntó su hermana—. ¿E incluye besos?

Wren no pensaba dejarla en paz con el tema del beso. Desde que Abel había dejado a Cath, Wren no paraba de tomarle el pelo diciéndole que diera rienda suelta a sus pasiones y dejara salir a la fiera que llevaba dentro.

"¿Y qué te parece éste? —le decía señalando a un chico atractivo mientras hacían cola en el bufé—. ¿Te dan ganas de darle un beso?".

"No quiero besar a un extraño —respondía Cath—. No me interesan los labios fuera de contexto."

Sólo era verdad en parte.

Desde que Abel había cortado con ella... Desde que Nick había empezado a sentarse a su lado... Cath había empezado a notar cosas.

Chicos.

Tipos.

Por todas partes.

En serio, por todas partes. En las clases. En el centro estudiantil. En la residencia, en los pisos superiores y en los inferiores. Y no se parecían en nada a los de la escuela, eso era seguro. ¿Cómo era posible que un solo año supiera tanta diferencia? Cath se sorprendía a sí misma mirándoles el cuello y las manos. Advertía la rotundidad de sus mandíbulas, las protuberancias del pecho, el pelo...

El rastro de las cejas de Nick la arrastraba al nacimiento de su cabello, las patillas se le adivinaban en las mejillas, veía los músculos de su hombro izquierdo moverse por debajo de la camiseta.

Incluso Levi representaba una distracción. Una distracción casi constante. Con aquel cuello tan largo y bronceado. Y la nuez que subía y bajaba, y los tendones del cuello que se tensaban cuando reía.

Cath se sentía distinta. Sintonizada. Loca por los chicos (aunque ya no fueran chicos ni mucho menos). Y por una vez, Wren era la última persona con la que quería hablar de ello. No había ni una sola persona con la que quisiera hablar de ello.

—Mi estrategia —le decía ahora a Wren— consiste en asegurarme de que no conozca a mi delgadísima y guapísima hermana gemela.

—No creo que eso importe —repuso Wren. Cath advirtió que no le discutía eso de "delgadísima y guapísima"—. Yo diría que le atrae tu cerebro. Yo no tengo tu cerebro.

No lo tenía. Y Cath no podía entenderlo. Compartían el mismo ADN. La misma genética, el mismo entorno. No tenía lógica que fueran tan distintas.

—Vente conmigo a casa este fin de semana —sugirió Cath de repente. Había encontrado un viaje a Omaha para aquella noche. Wren ya le había dicho que prefería quedarse—. Sabes que papá nos echa de menos —la presionó—. Vamos.

Wren negó con la cabeza y miró la bandeja.

—Ya te lo he dicho. Tengo que estudiar.

—Este fin de semana hay partido en casa —apuntó Courtney—. No tenemos que estar sobrias hasta el lunes a las once.

—¿Has llamado a papá alguna vez? —le preguntó Cath.

—Nos hemos enviado correos —repuso Wren—. Está bien.

—Nos echa de menos.

—Es lógico; es nuestro padre.

—Ya —dijo Cath en voz baja—. Pero él es distinto.

Wren alzó la vista y fulminó a Cath con la mirada, negando con la cabeza sólo una pizca.

Cath bajó la vista.

—Será mejor que me vaya. Quiero pasar por mi habitación antes de clase.

Aquella tarde, cuando la profesora Piper les pidió los relatos contados por un narrador mentiroso, Nick le arrancó a Cath el suyo. Ella se lo quitó. El chico enarcó una ceja.

Cath negó con la cabeza y le sonrió. Sólo más tarde se dio cuenta de que había esbozado la típica sonrisa de Wren. Una de sus sonrisas evangelizadoras.

Nick hizo un gesto burlón y se quedó mirando a Cath un instante antes de girarse otra vez hacia el pizarrón.

La profesora Piper le tomó la hoja de la mano.

—Gracias, Cath —sonrió con calidez y le apretó el hombro—. Estoy deseando leerlo.

Nick volteó a verla. *Enchufada,* articuló con los labios.

Cath sintió deseos de agarrarle el pelo y estirar con fuerza hasta obligarlo a doblar la cabeza hacia atrás.

—No nos habríamos saltado el toque de queda si no te hubieras interpuesto en mi camino.

Simon gruñía y replicaba:

—No me habría interpuesto en tu camino si no hubieras estado deambulando por el bosque con malas intenciones.

Pero la verdad, Simon lo sabía perfectamente, era que se habían enfrascado tanto en una discusión que habían perdido la noción del tiempo y ahora tendrían que pasar la noche a la intemperie. Era imposible burlar el toque de queda, por más veces que Baz entrechocara los talones y dijera: *En ningún lugar como en casa.* (De todos modos, aquél era un conjuro de séptimo; Baz no tenía ninguna posibilidad de realizarlo con éxito.)

Simon suspiró y se desplomó en la hierba. Baz seguía farfullando y mirando el castillo como si aún hubiera posibilidades de encontrar un camino de entrada.

—Eh —dijo Simon, dándole un toque a Baz en la rodilla.

—Ay. Qué.

—Tengo una barrita de chocolate relleno —anunció Simon—. ¿Quieres la mitad?

Baz bajó la vista. A la luz del crepúsculo, su cara alargada parecía tan gris como sus ojos. Se echó hacia atrás el cabello negro y frunció el ceño. Luego se sentó junto a Simon en la ladera.

—¿Relleno de qué?

—De menta —Simon se sacó la golosina del bolsillo de la capa.

—Son mis favoritas —aceptó Baz a regañadientes.

Simon le dedicó una sonrisa blanca y radiante.

—Las mías también.

(De *Secretos, estrellas y barritas de chocolate*, subido en enero de 2009 a FanFixx.net por Magicath y Wrenegade.)

Capítulo 9

Cath tenía una media hora de margen antes de partir hacia Omaha y no deseaba quedarse sentada en su cuarto. Era un perfecto día de noviembre, frío y seco, pero no gélido. Sólo lo bastante desapacible como para ponerse encima todas sus prendas favoritas —chaqueta, leotardos y calentadores— sin dar la nota.

Pensó en pasar por la biblioteca para estudiar pero al final optó por bajar al centro de Lincoln. Cath casi nunca abandonaba el campus; no tenía muchos motivos para hacerlo. Salir del campus le parecía tan aventurado como cruzar la frontera. *¿Qué haría si perdiera la cartera o me perdiera yo misma? Tendría que llamar a la embajada.*

Lincoln era más rural que Omaha. El centro aún conservaba unos cuantos cines y algunas tiendas pequeñas. Cath pasó por delante de un restaurante tailandés y del famoso Chipotle, el bar de comida mexicana. Entró en una tienda de regalos para echar un vistazo y oler los aceites esenciales. Había un Starbucks al otro lado de la calle. Se preguntó si sería el de Levi y, un minuto después, cruzaba para averiguarlo.

El interior del local era idéntico al de cualquier otro Starbucks. Quizás con una clientela algo más intelectual. Y con Levi, que se movía con destreza detrás de la cafetera, sonriendo a algo que le decían por el auricular.

Llevaba un suéter negro sobre una camiseta blanca. Parecía como si acabara de cortarse el pelo, más aseado por detrás pero aún revuelto y parado de la punta por delante. Levi llamó a un cliente y le tendió una bebida. El tipo parecía un profesor de violín retirado. Intercambió unas palabras con él. En su caso, charlar con los clientes era una necesidad biológica.

—¿Estás en la fila? —le preguntó una mujer a Cath.

—No, adelante.

En aquel momento, Cath decidió que, ya que estaba allí, se tomaría algo. No había entrado para observar a Levi a hurtadillas, ¿verdad? No sabía qué hacía allí.

—¿Qué te pongo? —le preguntó el chico de la caja registradora.

—Nada —dijo Levi apartando al chico a un lado—. Yo me encargo —sonrió—. Cather.

—Hola —dijo Cath poniendo los ojos en blanco. Pensaba que no la había visto.

—Pero mírate. Abrigada hasta las cejas. ¿Qué son esas cosas, sudaderas para las piernas?

—Son calentadores.

—Llevas al menos cuatro tipos de suéteres distintos.

—Esto es una bufanda.

—Parece que te han untado de brea y salpicado de lana.

—Ya lo veo —replicó ella.

—¿Pasaste a saludar?

—No —dijo Cath. Levi frunció el ceño. Ella volvió a mirar al cielo—. Vine a tomar un café.

—¿De qué tipo?

—Un café. Grande.

—Hace frío afuera. Deja que te prepare algo bueno.

Cath se encogió de hombros. Levi cogió una taza y procedió a rellenarla de jarabe. Mientras tanto, ella aguardaba al otro lado de la cafetera.

—¿Qué vas a hacer esta noche? —le preguntó él—. Deberías venir a mi casa. Creo que vamos a hacer una hoguera. Reagan viene.

—Me voy a casa —dijo Cath—. A Omaha.

—¿Sí? —Levi le sonrió. La máquina lanzó un siseo—. Seguro que tus padres se alegran de verte.

Cath volvió a encogerse de hombros. Levi añadió crema batida a la bebida. Tenía las manos largas... y algo más gruesas que el resto de su anatomía, nudosas, con las uñas cortas y cuadradas.

—Que tengas un buen fin de semana —le deseó, tendiéndole la bebida.

—No te lo he pagado.

Levi levantó las manos.

—Por favor. No me ofendas.

—¿Qué es? —Cath se acercó la bebida a la nariz y aspiró el aroma.

—Mi propio brebaje: café moca con jarabe de calabaza, corto de café. No se lo pidas a nadie más; no sería lo mismo.

—Gracias —dijo Cath.

Levi volvió a sonreír. Y ella dio un paso atrás, hacia un estante lleno de tazas.

—Adiós —se despidió.

Levi atendió al siguiente, con su sonrisa de costumbre.

La dueña del coche era una chica llamada Erin, quien había colgado un cartel en el cuarto de baño buscando a alguien que quisiera pagar la gasolina a medias para ir a Omaha. Sólo hablaron del novio de Erin, que seguía viviendo en la ciudad y que seguramente se estaba muriendo por ponerle los cuernos. Cath estaba deseando llegar a casa.

La invadió la euforia al llegar a la entrada principal y subió corriendo el tramo de escaleras. Alguien había rastrillado las hojas. Y si te pasaste toda la noche levantado preparando montañas de puré de papas no te quedan ganas de rastrillar las hojas, ¿no?

En verdad, tampoco a su padre le daría por algo así, por preparar puré de papas. No era su estilo. En absoluto.

Un poste de bomberos en el desván. Excursiones improvisadas. Quedarse despierto tres noches seguidas porque había descubierto *Galáctica, estrella de combate* en Netflix... Aquél era el modus operandi de su locura.

—¿Papá?

La casa estaba a oscuras. Su padre ya debería haber vuelto; le había dicho que regresaría temprano.

—¡Cath!

Estaba en la cocina. Ella corrió a abrazarlo. Su padre la estrechó entre sus brazos como si llevara mucho tiempo esperando aquel momento. Cuando Cath se apartó, el hombre sonrió de oreja a oreja. Dichosos los ojos y todo eso.

—Está oscuro aquí dentro —comentó Cath.

Su padre miró a su alrededor como si fuera él quien acabara de llegar.

—Tienes razón —echó a andar por la planta baja, encendiendo todas las luces. Cuando empezó con las lámparas, Cath las fue apagando tras él—. Estaba trabajando en una cosa... —se disculpó.

—¿De la oficina?

—De la oficina —repuso. Distraído, volvió a encender la lámpara que Cath acababa de apagar—. ¿Qué piensas de Gravioli?

—Me gusta. ¿Es lo que vamos a cenar?

—No, es el cliente para el que estoy trabajando.

—¿Ganaron la cuenta de Gravioli?

—Aún no. Estamos preparando una presentación. ¿Qué te hace sentir?

—Gravioli.

—Sí —se golpeteó la palma de la mano con los dedos índice y corazón.

—Me... ¿gusta el caldo gravy? ¿Y los ravioli?

—Y te hace sentir...

—Llena.

—Eso es horrible, Cath.

—Mmm... ¿feliz? ¿Gratificada? ¿Reconfortada? ¿Doblemente reconfortada porque he comido dos alimentos caseros a un tiempo?

—Quizá... —dijo él.

—Me hace pensar en todos los platos con los que podrían casar.

—¡Diablos! —exclamó el hombre—. No está mal.

Se alejó de ella, y Cath comprendió que había ido a buscar el bloc de dibujo.

—¿Qué vamos a cenar? —le preguntó.

—Lo que quieras —al momento se detuvo y volteó a verla, como si acabara de recordar algo—. No. Iremos a un puesto de tacos. ¿Vamos a un puesto de tacos?

—Sí. Yo conduzco. Llevo meses sin conducir. ¿A cuál? Vamos a todos.

—Por lo menos hay siete puestos de tacos en sólo tres kilómetros a la redonda.

—Vamos —se animó Cath—. Quiero pasarme todo el fin de semana comiendo burritos.

Se zamparon los burritos sentados delante de la tele. El padre de Cath escribía y ella sacó la laptop. Wren debería estar allí también con la suya, chateando con Cath en vez de hablar de viva voz.

Decidió enviarle un email.

Ojalá estuvieras aquí. Papá tiene buen aspecto. No creo que haya lavado los platos desde que nos marchamos, ni que haya usado vajilla aparte de los vasos. Pero está trabajando. Y no hay nada roto. Y tiene la mirada normal, ¿sabes? En fin. Te veo el lunes. Cuídate. Procura que no te droguen.

Cath se fue a dormir a la una. Volvió a bajar a las tres para asegurarse de que la puerta estaba cerrada; lo hacía a veces cuando no podía dormir, cuando tenía la sensación de que las cosas no andaban bien.

Su padre había empapelado la sala con titulares y esbozos. Caminaba entre ellos, como si buscara algo.

—¿No te vas a la cama? —le preguntó.

A él le llevó unos segundos reparar en su presencia.

—Claro —repuso él, sonriendo con cariño.

Cuando Cath volvió a bajar a las cinco, su padre ya se había acostado. Lo oyó roncar.

El padre de Cath se había ido cuando ella bajó unas horas más tarde.

Cath decidió inspeccionar los daños. Los papeles del comedor estaban ahora divididos en grupos. "Prototipos", los llamaba él. Los había pegado con celo a la pared y a las ventanas. Algunos estaban rodeados de más papeles, como si las ideas hubieran estallado. Cath las revisó todas y buscó un rotulador verde para destacar sus favoritas. (Su color era el verde; el de Wren, el rojo.)

La escena —caótica pero mínimamente organizada— la hizo sentir mejor.

Cierto grado de euforia estaba bien. Cierto grado de euforia pagaba las cuentas y lo impulsaba a levantarse por las mañanas, le proporcionaba magia cuando más la necesitaba.

"Hoy he estado mágico, chicas", decía tras una buena presentación, y ambas sabían que habría langosta para cenar, cada cual con sus propias tenazas rompemarisco y su platillo de mantequilla derretida.

Cierto grado de euforia mantenía la casa en pie. Era el caldero de oro en el sótano.

Cath echó un vistazo a la cocina: el refrigerador estaba vacío. El congelador, en cambio, rebosaba platos precocinados Opción Sana y botes Marie Callender. Llenó el lavaplatos de vasos sucios, cucharas y tazas de café.

El lavabo no tenía mal aspecto. Echó un vistazo al dormitorio de su padre y reunió más vasos. Había un montón de papeles allí, éstos sin clasificar. Correo apilado, casi todo sin abrir. Se preguntó si su padre se habría limitado a trasladar el desorden a su dormitorio antes de que Cath llegara.

No tocó nada salvo los vasos sucios.

Luego calentó en el microondas una ración precocinada Opción Sana, se la comió en la cocina y volvió a meterse en la cama.

Nunca se había dado cuenta de lo cómoda que era su cama. Las almohadas olían de maravilla. Y cuánto había echado de menos los carteles de Simon y Baz. Tenía un Baz troquelado a tamaño natural colgando del dosel. Enseñaba los colmillos y sonreía con expresión maliciosa. Se preguntó si Reagan la dejaría tenerlo en el cuarto que compartían. A lo mejor cabía en el armario de Cath.

♡ ♡ ♡

Aquel fin de semana Cath y su padre se hincharon de comer tacos, cada vez de un sitio diferente. Cath comió tacos de carnitas y de barbacoa, al pastor e incluso de lengua. Lo pedía todo empapado en salsa de tomatillos verdes.

Su padre trabajaba, así que Cath trabajaba con él. Hacía semanas que *Adelante, Simon* no avanzaba tanto. El sábado por la noche, a la una de la madrugada, fingió que se iba a dormir haciendo muchos aspavientos, aunque estaba completamente despejada, para que su padre se metiera en la cama también.

Se quedó despierta un par de horas más, escribiendo.

Qué bien le sentaba trabajar en su propio dormitorio, en su propia cama. Era agradable perderse en el mundo de los hechiceros y quedarse allí tanto rato como quisiera. No oír ninguna otra voz que la de Simon y Baz en su cabeza. Ni siquiera la suya propia. Por eso Cath escribía *fic*. Por esas horas en las que el mundo de Simon y Baz la arrancaba de la realidad. Por ese tiempo que pasaba cabalgando los sentimientos de sus personajes como una ola, como si corriera colina abajo.

El domingo por la noche, la casa rebosaba esbozos en papel vegetal y restos de papel de aluminio. Cath recogió otro montón de vasos y reunió la odorífera basura.

Había quedado con su compañera de viaje al oeste de Omaha. El padre de Cath la esperaba junto a la puerta, golpeteándose la pierna con las llaves del coche.

Procuró grabarse bien la imagen en la memoria para poder recuperarla más tarde, cuando se preguntara si su padre estaba bien. El hombre tenía el pelo castaño, del mismo tono que Cath y Wren. Y compartían también la misma textura de cabello, recio y liso. La nariz redondeada, un poco más grande que la de las chicas. Color de ojos indefinido, como ellas. Se diría que las había engendrado él solo. Que los tres se habían repartido un mismo ADN en partes iguales.

La imagen habría resultado mucho más tranquilizadora si su padre no mostrara una expresión tan triste. Si las llaves no tintinearan con tanta fuerza.

—Estoy lista —dijo.

—Cath... —el tono con que lo dijo encogió el corazón de su hija—. Siéntate, ¿sí? Tengo que decirte una cosa.

—¿Por qué me tengo que sentar? No quiero sentarme.

—Hazlo —su padre señaló la mesa del comedor—, por favor.

Ella se sentó a la mesa, procurando no rozar la superficie ni respirar con demasiada fuerza para no desordenar los papeles que la cubrían.

—No quería ocultarte esto... —empezó a decir él.

—Pues dilo —le espetó Cath—. Me estás poniendo nerviosa.

Más que nerviosa. Su estómago era un manojo de nervios.

—He estado hablando con tu madre —dijo.

—¿Qué? —no se habría quedado más impresionada si le hubiera dicho que había estado hablando con un fantasma. O con un yeti—. ¿Por qué? ¿De qué?

—No sobre mí —se apresuró a decir el hombre, como si supiera que la perspectiva de que volvieran juntos no podía ser más horrible—. Sobre ti.

—¿Sobre mí?

—Sobre ti y sobre Wren.

—Basta —replicó ella—. No le hables de nosotras.

—Cath..., es tu madre.

—Nada lo demuestra.

—Escúchame, Cath, ni siquiera sabes lo que voy a decir.

La chica se había echado a llorar.

—Me da igual lo que vayas a decir.

Su padre decidió seguir hablando sin más.

—Le gustaría verte. Quiere conocerte mejor.

—No.

—Cariño, ha pasado por cosas terribles.

—No —repitió Cath—. Ella no ha pasado por nada —era verdad. No podía recordar ni un solo acontecimiento en el que su madre hubiera estado presente—. ¿Por qué estamos hablando de ella?

Volvió a oír el tintineo de las llaves, que golpeaban la pierna de su padre y el fondo de la mesa. Necesitaban a Wren. Ella no se pondría histérica. No lloraría. Wren no lo dejaría seguir hablando de eso.

—Es tu madre —dijo el hombre—. Y creo que deberías darle una oportunidad.

—Ya lo hicimos. Cuando nacimos. Tema zanjado.

Cath se levantó con demasiada precipitación y un montón de papeles salió volando de la mesa.

—A lo mejor podemos seguir hablando en Acción de Gracias —propuso el padre.

—A lo mejor no podemos seguir hablando en Acción de Gracias y así no estropeamos la fiesta. ¿Se lo vas a decir a Wren?

—Ya lo hice. Le envié un email.

—¿Y qué te dijo?

—No mucho. Dijo que lo pensaría.

—Bueno, pues yo no lo voy a pensar —replicó Cath—. No puedo siquiera pensarlo.

Se levantó de la mesa y empezó a reunir sus cosas; necesitaba algo a lo que aferrarse. Su padre no debería haberles hablado de eso por separado. No debería haberles hablado de eso en absoluto.

♡ ♡ ♡

El viaje a Omaha oeste en compañía de su padre fue un horror. Y la vuelta a Lincoln sin él resultó aún peor.

No tenían escapatoria.

Los había atacado un fétido crestado venenoso.

Y luego se escondieron en aquella cueva llena de arañas y de lo que quiera que fuera esa cosa que había mordido la zapatilla de Simon, seguramente una rata.

Entonces, Baz había tomado la mano de Simon. O quizá Simon había tomado la mano de Baz… En cualquier caso, era un gesto totalmente lógico, teniendo en cuenta los terrores que los acechaban.

A veces, tomas la mano de alguien tan sólo para comprobar que sigues vivo, y que otro ser humano está allí contigo para dar fe de ello.

Regresaron así al castillo, de la mano. Y no habría pasado nada —todo habría sido más o menos normal— si uno de los dos se hubiera soltado.

Si no, se hubieran quedado allí, al borde del Gran Jardín, sosteniendo esa pequeña parte del otro mucho después de que el peligro hubiera pasado.

(De *La mala idea*, subido en enero de 2010 a FanFixx.net por Magicath.)

Capítulo 10

La profesora Piper no había corregido aún las escenas del narrador mentiroso (por culpa de lo cual Nick estaba enfurruñado y paranoico), pero les había pedido que empezaran a redactar el proyecto final, un relato corto de diez mil palabras.

—No lo dejen para la noche anterior —les advirtió. Estaba sentada encima de su escritorio, columpiando las piernas—. Me daré cuenta. No me interesa el monólogo interior.

Cath no estaba segura de cómo se las arreglaría para quitarse de encima aquella montaña de trabajo. El proyecto final, los ejercicios de escritura semanales..., aparte de las tareas que tenía pendientes de otras asignaturas. Todas las lecturas, todos los trabajos. Los ensayos, las presentaciones, los informes. Y además, quedar con Nick para escribir los martes y algunos jueves. Aparte de los emails y los comentarios de *Adelante, Simon*...

Se sentía como si nadara en un mar de palabras. Algunas noches, como si se ahogara en él.

—¿Alguna vez tienes la sensación —le preguntó a Nick el martes por la noche— de que eres un agujero negro, pero al revés...?

—¿Algo que expulsa en vez de absorber?

—Algo que es absorbido —intentó explicarse Cath. Estaba sentada a la mesa del almacén con la cabeza apoyada en la mochila. Notaba la corriente de aire en el cuello—. El reverso de un agujero negro hecho de palabras.

—Como si el mundo te estuviera exprimiendo el lenguaje —dijo él.

—No tanto como exprimir, más bien como si las palabras surgieran de mi interior a tanta velocidad que ya no supiera ni de dónde proceden.

—Y quizás has agotado tus provisiones de lenguaje —apuntó él solemnemente— y las tejes de carne y hueso.

—De aliento —dijo ella.

Nick la miró desde arriba, las cejas unidas en una sola línea gruesa. Tenía los ojos del color que nadie ve en el arcoíris. Índigo.

—No —reconoció—. Nunca me he sentido así.

Cath se echó a reír y negó con la cabeza.

—Las palabras surgen de mi mano como la telaraña de Spiderman.

Nick tendió las manos y se tocó las palmas con el dedo corazón de cada una.

—Ffffssshhh.

Ella intentó reír, pero en cambio le salió un bostezo.

—Vamos —dijo él—. Es medianoche.

Cath reunió los libros. Nick siempre se llevaba la libreta. Al fin y al cabo, era suya, y él siempre escribía algo entre cita y cita.

Al llegar al exterior, el frío tomó a Cath por sorpresa.

—Nos vemos mañana —se despidió Nick mientras se alejaba—. A lo mejor Piper ya corrigió los ejercicios.

Cath asintió y sacó el teléfono para llamar a su habitación.

—Hola —dijo alguien a su espalda.

Dio un respingo. Sólo era Levi... apoyado contra una farola, como el típico "hombre apoyado en farola".

—Siempre acabas a medianoche —sonrió—. Me adelanté. Hace demasiado frío para estar aquí esperando.

—Gracias —repuso ella, echando a andar hacia la residencia.

Levi guardaba un silencio poco habitual en él.

—¿Así que ése es tu compañero de estudios? —preguntó a medio camino de Pound.

—Sí —dijo Cath desde el interior de la bufanda. Notó su propio aliento, húmedo y gélido entre la lana—. ¿Lo conoces?

—Lo he visto por ahí.

Cath estaba muy callada. Hacía demasiado frío para hablar y se sentía más fatigada que de costumbre.

—¿Alguna vez se ha ofrecido a acompañarte a casa?

—Nunca se lo he pedido —se apresuró a responder ella—. Ni tampoco a ti.

—Eso es verdad —reconoció Levi.

Más quietud. Más frío.

El aire le quemaba la garganta cuando por fin Cath rompió el silencio.

—A lo mejor no deberías hacerlo.

—No digas tonterías —replicó Levi—. No lo decía por eso.

Cuando vio a Wren por primera vez después del viaje, comiendo con Courtney, Cath sólo podía pensar: *Así que éste es el aspecto que tienes cuando me estás ocultando un tremendo secreto: el mismo de siempre.*

Se preguntó si su hermana tenía pensado siquiera hablarle de... lo que su padre le había comentado. Y también qué otras cosas importantes se guardaba para sí. ¿Cuándo había empezado a hacerlo? ¿Desde cuándo le filtraba Wren la información?

Yo también puedo hacerlo, se dijo. *Soy muy capaz de guardar secretos.* Sin embargo, no tenía ningún secreto que guardar y no pensaba ocultarle nada a Wren. No si le parecía tan cómodo, tan natural, saber que podía compartirlo todo con su hermana.

Estuvo esperando el momento propicio para hablar con Wren sin que Courtney estuviera presente, pero esta última nunca las dejaba solas. (Y siempre hablaba de los temas más triviales del mundo, como si su vida fuera una prueba constante para un *reality* de MTV.)

Por fin, al cabo de unos días, Cath decidió acompañar a Wren a clase después de comer, aunque eso implicara llegar tarde a la suya.

—¿Qué pasa? —le preguntó Wren en cuanto Courtney partió alegremente hacia su clase de Economía.

Había empezado a nevar; una nieve húmeda.

—Sabes que fui a casa el fin de semana pasado —empezó a decir Cath.

—Claro. ¿Cómo está papá?

—Bien..., muy bien, en realidad. Está intentando cazar a Gravioli.

—¿Gravioli? Es una cuenta muy importante.

—Ya lo sé. Y parece muy decidido a conseguirlo. Y no vi nada raro... O sea, todo parecía ir bien.

—Ya te dije que no nos necesitaba —dijo Wren.

Cath resopló.

—Es evidente que nos necesita. Si tuviera un gato, el pobre hombre estaría a sólo un día de Grey Gardens; creo que compra toda la comida en la gasolinera, y duerme en el sofá.

—Pensaba que habías dicho que se las arreglaba bien.

—Para ser papá. Deberías acompañarme la próxima vez.

—La próxima vez será para la fiesta de Acción de Gracias. Seguramente iré.

Cath se detuvo. Casi llegaron al aula de Wren y Cath ni siquiera había abordado la parte más delicada.

—Papá me dijo... que ya te lo dijo.

Wren soltó el aire como si se lo viera venir.

—Sí.

—Dijo que te lo estabas pensando.

—Así es.

—¿Por qué? —Cath hizo esfuerzos por no formular la pregunta en tono quejoso.

—Porque... —Wren negó con la cabeza—. Porque es nuestra madre. Y me lo estoy pensando.

—Pero... —Cath se interrumpió, aunque no porque no supiera cómo continuar, sino porque tenía demasiadas cosas que decir. Las objeciones se arremolinaban en su cabeza como personas que huyen de un edificio en llamas y se amontonan en la puerta—. Pero ella lo estropeará todo.

—Ya lo estropeó todo —arguyó Wren—. No puede volver a dejarnos.

—Sí. Sí que puede.

Wren hizo otro gesto de negación.

—Sólo me lo estoy pensando.

—Cuando decidas algo, ¿me lo dirás?

La otra frunció el ceño.

—No si te vas a disgustar.

—Tengo derecho a disgustarme por las cosas desagradables.

—Pero no me gusta —replicó Wren, que desvió la vista para mirar hacia la puerta—. Voy a llegar tarde.

También Cath.

—Ya somos compañeros de cuarto —arguyó Baz—. No deberíamos ser compañeros de laboratorio también. Me están obligando a asumir mucho más protagonismo en la vida de Mejillas de manzana del que me corresponde.

Todas las chicas presentes se sentaron al borde de sus taburetes, dispuestas a ocupar el puesto de Baz.

—Dejen ya de hablar de mis mejillas —musitó Snow, sonrojándose heroicamente.

—De verdad, profesor —insistió Baz, y agitó la varita en dirección a Snow como diciendo: "Pero míralo". Snow cogió el extremo de la varita y la apuntó hacia el suelo.

El profesor Chilblains ni se inmutó.

—Siéntese, señor Pitch. Nos está haciendo perder un tiempo precioso.

Baz dejó caer los libros junto a Snow, que se puso los lentes de seguridad y se los ajustó; el azul de sus ojos no palideció tras la pantalla, ni tampoco la fiereza de su mirada.

—Para que conste —gruñó Snow—. Yo tampoco quiero pasar más tiempo contigo.

Niñito estúpido…, suspiró Baz para sí, tomando nota de la tensión en la espalda de Snow, del rubor de su cuello y del espeso mechón de cabello color bronce atrapado bajo los lentes… ¿Qué sabrás tú lo que es querer?

(De *Los cuatro tipos básicos de reacciones químicas,* subido en agosto de 2009 a FanFixx.net por Magicath y Wrenegade.)

Capítulo 11

Reinaba un completo silencio en el pasillo. Todos los habitantes de la residencia Pound estaban en alguna otra parte, divirtiéndose.

Mirando la pantalla de la computadora, Cath volvía a oír mentalmente las palabras de la profesora Piper. Intentaba recordar la conversación entera, reproducirla una y otra vez en su cabeza, como si quisiera obligar a su memoria a vomitarla.

Aquel día, al comienzo de la clase, la profesora Piper les había devuelto el ejercicio del narrador mentiroso. A todos menos a Cath.

—Hablamos después de clase, ¿okey? —le dijo la profesora con aquella sonrisa amable y sincera que tenía.

Cath dio por supuesto que se proponía felicitarla, que a la profesora Piper le habría encantado su historia. Cath le caía bien, se notaba a la legua: le sonreía más a menudo que a cualquier otro alumno. Muchísimo más que a Nick.

Y aquella escena era lo mejor que Cath había escrito en todo el semestre, estaba segura. Tal vez la profesora quisiera comentar algún detalle o sugerirle que se apuntara a su clase avanzada al semestre siguiente. (Necesitabas una recomendación para matricularte.) O quizás fuera... algo bueno. Algo.

—Cath —dijo la profesora Piper cuando el resto de los alumnos se hubo marchado y la chica se acercó al escritorio de la mujer—. Siéntate.

La profesora sonreía con más dulzura que nunca, pero algo iba mal. Su mirada era triste y contrita, y cuando le devolvió el ejercicio, Cath vio una pequeña I roja escrita en una esquina.

Cath levantó la cabeza de golpe.

—Cath —empezó a decir la profesora Piper—. No sé qué decirte. La verdad es que no entiendo en qué estabas pensando...

—Pero... —objetó ella—, ¿tan mala es?

Era imposible que su escena fuera la peor de la clase.

—No se trata de si es buena o mala —la profesora negó con la cabeza, y su alborotada melena se balanceó con el movimiento—. Es un plagio.

—No —se defendió Cath—. La escribí yo.

—¿La escribiste tú? ¿Tú eres la autora de *Simon Snow y el Príncipe Hechicero*?

—Claro que no.

¿Por qué la profesora Piper le estaba diciendo eso?

—Esos personajes y todo ese mundo pertenecen a otra persona.

—Pero la historia es mía.

—Los personajes y el mundo hacen la historia —repuso la mujer en tono de súplica.

—No necesariamente...

Cath tenía el rostro encendido. Se le rompía la voz.

—Sí —afirmó la profesora Piper—. Necesariamente. Si se te pide que escribas algo original, no puedes robar la historia de otro y dar un giro a los personajes.

—No es robar.

—¿Cómo lo llamarías?

—Tomar prestado —replicó Cath, que odiaba discutir con su profesora, que ni siquiera quería provocar en ella aquella expresión tan fría y cerrada, pero que era incapaz de detenerse—. Reinventar, remezclar, versionar.

—Robar.

—No es ilegal —las justificaciones acudían con facilidad a los labios de Cath; todos los escritores de *fan fiction* se las sabían de memoria—. Los personajes no son míos, pero tampoco hago negocio con ellos.

La profesora Piper seguía negando con la cabeza. Parecía aún más decepcionada que hacía unos minutos. Se pasó las manos por los pantalones de mezclilla. Tenía los dedos pequeños, y llevaba una sortija con una turquesa larga y estrecha que asomaba por encima de su nudillo.

—La cuestión de la legalidad apenas es relevante. Te pedí que escribieras una historia original, que la escribieras tú, y eso no tiene nada de original.

—Me parece que no lo entiende —objetó Cath en un tono sollozante. Se miró el regazo, avergonzada, y volvió a ver la I roja.

—A mí me parece que tú no lo entiendes, Cath —replicó la profesora en un tono deliberadamente tranquilo—. Y quiero que lo comprendas bien. Estás en la universidad; aquí trabajamos en serio. Dejé que te matricularas en una asignatura para estudiantes de cursos superiores y hasta ahora me has impresionado muy favorablemente. Sin embargo, acabas de cometer un error digno de una persona inmadura y lo correcto es que aprendas la lección.

Cath cerró la boca con fuerza. Quería seguir discutiendo. Había trabajado muy duro para aquella asignatura. La profesora Piper siempre decía que escribieran sobre las cosas que llevaban en el corazón, y nada ocupaba tanto espacio en el corazón de Cath como Baz y Simon...

Sin embargo, asintió y se levantó. Incluso se las arregló para dar las gracias en voz baja mientras abandonaba el aula.

Ahora, al recordarlo, le ardía la cara de vergüenza. Observó el esbozo de Baz al carboncillo que la miraba por detrás de la laptop. Estaba sentado en un trono negro y tallado, con una pierna por encima del reposabrazos, la cabeza inclinada hacia delante con un gesto de lánguido desafío. Al fondo de la hoja, el artista había escrito con risueña caligrafía: "¿Quién serías sin mí, Snow? Una virgen de ojos azules que jamás habría atizado un buen golpe". Y debajo: "La inimitable Magicath".

Volvió a coger el teléfono. Había llamado a Wren seis veces desde que salió de clase. Y la contestadora saltó directamente en cada una de las ocasiones. Cath colgó.

Si pudiera hablar con Wren, se sentiría mejor. Wren la comprendería... seguramente. Era verdad que le dijo cosas horribles sobre Baz y Simon hacía unas semanas. Pero había bebido. Si Wren supiera lo disgustada que estaba Cath en este momento, no se metería con ella. La consolaría. Devolvería las cosas a su lugar; a Wren se le daba muy bien hacerlo.

Si Wren estuviera allí con ella... Cath se rio. Más que una risa, fue un sollozo. (*¿Qué diablos?*, pensó. *¿Por qué todo se convierte en un sollozo?*)

Si Wren estuviera allí, convocaría una fiesta Kanye de emergencia.

En primer lugar, se pondría en pie sobre la cama. Aquél era el protocolo. Cuando alguna de las dos se estresaba demasiado —cuando Wren descubrió que Jesse Sandoz la engañaba, cuando a Cath la despidieron de la librería porque el dueño pensaba que no sonreía bastante, cuando su padre se comportaba como un zombi y no conseguían hacerlo reaccionar—, una de las dos se subía de pie a la cama, accionaba una palanca imaginaria, un gigantesco conmutador instalado en el aire, y gritaba: "¡Fiesta Kanye de emergencia!".

Entonces la otra corría a la computadora y ponía la lista de canciones de emergencia Kanye. Y las dos saltaban y bailaban gritando las letras de Kanye West hasta que se sentían mejor. A veces durante un buen rato...

Estoy autorizada a convocar una fiesta Kanye de emergencia, se dijo Cath, riendo (aquella vez, el sonido fue una pizca más parecido a una risa). *No me hace falta quórum.*

Buscó en la computadora la lista de canciones Kanye. Tenía unos altavoces portátiles guardados en un cajón. Los buscó y los conectó.

Subió el volumen a tope. Era viernes por la noche; no quedaba nadie en aquella planta, quizás en todo el edificio.

Fiesta Kanye de emergencia. Cath se subió en la cama y la anunció, pero volvió a bajar al instante. Se sintió una boba. Y patética. (¿Acaso hay algo más patético que ponerte a bailar a solas?)

Se quedó delante de los altavoces y cerró los ojos, sin bailar realmente, sólo balanceándose y susurrando las letras. Tras la primera estrofa, ya se estaba moviendo. Kanye siempre se le metía en la piel. Era el antídoto perfecto para los casos agudos de frustración. Poseía el grado justo de rabia, el grado justo de indignación, el grado justo de "el mundo nunca entenderá lo increíblemente alucinante que soy". El grado justo de poesía.

Con los ojos cerrados, Cath casi podía fingir que Wren bailaba al otro lado de la habitación, sujetando una réplica de varita a modo de micrófono.

Al cabo de unas cuantas canciones, a Cath ya no le hizo falta fingir.

Si alguna de sus vecinas hubiera estado en su cuarto, la habría oído gritar las letras.

Cath bailó. Y rapeó. Y siguió bailando. Y al final llamaron a la puerta.

Maldición. A lo mejor sí hay gente por aquí.

Abrió la puerta sin mirar y sin bajar la música (Kanye le impedía pensar), pero lista para disculparse.

Sólo era Levi.

—Reagan no está —gritó Cath.

Él respondió algo, pero no lo bastante alto.

—¿Qué? —gritó Cath.

—¿Y entonces quién está? —vociferó Levi, sonriendo. Siempre sonreía. Llevaba una camisa de franela lisa con las mangas desabrochadas. Ni siquiera sabía vestirse como es debido—. ¿Quién está ahí contigo, oyendo rap?

—Yo —respondió Cath. Jadeaba. Intentó respirar con normalidad.

Levi se inclinó hacia ella para no tener que gritar.

—No creo que ésta sea la música de Cather. Siempre te he identificado con el estilo indie tristón.

Le estaba tomando el pelo. Pero las fiestas Kanye sólo se podían interrumpir en caso de verdadera emergencia.

—Vete —Cath intentó cerrar la puerta.

Levi se lo impidió con la mano.

—¿Qué haces? —dijo riendo y metiendo la cabeza.

Cath negó con un gesto porque no se le ocurría ninguna respuesta sensata. Y porque daba igual. Levi era cualquier cosa menos sensato.

—Fiesta de emergencia... Vete.

—Oh, no —replicó Levi, que abrió la puerta y entró. Demasiado delgado. Demasiado alto.

Cath cerró la puerta tras él. No existía protocolo para esos casos. Habría llamado a Wren para hacer una fiesta aparte, de haber existido la más mínima posibilidad de que respondiera al teléfono.

Levi se quedó plantado delante de Cath, muy serio (por una vez; sí, por una vez) y cabeceando al ritmo de la música.

—Muy bien —gritó—. Fiesta de emergencia.

Cath asintió.

Y asintió otra vez. Y otra.

Levi asintió a su vez.

Cath se echó a reír, puso los ojos en blanco y empezó a mover las caderas de lado a lado. Sólo un poco.

Luego los hombros.

Y se puso a bailar. Más tensa que antes —casi sin separar las rodillas y los codos—, pero bailaba.

Cuando volvió a mirar a Levi, descubrió que él también estaba bailando. Tal como ella habría imaginado que bailaba si alguna vez le hubiera dado por pensarlo. Larguirucho y desgarbado, pasándose los dedos por el pelo. (*Chico. Ya te descubrimos. Tienes un pico de viuda exagerado.*) Le brillaban los ojos, risueños a más no poder. Eclipsaban la luz.

Cath se partía de risa. Levi la miró a los ojos y se rio también.

Y empezó a bailar con ella. No muy cerca ni nada. De hecho, ni siquiera se acercó. Pero la miraba y le seguía el ritmo.

Y ella empezó a bailar con él. Mejor que él, afortunadamente. Cath se dio cuenta de que se estaba mordiendo el labio inferior y dejó de hacerlo.

En cambio, se puso a rapear. Cath habría podido recitar esas canciones al revés. Levi enarcó las cejas y sonrió. Se sabía el estribillo y rapeó con ella.

Siguieron bailando cuando sonó el tema siguiente y luego el otro. Levi se acercaba a ella, quizá no adrede, y Cath se subió a la cama. Levi rio y saltó a la de Reagan, casi estampándose la cabeza contra el techo.

Siguieron bailando juntos, imitando los ridículos movimientos del otro, saltando en la cama... Era casi como bailar con Wren. (Pero no, claro. En el fondo, no.)

En aquel momento, se abrió la puerta.

Cath intentó bajar de un salto y cayó tendida en el colchón. Desde allí, rebotó hasta el suelo.

Levi se reía con tantas ganas que tuvo que apoyarse en la pared con las dos manos.

Reagan entró y dijo algo, pero Cath no lo entendió. Se acercó al escritorio y cerró la laptop. La música cesó. La risa de Levi resonó en el súbito silencio. Cath tenía la cara congestionada y se había lastimado la rodilla al caer.

—Pero qué carajos... —exclamó Reagan, más impresionada que enfadada. Al menos, a Cath no le pareció que estuviera enfadada.

—Fiesta de emergencia —explicó Levi mientras bajaba de la cama y tendía la mano para ayudar a Cath a levantarse.

Ella se apoyó en el escritorio y se incorporó.

—¿Estás bien? —preguntó él.

Cath sonrió y asintió con un gesto con la cabeza.

—¿Conoces a Cather? —le preguntó Levi a Reagan, aún resplandeciente—. Es puro fuego.

—Hoy llevo todo el día igual —dijo Reagan. Dejó caer la bolsa y se quitó los zapatos con los pies—. Rollos raros allá donde voy. Pensaba salir. ¿Vienes?

—Claro —Levi volteó a ver a Cath—. ¿Te apuntas?

Reagan miró a Cath a su vez y frunció el ceño. Esta última notó que algo pegajoso volvía a apoderarse de su estómago. Puede que la escenita con la profesora Piper tuviera la culpa. O quizá no debería haber bailado con el novio de su compañera de cuarto.

—Deberías venir —dijo Reagan. Parecía sincera.

Cath negó con la cabeza.

—No. Ya es muy tarde. Voy a escribir un rato...

Cogió el teléfono por pura costumbre y comprobó las llamadas. Tenía un mensaje de texto. De Wren.

en muggsy's. VEN YA. 112.

Miró la hora. Wren le había enviado el mensaje hacía veinte minutos, mientras Levi y ella estaban en pleno baile. Dejó el celular en el escritorio y empezó a ponerse las botas encima del pantalón de la piyama.

—¿Está todo bien? —le preguntó Levi.

—No lo sé... —Cath negó con la cabeza. Volvía a sentirse avergonzada. Y asustada. Su estómago acogió de buen grado aquel nuevo motivo para encogerse—. ¿Qué es Muggsy's?

—Un bar —repuso él—. Está cerca del campus este.

—¿Qué es el campus este?

Levi tendió la mano y cogió el teléfono de Cath. Frunció el ceño.

—Te llevo. Tengo el coche.

—¿La llevas adónde? —preguntó Reagan.

Levi le lanzó el teléfono de Cath y se puso el abrigo.

—Estoy segura de que no le pasa nada —dijo Reagan mientras leía el mensaje—. Seguro que ha bebido demasiado. Típico de los novatos.

—De todas formas, tengo que ir a buscarla —replicó Cath, quitándole el teléfono.

—Claro que sí —asintió Levi—. Una emergencia es una emergencia —miró a Reagan—. ¿Vienes?

—No, si no es necesario. Habíamos quedado con Anna y Matt...

—Me reuniré con ustedes más tarde —repuso él.

Cath aguardaba junto a la puerta.

—Tu hermana está bien, Cath —dijo Reagan en un tono casi (pero no del todo) amable—. Esto es lo normal.

Levi tenía una camioneta. Grande. ¿Cómo pagará la gasolina?

Cath no quería que la ayudara a subir, pero el vehículo carecía de estribo (era una camioneta muy vieja, advirtió al verla de cerca) y habría tenido que subir a cuatro patas si Levi no le hubiera sujetado el codo.

La camioneta olía a gasolina y a café. El cinturón estaba atascado, pero Cath se las arregló para abrochar la hebilla.

Levi montó con facilidad y sonrió. Intentaba animarla, supuso Cath.

—¿Qué es el campus este? —preguntó ella.

—¿Hablas en serio?

—¿Por qué iba a ponerme a bromear precisamente ahora?

—Es la otra zona del campus —le explicó él—. Donde está la Facultad de Agrónomos.

Cath negó con la cabeza y miró por la ventanilla. Llevaba toda la tarde lloviznando. Las luces se reflejaban en las calles como borrones húmedos. Afortunadamente, Levi conducía despacio.

—Y la Facultad de Derecho —siguió diciendo—. También hay residencias, y un boliche que no está mal. Y una granja. En serio, ¿nada de todo eso te suena?

Cath apoyó la cabeza en el cristal. El calefactor del coche seguía soplando aire frío. Hacía media hora que Wren le había mandado el mensaje. Media hora del 112.

—¿Está muy lejos?

—A unos kilómetros. Diez minutos desde aquí, quizá un poco más con lluvia. Asisto a casi todas las clases en el campus este...

Cath se preguntó si Wren estaría sola. ¿Dónde se había metido Courtney? ¿No se suponía que eran dos zorras escuálidas inseparables?

—Hay un museo de tractores —prosiguió Levi—. Y un centro educativo internacional sobre el tejido de colchas. Y la comida de las residencias es excelente...

Aquello no estaba bien. Tener una hermana gemela era como contar con un centinela particular. Tu propio guardián. "Mejor amigo de serie"; el padre de Cath y Wren les había comprado camisetas con esa inscripción cuando cumplieron trece años. A veces aún se las ponían (pero nunca a la vez), por hacer una gracia. O en plan irónico o lo que fuera.

¿De qué sirve tener una hermana gemela si no dejas que cuide de ti? ¿Si no permites que te guarde las espaldas?

—El campus este es mucho mejor que el campus urbano, en todos los aspectos. Y tú ni siquiera conocías su existencia.

El semáforo se puso en rojo pero Cath notó que seguían avanzando. Cuando Levi cambió de marcha, la camioneta se detuvo.

♡ ♡ ♡

Tuvieron que estacionarse a unas cuantas cuadras del bar. La calle entera era una sucesión de bares, calles y calles de antros.

—No me van a dejar entrar —se angustió Cath, preguntándose por qué Levi no caminaba más deprisa—. No tengo la edad.

—En Muggsy's nunca piden identificación.

—Nunca he estado en un bar.

Un grupo de chicas salió del local por el que pasaban en aquel momento. Levi cogió a Cath de la manga y la apartó de su camino.

—Yo sí —la tranquilizó—. Todo irá bien.

—Todo va mal —se lamentó ella, hablando más para sí misma que con él—. Si todo fuera bien, no me habría llamado.

Levi la guio otra vez y abrió una puerta negra y pesada. Cath alzó la vista hacia el neón que brillaba en lo alto. Solo las letras "uggsy" y el trébol de cuatro hojas estaban encendidos. Al otro lado de la puerta había un tipo grandulón sentado en un taburete. Leía el *Daily Nebraskan* con una linterna. La levantó para alumbrar a Levi y sonrió.

—Hola, Levi.

El chico sonrió a su vez.

—Hola, Yackle.

Yackle les abrió una segunda puerta con una mano; ni siquiera miró a Cath. Levi se lo agradeció con unas palmaditas en el brazo y entraron.

El interior del local era un lugar oscuro y atestado de gente. Un grupo tocaba junto a la puerta, en un escenario del tamaño de un sofá. Cath miró a su alrededor, pero no alcanzaba a ver nada más allá de los cuerpos apiñados.

Se preguntó dónde se habría metido Wren.

¿Dónde estaba Wren hacía cuarenta y cinco minutos?

¿Escondida en el cuarto de baño? ¿Acurrucada contra una pared?

¿Había vomitado, se había desmayado? A veces le pasaba... ¿Quién la había ayudado? ¿Quién le había hecho daño?

Cath notó la mano de Levi en el codo.

—Ven —dijo.

Pasaron junto a una mesa alta rodeada de gente que tomaba unos shots. Un chico empujó a Cath y Levi lo apartó con una sonrisa.

—¿Y tú vienes aquí cuando sales? —le preguntó ella mientras dejaban la mesa atrás.

—Normalmente no está tan mal. Sólo cuando hay actuaciones.

Levi y ella seguían avanzando hacia la barra como podían. De repente, un movimiento en la zona de la pared llamó la atención de Cath; el gesto de alguien que se aparta el pelo de la cara.

—Wren —dijo, intentando abrirse paso.

Levi la cogió del codo y tomó la delantera para despejar el camino.

—¡Wren! —gritó Cath por encima de la cacofonía, antes siquiera de estar lo bastante cerca como para que su hermana la oyera.

El corazón le latía desbocado. Trataba de evaluar el escenario: había un mastodonte plantado delante de su hermana, impidiendo que se moviera.

—¡Wren! —apartó el brazo del chico de un manotazo y él se echó hacia atrás, pasmado—. ¿Estás bien?

—¿Cath? —Wren se había quedado paralizada en el movimiento de llevarse una cerveza negra a los labios, como si se hubiera convertido en estatua—. ¿Qué haces aquí?

—Me llamaste.

Wren resopló. Tenía la cara congestionada, los ojos ebrios y entrecerrados.

—Yo no te he llamado.

—Me enviaste un mensaje de texto —insistió Cath, que seguía fulminando con los ojos al musculoso, tanto que éste retrocedió otro paso—. "En Muggsy's. Ven ya. Uno-uno-dos."

—Mierda —Wren se sacó el celular del bolsillo de los jeans y lo miró. Le costó unos instantes enfocar la mirada—. Era un mensaje para Courtney. Me equivoqué de C.

—¿Que te quivocaste de C? —Cath se quedó de piedra. Luego levantó las manos con indignación—. ¿Me tomas el pelo?

—Eh —dijo alguien.

Las dos se volvieron a mirar. Plantado a medio metro de distancia, un júnior de alguna fraternidad las miraba asintiendo con la cabeza. Torció el labio y sonrió.

—Gemelas.

—Que te cojan —dijo Wren, y se giró hacia su hermana—. Mira, lo siento...

—¿Te pasa algo? —preguntó Cath.

—No —repuso Wren—. No, no, no...

—Dos bombones —siguió diciendo el desconocido.

—¿Y por qué el ciento doce? —preguntó Cath.

—Porque quería que Courtney viniera cuanto antes —Wren señaló el escenario con la botella—. El chico que le gusta está aquí.

—Broder, mira eso. Gemelas. Y son dos bombones.

—¡El ciento doce es para emergencias! —gritó Cath.

Tenía que alzar la voz para hacerse oír. Estaba a un paso perder los nervios.

—Me parece que ese comentario sobra —oyó decir Cath a Levi en el tono educado que empleaba con los desconocidos.

—Son gemelas, vaya. Mi puta fantasía hecha realidad.

—Tómate una pastilla, Cath —le dijo Wren frotándose los ojos con el dorso de la mano—. No he llamado al ciento doce.

—Te das cuenta de que son hermanas, ¿no? —siguió diciendo Levi en un tono cada vez más crispado—. Estás hablando de incesto.

El otro se echó a reír.

—No, estoy hablando de ponerlas ciegas a tragos hasta que se empiecen a montar entre ellas.

—¿Es eso lo que hacen tú y tu hermana? —Levi se separó de Cath para acercarse al júnior y a su amigo—. ¿Dónde carajos te has criado?

—Levi, no —Cath le estiró de la chaqueta—. Esto nos pasa constantemente.

—¿Les pasa constantemente?

Levi alzó las cejas con expresión horrorizada y se giró hacia el otro.

—¿No te das cuenta de que estas dos chicas tienen padre y madre? Tienen un padre que se preocupa por ellas. Y no debería andar sufriendo por si algún pervertido que se la jala viendo *Las chicas se vuelven locas* las molesta. Un padre no debería tener que pensar siquiera en esas cosas.

El júnior no le prestaba atención. Sonrió de manera lasciva a Cath y a Wren por encima del hombro de Levi. Wren agitó la mano con desdén y el otro torció el labio otra vez.

Levi se acercó a la mesa del tipo.

—Ni se te ocurra mirarlas así. Puto pervertido.

Otro júnior se acercó a la mesa con tres botellas en las manos y echó un vistazo a la escena. Al ver a Cath y a Wren sonrió.

—Gemelas.

—Es mi puta fantasía —dijo el primero.

En aquel momento, sin que nadie lo viera venir, el chico que acompañaba a Wren —el mastodonte que no la dejaba moverse— pasó junto a Levi y le atizó al borracho vicioso en la barbilla.

Levi miró al grandulón y sonrió, dándole una palmada en el hombro. Wren lo cogió por el brazo.

—¡Jandro!

Los compañeros de fraternidad del júnior ya lo estaban ayudando a levantarse.

Levi cogió a Cath de la manga y empujó a Jandro hacia la multitud. Jandro arrastró a Wren tras él.

—Vamos —dijo Levi—. Afuera, afuera, afuera.

Cath oía al júnior maldecir tras ellos.

—Que les den por el culo —les gritó Levi.

Prácticamente se abalanzaron contra la puerta de entrada. El portero se levantó.

—¿Todo bien, Levi?

—Borrachos —replicó él con ademán compungido.

Yackle se metió en el bar.

Wren, en la acera, le gritaba al grandote. A Jandro. *¿Sale con ella?*, se preguntó Cath, *¿o sólo es alguien que la defiende a puñetazos?*

—No puedo creer que hayas hecho eso —le decía Wren—. Podrían arrestarte.

Le palmeó el brazo y él no protestó.

Levi golpeó el otro brazo de Jandro con un gesto amistoso. Medían más o menos lo mismo, pero Jandro era más corpulento, más moreno —seguramente mexicano, pensó Cath— y llevaba una camisa roja de estilo vaquero.

—¿A quién van a arrestar? —preguntó alguien. Cath se dio media vuelta. Courtney. Balanceándose hacia ellos sobre unos zapatos de color rosa con un tacón de doce centímetros—. ¿Qué hacen aquí afuera con este tiempo de mierda?

—No estamos aquí afuera —replicó Cath—. Nos vamos.

—Pero si acabo de llegar —se lamentó Courtney. Miró a Wren—. ¿Está Noah allí dentro?

—Nos vamos —le dijo Cath a Wren—. Estás borracha.

—Sí... —Wren levantó la botella—. Por fin.

—Ya te digo —intervino Levi, que le quitó la botella y la tiró a la papelera que había detrás de Wren—. Beber en la calle es ilegal.

—Era mi cerveza —protestó ella.

—Dilo más alto, carne de comisaría. Creo que no te han oído todos los polis de la calle —Levi sonreía.

Cath no.

—Estás borracha —afirmó—. Te vienes a casa.

—No, Cath. No voy a ninguna parte. Estoy borracha y voy a seguir de fiesta. Es la puta gracia de salir.

Se tambaleó. Courtney soltó una risilla y la rodeó con el brazo.
Wren miró a su compañera de cuarto y se rio también.

—Contigo todo es "la puta gracia" de algo —musitó Cath. La llo-
vizna le azotaba las mejillas como si fuera gravilla. Wren tenía cristales de hielo en el pelo—. No te voy a dejar sola estando así —declaró.

—No estoy sola —objetó Wren.

—Tranquila, Cath —la sonrisa de Courtney no podía ser más
condescendiente. Ni más rosa—. Yo estoy aquí, Han Solo está aquí...
—le sonrió a Jandro con coquetería—, la noche es joven.

—¡La noche es joven! —canturreó Wren apoyando la cabeza en
el hombro de Courtney.

—Pero no puedo... —Cath hizo un gesto de impotencia.

—Hace un frío que cala —Courtney volvió a abrazar a Wren—.
Vamos.

—A Muggsy's, no —dijo Jandro y echó a andar en otra dirección.
Se volvió a mirar a Cath, y por un segundo ella pensó que iba a decir
algo, pero siguió caminando. Wren y Courtney lo siguieron. Courtney hacía equilibrios sobre los tacones. Wren no miró atrás.

Cath los vio recorrer la manzana y desaparecer bajo otro cartel
de neón roto. Se quitó el hielo de las mejillas.

—Eh —oyó decir tras un minuto de frío y lluvia. Levi. Todavía
detrás de ella.

—Vamos —le respondió con la mirada gacha.

Para colmo de males, Levi debía de pensar que era idiota. Se le
habían empapado los pantalones de la piyama y el viento se colaba
por las perneras. Se estremeció.

Al pasar por su lado, Levi le puso la capucha. Ella lo siguió hasta la camioneta. Los dientes le habían empezado a castañetear.

—Tranquilo —le dijo cuando quiso ayudarla a subir. Aguardó a que él se alejara antes de darse impulso para trepar al asiento. Levi se colocó tras el volante y encendió el motor. Puso la calefacción y los limpiaparabrisas y plantó las manos delante del conducto de ventilación para entrar en calor.

—Cinturón —dijo al cabo de un minuto.

—Ay, lo siento —Cath buscó el cinturón de seguridad.

Se lo abrochó. La camioneta seguía parada.

—Has hecho lo que debías, ¿sabes?

Levi.

—No —replicó Cath—. No lo sé.

—Tenías que comprobar si estaba bien. Una emergencia es una emergencia.

—Y luego la dejé allí, borracha como una cuba, con un desconocido y una cretina.

—Ese chico no parecía un desconocido —objetó Levi.

Cath estuvo a punto de echarse a reír. Porque no discutió lo de la cretina.

—Soy su hermana. Se supone que debo cuidar de ella.

—No contra su voluntad.

—¿Y si se desmaya?

—¿Le sucede a menudo?

Cath lo miró. Levi tenía el pelo húmedo, y aún se le marcaba el rastro de los dedos.

—No quiero seguir hablando de esto —dijo ella.

—Bien... ¿Tienes hambre?

—No —Cath se miró el regazo.

La camioneta no se movía.

—Porque yo sí que tengo hambre —siguió diciendo Levi.

—¿No tenías que reunirte con Reagan?

—Sí. Más tarde.

Cath volvió a frotarse la cara. El hielo que llevaba prendido al pelo se estaba deshaciendo y las gotas de agua le rodaban hasta los ojos.

—Voy en piyama.

Levi dio marcha atrás.

—Conozco el sitio perfecto.

Los pantalones de la piyama no suponían ningún problema.

Levi la llevó a un café abierto las veinticuatro horas que estaba situado a la salida del pueblo. (En Lincoln no había nada en las afueras.) Parecía como si nunca hubieran renovado la decoración de aquel local, como si lo hubieran construido hacía sesenta años reciclando materiales ya gastados y estropeados. La mesera les sirvió café sin preguntar siquiera.

—Perfecto —dijo Levi con una sonrisa mientras se quitaba el abrigo. La mesera dejó la crema en la mesa y le frotó el hombro con cariño.

—¿Vienes aquí a menudo? —le preguntó Cath cuando la mujer se marchó.

—Más a menudo que a otros sitios, supongo. Si pides el sofrito de carne picada, comes para varios días... ¿Crema?

Cath no solía pedir café, pero asintió de todos modos y Levi se la sirvió. Ella recuperó la taza pero se limitó a mirarla. Oyó que Levi suspiraba.

—Sé cómo te sientes ahora mismo —dijo él—. Tengo dos hermanas pequeñas.

—No sabes cómo me siento —Cath vertió tres sobres de azúcar en el café—. No sólo es mi hermana.

—¿De verdad la gente les hace eso constantemente?

—¿Nos hace qué? —Cath alzó la vista y Levi desvió la mirada.

—Eso de las gemelas.

—Ah, eso —ella removió el café haciendo mucho ruido—. Constantemente, no. Sólo cuando nos topamos con algún borracho o, no sé, cuando vamos por la calle...

Levi negó con la cabeza.

—La gente está enferma.

La mesera volvió y Levi le dedicó una sonrisa. Como era de esperar, pidió sofrito de carne picada. Cath no quería nada más que el café.

—Ya se le pasará —la consoló él cuando la mesera se alejó—. Reagan tiene razón. Es típico de las principiantes.

—Yo soy principiante y no ando emborrachándome por ahí.

Levi se echó a reír.

—Claro. Porque estás demasiado ocupada baileoteando. ¿Y cuál era la emergencia, por cierto?

Mientras lo veía reír, el vacío negro y pegajoso volvió a extenderse por el estómago de Cath. *La profesora Píper. Simon. Baz. Una bonita I roja.*

—¿Temías que se declarara una emergencia? —preguntó él sin dejar de sonreír—. ¿O quizá la estabas invocando? ¿Cómo una danza de la lluvia?

—No hace falta que hagas eso —dijo Cath.

—¿Que haga qué?

—Intentar que me sienta mejor —estaba a punto de echarse a llorar y le temblaba la voz—. No soy una de tus hermanas pequeñas.

La sonrisa de Levi se esfumó.

—Lo siento —repuso, sin el menor amago de sorna—. Yo... pensaba que a lo mejor querías hablar de ello.

Cath volvió a mirar su café. Negó con la cabeza unas cuantas veces más, no tanto en respuesta como para ahuyentar las lágrimas.

Llegó el sofrito de carne. Todo un platazo. Levi dejó la taza de Cath sobre la mesa y le sirvió unas cuantas cucharadas en el plato de café.

Cath se lo comió; le pareció más sencillo que empezar a discutir. Llevaba todo el día discutiendo y, de momento, nadie la había escuchado. Además, el sofrito de carne estaba riquísimo, como si estuviera hecho con ternera fresca, y le habían añadido dos huevos estrellados.

Levi le sirvió un poco más.

—Hoy me ha pasado una cosa en clase —explicó Cath.

No miró a Levi al decirlo. A lo mejor lo podía utilizar de hermano mayor; hoy por hoy, andaba corta de comprensión fraterna. "A falta de pan...", etcétera.

—¿En qué clase? —preguntó él.

—Escritura Creativa.

—¿Estudias Escritura Creativa? ¿Es una asignatura de verdad?

—¿Ésa es una pregunta de verdad?

—¿Está relacionado con tu obsesión por *Simon Snow?*

Cath alzó la vista y se sonrojó.

—¿Quién te ha hablado de mi obsesión por *Simon Snow?*

—Nadie. Tienes cosas de *Simon Snow* por todas partes. Eres peor que mi prima de diez años —Levi sonrió. Parecía aliviado de poder sonreír otra vez—. Reagan me dijo que escribías historias inspiradas en el personaje.

—Entonces te lo dijo Reagan.

—Es eso lo que estás escribiendo siempre, ¿no? Relatos de *Simon Snow.*

Cath no supo qué decir. En boca de Levi, sonaba de lo más absurdo.

—No son sólo relatos... —repuso.

Él tomó un enorme bocado de sofrito. Aún tenía el pelo húmedo, que le caía (lacio, rubio) sobre los ojos. Se lo echó hacia atrás.

—¿Ah, no?

Cath negó con la cabeza. Eran relatos, pero no *sólo* relatos. Simon no era *sólo* un personaje.

—¿Qué sabes de *Simon Snow?* —le preguntó ella.

Levi se encogió de hombros.

—Todo el mundo conoce a *Simon Snow*.

—¿Has leído los libros?

—He visto las películas.

Cath puso los ojos en blanco, con tanta fuerza que le dolieron. (De verdad. Quizá porque aún estaba al borde de las lágrimas. Al borde, punto.)

—Entonces no has leído los libros.

—No soy muy aficionado a leer.

—Me parece que ésa es la afirmación más idiota que has pronunciado nunca en mi presencia.

—No cambies de tema —replicó Levi, sonriendo aún más—. "Escribes relatos sobre *Simon Snow*..."

—Te parece divertido.

—Sí —reconoció Levi—. Y también bastante estupendo. Háblame de esas historias.

Cath presionó el mantelillo con los dientes del tenedor.

—Sólo son... una especie de... Tomo a los personajes y los coloco en nuevas situaciones.

—¿Como si fueran escenas descartadas?

—A veces. Pero normalmente juego con las posibilidades. Como por ejemplo: ¿y si Baz no fuera malo?, ¿y si Simon nunca hubiera encontrado las cinco espadas?, ¿y si las hubiera encontrado Agatha?, ¿y si Agatha fuera mala?

—Agatha no podría ser mala —arguyó Levi, inclinándose hacia delante y señalando a Cath con el tenedor—. Es "pura de corazón, un león del alba".

Cath entornó los ojos.

—¿Cómo lo sabes?

—Ya te lo dije. He visto las pelis.

—Bueno, pues en mi mundo, si quiero que Agatha sea malvada, puedo hacerlo. O convertirla en un vampiro. O en un león de verdad.

—A Simon no le gustaría.

—A Simon no le importa. Está enamorado de Baz.

Levi soltó una risotada. (No se presenta a menudo la oportunidad de usar la palabra *risotada,* pensó Cath, pero aquélla era una de ellas.)

—Simon no es gay —objetó.

—En mi mundo, sí.

—Pero Baz es su adversario.

—No hace falta seguir las reglas. Los libros originales ya existen; no me dedico a reescribirlos.

—¿Te dedicas a hacer que Simon sea gay?

—Te estás distrayendo con eso de la elección sexual —dijo Cath. También ella se había echado hacia delante.

—Es que distrae... —Levi soltó una risilla. (¿Los chicos "sueltan risillas" o "se ríen por lo bajo". Cath odiaba la palabra *risilla.*)

—La gracia de escribir *fan fiction* —aclaró Cath— es que te mueves en el universo de otra persona. Reescribes las reglas. O las fuerzas. La historia no tiene que terminar cuando Gemma Leslie se canse de ella. Te puedes quedar en ese mundo, ese mundo que adoras, todo el tiempo que quieras, en tanto sigas escribiendo nuevas historias.

—*Fan fiction* —repitió Levi.

—Sí.

A Cath la abochornaba su propia sinceridad, la pasión que le suscitaba el tema. Estaba tan acostumbrada a mantenerlo en secreto..., tan habituada a dar por supuesto que la gente la tomaría por una friki, por un bicho raro o una pirada...

Quizá Levi también lo pensara. Era muy posible que le divirtieran los frikis y los pirados.

—¿De ahí la fiesta de emergencia? —preguntó él.

—Pues sí —Cath volvió a sentarse—. La profesora nos pidió que escribiéramos una escena con un narrador mentiroso. Escribí algo sobre Simon y Baz... Y no lo captó. Pensó que era un plagio.

Cath se obligó a usar esa palabra, notó que el alquitrán se revolvía en sus tripas.

—Pero la historia era tuya —dijo Levi.

—Sí.

—Eso no es plagio exactamente... —Levi sonrió. Cath necesitaba seguir discurriendo palabras para las sonrisas de Levi; el chico tenía demasiadas. Aquella última era una pregunta—. El texto era tuyo, ¿no?

—Sí.

—O sea, entiendo que tu profesora no quiera que escribas un relato de *Simon Snow*. La asignatura no se llama "escritura de *fan fiction*". Pero yo no lo llamaría plagio. ¿Es ilegal?

—No. Mientras no lo vendas. Gemma T. Leslie dice que le encanta la *fan fiction*; o sea, le encanta el concepto. La lee y todo.

—¿Tu profesora te va a denunciar?

—¿A qué te refieres?

—¿Te va a denunciar ante el Ministerio Público?

—No lo ha mencionado.

—Te lo habría mencionado —dijo él—. Así que... por ahí no hay problema —sosteniendo el tenedor como si fuera un lápiz, Levi trazó una tachadura imaginaria en el aire—. No es para tanto. Limítate a no volver a escribir *fan fiction*.

A ella sí le parecía para tanto. Aún le dolía el estómago.

—Es que... me hizo sentir estúpida y... anormal.

Levi se echó a reír otra vez.

—¿De verdad esperas que una anticuada profesora de Literatura entienda la *fan fiction* de temática gay?

—Ni siquiera mencionó la cuestión gay —objetó Cath.

—Anormal —Levi enarcó una ceja. Tenía las cejas mucho más oscuras que el pelo. Demasiado oscuras, en realidad. Y arqueadas. Como dibujadas al carboncillo.

A Cath se le escapó una sonrisa, aunque hacía esfuerzos por no mover los labios ni la cara. Negó con la cabeza, miró la comida y tomó un gran bocado.

Levi le sirvió más huevos con sofrito en el plato.

Andaba por ahí con sigilo, pasaba fuera toda la noche, volvía de madrugada con hojas en el pelo...

Baz andaba metido en algo, Simon estaba seguro. Pero necesitaba pruebas. Penelope y Agatha no se tomaban sus sospechas en serio.

—Está tramando algo —decía Simon.

—Siempre está tramando algo —respondía Penelope.

—Se yergue amenazador —decía Simon.

—Siempre se yergue amenazador —objetaba Agatha—. Es muy alto.

—No más alto que yo.

—Mmm... un poco.

No sólo eran la expresión y el talante. Baz andaba metido en algo. Algo al margen de su mezquindad habitual. Tenía los ojos gris perla ojerosos e inyectados en sangre; su pelo negro había perdido el lustre. Frío y amenazador por lo general, últimamente Baz parecía asustado, acorralado.

La víspera, Simon lo había seguido por las catacumbas durante tres horas y seguía sin tener ni una pista al respecto.

CAPÍTULO 12

Hacía demasiado frío para quedarse fuera mientras esperaba a que empezara Escritura Creativa, así que Cath buscó una banca en el edificio Andrews y se sentó sobre una pierna, apoyada contra la pared de color crema.

Sacó el teléfono y abrió la *fic* que estaba leyendo. (Los nervios le impedían estudiar.) Cath ya no leía *fic* de Simon y Baz —no quería imitar a otros autores inconscientemente o robar las ideas de alguien sin querer—, así que cuando se entretenía con aquel tipo de relatos, se limitaba a los que trataban sobre Penelope. A veces sobre Penelope y Agatha. Excepcionalmente, sobre Penelope y Micah (el estudiante americano de intercambio que sólo aparecía en el tercer libro). A menudo eran las aventuras de Penelope en solitario.

Le parecía un acto de rebeldía estar leyendo *fan fiction* en el edificio de Literatura, mientras aguardaba el primer encuentro con la profesora Piper desde la famosa charla. Cath había pensado saltarse la clase de aquel día, pero supuso que, si lo hacía, le costaría aún más enfrentarse a la mujer la próxima vez. Además, no podía saltarse todas las clases del semestre; mejor pasar el mal trago cuanto antes.

Cath ya había visto a Wren, y no había resultado tan terrible como esperaba. Habían almorzado juntas dos veces aquella semana, y ninguna de ambas había sacado a colación el incidente de Muggsy's. Quizá Wren estuviera demasiado borracha para recordar los detalles.

Por lo visto, Courtney no se había dado cuenta de que evitaban el tema. (Aquella chica tenía menos tacto que Freddy Krueger.)

—Eh, Cath —había dicho a la hora de comer—, ¿quién era aquel chico rubio tan mono que iba contigo el viernes? ¿Era tu chico bueno de la biblioteca?

—No —respondió Cath—. Sólo era Levi.

—El novio de su compañera de cuarto —aclaró Wren, que removía su sopa de verduras. Parecía cansada; no se había aplicado máscara y sus pestañas se veían pálidas y cortas.

—Oh —Courtney hizo un puchero—. Lástima. Me pareció supermono. Es un granjero.

—¿Cómo sabes que es un granjero? —le preguntó Cath.

—Por el Carhartt —respondieron ambas al unísono.

—¿El qué?

—El abrigo —explicó Wren—. Todos los granjeros llevan un Carhartt.

—Confía en tu hermana —se rio Courtney—. Lo sabe todo sobre los granjeros.

—Y no es mi chico bueno de la biblioteca —protestó Cath.

No es mi chico bueno de la biblioteca, pensaba ahora, leyendo una línea por quinta vez. *Nadie es mi nada.*

Además, seguía sin estar segura de si Nick estaba bueno o sólo lo proyectaba. En dirección a Cath concretamente.

Alguien se sentó a su lado en la banca y ella despegó la vista del teléfono. Nick levantó la barbilla a modo de saludo.

—Pensando en el diablo... —dijo, y se arrepintió al instante.

—¿Estabas pensando en mí?

—Estaba pensando... en el diablo —repuso Cath como una boba.

—Trabaja en algo para que el diablo te encuentre siempre ocupado —dijo Nick sonriendo. Con su suéter de cuello alto grueso, de color azul marino, parecía un soviet en un buque de guerra. O sea, más que de costumbre—. ¿Y qué? ¿De qué quería hablar Piper contigo la semana pasada?

—De nada en especial.

Cath tenía el estómago tan revuelto ya que cuando se le encogió apenas lo notó.

Nick desenvolvió un chicle y se lo metió en la boca.

—¿Te dijo que te matricularas en su clase avanzada?

—No.

—Tienes que pedirle una cita para hablar de ello —dijo él mascando—. Es una especie de entrevista. Yo me reuniré con ella la semana que viene. Espero que me deje colaborar en el departamento como profesor auxiliar.

—¿Sí? —Cath se irguió en el asiento—. Sería genial. Lo harías muy bien.

Nick sonrió con modestia.

—Sí, bueno. Ojalá le hubiera hablado de ello antes del último ejercicio. Me puso la peor nota de todo el semestre.

—¿En serio? —a Cath le costaba mirarlo a los ojos. El chico los tenía casi enterrados bajo las cejas; tenías que excavar en su cara para llegar a ellos—. A mí también.

—Dijo que mi redacción era "rebuscada" e "impenetrable" —Nick suspiró.

—A mí me dijo algo aún peor.

—Supongo que me he acostumbrado a escribir con refuerzo —comentó Nick sin dejar de sonreír. Aún con modestia.

—Codependiente —bromeó Cath.

Nick se encogió de hombros.

—¿Escribimos esta noche?

Cath asintió y volvió a mirar el teléfono.

—Reagan no está aquí —dijo Cath, y se dispuso a cerrar la puerta.

Levi empujó la hoja con el hombro.

—Creía que ya habíamos superado eso —replicó, entrando en la habitación.

Ella se encogió de hombros y volvió al escritorio.

Levi se apoltronó en la cama de Cath. Iba vestido de negro; seguramente acababa de salir del trabajo. Ella lo miró frunciendo el ceño.

—Aún no puedo creer que trabajes en el Starbucks.

—¿Qué tiene de malo?

—Es una gran corporación sin rostro.

Él arrugó la frente con gesto de guasa.

—De momento, me dejan conservar el mío.

Cath devolvió la atención a la laptop.

—Me gusta mi trabajo —dijo él—. Veo a la misma gente cada día. Me acuerdo de lo que beben, y a ellos les gusta que lo recuerde. Los hago felices y luego se van. Es como ser mesero, pero yo no me las tengo que ver con borrachos. Y hablando de... ¿cómo está tu hermana?

Cath dejó de teclear y volteó a verlo.

—Muy bien. Está... muy bien. Ha vuelto a la normalidad, supongo. Gracias por acompañarme, ¿eh? Y por todo.

Ya le había dado las gracias el viernes por la noche, pero tenía la sensación de que no bastaba con eso.

—Olvídalo. ¿Han mantenido una buena conversación al respecto?

—Nosotras no mantenemos grandes pláticas —repuso Cath, llevándose dos dedos a la sien—. Somos gemelas. Tenemos telepatía.

Levi sonrió.

—¿En serio?

Cath soltó una carcajada.

—Qué va.

—¿Ni siquiera un poquito?

—No —Cath reanudó el tecleo.

—¿Qué escribes?

—Un trabajo de Biología.

—¿No *fan fiction* indecente y secreta?

Cath volvió a interrumpirse.

—Mi *fan fiction* no es secreta y desde luego no es indecente.

Levi se pasó los dedos por el pelo y se lo dejó todo parado, como un penacho rubio ceniza. Sin complejos.

—¿Qué te pones en el pelo para que se te pegue así? —le preguntó Cath.

Él se rio y volvió a hacerlo.

—Nada.

—¿Nada? Algo...

—Creo que es porque no me lo lavo.

Cath hizo una mueca de asco.

—¿Nunca?

—Una vez al mes, más o menos.

Cath arrugó la nariz y negó con la cabeza.

—Es repugnante.

—No, no lo es. Me lo enjuago.

—Sigue siendo repugnante.

—Está limpio —afirmó él. Se inclinó hacia ella, y le tocó el brazo con el pelo. Aquel cuarto era demasiado pequeño—. Huele.

Cath se echó hacia atrás.

—No te voy a oler el pelo.

—Bueno, pues lo oleré yo —Levi se llevó un mechón de cabello hacia la frente; le llegaba al puente de la nariz—. Huele a trébol recién segado.

—El trébol no se siega.

—¿Y te imaginas lo bien que olería si lo hicieras?

Levi se echó hacia atrás, lo cual fue un alivio... hasta que agarró la almohada de Cath y empezó a frotar la cabeza contra la funda.

—Dios mío —se horrorizó ella—. Detente. Esto es una falta de respeto.

Levi se echó a reír y ella intentó quitarle la almohada. El chico la sujetó contra su pecho con ambas manos.

—Cather...

—No me llames así.

—Léeme algo de tu *fan fiction* secreta e indecente.

—No es indecente.

—Léemela de todas formas.

Cath soltó la almohada; seguramente ya estaba llena de porquería.

—¿Por qué?

—Porque siento curiosidad —dijo él—. Y me gustan las historias.

—Sólo pretendes burlarte de mí.

—No lo haré —le aseguró él—. Te lo prometo.

—Eso es lo que hacen Reagan y tú cuando no estoy delante, ¿verdad? Se burlan de mí. Juegan con mis bustos conmemorativos. ¿Me han puesto un apodo?

Los ojos de Levi brillaban de risa.

—Cather.

—Mi misión en la vida no es hacerlos reír, ¿sabes?

—En primer lugar, ¿estás segura? Porque lo consigues. Y, en segundo, no nos burlamos de ti. No mucho. Ya no. Y, en tercer lugar...

Le temblaban las mejillas mientras contaba con los dedos, y Cath estaba muerta de risa también.

—En tercer lugar... —siguió diciendo Levi—, de ahora en adelante, no me reiré de ti, a no ser que sea contigo, si me lees de una vez por todas un poco de tu *fan fiction*.

Cath lo miró con gravedad. Casi con gravedad. Soltaba alguna que otra risilla. Y parpadeaba con fuerza. Y lanzaba miradas al techo.

—Sientes curiosidad —dijo por fin.

Él asintió.

Ella volvió a poner los ojos en blanco y se giró hacia la laptop. Por qué no. No tenía nada que perder. *Sí, pero esa no es la cuestión,* arguyó una parte de sí misma. *¿Acaso tienes algo que ganar?*

Desde luego, no iba a impresionar a Levi con su *fan fiction;* entretener no es lo mismo que impresionar. Él ya la consideraba un bicho raro, y con eso sólo conseguiría afianzar su opinión. ¿Acaso la mujer barbuda se emocionaba cuando los chicos guapos acudían a su espectáculo?

Cath no debería buscar aquel tipo de atención. Y Levi ni siquiera era tan guapo. Tenía arrugas en la frente incluso cuando no hacía muecas. Arrugas del sol, seguramente.

—Va que va —dijo.

Él sonrió y empezó a decir algo.

—Calla —Cath levantó la mano izquierda—. No hagas que cambie de idea. Sólo... a ver qué encuentro.

Abrió la carpeta de Simon y Baz que dejaba siempre en el escritorio de la computadora y la desplegó, buscando algo apropiado. Nada muy romántico. Ni indecente.

Quizá... sí. Esto servirá.

—Muy bien —empezó—. ¿Te acuerdas de que, en el sexto libro...?

—¿Cuál es?

—*Simon Snow y los seis conejos blancos.*

—Sí, he visto la película.

—Bien, pues Simon se queda en el colegio durante las vacaciones de Navidad porque quiere encontrar el quinto conejo.

—Y porque unos horribles monstruos disfrazados han secuestrado a su padre... así que en casa de los Snow no habrá comida de feliz Navidad.

—Son los ogros de la reina —apuntó Cath—. Y Simon todavía no sabe que el Gran Hechicero es su padre.

—¿Cómo es posible que no lo sepa? —se extrañó Levi. La cara de Cath se iluminó al reparar en su tono indignado—. Es tan evidente. El Hechicero aparece siempre en los grandes acontecimientos y se pone a lloriquear diciendo que "una vez conoció a una mujer con los ojos de Simon"...

—Ya lo sé —asintió Cath—, es una idiotez, pero creo que Simon siente tantos deseos de que el Gran Hechicero sea su padre que no se permite a sí mismo aceptar la abrumadora realidad. Sabe que, si se equivocara, no podría soportar el fiasco.

—Basil lo sabe —dijo Levi.

—Oh, claro, Baz está en el ajo. Y creo que Penelope también lo sabe.

—Penelope Bunce —sonrió Levi—. Si yo fuera Simon, me pegaría a Penelope como una lapa.

—Puf. Es como una hermana para él.

—No como mis hermanas.

—Sea como sea —concluyó Cath—. Esta historia se desarrolla durante las vacaciones de Navidad.

—Va —asintió Levi—. Me pongo en situación —cerró los ojos y se apoyó en la pared, sin soltar la almohada de Cath—. Muy bien. Estoy listo.

Ella se giró hacia la computadora y carraspeó. (Enseguida se sintió una idiota por haber carraspeado.) Le echó una última ojeada a Levi. Cath no se podía creer lo que estaba a punto de hacer.

¿De verdad iba a hacerlo?

—Si sigues caminando de un lado a otro —dijo Baz—, te voy a maldecir los pies para que se te hundan en el suelo.

Simon no le hizo caso. Trataba de establecer la relación entre las pistas que había encontrado hasta el momento: la piedra en forma de conejo de la torre del ritual, el dibujo de una liebre en la vidriera de la catedral, el sello del puente levadizo.

—¡Snow! —gritó Baz.

Un conjuro pasó junto a la nariz de Simon.

—Pero ¿qué estás haciendo? —le preguntó Simon con una expresión de genuina sorpresa. Los libros voladores y las maldiciones se toleraban en los pasillos, en las clases y, en fin, en todas partes. Pero si Baz trataba de lastimarlo dentro de la habitación...—. Es el anatema del compañero de cuarto —dijo—. Te expulsarán.

—Por eso he fallado. Conozco las reglas —musitó Baz a la vez que se frotaba los ojos—. ¿Sabías que si tu compañero de cuarto muere durante el año escolar te ponen sobresaliente en todo, sólo por compasión?

—Eso es una leyenda —replicó Simon.

—Por suerte para ti ya saco sobresaliente en todo.

Simon dejó de pasearse de un lado a otro para mirar atentamente a su compañero. Por lo general, prefería fingir que Baz no estaba presente. De hecho, casi nunca estaba. A menos que quisiera espiar a Simon o estuviera maquinando algo, Baz odiaba quedarse en el cuarto. Decía que apestaba a buenas intenciones.

Sin embargo, a lo largo de las dos últimas semanas, Baz apenas había abandonado la habitación. Simon no lo había visto en el comedor ni en el futbol. Parecía demacrado, se distraía en clase y sus camisas del uniforme —habitualmente planchadas y almidonadas— tenían tan mal aspecto como las de Simon.

—¡Porque es un vampiro, Simon! —interrumpió Levi.

—En esta historia —explicó Cath—, Simon aún no lo sabe.

—¡Es un vampiro! —le gritó Levi a su laptop—. ¡Y te está acechando! Se pasa toda la noche despierto, mirando cómo duermes, decidiendo si te devora entero o a pedacitos.

—Simon no te oye —le dijo Cath.

Levi se echó hacia atrás, de nuevo abrazado a la almohada.

—Son bastante gays, ¿verdad? Siempre mirándose dormir mutuamente... e ignorando a Penelope.

—Están obsesionados el uno con el otro —afirmó Cath como si fuera incuestionable—. Simon se pasa todo el quinto libro siguiendo a Baz y describiendo sus ojos. Si buscaras la palabra *gay* en la enciclopedia, te remitirían a ese libro.

—No sé —dudó Levi—. Me cuesta un poco hacerme a la idea. Es como si te dijeran que Harry Potter es gay. O *Encyclopedia Brown*.

Cath estalló en carcajadas al oír aquel último comentario.

—¿Así que eres fan de *Encyclopedia Brown*?

—Cállate. Mi padre me leía los libros —Levi volvió a cerrar los ojos—. Va. Continúa.

—¿Te pasa... algo? —preguntó Simon, sin tener ni idea de por qué preguntaba. En realidad, le daba igual. Y si Baz respondiera: "Sí", seguro que Simon exclamaría: "¡Pues qué bien!". Pese a todo, le parecía una crueldad no mostrar interés. Tal vez Baz fuera la persona más despreciable sobre la faz de la Tierra, pero seguía siendo un ser humano.

—No soy yo el que se pasea de un lado a otro como un pirado hiperactivo —murmuró Baz, que estaba acodado en el escritorio, con la cabeza entre las manos.

—Pareces... en baja forma o algo así.

—Sí, estoy en baja forma. Estoy en baja forma, Snow —Baz levantó la cabeza y arrastró la silla hacia Simon. Verdaderamente, tenía un aspecto horrible, con los ojos hundidos e inyectados en sangre—. Llevo seis años viviendo con el estúpido más ególatra e insufrible que jamás ha blandido varita en este mundo. Y ahora, en vez de estar celebrando la Navidad con mi querida familia, bebiendo sidra con especias y comiendo queso gratinado, en lugar de estar calentándome las manos en mi hogar ancestral, me toca el papel de extra torturado en el maldito *Show de Simon Snow*.

Simon lo miró de hito en hito.

—¿Hoy es Nochebuena?

—Sí... —gimió Baz.

Simon caminó hacia su cama con aire sombrío. No se había dado cuenta de que era Nochebuena. Había dado por supuesto que Agatha lo llamaría. O Penelope...

Levi suspiró.

—Penelope.

Cath siguió leyendo.

A lo mejor sus amigas esperaban que fuera Simon quien llamara. Ni siquiera les había comprado regalos. Últimamente, nada le parecía tan importante como encontrar los conejos blancos. La cuadrada mandíbula de Simon se crispó. Nada era tan importante como eso; todo el colegio estaba en peligro. Sin duda existía una conexión que se le había pasado por alto. Apretó el paso. La piedra de la torre, la vidriera, el sello, el libro del Gran Hechicero...

Se detuvo junto al escritorio de Baz.

—¿Tú sabes cómo bajar al foso?

—No tengo intención de suicidarme, Snow. Lamento decepcionarte.

—No, es que... Usas las góndolas de vez en cuando, ¿verdad?

—Como todo el mundo.

—Yo no —afirmó Simon—. No sé nadar.

—En serio... —rezongó Baz con un dejo de su antigua energía—. Bueno, seguro que no querrías nadar en el foso en cualquier caso. Los lobos de mar te devorarían.

—¿Y por qué no atacan las barcas?

—Pértigas y refuerzos de plata.

—¿Tú me acompañarías?

Valía la pena intentarlo. El foso era la única zona de toda la escuela que Simon no había inspeccionado todavía.

—¿Quieres ir en góndola conmigo? —preguntó Baz.

—Sí —repuso Simon alzando la barbilla—. ¿Lo harías?

—¿Por qué?

—Yo... quiero probar. Nunca he navegado por el foso. ¿Qué más da? Es Nochebuena y salta a la vista que no tienes nada mejor que hacer. Por lo que parece, ni siquiera tus padres soportan tu presencia.

Baz se levantó de repente, y sus ojos grises lanzaron peligrosos destellos bajo la protuberancia de su frente.

—No sabes nada de mis padres.

Simon retrocedió. Baz le superaba en unos cuantos centímetros (de momento) y podía dar miedo cuando se lo proponía.

—Yo... mira, lo siento —dijo Simon—. ¿Lo harás?

—Va —respondió Baz. Su estallido de ira y energía casi se había extinguido—. Ponte la capa.

Cath le echó una ojeada a Levi. El chico seguía con los ojos cerrados. Al cabo de un momento, abrió uno.

—¿Acaba así?

—No —dijo ella—. Pero es que no sabía si querías que siguiera leyendo. O sea, ya te has hecho una idea.

Levi cerró los ojos y negó con la cabeza.

—No seas tonta. Sigue.

Cath continuó mirándolo unos instantes. Observó las arrugas de la frente y la barba incipiente de un tono rubio oscuro. Levi tenía la boca pequeña, en forma de corazón. Como la de una muñeca. Se preguntó si podría abrirla lo suficiente como para morder una manzana.

—Tu locura debe de ser contagiosa —se quejó Baz mientras desataba una cuerda. Las góndolas se guardaban apiladas y atadas durante el invierno.

—Calla —replicó Simon—. Será divertido.

—Ésa es la cuestión, Snow. ¿Desde cuándo nos divertimos juntos? Ni siquiera sé lo que haces para divertirte. Blanquearte los dientes, supongo. O matar dragones porque sí...

—Nos hemos divertido otras veces —objetó Simon. En parte, porque no sabía qué hacer con Baz además de discutir; y en parte, porque Baz tenía que estar equivocado. En seis años, seguro que habían compartido algún momento de diversión—. ¿No te acuerdas de aquella vez que luchamos juntos contra la quimera?

—Yo sólo quería arrastrarte hasta allí —confesó Baz—. Pensé que podría escapar antes de que atacara.

—De todas formas fue divertido.

—Intentaba matarte, Snow. Y, hablando de eso, ¿estás seguro de que quieres hacer esto? ¿A solas conmigo? ¿En un barco? ¿Y si te empujo por la borda? A lo mejor los lobos de mar resuelven todos mis problemas...

Simon torció la boca con suficiencia.

—No creo que lo hagas.

—¿Y por qué no? —Baz desató la última cuerda.

—Si de verdad quisieras deshacerte de mí —opinó Simon en plan sabiondo—, ya lo habrías hecho a estas alturas. Nadie más ha tenido tantas oportunidades. No creo que me hagas daño a menos que uno de tus grandes proyectos lo requiera.

—Éste podría ser mi gran proyecto —replicó Baz, y liberó una de las barcazas con un gruñido.

—No —dijo Simon—. Éste es el mío.

—Por Aleister Crowley, Snow, ¿piensas echarme una mano o qué?

Arrastraron la góndola hacia la orilla. Baz sostenía la pértiga, que oscilaba ligeramente. Simon advirtió por primera vez que uno de los extremos del palo estaba recubierto de plata.

—Las batallas de bolas de nieve —dijo, imitando las maniobras de Baz para depositar la barcaza en el agua.

—¿Qué?

—Hemos jugado muchas veces a tirarnos bolas de nieve. Y nos hemos divertido. Han sido buenas batallas. Y aquella vez que te llené la nariz de salsa...

—Y yo metí tu varita en el microondas.

—Fregaste la cocina —se rio Simon.

—Creí que se hincharía como una nube de azúcar.

—No sé por qué pensaste eso.

Baz se encogió de hombros.

—"Nunca metas una varita en un microondas..." Aprendí la lección. A menos que sea la varita de Snow. Y su microondas.

Simon estaba plantado en el muelle, temblando. No se había parado a pensar en el frío que hacía. Ni en el hecho de que tendría que subirse a un barco. Echó un vistazo al agua fría y negra del foso y creyó ver algo grande y oscuro nadando bajo la superficie.

—Vamos —Baz ya estaba a bordo. Picó a Simon en el brazo con la pértiga—. Éste es tu gran proyecto, ¿recuerdas?

Simon apretó los dientes y subió al barco. La góndola se hundió ligeramente bajo el peso del chico, y él se arrastró hacia delante.

El otro se rio.

—A lo mejor sí que es divertido —comentó a la vez que hundía la pértiga en el agua para empujar la barca.

Baz parecía comodísimo —una sombra oscura y alargada que se alzaba al final de la góndola—, tan elegante y grácil como siempre. Un rayo de luna lo iluminó, y Simon lo vio respirar profunda y largamente. Hacía semanas que no lo veía tan animado.

Sin embargo, Simon no estaba allí para observar a Baz; bien sabía Dios que le sobraban ocasiones de hacerlo. Se dio media vuelta y escrutó el foso, tomando nota de las tallas que decoraban las paredes de piedra y de las baldosas que cubrían el borde del muelle.

—Debería haber traído una linterna... —se lamentó.

—Lástima que no seas mago —replicó Baz.

Una bola de fuego azul apareció en la mano de Baz, y se la lanzó a Simon a la cabeza. Éste se agachó a recogerla. A Baz siempre se le había dado mejor que a él la magia del fuego. *Engreído.*

Las baldosas titilaron a la luz.

—¿Nos podemos acercar más a la pared? —pidió Simon.

Baz obedeció con movimientos suaves.

De cerca, Simon advirtió que las baldosas formaban un mosaico que se extendía por debajo del agua. Batallas de hechiceros. Unicornios. Símbolos y glifos. A saber qué profundidad alcanzaban... Baz guio la góndola despacio junto a la pared, y Simon mantuvo la luz en alto, inclinándose poco a poco a un lado para ver mejor.

Se olvidó de Baz, más de lo que jamás se habría atrevido a olvidarse fuera del refugio de su cuarto. Al principio, Simon ni siquiera advirtió que la góndola se detenía. Cuando volteó a ver, descubrió que Baz se había acercado a él. Se cernía sobre Simon, bañado en el fulgor azul del fuego que él mismo había invocado, con los dientes al descubierto y el semblante inundado de asco y determinación...

La puerta se abrió.

Reagan siempre la pateaba en cuanto giraba la llave; la hoja estaba llena de huellas por la parte de fuera. Entró y dejó caer al suelo las bolsas que llevaba consigo.

—Hola —saludó mirándolos brevemente.

—Calla —susurró Levi—. Cath está leyendo *fan fiction.*

—¿En serio? —Reagan volvió a mirarlos, ahora más interesada.

—No, qué va —dijo a la vez que cerraba la laptop—. Ya he terminado.

—No —Levi inclinó el cuerpo para abrirla otra vez—. No puedes parar en mitad del ataque de un vampiro.

—Vampiros, ¿eh? —dijo Reagan—. Parece muy emocionante.

—Tengo que terminar el trabajo de Biología —se disculpó Cath.

—Vamos —Reagan se giró hacia Levi—. Fisiología vegetal. ¿Nos ponemos a ello?

—Pongámonos a darle —gruñó él mientras se levantaba de la cama de Cath—. ¿Puedo usar tu teléfono? —le preguntó.

Cath le tendió el celular y él marcó un número. Una canción de Led Zeppelin sonó en el bolsillo trasero de sus pantalones.

—Continuará —dijo Levi devolviéndole el teléfono—. ¿Hecho?

—Claro —repuso Cath.

—¿A la biblioteca? —preguntó Reagan.

—Al restaurante En Ruta —Levi agarró su mochila y abrió la puerta—. La *fan fiction* despierta mi apetito de carne.

—Nos vemos —le dijo Reagan a Cath.

—Nos vemos —se despidió ella.

Levi se giró en el último momento para dedicarle una amplia sonrisa.

En 1983, si querías conocer a otros fans de *Star Trek*, tenías que apuntarte a un club por correo o reunirte con otros *trekkies* en alguna convención…

Cuando los lectores sucumbieron a la magia de Simon en 2001, la comunidad de fans estaba tan próxima como el teclado más cercano.

El *fandom* de Simon Snow estalló en internet… y se sigue expandiendo. Hoy día, las páginas web y los blogs dedicados a Simon superan los de los Beatles y Lady Gaga juntos. Abundan las historias, los dibujos y los videos de los fans, mientras que otros se enfrascan en inacabables discusiones y conjeturas.

Uno no ama a Simon en solitario o en una convención anual; para miles de fans de todas las edades, amar a Simon supone nada más y nada menos que una forma de vida.

(Jennifer Magnuson, "La tribu de Simon",
Newsweek, 28 de octubre de 2007.)

Capítulo 13

Cath no quería hacer amigos.

En algunos casos, se esforzaba por no hacerlos, sin llegar a caer en la impertinencia. (¿Estirada, tensa y más bien misantrópa? Sí. ¿Grosera? No.)

Sin embargo, todos los demás —las personas con las que compartía clases y residencia— sí querían hacer amigos, y a veces Cath no tenía más remedio que consentir.

La vida universitaria era predecible hasta extremos insoportables, capas y capas de rutina tendidas unas encima de las otras. Veías a la misma gente mientras te cepillabas los dientes y a grupos distintos de las mismas personas en cada clase. Te cruzabas con los mismos alumnos día tras día en los pasillos. Muy pronto, empezabas a saludarlos con un gesto de la cabeza. Y antes de que te dieras cuenta les estabas diciendo "hola" al pasar. Por fin alguien entablaba conversación y tú te dejabas llevar.

¿Qué podía decirles Cath? ¿"No quiero hablar contigo"? Ella no era Reagan.

Fue así como acabó por sentarse con T. J. y Julian en clase de Historia, y con Kati, una alumna no convencional madre de dos hijos, en Ciencias Políticas. Había conocido a una chica muy simpática en clase de Escritura Creativa llamada Kendra. Los martes y los jueves por la mañana, tanto Cath como ella estudiaban en la biblioteca, así que acabaron por sentarse en la misma mesa.

Ninguna de aquellas amistades trascendió a la vida personal de Cath. T. J. y Julian no la invitaban a fumar hierba con ellos, ni a jugar a *Batman: Arkham City* en la videoconsola.

Nadie contaba con Cath para salir o para acudir a fiestas (salvo Reagan y Levi, que más parecían unos patrocinadores que amigos propiamente dichos). Ni siquiera Nick, que se reunía dos veces a la semana con Cath para escribir.

Mientras tanto, Wren hacía gala de una agenda social tan apretada que Cath tenía la sensación de estar interrumpiéndola siempre que intentaba contactar con ella. Pensaba que habían superado la "bar-tástrofe", pero Wren parecía aún más irritada y distante que a principios de curso. Cada vez que Cath la llamaba, Wren estaba a punto de salir y nunca le decía a dónde iba.

—No quiero que te presentes allí dispuesta a hacerme un lavado de estómago —le espetaba.

En cierto sentido, aquello no era nuevo.

Wren siempre había sido "la sociable", "la simpática". La que recibía invitaciones para asistir a las presentaciones en sociedad de vestido largo y a los cumpleaños. Pero antes —en secundaria y bachillerato— todo el mundo sabía que, si invitabas a Wren, Cath estaría allí también. Iban en lote, incluso a los bailes. Lo demostraban tres años de fotografías de bailes de bienvenida y fiestas de fin de curso. En todas ellas aparecían Cath y Wren, junto a sus respectivas parejas, bajo un arco de globos o delante de una cortina brillante.

Iban en lote y punto. Desde siempre.

Incluso habían acudido a terapia juntas tras la partida de su madre. Lo cual era un poco raro, se dijo Cath. Sobre todo teniendo en cuenta lo distintas que habían sido sus reacciones: mientras que Wren actuaba, Cath se inhibía. (Se inhibía violenta, desesperadamente. En plan *Viaje al centro de la Tierra*.)

La tutora de tercero —siempre habían ido juntas a clase, durante toda la primaria— pensó que tenían miedo de los terroristas...

Porque la madre de Cath y Wren se marchó el 11 de septiembre. *Aquel* 11 de septiembre.

(Cath aún se indignaba al pensarlo; su madre era tan egoísta que anteponía sus propios problemas a una tragedia nacional.)

Aquel día las despacharon pronto del colegio. Sus padres ya estaban en plena pelea cuando llegaron a casa. El padre de las chicas estaba disgustado y la madre lloraba... Y Cath, al principio, pensó que las lágrimas se debían al atentado del World Trade Center; la maestra les había contado lo de los aviones. Pero no era por eso; no exactamente...

La madre no paraba de decir: "Estoy harta, Art, no aguanto más. Yo no me merezco esto".

Cath salió al jardín y se sentó en los escalones traseros. Wren acudió a su lado y le tomó la mano.

La pelea parecía no tener fin. Y cuando el presidente sobrevoló la casa de camino a la base de las Fuerzas Aéreas, un avión solitario en el cielo, Cath pensó que quizás había llegado el fin del mundo.

La madre de las chicas se marchó definitivamente una semana después. Las abrazó en el porche delantero, les dio besos y más besos en las mejillas y les prometió que se verían pronto, que sólo necesitaba algo de tiempo para sentirse mejor, para recordar quién era. Cath y Wren no entendían nada. *Eres nuestra madre.*

Cath sólo conservaba imágenes inconexas de lo que pasó después.

Recordaba haber llorado mucho en el colegio. Haberse escondido con Wren en los lavabos durante el recreo. Haberle tomado la mano en el autobús. Haber arañado a un niño en el ojo por decir que eran gays. Wren no lloraba. Robaba cosas y las escondía bajo la almohada. Cuando el padre de las chicas cambió las sábanas por primera vez —no hasta después de San Valentín—, encontró lápices de Simon Snow, bálsamos labiales y un CD de Britney Spears.

Luego, en una misma semana, Wren cortó el vestido de una niña con unas tijeras escolares y Cath se mojó los pantalones en clase de Sociales porque no se atrevía a levantar la mano para preguntar si podía ir al baño; la maestra se reunió con el padre de las niñas y le dio la tarjeta de un psicólogo infantil.

El padre de Cath no le dijo al terapeuta que su mujer se había marchado. Y esperó hasta las vacaciones de verano para contárselo a la abuela. Estaba convencido de que volvería. Y era un desastre. Los tres lo eran.

Habían tardado años en recuperarse. ¿Y qué si no todo había vuelto a la normalidad? Como mínimo, seguían en pie.

Casi todo el tiempo.

Cath cerró el libro de Biología y agarró la laptop. Leer se le antojaba demasiado silencioso; necesitaba escribir.

El sonido del teléfono la sobresaltó. Lo miró fijamente un momento antes de responder, tratando de identificar el número.

—¿Sí?

—Hola. Soy Levi.

—¿Hola?

—Esta noche hay una fiesta en mi casa.

—Siempre hay una fiesta en tu casa.

—¿Vendrás? Reagan vendrá.

—¿Y qué iba a hacer yo en tu fiesta, Levi?

—Divertirte —respondió él, y Cath advirtió que sonreía. Intentó no hacer lo mismo.

—No bebo. No fumo. No me drogo.

—Puedes hablar con la gente.

—No me gusta hablar con borrachos.

—El que la gente beba no implica que se emborrache. Yo no me emborracharé.

—No hace falta que vaya a una fiesta para hablar contigo. ¿Te ha dicho Reagan que me invitaras?

—No. No exactamente. No con esas palabras.

—Que te diviertas en tu fiesta, Levi.

—Espera... Cath.

—¿Qué? —Cath respondió en tono de fastidio, pero no estaba irritada. En realidad, no.

—¿Qué haces?

—Intento escribir. ¿Qué haces tú?

—Nada —repuso él—. Acabo de salir del trabajo. A lo mejor podrías acabar de leerme la historia...

—¿Qué historia? —Cath sabía muy bien a qué historia se refería.

—La de Simon Snow. El vampiro Baz estaba a punto de atacar a Simon.

—¿Quieres que te la lea por teléfono?

—¿Por qué no?

—No te la voy a leer por teléfono.

Llamaron a la puerta. Cath la miró con recelo.

Más golpes.

—Sé que eres tú —dijo ella en dirección al auricular.

Levi se rio.

Cath se levantó y abrió la puerta a la vez que cortaba la llamada.

—Eres bobo.

—Te he traído café —dijo él. Iba todo de negro (jeans, suéter y botas de piel) y sostenía dos tazas rojas con motivos navideños.

—En realidad, no bebo café.

A pesar de todas las ocasiones previas.

—No pasa nada. Son más bien chocolates derretidos. ¿Qué quieres, café con leche al pan de jengibre o al licor de huevo?

—El licor de huevo me recuerda a los mocos —rehusó ella.

—A mí también. Pero en el buen sentido —le tendió una taza—. Pan de jengibre.

Cath la agarró y sonrió resignada.

—De nada —dijo Levi. Se sentó en la cama y esbozó una sonrisa expectante.

—¿Hablas en serio?

Cath se colocó ante la laptop.

—Ándale, Cath, ¿acaso no escribes esos relatos para que la gente los disfrute?

—Los escribo para que la gente los lea. Te enviaré un enlace.

—No me envíes un enlace. No soy muy aficionado a internet.

Los ojos de Cath se agrandaron. Estaba a punto de dar un sorbo al café, pero se detuvo.

—¿Cómo es posible que no te guste internet? Eso es como decir: "No me gustan los grandes inventos. Que además son fáciles de manejar. No me gusta tener al alcance de la mano los grandes descubrimientos de la humanidad. No me interesa la luz. Ni el conocimiento".

—Me interesa el conocimiento —protestó él.

—No eres aficionado a los libros. ¿Y ahora resulta que tampoco eres aficionado a internet? ¿Qué te queda?

Levi se echó a reír.

—La vida. El trabajo. Las clases. El aire libre. Los demás.

—Los demás —repitió ella meneando la cabeza con incredulidad. Dio un sorbo a la bebida—. También se conoce gente en internet. Es alucinante. Tienes a "los demás" a tu alcance sin las desventajas del olor corporal y el contacto visual.

Levi dio un puntapié a la silla de Cath. La alcanzaba sin tener que moverse.

—Cath. Léeme tu *fan fiction*. Quiero saber cómo sigue.

Ella abrió la computadora despacio, como si aún se lo estuviera pensando. Como si hubiera alguna posibilidad de que se negara. Levi quería saber qué pasaba a continuación. Aquella pregunta era el talón de Aquiles de Cath.

Buscó el relato que le había estado leyendo. Lo había escrito el año anterior para el festival navideño de *fanfic* (Villancicos con Baz y Simon). La *fic* de Cath había ganado dos premios: Con Sabor a Canon y Lo Mejor de Snow.

—¿Dónde lo habíamos dejado? —preguntó, más bien para sí.

—Baz enseñaba los dientes y tenía el semblante inundado de asco y determinación.

Cath encontró la frase.

—¡Órale! —se sorprendió—. Buena memoria.

Levi sonreía. Volvió a dar un puntapié a la silla.

—Bien —empezó ella—, están en la barca y Simon se inclina para mirar el mosaico de la pared del foso.

Levi cerró los ojos.

Cath carraspeó.

Cuando volteó a ver, descubrió que Baz se había acercado a él. Se cernía sobre Simon, bañado en el fulgor azul del fuego que él mismo había invocado, con los dientes al descubierto y el semblante inundado de asco y determinación...

Baz sostenía la pértiga por encima de la cara de Simon y, antes de que el heredero pudiera agarrar la varita o susurrar un hechizo, hundió el palo en el agua. La barca se agitó y se oyó un gorgoteo —un chapoteo asustado— procedente del foso. Baz alzó la pértiga y volvió a hundirla, con la expresión más fría y cruel que Simon le había visto jamás. Tenía los labios húmedos y sus exclamaciones parecían más bien gruñidos.

Simon permaneció inmóvil mientras la góndola oscilaba. Luego Baz se echó hacia atrás y Simon se sentó despacio.

—¿Lo has matado? —preguntó en voz baja.

—No —dijo Baz—. Debería haberlo hecho. Así aprendería a no acercarse a las barcas. En cuanto a ti, te creía más listo. ¿A quién se le ocurre asomarse al foso?

—¿Y por qué hay lobos de mar en el foso, eh? —Simon se sonrojó—. Esto es un colegio.

—Un colegio dirigido por un loco. Algo que llevo seis años intentando explicarte.

—No hables así del Gran Hechicero.

—¿Y dónde está ahora tu Hechicero, Simon? —le preguntó Baz despacio, alzando la vista hacia el antiguo castillo. Parecía cansado otra vez, la tez azulada y sombría a la luz de la luna, los ojos rodeados de sombras negras—. Además, ¿qué estás buscando? —preguntó en tono irritado, frotándose los ojos—. A lo mejor, si me lo dijeras, podría ayudarte a encontrarlo, y así tendríamos alguna posibilidad de regresar al castillo en vez de acabar ahogados, congelados o degollados.

—Es... —Simon sopesó los riesgos.

Por lo general, a estas alturas de las investigaciones de Simon, Baz ya se olía lo que se proponía y le había tendido una trampa para desbaratar sus planes. En esta ocasión, sin embargo, Simon no le había contado a nadie lo que estaba haciendo. Ni siquiera a Agatha. Ni a Penelope.

Una carta anónima le había sugerido que buscara ayuda; decía que la misión era demasiado peligrosa para emprenderla en solitario... y por eso precisamente Simon no había querido implicar a sus amigos.

No obstante, en una situación de riesgo como aquélla... Bueno, la idea ya no le desagradaba tanto.

—Es peligroso —le advirtió a Baz muy serio.

—No lo he dudado ni por un momento. "Peligro" es tu tercer nombre, ¿no? Simon Oliver "Peligro" Snow.

—¿Cómo sabes mi segundo nombre? —preguntó Simon con recelo.

—Por la guerra de Crimea, ¿qué parte de estos seis años te has saltado? Sé qué zapato te pones primero. Sé que usas champú con olor a manzanas. Infinidad de trivialidades relacionadas con Simon Snow bullen en mi mente. ¿No conoces tú el mío?

—¿Tu qué?

—Mi segundo nombre —dijo Baz.

Por la dentadura de Morgana, qué insolente era.

—Es... Basilton, ¿no?

—Muy bien, pedazo de idiota.

—Era una pregunta capciosa —Simon se giró hacia el mosaico.

—¿Y qué estás buscando? —volvió a preguntarle Baz, gruñendo entre dientes como un animal.

Una cosa sí había descubierto Simon en relación a Baz a lo largo de esos seis años: podía pasar del mal humor a la agresividad en cuestión de minutos.

En todo ese tiempo, sin embargo, todavía no había aprendido a no morder el anzuelo.

—¡Conejos! —se apresuró a responder—. Estoy buscando conejos.

—¿Conejos?

Perplejo, Baz se interrumpió en mitad de un gruñido.

—Seis conejos blancos.

—¿Por qué?

—¡No lo sé! —gritó Simon—. Simplemente los estoy buscando. Recibí una carta. Hay seis conejos blancos en los jardines del colegio. Cuando los encuentre, me conducirán a alguna parte...

—¿Adónde?

—Que no lo sé, te digo. Pero es peligroso.

—Y supongo —comentó Baz, reclinado contra la pértiga y con la frente apoyada en la madera— que no sabes quién te envió la carta.

—No.

—Podría ser una trampa.

—Sólo hay un modo de averiguarlo.

Simon habría dado cualquier cosa por poder levantarse y encararse con Baz sin que zozobrase el barco. Detestaba mirarlo desde abajo.

—Lo estás diciendo en serio —se burló Baz—, ¿verdad? De verdad piensas que para averiguar si algo es peligroso hay que meterse en la boca del lobo.

—¿Qué otra cosa sugieres?

—Se lo podrías consultar a tu querido Hechicero, para empezar. Y ya puestos, le podrías preguntar a la ñoña de tu amiga. Tiene un cerebro tan enorme que le sobresalen las orejas como las de un mono; a lo mejor ella podría arrojar algo de luz sobre el enigma.

Simon tiró de la capa de Baz para hacerle perder el equilibrio.

—No hables así de Penelope.

La pértiga se dobló y Baz recuperó su elegante pose.

—¿Has hablado con ella? ¿Has hablado con alguien?

—No —dijo Simon.

—Seis conejos, ¿eh?

—Sí.

—¿Cuántos has encontrado de momento?

—Cuatro.

—Entonces tienes el de la catedral, el del puente levadizo...

—¿Te habías fijado en la liebre del puente levadizo? —Simon echó la cabeza hacia atrás, sorprendido—. Yo tardé tres semanas en encontrarlo.

—No me sorprende —dijo Baz—. No eres muy observador. ¿Conoces al menos mi primer nombre?

Baz hacía avanzar la barca otra vez. Simon rezó para que se dirigieran al muelle.

—Te llamas... empieza por T.

—Tyrannus —dijo Baz—. En serio. Así que la catedral, el puente levadizo y la guardería...

Simon se puso en pie de repente, agarrándose de la capa de Baz. La góndola zozobró.

—¿La guardería?

Baz frunció una ceja.

—Por supuesto.

Desde tan cerca, Simon veía perfectamente las ojeras oscuras de Simon y la red de venillas que le oscurecía los párpados.

—Enséñamelo.

Baz se zafó de Simon —estremeciéndose, le dio un empujón— y se bajó de la barca. Simon se echó hacia delante para tomar un poste del embarcadero y evitar así que la góndola se alejara flotando.

—Vamos —dijo Baz.

Cath se dio cuenta de que había empezado a imitar las voces de Simon y Baz o, como mínimo, a reproducir las voces tal como ella las imaginaba. Echó una ojeada a Levi para comprobar si él se había dado cuenta. El chico sostenía la taza con las dos manos contra el pecho, con la barbilla apoyada en el borde como si quisiera mantenerla caliente. Tenía los ojos abiertos pero la mirada perdida. Parecía un niño pequeño viendo la tele.

Antes de que Levi se diera cuenta de que lo miraba, Cath devolvió la vista a la computadora.

Guardar la barca resultó ser más engorroso que sacarla, y para cuando la hubieron amarrado otra vez, Simon tenía las manos mojadas y entumecidas.

Regresaron al castillo caminando deprisa, codo con codo, con las manos metidas en los bolsillos.

Baz era más alto, pero los dos chicos avanzaban a un paso idéntico.

Simon se preguntó si alguna vez habían caminado así. En seis años —en los seis años que llevaban tomando a diario el mismo camino—, ¿alguna vez habían marchado al mismo paso?

—Mira —dijo Baz agarrando a Simon del brazo.

A Simon nunca se la habría ocurrido mirar allí. Debía de haber pasado por delante miles de veces. La guardería estaba en la planta baja, cerca de las oficinas de los profesores.

Baz intentó abrir la puerta. Estaba cerrada con llave. Se sacó la varita del bolsillo y murmuró algo. La puerta se abrió de repente, casi como si la manija buscara la mano pálida de Baz.

—¿Cómo lo has hecho? —preguntó Simon.

Baz se limitó a esbozar una sonrisa torva antes de cruzar el umbral. Simon lo siguió. Reinaba la oscuridad en la sala, pero el joven heredero advirtió que se encontraban en una especie de cuarto de juegos. Había cojines, juguetes y vías de tren que zigzagueaban en todas direcciones.

—¿Qué lugar es éste?

—Es una guardería —respondió Baz en voz baja. Como si hubiera allí niños durmiendo.

—¿Para qué necesita Watford una guardería?

—No la necesita —repuso Baz—. Ya no. La escuela se ha convertido en un lugar demasiado peligroso como para albergar niños. Pero antes los miembros del claustro dejaban aquí a sus hijos mientras trabajaban. Y otros niños mágicos podían asistir también, si sus padres juzgaban oportuno estimularlos desde el comienzo.

—¿Y tú venías a esta guardería?

—Sí, desde que nací.

—Tus padres debían de pensar que necesitabas muchísimo estímulo.

—Mi madre era la directora del colegio, idiota.

Simon volteó a ver a Baz, pero no distinguía bien sus rasgos en la oscuridad.

—No lo sabía.

Notó que Baz ponía los ojos en blanco.

—Qué raro.

—Pero conozco a tu madre.

—Conoces a mi madrastra —repuso Baz. Se quedó muy quieto.

Simon imitó la inmovilidad de su compañero.

—La última directora... —dedujo mientras miraba atentamente el perfil de Baz— antes de la llegada del Gran Hechicero. La que fue asesinada por unos vampiros.

Baz agachó la cabeza con un dramático gesto de asentimiento.

—Vamos. El conejo está por aquí.

La siguiente habitación era una sala amplia y redondeada. Las cunas se alineaban a ambos lados, mientras que las pequeñas colchonetas ocupaban el centro. Al fondo de la habitación había una enorme chimenea cuyo hogar alcanzaba a lo alto hasta la mitad de la pared. Baz se susurró algo en la palma de la mano y una bola ardiente voló hacia la rejilla de la chimenea. Volvió a susurrar, dando un pase en el aire, y las llamas azules mudaron en un fuego caliente y anaranjado. La habitación se iluminó ligeramente alrededor de los chicos.

Baz se acercó al hogar y tendió las manos hacia el fuego. Simon lo siguió.

—Aquí está —anunció Baz.

—¿Dónde? —Simon miró el hogar.

—Encima de ti.

Simon alzó la vista y luego se dio media vuelta para poder abarcar con los ojos toda la sala. Un bonito mural de una noche estrellada se extendía por el techo. El cielo, pintado de azul oscuro, contrastaba con la luna del centro: un conejo blanco acurrucado sobre sí mismo; gordito, satisfecho y completamente dormido.

Sin despegar la mirada de la imagen, Simon caminó hasta el centro de la sala.

—El quinto conejo... —susurró—. El conejo luna.

—¿Y ahora qué? —preguntó Baz por detrás de su compañero.

—¿A qué te refieres?

—Quiero decir, ¿y ahora qué?

—No sé —dijo Simon.

—Bueno, ¿qué hiciste cuando encontraste los otros?

—Nada. Los encontré y ya está. La carta decía que los buscara.

Baz se tapó la cara con las manos y gruñó. Luego se dejó caer al suelo, frustrado.

—¿Así es como funcionan tú y tu equipo estrella? No me extraña que sea tan fácil desbaratar sus planes.

—Por si no te has dado cuenta, cuesta mucho detenernos.

—Oh, cállate ya —le espetó Baz con la cara hundida entre las rodillas—. En serio... basta. No quiero volver a oír tu voz quejosa hasta que tengas algo interesante que decir. Eres como un taladro en el cráneo.

Simon se sentó en el suelo, junto a Baz, delante del fuego, y se quedó mirando el conejo dormido. Cuando le empezó a doler el cuello, se tendió en la alfombra.

—Yo dormía en una sala como ésta —explicó Simon—. En el orfanato. Ni de lejos tan bonita. No había hogar. Ni conejo luna. Pero dormíamos todos juntos en una habitación, igual que aquí.

—Por Crowley, Snow, ¿fue entonces cuando te ficharon para el reparto del musical *Annie*?

—Aún hay sitios como éste. Orfanatos. Ni te imaginas.

—No, no me imagino —asintió Baz—. Mi madre no me abandonó por voluntad propia.

—Y si tu familia es tan fantástica, ¿qué haces aquí celebrando la Navidad conmigo?

Simon volvió a observar el conejo. A lo mejor ocultaba alguna pista. Quizá si lo mirara entornando los ojos... O desde un espejo. Agatha poseía un espejo mágico; te avisaba cuando algo se te pasaba por alto. Un trozo de espinaca entre los dientes o un moco en la nariz. Cuando Simon se miraba en aquella luna, el espejo siempre le preguntaba a quién estaba engañando. "Está celoso —le decía Agatha—. Piensa que te presto demasiada atención."

—Porque así lo he decidido —respondió Baz rompiendo el silencio—. No he querido pasar la Navidad en casa.

Se tendió en el suelo, a medio metro de Simon. Cuando éste volteó a mirarlo, Baz observaba las estrellas pintadas.

—¿Estabas aquí? —preguntó Simon contemplando el reflejo de las llamas en los rotundos rasgos de Baz. Siempre había pensado que Baz tenía una nariz muy rara. Le nacía en la frente, como un pequeño bulto entre las cejas. Si Simon se quedaba mirando la nariz de Baz mucho rato, le entraban ganas de estirársela hacia abajo. Ya sabía que no serviría de nada. Sólo era una sensación.

—¿Si estaba aquí cuándo? —preguntó Baz.

—Cuando atacaron a tu madre.

—Asaltaron la guardería —dijo Baz como si hablara con la luna del techo—. Los vampiros no pueden tener hijos, ¿sabes? Tienen que transformar niños. Pensaron que si transformaban niños mágicos, éstos serían el doble de peligrosos.

Lo serían, pensó Simon, cuyo estómago se había encogido de miedo. Los vampiros eran casi invulnerables ya de por sí. Y un vampiro con poderes mágicos...

—Mi madre acudió a protegernos.

—A protegerte —apuntó Simon.

—Les lanzó fuego a los vampiros —prosiguió Baz—. Ardieron como papel de fumar.

—¿Cómo murió?

—Eran demasiados.

Baz seguía hablando al cielo, pero había cerrado los ojos.

—¿Llegaron a transformar los vampiros a algún niño?

—Sí —la respuesta fue como una nube de humo que brotara de los labios de Baz.

Simon no supo qué decir. Pensó que, en cierto sentido, debía de ser aún más horrible contar con una madre fuerte y amorosa para luego perderla, que haber crecido como Simon. Solo.

Comprendió lo que había pasado a continuación: después de que la directora, la madre de Baz, fuera asesinada, el Gran Hechicero tomó el relevo. Hubo cambios en el colegio; era necesario. Ahora los alumnos no sólo eran estudiantes sino también guerreros. Como es lógico, la guardería se cerró. Actualmente, cuando entrabas a trabajar en Watford, dejabas a tus hijos atrás.

Para Simon, todo eso no suponía una gran diferencia. No tenía nada que perder.

Para Baz en cambio...

Perdió a su madre, pensó Simon, *y ahora sólo me tiene a mí.* En un arranque de ternura o quizá de compasión, tendió la mano para tomar la de Baz, medio esperando que el otro le arrancara el brazo de cuajo.

La mano de Baz, sin embargo, estaba fría y flácida. Cuando se fijó mejor, Simon advirtió que su compañero se había dormido.

La puerta se abrió de repente y, por una vez, Cath pensó que Reagan había llegado en el momento justo. Cerró la laptop para hacerle saber a Levi que la lectura había concluido por ahora.

—Hola —dijo Reagan—. Eh, mira, tazas de Navidad. ¿Me has traído un café con leche al pan de jengibre?

Cath miró su taza sintiéndose culpable.

—Te he traído café con leche al ponche de huevo —repuso Levi a la vez que le tendía su propia taza—. Y mira, te lo he calentado en la boca.

—Ponche de huevo —Reagan arrugó la nariz pero lo agarró—. ¿Qué haces aquí tan pronto?

—He pensado que a lo mejor podríamos estudiar un poco antes de la fiesta —respondió Levi.

—*¿Amé a Jacob?*

Él asintió.

—¿Estás leyendo *Amé a Jacob?* —preguntó Cath—. Es un libro infantil.

—Literatura Juvenil —la corrigió él—. Es una asignatura estupenda.

Reagan estaba guardando ropa en la maleta deportiva.

—Me bañaré en tu casa —dijo—. Estoy hasta las narices de las regaderas públicas.

Levi se arrastró hasta el escritorio de Cath y apoyó un codo en la mesa.

—¿Y fue así como Baz se convirtió en vampiro? ¿Porque atacaron la guardería?

A Cath no le gustaba hablar de aquello delante de Reagan.

—¿Quieres decir si fue así como sucedió en realidad?

—Quiero decir en los libros.

—No hay ninguna guardería en los libros.

—Pero en tu versión es así como sucede.

—Sólo en este relato. Cada historia es un poco distinta.

—¿Y otras personas escriben sus propias versiones también?

—Ya lo creo —afirmó Cath—. Hay muchísimos fans, y todos escriben cosas diferentes.

—¿Y tú eres la única que ha imaginado que Baz y Simon se enamoran?

Cath se rio.

—Para nada. Todo internet escribe sobre Baz y Simon. Si tecleas en Google "Baz y Simon", la primera sugerencia que aparece es "Baz y Simon enamorados".

—¿Cuánta gente más o menos?

—¿Cuánta gente escribe sobre el romance Simon-Baz? ¿O cuántos escriben *fan fiction* de *Simon Snow*?

—Cuántos escriben *fan fiction*.

—Puf, no sé. Miles y miles.

—Entonces, si no quisieras que los libros terminaran nunca, podrías seguir leyendo historias *online* de *Simon Snow* por toda la eternidad...

—Exacto —asintió Cath muy seria. Pensó que tal vez fuera una crítica, pero Levi había captado la idea—. Si sucumbieras al encanto del mundo de los Hechiceros, podrías vivir allí para siempre.

—Yo no llamaría "vivir" a eso —terció Reagan.

—Es una metáfora —arguyó Levi en tono amable.

—Estoy lista —anunció Reagan—. ¿Vienes, Cath?

La chica sonrió tensa y negó con la cabeza.

—¿Estás segura? —le preguntó Levi. Se levantó de la cama—. Podríamos venir a buscarte más tarde.

—No, tranquilos. Los veo mañana.

En cuanto se marcharon, Cath bajó a la cafetería y cenó a solas.

—A lo mejor no me corresponde una varita. Puede que me corresponda un anillo, como a ti. O una… cosa de esas que se atan a la muñeca, como a la sarnosa de Elspeth.

—Oh, Simon —Penelope frunció el ceño—. No deberías llamarla así. No puede evitar ser tan peluda; su padre era el rey brujo de los Canus.

—No, si ya lo sé, es que…

—Para nosotros es más fácil —siguió diciendo ella en tono apaciguador—. Los instrumentos mágicos se quedan en las familias. Pasan de generación en generación.

—Ya —repuso Simon—. Igual que la magia. No tiene lógica, Penelope… Seguro que mis padres eran magos.

Ya había hablado del tema con Penelope otras veces, pero ella siempre adoptaba la misma expresión tristona.

—Simon… eso es imposible. Los magos nunca abandonan a sus hijos. La magia se considera un tesoro.

Simon desvió la vista y volvió a agitar la varita, un palo inerte en sus manos.

—El pelaje de Elspeth me parece precioso —manifestó Penelope—. Le da un aire muy dócil.

El chico se guardó la varita en el bolsillo y se levantó.

—Tú lo que quieres es un cachorro.

(Capítulo 21 de *Simon Snow y la tercera puerta*, copyright de Gemma T. Leslie, 2004.)

Capítulo 14

El padre de las chicas fue a buscarlas la víspera de Acción de Gracias. Cuando se estacionó delante de la residencia Pound para recoger a Cath, Wren y Courtney ya estaban sentadas en el asiento trasero del Honda.

Wren y Cath solían sentarse juntas detrás. El padre siempre se quejaba de que se sentía como un taxista, y ellas bromeaban: "No, no pareces un taxista sino un chofer de limusina. A casa, James".

—Eh, pero mira eso... —exclamó cuando Cath se acomodó a su lado—. Tengo compañía.

Ella hizo esfuerzos por sonreír.

Courtney y Wren charlaban en la parte de atrás, pero la música impedía a Cath oír su conversación. En cuanto tomaron el desvío de la interestatal, se inclinó hacia su padre:

—¿Qué tal Gravioli? —le preguntó.

—¿Qué? —el hombre bajó la música.

—Papá —protestó Wren—, es nuestra sesión.

—Perdón —se disculpó el padre, y subió el volumen de los altavoces traseros—. ¿Qué decías? —le preguntó a Cath.

—Gravioli —repitió ella.

—Oh —él hizo una mueca—. Al cuerno Gravioli. ¿Sabías que sólo son ravioli en lata nadando en grasienta salsa de carne?

—Suena asqueroso —asintió Cath.

—Repulsivo —dramatizó él—. Es comida de perro para personas. A lo mejor deberíamos haberlo enfocado así: "¿Alberga usted el deseo secreto de comer carne para perro? ¿Se le hace la boca agua cuando huele la comida del chucho?".

Cath le siguió la broma con su mejor voz de anunciante:

—"¿Se muere por probar la comida del perro pero teme que sus vecinos vean las latas... y se den cuenta de que no tiene mascotas?"

—Graviooooli —canturreó el padre, alargando mucho las vocales—. Comida de perro. Para personas.

—No han conseguido la cuenta —concluyó Cath—. Lo siento.

Él negó con la cabeza unas cuantas veces más de lo necesario.

—La hemos conseguido. A veces, conseguir algo es infinitamente peor que no hacerlo. Fue un disparo al aire: un concurso entre seis agencias. Nos escogieron y rechazaron todas y cada una de las buenas ideas que les presentamos. Y cuando por fin, por pura desesperación, Kelly va y suelta en una reunión: "¿Y si mostramos a un gran oso que se despierta gruñendo al final del invierno, muy hambriento? ¿Y entonces encuentra un gran plato de deliciosos Grrravioli y se convierte en ser humano?", el cliente alucinó. Le encantó la idea. El muy cabrón se puso a gritar: "¡Genial!".

Cath miró hacia atrás para comprobar si Courtney lo había oído. El padre de las chicas sólo soltaba groserías cuando hablaba de trabajo (y a veces cuando estaba en fase maniaca). Afirmaba que las agencias eran peores que los submarinos: nidos de claustrofobia y maldiciones.

—Así que ahora estamos haciendo dibujos animados de osos y Grrravioli —concluyó.

—Qué horror.

—Una tortura. Vamos a rodar cuatro comerciales. Cuatro osos distintos se convertirán en cuatro tipos de seres humanos; cuatro, uno por cada raza. Y entonces el puto Kelly va y sugiere que el asiático podría ser un oso panda. Y lo decía en serio. No sólo es un enfoque racista, sino también errado; los osos panda no hibernan.

Cath soltó una risita.

—Así que ya me ves diciéndole a mi jefe: "Es una idea interesante, Kelly, pero los pandas no hibernan". ¿Y sabes lo que me dijo?

Cath se rio y negó con la cabeza.

—¿Qué?

—"No seas tan literal, Arthur."

—¡No!

—¡Sí! —el padre de Cath se echó a reír negando con la cabeza otra vez—. Ese cliente está perpetrando un grave intento de asesinato cerebral.

—Un *grrrrav-iolí* intento —se burló Cath.

El hombre volvió a reír.

—No pasa nada —dijo golpeteando el volante—. Es dinero. Sólo dinero.

Ella sabía que no era verdad. Para su padre, nunca era cuestión de dinero, sino de trabajo. Aspiraba a dar con la idea perfecta, con la solución más elegante. Fuera cual fuera el producto —tampones, tractores o comida de perro para personas—, buscaba la pieza que completara el puzle de la forma idónea y más hermosa.

Por desgracia, cuando encontraba aquella idea, casi siempre se la tumbaban. O bien el cliente la rechazaba o bien lo hacía su jefe. O se la cambiaban. Y entonces se sentía como si le hubieran clavado una espita en el corazón para drenarle la savia del alma.

Después de dejar a Courtney en Omaha oeste, Wren se deslizó hacia delante y bajó la radio.

—El cinturón —le advirtió el padre.

Wren se echó hacia atrás y se lo abrochó.

—¿La abuela vendrá mañana?

—No —repuso él—. Se ha ido a Chicago. Se va a quedar un mes con la tía Lynn. Quiere pasar las vacaciones con los niños.

—Nosotras también somos niñas —objetó Wren.

—Ya no. Ahora son sofisticadas jovencitas. A nadie le interesa presenciar cómo abren los regalos de Navidad. Este... ¿a qué hora vendrá tu madre a buscarte?

Cath se giró hacia su hermana con expresión horrorizada.

Wren ya la estaba mirando.

—A mediodía —respondió con cautela—. Comen a la una.

—¿Entonces cenamos a las seis? ¿A las siete? ¿Te dará tiempo?

—¿Va a venir a buscarte? —le preguntó Cath—. ¿A nuestra casa?

El padre miró a Cath con expresión extraña; luego echó un vistazo a Wren por el espejo retrovisor.

—Pensaba que ya habrían hablado de esto.

Wren puso los ojos en blanco y luego miró por la ventana.

—Sabía que se pondría histérica.

—No estoy histérica —protestó Wren al borde de las lágrimas—. Y si estoy histérica, es porque me ocultas cosas.

—No es para tanto —replicó Wren—. Hablé con mamá unas cuantas veces por teléfono, y mañana pasaré un par de horas con ella.

—¿Hablas con ella después de diez años y no es para tanto? ¿Y la llamas "mamá"?

—¿Y cómo quieres que la llame?

—No quiero —Cath se giró casi completamente hacia el asiento trasero, forzando el cinturón—. No quiero que la llames nada.

Notó que su padre le posaba una mano en la rodilla.

—Cath...

—No. Esto también va por ti: no. No después de todo este tiempo.

—Es tu madre —arguyó él.

—En teoría —declaró Cath—. ¿Por qué nos molesta?

—Quiere conocernos mejor —explicó Wren.

—Pues qué oportuna, maldita sea. Ahora que ya no la necesitamos.

—¿"Maldita sea"? Ojito, Cath, empiezas a hablar como Snow.

Grandes lagrimones rodaron por las mejillas de Cath.

—¿Por qué me haces esto?

—¿Qué?

—Hacerme comentarios degradantes sobre Simon y Baz.

—Yo no hago eso.

—Sí —insistió Cath—. Lo haces.

—Lo que tú digas.

—Nos abandonó. No nos quería.

—No es tan sencillo —observó Wren, mirando los edificios que iban dejando atrás.

—Lo es para mí.

Cath volvió a colocarse de frente y se cruzó de brazos. Su padre, con la cara enrojecida, tamborileaba en el volante con el dedo.

♡ ♡ ♡

Cuando llegaron a casa, Cath no quiso ser la primera en subir a su habitación. Sabía que si se encerraba allí arriba no sólo se sentiría atrapada y desgraciada sino que se adjudicaría el papel de "la loca de la casa", castigada en su dormitorio como una niña pequeña.

Así que entró en la cocina. Se quedó plantada junto a la barra y miró el jardín trasero. Su padre todavía no había retirado los columpios. A Cath le habría gustado que lo hubiera hecho; se habían convertido en una trampa mortal, y a los niños de los vecinos les gustaba colarse a jugar.

—Pensaba que ya lo habrían hablado —su padre estaba de pie detrás de ella.

Cath negó con la cabeza.

Él le posó la mano en el hombro, pero Cath no volteó a mirarlo.

—Wren tiene razón —dijo el hombre—. No es tan sencillo.

—Basta. Déjalo ya, ¿sí? No puedo creer que te pongas de su parte.

—Estoy de parte de las dos.

—No me refiero a Wren —Cath se giró de golpe. Sintió que las lágrimas volvían a fluir—. De la suya. De su parte. Ella te dejó.

—No estábamos bien juntos, Cath.

—¿Y por eso nos abandonó a nosotras también? ¿Porque no estábamos bien juntas?

—Necesitaba tiempo. No llevaba bien la maternidad.

—¿Y tú llevabas bien la paternidad?

Cath supo, por la expresión de su padre, que había puesto el dedo en la llaga. Negó con la cabeza.

—No me refería a eso, papá.

El hombre respiró a fondo.

—Mira —dijo—, ¿quieres que te diga la verdad? A mí tampoco me entusiasma esta situación. Me resultaría mucho más fácil no tener que volver a pensar en Laura jamás en la vida... pero es su madre.

—Por favor, deja de decir eso —Cath se giró hacia la ventana—. Una madre no aparece tras años de ausencia, cuando sus hijas ya están criadas. Es como los animales esos que se presentan al final del cuento de *La gallinita roja* a comerse el pan. Cuando de verdad la necesitábamos, ni siquiera nos devolvía las llamadas. Cuando nos vino la regla, tuvimos que buscar en Google los pormenores. Pero ahora que ya no la echamos de menos, cuando por fin hemos dejado de llorar por ella —*cuando ya nos hemos comido toda la mierda*—, ¿ahora quiere conocernos mejor? Ya no necesito una madre, muchas gracias. Estoy bien como estoy.

El padre de Cath se echó a reír.

Ella le echó una ojeada por encima del hombro.

—¿De qué te ríes?

—No sé —reconoció él—. Fue eso del pan, creo. Y también... ¿de verdad buscaste en Google lo que era la regla? Me podrías haber preguntado; yo también entiendo de esas cosas.

Cath suspiró con fuerza.

—No pasa nada. Google nos informó de todo en su día.

—No tienes que hablar con ella —dijo el hombre con voz queda—. Nadie te va a obligar.

—Sí, pero Wren ya... ya ha bajado el puente levadizo.

—Supongo que Wren aún tiene preguntas pendientes que necesita formular.

Cath cerró los puños y se los llevó a los ojos.

—Es que... esto no me gusta... No quiero pensar en ella, no quiero verla. Y no la quiero en esta casa, pensando que fue su casa en otro tiempo, que nosotras fuimos suyas en otro tiempo también... No quiero ni que me roce su pensamiento.

El padre la rodeó con los brazos.

—Ya lo sé.

—Tengo la sensación de que todo está patas arriba.

Él suspiró con fuerza.

—Yo también.

—¿Te pusiste nervioso cuando llamó?

—Me pasé tres horas llorando.

—Oh, papá...

—Tu abuela le dio mi número de celular.

—¿La has visto?

—No.

Cath se estremeció y su padre la estrechó con fuerza.

—Cuando me la imagino aquí —explicó ella— me siento como los hobbits que se esconden del nazgul en *La comunidad del anillo*.

—Tu madre no es mala, Cath.

—Pues a mí me lo parece.

Él guardó silencio unos instantes.

—A mí también.

Wren no regresó a tiempo para la cena de Acción de Gracias; al final se quedó a pasar la noche en casa de Laura.

—Tengo la sensación de que si ponemos la mesa y fingimos normalidad —le dijo Cath a su padre—, será aún peor.

—Estoy de acuerdo —convino él.

Comieron pavo y puré de papa en la sala de estar, viendo el canal de historia en la tele. El guisado de ejote se enfrió en la cocina porque no le gustaba a nadie más que a Wren.

Baz: ¿Habías hecho esto antes?
    Simon: Sí. No.
    —¿Sí o no?
    —Sí. No así.
    Baz: ¿No con un chico?
    Simon: No deseándolo de verdad.

                         (De "Lo hacemos",
              subido en abril de 2010 a FanFixx.net
                                  por Magicath.)

Capítulo 15

Cuando Cath supo que era Levi quien aguardaba al otro lado de la puerta, se alegró tanto de ver su rostro incansablemente afable que lo dejó entrar. Ni siquiera se molestó en decirle que Reagan no estaba allí.

—¿No está Reagan? —preguntó él al entrar en el cuarto.

Aquel día, la expresión de Levi no era afable. Arrugaba la frente y apretaba aquellos finos labios en forma de corazón.

—No —repuso Cath—. Hace horas que se ha ido.

No añadió: "Con un galán que tiene pinta de pasarse el día jugando futbol americano y que podría hacer de John Henry en la versión cinematográfica de John Henry".

—Mierda —maldijo Levi, dejándose caer contra la puerta. Era de los que se apoltronan hasta cuando están enojados.

—¿Qué pasa? —quiso saber Cath.

¿Se ha puesto celoso al fin? ¿Acaso no sabe lo de los otros chicos? Cath siempre supuso que Reagan y él tenían algún tipo de pacto.

—Se supone que habíamos quedado para estudiar —explicó Levi.

—Ah —dijo Cath sin saber a qué se refería—. Bueno, puedes estudiar aquí si quieres.

—No —enojado—. Necesito que me ayude. Quedamos para estudiar ayer por la noche y me dejó colgado, y mañana tengo el examen y... —tiró un libro a la cama de Reagan y se sentó a los pies de la de Cath, sin mirarla—. Me prometió que me ayudaría a estudiar.

Cath se acercó a la cama de Reagan y agarró el libro.

—*¿Rebeldes?*

—Sí —Levi alzó la vista—. ¿Lo has leído?

—No. ¿Y tú?

—No.

—Pues léelo —dijo Cath—. ¿El examen es mañana? Hay tiempo. No parece muy largo.

Levi negó con la cabeza y volvió a mirar al suelo.

—No lo entiendes. Tengo que aprobar este examen.

—Pues lee el libro. ¿Le ibas a pedir a Reagan que lo leyera por ti?

Otro gesto negativo. No era una respuesta, sino más bien un ademán de impotencia ante la mera idea de leer un libro.

—Ya te lo he dicho —replicó él—. No soy aficionado a los libros.

Levi siempre decía eso. "No soy aficionado a los libros." Como quien habla de postres o de películas de terror.

—Sí, pero es que estás en la universidad —señaló ella—. ¿Dejarías que Reagan se presentara al examen en tu lugar?

—Puede ser —rezongó él—. Si fuera posible.

Cath dejó caer el libro en la cama, junto al chico, y regresó a su escritorio.

—Pues ve la película, aunque sea —le espetó con desdén.

—No está disponible.

Cath hizo un ruido con la garganta que sonó como "agh".

—No lo entiendes —repitió Levi—. Si no apruebo esta asignatura, me expulsarán de la licenciatura.

—Pues lee el libro.

—No es tan sencillo.

—Es exactamente así de sencillo —se impacientó Cath—. Mañana tienes un examen, tu novia no está aquí para hacer el trabajo en tu lugar: lee el libro.

—Tú no entiendes... nada.

Levi se había puesto en pie y se dirigía a la puerta, pero Cath no volteó a verlo. Estaba harta de discutir. Aquello ni siquiera iba con ella.

—Bien —dijo—. No lo entiendo. Lo que tú digas. Reagan no está aquí y yo tengo un montón de lecturas pendientes, y nadie que lea por mí, así que...

Le oyó abrir la puerta enojado.

—Lo he intentado —explicó él en tono brusco—. Llevo dos horas intentando leerlo. Es que... no se me dan bien los libros. Yo nunca... nunca he terminado un libro.

Cath volteó a mirarlo. Notó en el estómago un pellizco de remordimiento.

—¿Intentas decirme que no sabes leer?

Desesperado, Levi se echó el pelo hacia atrás y sacudió la cabeza.

—Claro que sé leer —contestó—. Por Dios.

—Entonces, ¿qué me estás diciendo? ¿Que no quieres hacerlo?

—No, yo... —Levi cerró los ojos y respiró profundamente por la nariz—. No sé por qué intento explicarte nada. Sé leer. Pero no puedo leer libros.

—Pues finge que es una señal de tráfico muy larga y arréglatelas.

—Dios mío —resopló él sorprendido. Herido—. ¿Qué te he hecho yo para que me trates tan mal?

—No te trato mal —replicó ella, pensando que seguramente sí lo estaba haciendo—. Es que no sé qué quieres que te diga. ¿Que me parece bien? Lo que hagan Reagan y tú no es asunto mío.

—Piensas que soy un vago —Levi miraba al suelo—. Y no lo soy.

—Va.

—Es que no puedo concentrarme —explicó él, de camino a la puerta—. Leo el mismo párrafo una y otra vez y sigo sin saber de qué trata. Es como si las palabras me pasaran por encima y yo no pudiera atraparlas.

—Va —respondió ella.

—Va.

Levi se giró, sólo lo justo para mirarla. Cuando no sonreía, sus ojos parecían demasiado grandes para su cara.

—No soy un tramposo —dijo.

Acto seguido, abandonó la habitación, dejando que la puerta se cerrara tras él.

Cath exhaló. Luego inhaló. Notaba un peso tan grande en el pecho que ambos gestos le provocaron dolor. Levi no debería hacer que se sintiera así. No debería tener acceso a su pecho.

No era su novio. Ni un familiar. Ella no lo había escogido. No tenía más remedio que relacionarse con él porque estaba obligada a relacionarse con Reagan. Era su compañero de cuarto político.

Rebeldes seguía sobre la cama.

Cath lo tomó y corrió hacia la puerta.

—¡Levi! —salió al pasillo—. ¡Levi!

El chico esperaba el ascensor con las manos metidas en los bolsillos del abrigo.

Cath aminoró el paso cuando lo vio. Él volteó a verla. Sus ojos seguían siendo demasiado grandes.

—Olvidaste el libro —se lo tendió.

—Gracias —dijo él alargando la mano.

Cath hizo caso omiso del gesto.

—Mira... ¿por qué no vuelves? Seguro que Reagan está de camino.

—Siento haberte gritado —se disculpó él.

—¿Me has gritado?

—Te levanté la voz.

Ella puso los ojos en blanco y retrocedió un paso.

—Vamos.

Levi la miró a los ojos y ella le sostuvo la mirada.

—¿Estás segura?

—Vamos —Cath dio media vuelta y esperó a que el chico echara a andar tras ella—. Lo siento —dijo con suavidad—. No me he dado cuenta de que la conversación iba en serio hasta que estábamos en plena discusión.

—Este examen me tiene muy estresado —se disculpó él a su vez.

Se detuvieron delante de la puerta y Cath, de repente, se llevó las muñecas a las sienes.

—Mierda —se agarró la cabeza con fuerza—. Mierda, mierda, mierda. Nos quedamos fuera. No tengo las llaves.

—¡Te sorprenderé! —Levi sonrió y sacó un llavero.

Cath lo miró de hito en hito.

—¿Tienes llaves de mi habitación?

—Reagan me dio una copia, para un caso de emergencia.

Abrió la puerta y le cedió el paso a Cath.

—¿Y por qué siempre esperas en el pasillo?

—Nunca es una emergencia.

Cath entró y Levi la siguió. Volvía a sonreír, aunque saltaba a la vista que estaba mucho más apagado de lo habitual. Habían hecho las paces, pero todavía iba a reprobar el examen.

—¿Y no has encontrado la película? —le preguntó ella—. ¿Ni siquiera *online*?

—No. Y, de todos modos, no es una buena idea. Los profesores siempre se dan cuenta cuando sustituyes el libro por el filme —se desplomó en la cabecera de la cama de Cath—. Normalmente, escucho el audiolibro.

—Eso cuenta como lectura —arguyó Cath mientras se sentaba al escritorio.

—¿Sí?

—Pues claro.

Levi dio un puntapié a las patas de la silla de Cath de broma. Luego apoyó las piernas en la cabecera.

—Bueno, da igual. En ese caso sí, he leído muchos libros... Éste no estaba disponible.

Se desabrochó la chaqueta y se la dejó abierta. Debajo, llevaba una camisa verde y amarilla.

—¿Y qué? ¿Reagan te lo iba a leer?

—Normalmente vemos juntos los pasajes más importantes. A ella también la ayuda a repasar.

Cath miró el libro.

—Bueno, siento no poder ayudarte. Lo único que sé de *Rebeldes* es la frase: "Sigue siendo dorado, Ponyboy".

Levi suspiró y volvió a pasarse los dedos por el pelo. Cath hojeó las páginas con el pulgar... Era un libro muy corto. Con muchísimo diálogo.

Alzó la vista hacia el chico. El sol se ponía tras él, envolviéndolo en un resplandor de luz anaranjada.

Cath giró la silla hacia la cama y empujó las piernas de Levi al suelo sin previo aviso. Luego apoyó sus propios pies en la cabecera y se llevó los lentes al pelo.

—"Cuando salí a la brillante luz del sol desde la oscuridad del cine..."

—Cath —susurró Levi. La chica notó que la silla temblaba y supo que él le estaba dando puntapiés—. No tienes que hacer esto.

—Obviamente —replicó ella—. "Cuando salí a la brillante luz del sol..."

—Cather.

Ella carraspeó, aún concentrada en el libro.

—Calla, te debo una. Una, como mínimo. Además, intento leer... "Cuando salí a la brillante luz del sol desde la oscuridad del cine, tenía sólo dos cosas en la cabeza..."

Al levantar la vista entre un párrafo y el siguiente, Cath descubrió que Levi sonreía. El chico se echó hacia delante para quitarse el abrigo y a continuación encontró un modo de apoyar las piernas en la silla. Se recostó contra la pared y cerró los ojos.

♡ ♡ ♡

Cath nunca había leído en voz alta tanto tiempo. Afortunadamente, era un buen libro, así que al cabo de un rato se olvidó de sí misma y de Levi, que la escuchaba concentrado. También de las circunstancias que los habían llevado a aquella situación. Transcurrió una hora, quizá dos, antes de que Cath dejara caer las manos y el libro en el regazo. El sol ya se había puesto y sólo la lamparita del escritorio iluminaba el cuarto.

—Puedes parar cuando quieras —dijo Levi.

—No quiero parar —Cath alzó la vista hacia él—. Es sólo que... —se sonrojó sin saber muy bien por qué— tengo sed.

Levi se echó a reír y se sentó.

—Ah... Claro. Iré a buscar algo. ¿Quieres un refresco? ¿Agua? En diez minutos puedo estar de vuelta con un café con leche al pan de jengibre.

Cath estuvo a punto de decirle que no se molestara, pero recordó lo mucho que le había gustado aquel café.

—¿De verdad?

—En diez minutos —repitió él, que ya se estaba poniendo la chaqueta. Se detuvo en el umbral, y Cath se agobió un poco al recordar lo triste que parecía la última vez que la había mirado desde allí.

Él sonrió.

Cath no supo qué hacer, así que asintió más o menos y levantó los pulgares con el gesto de ánimo más pobre del mundo.

Cuando Levi se marchó, se levantó para desperezarse. Tenía los hombros y la espalda destrozados. Fue al baño. Regresó. Volvió a estirarse. Echó un vistazo al teléfono. Por fin se tendió en la cama.

Olía a Levi. A café molido. Y a algo cálido y especiado que tal vez fuera agua de colonia. O jabón. O desodorante. Levi se sentaba en su cama con tanta frecuencia que Cath conocía de memoria aquellos aromas. A veces las sábanas olían a humo de cigarrillo pero no aquella noche. De vez en cuando, como a cerveza.

Cath no cerró con llave así que, cuando él llamó, se sentó y le dijo que pasara. Quería levantarse y volver al escritorio, pero Levi ya le tendía la bebida y se quitaba el abrigo. Tenía la cara amoratada de frío y, cuando la rozó con el abrigo, Cath dio un respingo de tan gélido que lo notó.

—Cinco bajo cero —la informó él mientras se arrancaba el gorro y se revolvía el pelo hasta volver a ponerlo de puntas—. Hazme un sitio.

Cath se deslizó hacia la almohada y apoyó la espalda contra la pared. Levi cogió su propia bebida y sonrió. Ella dejó la bandeja en el escritorio; el chico le trajo también un gran vaso de agua.

—¿Te puedo preguntar una cosa? —Cath miró la taza del Starbucks.

—Claro.

—¿Por qué has tomado una asignatura de Literatura si no eres capaz de leer un libro?

Levi volteó a verla. Estaban sentados codo con codo.

—Necesito seis créditos de Literatura para graduarme. Dos asignaturas. Me matriculé de una en primero para quitármela de encima, pero reprobé. Aquel año... me quedaron varias.

—¿Y cómo te las arreglas en las otras asignaturas?

Cath tenía muchísimas lecturas asignadas. Casi cada noche dedicaba varias horas a leer.

—Estrategias de supervivencia.

—¿Como por ejemplo?

—Grabo las clases y luego las escucho. Por lo general, sólo entra en el examen lo que el profesor ha explicado en clase. Y busco grupos de estudio.

—Y te apoyas en Reagan.

—No sólo en Reagan —esbozó una sonrisa traviesa—. Se me da muy bien identificar al instante a la chica más lista de la clase.

Cath frunció el ceño.

—Por Dios, Levi, eso es explotación.

—¿Cómo que explotación? No las obligo a llevar minifalda. No las llamo "nena". Sólo les digo: "Hola, chica lista, ¿te gustaría hablar conmigo de *Grandes esperanzas*?".

—Seguro que ellas piensan que intentas ligar.

—Y lo intento.

—Si no te aprovecharas, acosarías también a los chicos listos.

—Lo hago, en caso de necesidad. ¿Tú te sientes explotada, Cather? Levi seguía sonriendo por encima de su taza de café.

—No —repuso ella—. Yo ya sé que no quieres ligar conmigo.

—Tú no sabes nada.

—¿Así que lo haces a menudo? ¿Buscar a una chica para que te lea un libro?

Él negó con la cabeza.

—No, es la primera vez.

—Ya, pues ahora sí me siento explotada —dijo ella. Dejó el café y volvió a agarrar el libro.

—Gracias —dijo Levi.

—Capítulo doce...

—Lo digo en serio —Levi la obligó a bajar el libro y la miró—. Gracias.

Cath le sostuvo la mirada durante unos instantes. Luego asintió y retomó la lectura.

♡ ♡ ♡

Al cabo de otras cincuenta páginas, a Cath le entró sueño. En algún momento, Levi se había apoyado contra ella, y Cath se había inclinado hacia él, pero no podía prestar mucha atención a lo que estaba pasando porque la lectura le exigía concentración... aunque durante un capítulo entero, pese a que sus ojos y sus labios se movían con normalidad, su cerebro apenas registró nada del contenido, sólo la calidez de Levi contra su piel. La calidez del novio de su compañera de cuarto. De uno de los novios de su compañera de cuarto. ¿Acaso importaba eso? El hecho de que Reagan saliera con tres chicos, ¿reducía a una tercera parte la traición?

Y por más que se dijera que recostarse contra Levi no estaba precisamente mal, sabía que hacerlo porque él era cálido y no del todo blandito... sí.

La voz de Cath enronqueció y él se apartó una pizca.

—¿Quieres descansar?

Ella asintió, agradecida sólo en parte.

Levi se levantó y se desperezó. Las faldas de la camisa de franela dejaron a la vista parte de su cintura. Cath se incorporó también y se frotó los ojos.

—Estás cansada —dijo Levi—. Será mejor que lo dejemos.

—No vamos a dejarlo ahora —replicó ella—. Casi hemos terminado.

—Aún nos quedan cien páginas.

—¿Te aburres?

—No. Es que me sabe mal que estés haciendo esto por mí. Roza la explotación.

—Puf —bufó ella—. Vuelvo enseguida. Luego terminaremos. Llevamos más de la mitad y quiero saber qué pasa. Nadie dijo todavía: "Sigue siendo dorado, Ponyboy".

Cuando Cath regresó, encontró a Levi en el pasillo, de espaldas a la puerta. Debía de haber subido a la planta de los chicos para utilizar el baño.

—Me resulta raro verte aquí ahora que sé que tienes una llave —comentó ella.

Lo dejó entrar. Levi se apoltronó en la cama y le sonrió. Cath echó un vistazo a la silla del escritorio, pero al instante notó la mano de él en la manga. El chico tiró de ella para obligarla a sentarse a su lado, y los ojos de ambos se encontraron un instante. Cath desvió la vista como si aquella mirada no hubiera tenido nada de especial.

—Mira lo que venden en el Starbucks —dijo Levi tendiéndole una barrita energética.

Cath la agarró.

—Frutas del bosque. ¡Órale! Es como retroceder dos largos meses en el tiempo.

—Los meses transcurren a un ritmo distinto en la universidad —afirmó Levi—. Sobre todo el primer año. Suceden muchísimas cosas. Un mes de novato equivale a seis meses normales; son como meses de perro.

Cath desenvolvió la barrita y le ofreció a Levi la mitad. Él la agarró y simuló un brindis.

—Salud.

Era muy tarde. Y la luz demasiado escasa para tanta lectura. La voz de Cath sonaba tomada, como si se la hubieran cortado con un cuchillo romo. Como si se estuviera recuperando de un catarro o de un ataque de llanto.

En algún momento, Levi la había rodeado con el brazo y le había guiado la espalda contra su pecho; Cath se removía y se frotaba contra la pared, y Levi se había colocado tras ella para ofrecerle la comodidad de su cuerpo.

La mano del chico reposaba sobre la cama, salvo cuando se desperezaba o se movía. Cuando cambiaba de postura, Levi agarraba a Cath por el hombro para no separarse de ella.

Notaba cómo se alzaba el pecho de Levi al respirar. Por momentos notaba su aliento en el pelo. Cuando él movía la barbilla, rozaba la cabeza de Cath. Al final, de tanto prestar atención, los músculos de los brazos, la espalda y el cuello de Cath se entumecieron.

Se perdió y dejó de leer un segundo.

La barbilla de Levi le golpeó la cabeza.

—Descansa —le sugirió, con una voz que no era del todo un susurro, pero igual de queda.

Cath asintió. Tomándola por el codo izquierdo, Levi alargó el brazo derecho por encima de ella y alcanzó el vaso de agua. El cuerpo del chico la ciñó un instante. Levi volvió a apoyarse en la pared enseguida, pero dejó la mano en el codo de Cath.

Ella dio un sorbo y devolvió el agua a su lugar. Intentó no retorcerse, pero le dolía la espalda. Levantó los hombros.

—¿Estás bien? —le preguntó Levi.

Cath volvió a asentir. Entonces notó que él se desplazaba despacio.

—Ven...

Levi resbaló por la pared hasta tenderse de lado en la cama, y tiró de Cath para obligarla a acostarse de espaldas, con la cabeza apoyada en el brazo de él como si fuera una almohada. Ella relajó los hombros y notó la cálida franela en la nuca.

—¿Mejor? —preguntó él con aquella voz minúscula.

Levi la miraba a los ojos. Atentamente, para que Cath pudiera decir que no sin tener que hablar en voz alta. Ella no dijo nada. No asintió. No respondió. Sólo bajó la mirada y, apoyándose el libro en el pecho, se desplazó una pizca hacia él.

Se puso a leer otra vez y notó que el codo de Levi se doblaba sobre sus hombros.

♡ ♡ ♡

Estando Levi tan cerca, Cath no tenía que leer en voz muy alta. De lo cual se alegraba, porque le fallaba la voz. *(Le fallaba.)* Dios mío, Levi era tan cálido y a aquella breve distancia olía tanto a sí mismo que a Cath se le saltaban las lágrimas. Tenía los ojos cansados. Estaba cansada.

Cuando llegaron a la parte en la que Johnny —uno de los protagonistas— se lastimaba, Levi ahogó una exclamación. Cath notó en la mejilla el movimiento de las costillas. Ella inspiró a fondo también; se le rompió una pizca la voz y Levi la estrechó con más fuerza.

Cath se preguntó si a Levi le quedaría sangre en el brazo.

Se preguntó qué pasaría cuando la historia llegara a su fin.

Siguió leyendo.

Había demasiados personajes masculinos en aquel libro. Demasiados brazos y piernas, demasiadas caras sonrojadas.

Creyó que se reiría al llegar a la famosa frase "Sigue siendo dorado, Ponyboy", pero no lo hizo, porque significaba que Johnny había muerto, y pensó que tal vez Levi estuviera llorando. Puede que Cath también. Tenía los ojos cansados. Estaba cansada.

♡ ♡ ♡

"Cuando salí a la brillante luz del sol desde la oscuridad del cine, tenía sólo dos cosas en la cabeza: Paul Newman y volver a casa..."

Cath cerró el libro y lo dejó caer en el pecho de Levi, sin saber qué pasaría a continuación. Bien pensado, ni siquiera estaba segura de seguir despierta.

En cuanto el libro cayó, el chico la atrajo hacia sí. Con los dos brazos. Cath se tendió encima de él, pecho contra pecho, el libro encajado entre ambos.

Cath tenía los ojos entornados, y también Levi. Y aquella boca de piñón sólo lo parecía, advirtió ella, a causa de su forma de corazón. De cerca, los labios de Levi se le antojaron perfectamente llenos. Perfectamente algo.

Levi frotó la nariz contra la de Cath, y ambas bocas se aproximaron adormiladas, ya blandas y abiertas.

Cuando ella cerró los ojos, se le pegaron los párpados. Quería abrirlos, quería ver de cerca las cejas negras de Levi, contemplar aquel absurdo pico de viuda, como de vampiro... Tenía la sensación de que aquello no volvería a pasar y de que incluso podía arruinar lo poco que le quedaba, así que quería tener los ojos bien abiertos para presenciarlo.

Pero estaba tan cansada...

Y la boca de él era tan suave...

Nadie la había besado nunca como él. Sólo se había besado con Abel, y Cath se había sentido como si le metieran algo en la boca y se lo volvieran a sacar.

En cambio, Levi movía los labios como si bebiera. Como si dibujara el hueco de Cath con suaves movimientos de mandíbula.

Cath le hundió los dedos en el pelo y no pudo volver a abrir los ojos.

Al final, no fue capaz de seguir despierta.

—Lo siento, Penelope.

—No me hagas perder el tiempo con disculpas, Simon. Si no dejamos de disculparnos y perdonarnos mutuamente cada vez que nos tropezamos, nunca tendremos tiempo para ser amigos.

(Capítulo 4 de *Simon Snow y la segunda serpiente*, copyright de Gemma T. Leslie, 2003.)

Capítulo 16

Cath no se despertó cuando la puerta se abrió de golpe.

Pero dio un respingo cuando se cerró de un portazo. Fue entonces cuando Levi emergió por debajo del cuerpo de Cath, rozándole la frente con la barba incipiente. En aquel momento se despabiló.

Reagan estaba plantada a los pies de la cama, mirándolos fijamente. Aún llevaba los jeans de la noche anterior, y el azul plateado de la sombra de ojos le emborronaba la cara hasta las mejillas.

Cath se sentó. Levi también. Adormilado. A Cath se le cayó el alma a los pies.

Levi agarró el teléfono de Cath y lo miró.

—Mierda —dijo—. Llego dos horas tarde al trabajo —ya estaba en pie, poniéndose el abrigo—. Nos hemos dormido leyendo —se disculpó, mirando en parte a Reagan y en parte al suelo.

—Leyendo —repitió Reagan con los ojos clavados en Cath.

—Hasta luego —dijo Levi, ahora mirando más al suelo que a ninguna de las dos.

Y se marchó. Reagan seguía plantada detrás de la cama de Cath, que no sólo notaba los ojos legañosos e irritados, sino también inundados en lágrimas.

—Lo siento mucho —se disculpó, y en verdad lo sentía. Sentía el estómago en un puño y un fuerte dolor en cada uno de los entumecidos músculos de la espalda—. Oh, Dios mío.

—No —la cortó Reagan. Saltaba a la vista que estaba furiosa.

—Yo... Lo siento muchísimo.

—No. No te disculpes.

Cath cruzó las piernas y se dobló hacia delante, con la cara enterrada entre las manos.

—Pero yo sabía que es tu novio.

Cath lloraba con desconsuelo. Aun sabiendo que con eso sólo conseguiría aumentar la furia de Reagan.

—No es mi novio —le espetó ella casi gritando—. Ya no. En realidad, hace mucho que no lo es —inspiró a fondo para soltar el aire con fuerza—. Es que no me esperaba esto —dijo—. Y no me esperaba que, si sucedía, me afectara tanto. Es sólo que... es Levi. Y Levi siempre me prefiere a mí.

¿No es su novio?

—Todavía te prefiere a ti —replicó Cath haciendo esfuerzos por no gimotear.

—No seas idiota, Cather —le espetó Reagan en tono crispado—. O sea, ya sé que lo eres. En ese sentido. Pero intenta no portarte como una idiota ahora mismo.

—Lo siento —repitió Cath, que intentaba mirar a su compañera de cuarto sin conseguirlo—. Aún no sé por qué lo hice. Te juro que no soy esa clase de chica.

Reagan le dio la espalda por fin. Dejó caer la bolsa en la cama y agarró su toalla.

—¿Y qué clase de chica eres tú, Cath? ¿Lesbiana? Mira, voy a bañarme. Cuando vuelva, se me habrá pasado.

Y cuando volvió, se le había pasado.

Cath se acurrucó en la cama y lloró todo lo que no había llorado durante el fin de semana de Acción de Gracias. Encontró el ejemplar de *Rebeldes* encajado entre la cama y la pared y lo tiró al suelo.

Reagan vio el libro a su regreso. Llevaba pantalones de algodón, una sudadera gris con cierre y unos lentes cuadrados de montura marrón en lugar de los habituales lentes de contacto.

—Mierda —exclamó recogiendo el libro—. Le prometí que le ayudaría a estudiar —miró a Cath—. ¿De verdad sólo estaban leyendo?

—Sí, sólo —repuso Cath entre hipidos.

—Deja de lloriquear —le ordenó Reagan—. Lo digo en serio.

Cath cerró los ojos y le dio la espalda.

Su compañera se sentó a los pies de su propia cama.

—No es mi novio —declaró solemnemente—. Y ya sabía que le gustabas; siempre estaba aquí. Es que no sabía que a ti te gustaba también.

—Yo pensaba que siempre estaba aquí porque era tu novio —respondió Cath—. No quería que me gustara. Procuraba ser odiosa con él.

—Y yo pensaba que eras una odiosa —repuso Reagan—. Por eso me caíste bien.

Cath se rio y se frotó los ojos por centésima vez en doce horas. Le dolían tanto como si tuviera conjuntivitis.

—Ya se me pasó —afirmó Reagan—. Sólo estaba sorprendida.

—No se te puede pasar así como así —protestó Cath, sentándose y apoyándose contra la pared—. Aunque Levi no sea tu novio, yo pensaba que lo era. Así es como te pago todas las cosas agradables que has hecho por mí.

—Demonios... —meditó Reagan—, visto así, fue una fregadera.

La otra asintió compungida.

—Y entonces ¿por qué lo hiciste?

Cath pensó en la calidez de Levi contra su brazo. En sus diez mil sonrisas. En su frente interminable.

Cerró los ojos y se los apretó con el final de las palmas.

—Porque me moría de ganas.

Reagan suspiró.

—Va —asintió—. Esas cosas pasan. Tengo hambre y aún no he acabado de leer *Rebeldes*. Te gusta Levi y tú le gustas a él; lo asumo. Sería muy raro que te enredaras con mi novio de la escuela, pero lo hecho hecho está, ¿no?

Cath no respondió. Reagan siguió hablando.

—Si aún fuera mi novio, te daría de golpes. Pero no lo es. Así que vamos a almorzar, ¿ok?

Cath miró a Reagan. Y asintió.

Cath ya se había perdido las clases de la mañana. Incluida Escritura Creativa. Pensó en Nick, y no sintió nada especial. Fue como pensar en un conocido cualquiera.

Reagan comía cereales de colores con leche.

—Muy bien —dijo apuntando a Cath con la cuchara—. ¿Y ahora qué?

—¿Ahora qué de qué? —repuso la otra con la boca llena de queso gratinado.

—Ahora qué con Levi.

Cath se tragó el queso.

—Nada. No sé. ¿Tendría que saberlo?

—¿Quieres que te ayude con esto?

Cath miró a Reagan. Aun sin maquillaje y despeinada, tenía un aspecto alucinante. No conocía el miedo. Nunca vacilaba. Tenerla delante era como ver aproximarse a un tren a toda marcha.

—No sé a qué te refieres con "esto" —se lamentó Cath. Cerró los puños sobre el regazo y se forzó a seguir hablando—. Tengo la sensación de que... lo que pasó ayer por la noche fue una excepción. De que sólo podría haber sucedido en mitad de la noche, en un momento en que los dos estábamos muy cansados. Porque a la luz del día nos habríamos dado cuenta de que estábamos cometiendo un error...

—Ya te lo he dicho —insistió Reagan—. No es mi novio.

—No hablo sólo de eso —Cath volvió la vista hacia las ventanas y luego posó los ojos en Reagan, con seriedad—. Una cosa es que me guste pensando que no tengo ninguna posibilidad con él. Y otra muy distinta, salir con alguien como Levi. No creo que pudiera. Sería como salir con un ser de otra especie.

Reagan dejó caer la cuchara en el cuenco de cereales.

—¿Qué tiene Levi de malo?

—Nada —repuso Cath—. Es que... no es como yo.

—¿Quieres decir... inteligente?

—Levi es muy inteligente —replicó Cath a la defensiva.

—Ya lo sé —dijo Reagan, también a la defensiva.

—Es distinto —se explicó la otra—. Mayor. Fuma. Y bebe. Y seguramente ya ha estado con chicas. O sea, tiene aspecto de haber estado con chicas.

Reagan levantó una ceja, como si su amiga estuviera diciendo sandeces. Y Cath pensó —no por primera vez, pero sí por primera vez desde la noche anterior— que seguramente Levi y Reagan se habían acostado.

—Y le gusta estar al aire libre —siguió diciendo Cath, para cambiar de tema—. Y los animales. No tenemos nada en común.

—Tal como lo dices, cualquiera pensaría que es un fanfarrón que fuma puros y se lía con prostitutas.

Cath se rio, sin poder evitarlo.

—Sí, un peligroso trampero francés.

—Sólo es un chico —la tranquilizó Reagan—. Claro que no se parecen. Nunca encontrarás a nadie que sea idéntico a ti en todo; para empezar, porque un chico así se pasaría el día encerrado en su habitación.

—Los chicos como Levi no salen con chicas como yo.

—Y dale. ¿Lesbianas?

—Los chicos como Levi salen con chicas como tú.

—¿Y eso qué significa? —preguntó Reagan ladeando la cabeza.

—Normales —contestó Cath—. Guapas.

Reagan puso los ojos en blanco.

—Lo digo en serio —insistió Cath—. Mírate. Tienes un par de huevos, no te asusta nada. A mí me asusta todo. Y estoy loca. O sea, a lo mejor crees que sólo estoy un poco pirada, pero eso es porque solo ves la punta del iceberg de mi locura. Bajo esta capa de chica un tanto friki y ligeramente marginada, se oculta un completo desastre.

Reagan volvió a mirar al cielo. Cath se prometió a sí misma dejar de hacer aquel gesto cuando hablara con alguien.

—¿Qué haríamos juntos? —preguntó Cath—. Él querría salir y yo querría quedarme en casa escribiendo *fan fiction*.

—No voy a intentar convencerte —replicó Reagan—, sobre todo si vas a seguir diciendo tonterías. Pero te diré una cosa: eres boba. Le gustas como eres. Incluso tu horripilante *fan fiction*; no para de hablar de tus historias. Levi sólo es un chico. Uno muy muy bueno, quizá el mejor que existe. Además, nadie te está pidiendo que te cases con él.

Así que no compliques tanto las cosas, Cath. Se besaron, ¿no? La cuestión es: ¿te gustaría que volviera a pasar?

Cath apretó los puños con tanta fuerza que se clavó las uñas en las palmas.

Reagan empezó a amontonar platos sucios en la bandeja.

—¿Por qué rompieron? —le espetó Cath.

—Le ponía los cuernos —repuso Reagan sin inmutarse—. Soy una buena amiga, pero una novia de mierda.

Cath agarró su bandeja y siguió a Reagan hacia el contenedor de basura.

♡ ♡ ♡

Cath no lo vio aquella noche. Los miércoles, él trabajaba. Fue entonces cuando se dio cuenta de que se sabía de memoria sus horarios de trabajo.

Sin embargo, Levi le envió un mensaje de texto invitándola a la fiesta que daba el jueves en su casa. ¿Fiesta?, ¿el jueves?, ¿en mi casa?

Cath no contestó. Lo intentó. Empezaba un mensaje tras otro para borrarlos después. Estuvo a punto de mandarle un emoticón sonriente.

Reagan llegó tarde del trabajo aquella noche y se fue directamente a la cama. Cath estaba sentada al escritorio, escribiendo.

—Levi ha pasado la prueba de *Rebeldes* —dijo Reagan, reprimiendo un bostezo.

Cath sonrió sin levantar la vista de la laptop.

—¿Han hablado de mí?

—No. Pensé que preferías que no lo hiciera. Ya te lo he dicho: soy una buena amiga.

—Sí, pero eres más amiga de Levi que mía.

—Los amigos antes que las chicas.

Al día siguiente, antes de marcharse, Reagan le preguntó a Cath si quería ir a la fiesta de Levi.

—Mejor no —repuso Cath—. Mañana tengo clase a las ocho y media.

Reagan se encogió de hombros.

Cath no quería ir a la fiesta de Levi. Aunque él le gustaba, las fiestas seguían sin hacerle gracia. Y no quería que su primer encuentro después de la famosa noche se produjera en una fiesta. Llena de gente divirtiéndose. Llena de gente.

♡ ♡ ♡

Cath estaba segura de que todo el mundo había salido aquella noche. Intentó decirse que era bastante genial tener un edificio de doce pisos para ella sola. Como quedarse encerrado en una biblioteca.

Por eso no puedo estar con Levi. Porque soy el tipo de chica que fantasea con quedarse encerrada en una biblioteca durante la noche. Y Levi ni siquiera sabe leer.

De inmediato, Cath se sintió fatal por haber pensado eso. Levi sabía leer. (Más o menos.)

Cath siempre había pensado que o sabías leer o no sabías. Jamás había imaginado que pudiera existir un grado intermedio, que tu cerebro pudiera entender las palabras pero fuera incapaz de retenerlas. Como si leer fuera una de esas máquinas de las ferias para pescar muñecos con una garra, con las que es imposible atrapar nada.

Sin embargo, Levi no era tonto. Se acordaba de todo. Podía citar frases enteras de las películas de Simon Snow y nadie sabía tanto como él de bisontes y frailecitos silbadores. ¿Y por qué estaba siquiera planteándose todo eso?

Ella jamás le enviaría a Abel las notas del examen de acceso a la universidad de Levi, ¿verdad?

Debería haberle respondido (a Levi, no a Abel).

Pero responderle implicaba darse por aludida. Mover pieza. Dar una patada al suelo en el columpio. Mejor dejar a Levi en ascuas un par de días que acabar allí columpiándose ella sola...

El mero hecho de estar usando metáforas relacionadas con juegos infantiles demostraba que no estaba preparada para eso. Que no estaba preparada para él. Levi era adulto. Tenía una camioneta. Barba y bigote. Y se había acostado con Reagan; ella prácticamente lo había reconocido.

Cath no quería mirar a un chico e imaginárselo con sus ex...

En el caso de Abel, aquello no suponía un problema. Nada suponía un problema en el caso de Abel. "Porque no te gustaba", oyó gritar a Wren.

A Cath le gustaba Levi. Mucho. Le gustaba mirarlo. Le gustaba escucharlo; aunque a veces detestaba oírlo hablar con otras personas. Odiaba verlo repartir sonrisas a diestra y siniestra como si le sobraran, como si nunca se le agotaran. Hacía que todo pareciera tan fácil...

Incluso estar de pie. No te percatabas del enorme esfuerzo que las personas invierten en mantenerse erguidas hasta que veías a Levi apoyado contra una pared. Se diría que se apoltronaba aun cuando estaba plantado. Se las ingeniaba para parecer tendido incluso en posición vertical.

Pensar en las caderas lánguidas y en los hombros caídos de Levi la llevó de vuelta al asunto de la cama.

Cath había pasado la noche con un chico. Había dormido con él. Y daba igual que no hubieran hecho nada más, porque seguía siendo brutal. Habría dado algo por poder hablar con Wren sobre aquello...

Puta Wren.

No... *Maldita* Wren. Al cuerno con ella. Lo único que hacía su hermana últimamente era complicarle la vida.

Cath había dormido con un chico.

Con un chico.

Y había sido alucinante. Cálido. Y complicado. ¿Qué habría pasado si se hubieran despertado solos? Si Reagan no hubiera irrumpido en la habitación. ¿Se habrían besado otra vez? ¿O Levi se habría largado igualmente por piernas sin decir nada más que "hasta luego"?

Hasta luego...

Cath miró su laptop. Llevaba dos horas redactando el mismo párrafo. Era una escena de amor (censurada, igual que todas las escenas de amor de Cath), y no podía olvidar dónde se suponía que tenían las manos Baz y Simon. A veces se confundía con todos aquellos "él" y "le", y llevaba mirando aquellas líneas tanto tiempo que empezaba a tener la sensación de que ya había escrito todas y cada una de las frases anteriormente. Quizá sí.

Cerró la laptop y se levantó. Iban a dar las diez. ¿A qué hora terminan las fiestas? (¿A qué hora empiezan?) A esas alturas de la noche, ya daba igual. Cath no tenía modo de llegar a casa de Levi.

Se dirigió hacia la puerta para mirarse en el espejo de cuerpo entero.

Cath parecía exactamente lo que era: una nerd de dieciocho años que no sabía una mierda sobre chicos o fiestas.

Jeans ajustados. Caderas anchas. Una camiseta de un tono rosa desvaído con la inscripción: "Las palabras mágicas son POR FAVOR". Una chaqueta de rombos, rosa y marrón. Llevaba el pelo recogido de cualquier manera en lo alto de la cabeza.

Cath se quitó la liga del cabello y los lentes; tuvo que acercarse al espejo para verse con claridad.

Levantó la barbilla y relajó la frente.

—Yo soy la más interesante de las dos —le dijo a su reflejo—. Que alguien me dé un trago de tequila porque me encanta. Y si crees que me vas a encontrar más tarde presa de un ataque de pánico en el cuarto de baño de tus padres, olvídalo. ¿Quién quiere darme un beso francés?

Por eso precisamente no podía estar con Levi. Ella aún hablaba de "besos franceses" y él andaba por ahí metiendo la lengua en la boca de las chicas.

Cath seguía sin parecer "la más interesante de las dos". Seguía sin parecerse a Wren.

Echó los hombros hacia atrás y sacó el pecho. A sus senos no les pasaba nada (eso lo sabía). Tenía lo suficiente como para que nadie la hubiera llamado nunca "plana". Le habría gustado que sus tetas fueran un poco más grandes, para que no desentonaran con sus caderas. Así, Cath no tendría que buscar "forma de pera" en las guías esas que te dicen *Cómo vestirte según tu tipo.* Esos libros tratan de convencerte de que da igual tener un cuerpo así o asá, pero cuando tu silueta es sinónimo de JSR (jodida sin remedio) te cuesta un poco creerlo.

Cath fingió que era Wren; simuló que le daba igual. Se irguió, levantó la barbilla e intentó que su mirada expresase: "¿Nos conocemos? Yo también soy una chava sexy".

La puerta se abrió y la manija golpeó a Cath en las costillas.

—Mierda —exclamó mientras caía medio en la cama y medio en el suelo. Tenía los brazos alrededor de la cabeza; al menos se había protegido la cara.

—Mierda —dijo Reagan a su vez. Estaba de pie encima de Cath—. ¿Estás bien?

Cath se llevó una mano al costado y se dejó caer al suelo del todo.

—Por Dios —gimió.

—¿Cath? Mierda.

Ella se sentó despacio. No creía que se hubiera roto nada.

—¿Qué hacías plantada delante de la puerta? —le preguntó Reagan.

—A lo mejor me disponía a salir —replicó Cath—. Por Dios. ¿Por qué tienes que abrir de una patada cada vez que entras?

—Siempre llevo las manos ocupadas —Reagan dejó caer la mochila y la maleta deportiva y le tendió una mano a su compañera—. Si sabes que siempre abro de una patada —le reprochó—, no deberías ponerte ahí.

—Pensaba que estabas en la fiesta... —Cath volvió a ponerse los lentes—. ¿Es así como te disculpas?

—Perdona —dijo Reagan. Como si le costara un gran esfuerzo—. Tenía que trabajar. Me marcho enseguida.

—Oh.

Reagan se quitó los zapatos con los pies y los lanzó al armario.

—¿Vienes?

No miró a Cath. Si lo hubiera hecho, tal vez ésta no se habría atrevido a responder como lo hizo.

—Claro.

Reagan se detuvo a medio puntapié.

—¿Sí? Bien... Bueno. Voy a arreglarme.

—Muy bien —repuso Cath.

—Genial.

Reagan agarró el cepillo de dientes y el neceser de maquillaje y le lanzó una ojeada a Cath, sonriendo con aprobación.

La otra miró al techo.

—Te espero.

En cuanto Reagan salió, Cath se levantó de un salto (haciendo un gesto de dolor y palpándose el costado otra vez) para abrir el armario. Baz la miró enfurruñado desde la superficie trasera de la puerta.

—No te quedes ahí —le murmuró al troquelado—. Ayúdame.

Cuando Wren y ella se repartieron la ropa, Wren se quedó todo aquello que implicara "fiesta en casa de un chico" o "esta noche salgo". A Cath le había dejado las prendas que parecían decir: "despierta toda la noche escribiendo" o "si me derramas encima una taza de té, no se notará". En Acción de Gracias, se había llevado unos jeans de Wren sin querer, así que se los puso. Encontró una camiseta blanca que no llevaba nada impreso; nada relacionado con Simon, como mínimo. Tenía una mancha rara que tendría que esconder con un suéter. Buscó una chaqueta negra que tuviera pocas bolitas.

Cath guardaba maquillaje en alguna parte... en un cajón. Encontró máscara de pestañas, un lápiz de ojos y un frasco de base reseca, y se colocó ante el espejo de tocador de Reagan.

Cuando su compañera volvió, abriendo la puerta con suavidad, la cara de Cath no tenía mal aspecto y su pelo rojo lucía liso y suave. Reagan parecía una especie de Adele, pensó Cath. Si Adele tuviera una hermana gemela más dura y rotunda (una doble malvada).

—Pero mírate —dijo Reagan—. Estás... un poquitito más mona de lo normal.

Cath gimió, demasiado desesperada para replicar.

Reagan se echó a reír.

—Estás muy guapa. Y tienes un bonito pelo. Pareces Kristen Stewart cuando se puso extensiones. Sacúdetelo.

Cath sacudió la cabeza como si estuviera en profundo desacuerdo.

Reagan suspiró. La agarró por los hombros, la obligó a agachar la cabeza y le agitó la melena desde la raíz. A Cath se le cayeron los lentes.

—Si no te lo vas a arreglar —le aconsejó Reagan—, al menos haz que parezca que acabas de coger.

—Por Dios —se escandalizó Cath, echando la cabeza hacia atrás—. No seas bruta.

Se agachó para recoger los lentes.

—¿Los necesitas? —le preguntó Reagan.

—Sí —se los puso—. Los necesito para no parecer la chica de *Alguien como tú*.

—Da igual —dijo Reagan—. Ya le gustas. Creo que eso de la colegiala ñoña le pone sabor. Habla de ti como si te hubiera encontrado en un museo de historia natural.

Aquella frase confirmó los peores temores de Cath: Levi quería comprar una entrada para el espectáculo de monstruosidades.

—No es un halago, precisamente —señaló.

—En el caso de Levi, sí —repuso Reagan—. Le encantan esas cosas. Cuando se pone muy triste, se va a dar una vuelta por el edificio Morrin.

Era el museo del campus. Exhibía dioramas de los distintos hábitats naturales y contaba con el fósil de mamut más grande del mundo.

—¿En serio?

Pero qué mono.

Reagan puso los ojos en blanco.

—Vamos.

♡ ♡ ♡

Eran casi las once cuando llegaron a casa de Levi, pero, debido a la nieve, no parecía que hubiera anochecido del todo.

—¿Aún quedará gente? —le preguntó Cath a Reagan cuando bajaron del coche.

—Levi estará ahí. Es su casa.

La vivienda era tal y como Cath se la había imaginado. Estaba situada en un vecindario antiguo, entre grandes edificios blancos de estilo victoriano. Todas las mansiones contaban con un enorme porche y varios buzones a la entrada. Tuvieron que estacionarse a cuatro cuadras de allí, y Cath se alegró de no llevar puntiagudas botas de tacón como Reagan.

Para cuando llegaron a la puerta, el estómago de Cath ya se había dado cuenta de lo que pasaba. Se le había encogido horriblemente, y el aire le entraba y le salía de los pulmones a toda velocidad.

No podía creer lo que iba a hacer. *Chico. Fiesta. Extraños. Cerveza. Extraños. Fiesta. Chico. Contacto visual.*

Reagan le echó una ojeada.

—No seas penosa —le dijo muy en serio.

Cath asintió y se quedó mirando el raído tapete.

—No voy a abandonarte allí dentro —le aseguró Reagan— ni aunque quiera.

La otra volvió a asentir, y su amiga abrió la puerta.

Cath había imaginado paredes desnudas y el tipo de muebles que se pasan una semana en la acera antes de que nadie los recoja.

La casa de Levi, sin embargo, era agradable. Sencilla pero agradable. Había unas cuantas pinturas colgadas en las paredes y plantas por todas partes: helechos, cintas y un árbol de jade tan grande que parecía un verdadero árbol.

Sonaba una música tranquila de estilo electrónico, pero no demasiado alta. Olía a incienso.

Quedaba mucha gente todavía —mayores que Cath, como mínimo de la edad de Levi— y casi todos se limitaban a charlar. Había dos chicos bailoteando junto al equipo de música, y no parecía importarles el hecho de ser los únicos.

Cath se pegó a la espalda de Reagan e intentó que no se notara que buscaba a Levi. (Por dentro, iba de puntitas usando las manos como visera para otear el horizonte.)

Todos los presentes conocían a Reagan. Alguien les tendió una cerveza a cada una. Un compañero de departamento de Levi. Uno de tantos. La mayor parte de los chicos que Cath conoció durante los minutos siguientes eran compañeros de departamento de Levi. Ella los miró sin verlos.

A lo mejor Levi estaba en el lavabo.

O quizá se hubiera ido a dormir. En ese caso, Cath podría tenderse a su lado, como Ricitos de Oro, y si él se despertaba, decirle "hasta luego" y salir por piernas. Ricitos de Oro más Cenicienta.

Reagan había apurado ya media cerveza cuando se decidió a preguntar:

—¿Dónde está Levi?

Su interlocutor, un chico con barba y lentes de montura negra, miró a su alrededor.

—¿En la cocina?

Reagan asintió como si le diera igual. *Porque le da igual,* pensó Cath.

—Vamos —le dijo su compañera—. A ver si lo encontramos... No te agobies —añadió cuando nadie más pudo oírlas.

La casa constaba de tres grandes salas interconectadas —sala de estar, comedor y galería—, y la cocina estaba situada en la parte trasera, al otro lado de un estrecho umbral. Cath caminaba detrás de Reagan, así que al principio no vio a Levi.

—Mierda —oyó susurrar a Reagan.

Cath entró en la cocina.

Levi estaba apoyado contra el fregadero. (Levi. Siempre apoyado.) Sostenía una botella de cerveza en una mano, la misma que usaba para estrechar la espalda de una chica.

La desconocida parecía mayor que Cath. Incluso con los ojos cerrados. Levi hundía la segunda mano en la melena rubia de la chica, al tiempo que la besaba con su boca abierta y sonriente. Levi hacía que todo pareciera tan fácil...

Cath bajó la vista de inmediato. Abandonó la cocina y cruzó la casa hacia la puerta principal. Sabía que Reagan la seguía de cerca, porque la oía murmurar:

—Mierda, mierda, mierda.

—Pero no lo entiendo —farfulló Simon—. ¿Qué es el Insidioso Humdrum? ¿Es un hombre?

—Es posible —el Gran Hechicero se quitó la arenilla de los ojos y agitó la varita ante ellos—. *Olly, olly, bueyes libres* —susurró.

Simon se preparó, pero no sucedió nada.

—A lo mejor es un hombre —dijo el Gran Hechicero, que había recuperado su sonrisita irónica—. Tal vez sea algo más, o algo menos, más bien.

—¿Es un mago? ¿Como nosotros?

—No —replicó el Hechicero con expresión adusta—. De eso podemos estar seguros. Él, si acaso podemos llamarlo así, es el enemigo de la magia. Destruye la magia; algunos piensan que la devora. La erradica del mundo, siempre que puede. Eres demasiado joven para oír esto, Simon. Sólo tienes once años. Pero no es justo que te lo sigamos ocultando. El Insidioso Humdrum es la mayor amenaza a la que el mundo de los Hechiceros se ha enfrentado jamás. Es poderoso, es ubicuo. Luchar contra él es como combatir el sueño mucho después de que te haya vencido el agotamiento. Pero debemos combatirlo. Watford te reclutó porque creemos que el Humdrum siente un especial interés en ti. Queremos protegerte; he jurado por mi vida hacerlo. Pero debes aprender, Simon, lo antes posible, a protegerte a ti mismo.

(Capítulo 23 de *Simon Snow y el Príncipe Hechicero*, copyright de Gemma T. Leslie, 2001.)

CAPÍTULO 17

No hablaron durante el viaje de vuelta. Y Cath no lloró. Se alegraba de ello. Ya se sentía bastante tonta.

Porque lo era.

¿Qué tenía en la cabeza? ¿Que Levi sentía interés en ella? ¿Y cómo se le había ocurrido pensar algo así, si se había pasado los dos últimos días exponiéndose a sí misma todas las razones por las que aquello no era posible?

A lo mejor lo había creído factible porque Reagan así lo pensaba, y Reagan no era ninguna idiota...

Cuando llegaron a los dormitorios, Reagan detuvo a Cath antes de que bajara del coche.

—Espera.

Cath se quedó sentada, pero mantuvo abierta la puerta del copiloto.

—Lo siento —se disculpó Reagan—. No me esperaba esto.

—Sólo quiero fingir que no ha sucedido —dijo Cath, a punto de echarse a llorar—. No quiero hablar de ello... y, mira, ya sé que es tu mejor amigo, pero preferiría que no le contaras lo que ha pasado esta noche... Y que no le hablaras de mí. Nunca. Ya he hecho bastante el ridículo.

—Claro —asintió Reagan—. Lo que tú quieras.

—Quiero fingir que esto nunca ha sucedido.

—Va.

♡ ♡ ♡

A Reagan se le daba muy bien eso de no hablar de algo.

No mencionó a Levi durante el resto del fin de semana. El chico llamó a Cath el sábado por la mañana, pero ella no respondió. Unos segundos después, sonó el teléfono de Reagan.

—No lo ignores por mí —le dijo Cath—. No ha pasado nada.

—Hola —saludó Reagan cuando contestó al teléfono—. Sí... Va... Llámame cuanto estés abajo. Cath está estudiando.

Media hora después, el teléfono de Reagan volvió a sonar y ella se levantó para marcharse.

—Nos vemos —se despidió.

Cath asintió.

—Hasta luego.

Levi volvió a llamar a Cath aquel fin de semana. Dos veces. Y le envió un mensaje de texto:

y encontraron el quinto conejo, ¿entonces qué? te cambio cafés con leche al pan de jengibre y pan de calavaza por esa información.

Cath hizo un gesto de dolor al reparar en ese "calavaza".

Si no hubiera ido a la fiesta —si no hubiera visto a Levi en acción— habría pensado que le estaba proponiendo una cita.

Sabía que tendría que volver a verlo. Seguía siendo el mejor amigo de Reagan y estudiaban juntos a menudo.

Seguro que, si Cath se lo pedía, Reagan lo mantendría alejado, pero no quería que Levi hiciera preguntas. Así que fue Cath la que desapareció. Empezó a acudir a la biblioteca después de cenar y a pasar mucho rato en el almacén de Nick. Él rara vez estaba allí; por lo general, no había nadie. Cath se llevaba la laptop e intentaba redactar el trabajo de fin de curso, el relato de diez mil palabras para Escritura Creativa. Lo había empezado —media docena de veces— pero aún no tenía nada que deseara terminar.

Por lo general, acababa trabajando en *Adelante, Simon*. Cath estaba en buena racha; publicaba largos capítulos casi cada noche. Cambiar las tareas de Escritura Creativa por Simon y Baz era como darse cuenta de que había estado conduciendo con una marcha equivocada. Notaba incluso cómo se le relajaban los músculos del antebrazo. Tecleaba más deprisa, su respiración se apaciguaba. Cath se sorprendía a sí misma asintiendo, casi como si marcara el compás de las palabras que surgían de su interior.

Cuando la biblioteca cerraba, Cath marcaba el 112 en el teléfono y corría como un rayo de vuelta al dormitorio con el dedo en la tecla de "Llamada".

Pasó más de una semana antes de que volviera a ver a Levi. Una tarde, salió de clase más tarde de lo habitual y, al llegar a la residencia, se lo encontró sentado en la cama de Reagan mientras ésta tecleaba en la computadora.

—Cather —la saludó sonriendo, a la vez que se quitaba los auriculares. Estaba escuchando una clase, comprendió Cath. Reagan le había dicho que las escuchaba constantemente y que incluso guardaba las que más le gustaban—. Eh —dijo—. Te debo una bebida. Tú escoges: caliente o fermentada. Pasé perfecto el examen de *Rebeldes*. ¿Te lo ha dicho Reagan? He sacado un sobresaliente.

—Es genial —respondió Cath, haciendo esfuerzos para que su semblante no delatara las ganas que tenía de volver a besarlo. Y de matarlo.

Cath pensaba que a Reagan le tocaba trabajar aquella noche. Sólo por eso había regresado directamente a casa. Pero no estaba obligada a quedarse allí. De todos modos, tenía que encontrarse con Nick en la biblioteca más tarde...

Fingió buscar algo en el escritorio. Un paquete de chicles.

—Bueno —dijo—. Me voy.

—Pero si acabas de llegar —protestó Levi—. ¿No quieres quedarte a charlar sobre la simbología de la relación de Johnny con Ponyboy? ¿O de las diferencias entre Sodapop y Darry? Oye, ¿tú crees que alguien escribe *fan fiction* de *Rebeldes?*

—Me tengo que ir —replicó Cath, mirando sobre todo a Reagan—. He quedado.

—¿Con quién? —le preguntó Levi.

—Con Nick. Mi compañero de escritura.

—Oh. Va. ¿Quieres que vaya a buscarte cuando acabes?

—Seguramente Nick me acompañará.

—Ah —Levi arrugó las cejas pero no perdió la sonrisa—. Genial. Hasta luego.

Cath no veía el momento de separarse de él. Llegó a la biblioteca y escribió mil palabras de *Adelante* antes de que apareciera Nick.

—Cierra esa cosa —le pidió Nick—. Estás dañando mis centros creativos con las interferencias.

—Eso dicen todas —replicó Cath a la vez que cerraba la laptop. Nick parecía confuso.

—Es una especie de "Eso dicen todas" en sentido metafísico.

—Ah —el chico dejó caer la mochila y sacó el cuaderno que usaban para escribir.

—¿Estás redactando el trabajo de fin de curso?

—Indirectamente —repuso Cath.

—¿Y eso qué significa?

—¿Nunca has oído decir a los escultores que no esculpen un objeto sino lo que hay alrededor?

—No —Nick se sentó.

—Bueno, pues estoy escribiendo todo lo que no formará parte de mi trabajo. Así, cuando me siente a escribirlo, no me quedará nada más en la mente.

—Una chica lista —opinó.

Empujó la libreta abierta hacia Cath. Ella la hojeó. Nick había llenado cinco hojas, por delante y por detrás, desde su último encuentro.

—¿Y tú? —preguntó.

—No sé —respondió él—. A lo mejor utilizo un relato que escribí este verano.

—¿Eso no es hacer trampa?

—No creo. Más bien es adelantarse mucho... No puedo pensar en nada más que en esta historia —dio otro empujón al cuaderno—. Quiero que leas lo que he redactado.

Esta historia. La historia que escribían a medias. Nick se empeñaba en llamarla "una antihistoria de amor".

"Pero no lo es", objetaba ella.

"Es antitodo lo que normalmente encuentras en una historia de amor. Miradas de adoración y «tú haces que me sienta completo»".

"«Tú haces que me sienta completo» es una buena frase. Ya te gustaría a ti que esa frase fuera tuya".

Cath no le dijo que ella llevaba cinco años escribiendo historias de amor (o reescribiendo la misma una y otra vez). Que había escrito historias de amor empalagosas y frías, de amor a primera vista y de amor antes del primer encuentro, historias de amor-odio...

No le dijo a Nick que escribir historias de amor era su especialidad. Lo único que sabía hacer. Y que aquella antihistoria de amor parecía más bien el *fanfic* de un principiante; Mary Sue elevado a la décima potencia. Que obviamente el protagonista era Nick y que la chica recordaba a una combinación de Winona Ryder, Natalie Portman y Selena Gomez.

En cambio, Cath lo arregló. Reescribió los diálogos. Pulió los excesos.

—¿Por qué has tachado eso? —le preguntaba ahora Nick, inclinado por encima de su hombro. Olía bien. (Noticia de última hora: los chicos huelen bien)—. Me gustaba esa parte —protestó.

—Nuestro personaje acaba de parar el coche en un estacionamiento para pedir un deseo a un diente de león.

—Es un detalle fresco —arguyó Nick—. Es romántico.

Cath negó con la cabeza. Su coleta rozó el cuello de Nick.

—Parece una estúpida.

—¿Tienes algo contra los dientes de león?

—Tengo algo contra las mujeres de veintidós años que piden deseos a los dientes de león. Que detienen el coche para pedirle un deseo a un diente de león. Además, ¿ese coche? No. Ni hablar de volvos *vintage*.

—Ese detalle le imprime carácter.

—Es un cliché. Te lo juro por Dios, las únicas que conducen hoy día volvos fabricados entre 1970 y 1985 son las chicas malas de las novelas.

Nick miró el papel haciendo un puchero.

—Lo estás tachando todo.

—No lo estoy tachando todo.

—¿Qué vas a dejar?

Nick se inclinó un poco más para ver lo que Cath escribía.

—El ritmo —repuso Cath—. Tiene muy buen ritmo.

—¿Sí? —Nick sonrió.

—Sí. Posee la cadencia de un vals.

—¿Estás celosa? —sonrió aún más. Tenía los colmillos torcidos, pero no tanto como para necesitar aparato.

—Definitivamente sí —contestó ella—. Yo nunca podría escribir un vals.

En ocasiones, cuando hablaban así, Cath no tenía la menor duda de que estaban coqueteando. Sin embargo, en cuanto cerraban el cuaderno, la luz se apagaba en los ojos de Nick. A medianoche, salía corriendo a dondequiera que fuera, seguramente a abrazar la cintura de alguna chica con una cerveza en la mano. A besarla enseñando los dientes torcidos.

Cath siguió trabajando en la escena y toda una nueva conversación se desplegó en el margen. Cuando alzó la vista, Nick aún sonreía.

—¿Qué? —le preguntó.

—Nada —repuso él, riendo.

—¿Qué?

—Nada, es que... No puedo creer que esto funcione. Esto: tú y yo. Que de verdad podamos escribir juntos. Es como... pensar juntos.

—Es bonito —asintió Cath de corazón—. Escribir es un trabajo solitario.

—Jamás hubiera pensado que estaríamos en la misma onda, ¿sabes? Somos muy distintos.

—No tanto.

—Totalmente distintos —insistió él—. Míranos.

—Ambos estudiamos Literatura —arguyó Cath—. Y somos blancos. Vivimos en Nebraska. Escuchamos la misma música, vemos los mismos programas de televisión. Incluso tenemos unos Chuck Taylor iguales...

—Ya. Pero es como imaginar a John Lennon escribiendo con...
Taylor Swift en vez de con Paul McCartney.

—Olvídalo —bromeó Cath—. No eres ni la mitad de guapa que
Taylor Swift.

—Ya me has entendido —Nick le dio un toque en el brazo con el
extremo de la pluma.

—Es agradable —reconoció ella. Alzó la vista hacia su compañero, aún no del todo segura de si estaban flirteando o no; y completamente segura de que prefería que no fuera así—. Te sientes menos
solo.

Cath no tuvo tiempo de escribir una página propia en la libreta.
Nick y ella dedicaron el resto de la noche a revisar lo que había escrito él. El volvo se convirtió en un viejo neon, y el detalle del diente de
león quedó eliminado.

A las doce menos cuarto, guardaron las cosas. Cuando llegaron a
las escaleras de entrada a la biblioteca, Nick ya estaba comprobando
sus mensajes.

—Eh —le dijo Cath—. ¿Te parece pasar por la residencia Pound
de camino al coche? Podríamos caminar un rato juntos.

Él no despegó la vista del teléfono.

—Mejor no. Quiero llegar pronto a casa. Pero te veo en clase.

—Sí —asintió Cath—. Nos vemos.

Sacó el teléfono y empezó a marcar el 112 antes de que él des-
apareciera entre las sombras.

♡ ♡ ♡

—¿Papá? Soy Cath. Solo llamaba para saludar. Estaba pensando en ir
a casa este fin de semana. Llámame.

...

—Papá, te estoy llamando al trabajo. Es jueves. Creo que iré a casa mañana. Llámame, ¿okey? O escríbeme un mail. Te quiero.

...

—Hola, cielo, soy papá. No vengas este fin de semana. Voy a estar fuera los dos días, en el rodaje de Gravioli. En Tulsa. O sea, ven si quieres. Haz una fiesta. Como Tom Cruise en... ay, ¿qué película era? *Top Gun,* no... ¡Risky Business! Haz un fiestononon. Invita a un montón de gente a ver *Risky Business.* No tengo bebida, pero aún queda guisado de ejotes. Te quiero, Cath. ¿Aún estás enfadada con tu hermana? No lo estés.

♡ ♡ ♡

Aquel fin de semana reinaba más ajetreo que de costumbre en la biblioteca Love. Los exámenes finales se celebraban a la semana siguiente y por lo visto todo el mundo estaba superestudioso. Cath tuvo que deambular un buen rato por la biblioteca para encontrar un cubículo libre. Se acordó de Levi y de su teoría según la cual la biblioteca generaba nuevas salas cada vez que la visitabas. Aquella noche, Cath pasó junto a una portezuela encajada en el hueco de una escalera. La indicación decía "almacén sur" y estaba segura de no haberla visto antes.

Abrió la puerta y bajó el peldaño que conducía a un pasillo de tamaño normal. Cath acabó en otra habitación tipo zulo, la imagen era más espectacular de la de Nick; incluso la corriente soplaba en dirección contraria.

Descubrió un cubículo vacío. Dejó la mochila en el suelo y se quitó el abrigo. La chica que estudiaba al otro lado de la pantalla gris la estaba mirando.

La desconocida se incorporó un poco y Cath advirtió que le sonreía. La chica miró rápidamente a su alrededor y se inclinó hacia delante, apoyándose en la pantalla de separación.

—Disculpa si te molesto, pero es que me encanta tu camiseta.

Cath se la miró. Llevaba su camiseta *"Keep Calm and Carry On"* comprada en una tienda online, la que llevaba impresas las caras de Baz y Simon.

—Oh —dijo Cath—. Gracias.

—Siempre es genial conocer en persona a una lectora de *fan fiction*...

Cath debió de poner cara de sorpresa.

—Oh, Dios mío —exclamó la otra—, ¿por lo menos sabes de qué estoy hablando?

—Sí —repuso Cath—. Claro. O sea, creo que sí. ¿Adelante, Simon?

—¡Sí! —la chica se rio en silencio y volvió a mirar a su alrededor—. Suele ser embarazoso. O sea, a veces te sientes como si llevaras una doble vida. A la gente le parece tan raro... *Fan fiction*. Basura. Ya sabes.

Cath asintió.

—¿Lees mucha *fic?*

—Ya no tanta —reconoció ella—. En la escuela, estaba enganchada —llevaba la melena rubia recogida en una coleta y una sudadera con la inscripción: "Verdigre Futbol. ¡Vamos por ellos, Hawks!". No parecía una marginada...—. ¿Y tú?

—Yo aún leo mucha —afirmó Cath.

—Magicath es mi favorita —la interrumpió la chica, como si no pudiera contenerse—. Estoy obsesionada con *Adelante*. ¿Tú la sigues?

—Sí.

—Últimamente está publicando mucho. Cada vez que aparece un nuevo capítulo, dejo todo lo que estoy haciendo para leerlo. Y luego lo vuelvo a leer. Mi compañera de cuarto cree que estoy loca.

—La mía, también.

—Pero es que es genial... Nadie escribe sobre Simon y Baz como Magicath. Estoy enamorada de su Baz. Y eso que antes votaba por el romance Simon-Agatha.

Cath frunció la nariz.

—No...

—Lo sé, era muy joven.

—Si a Agatha de verdad le gustara uno de los dos —dijo Cath—, escogería.

—No, sí ya lo sé. Cuando Simon rompe con ella en *Adelante*... Me encantó esa escena.

—¿No te pareció demasiado larga?

—No —le aseguró ella—. ¿A ti sí?

—No estaba segura.

—Los capítulos nunca me parecen demasiado largos. Quiero más y más y más —la chica agitó las manos delante de la boca como el Monstruo de las Galletas—. En serio, estoy obsesionada con *Adelante*. Tengo la sensación de que algo grande está a punto de suceder.

—Yo también —asintió Cath—. Creo que el Gran Hechicero va a traicionar a Simon.

—¡No! ¿Tú crees?

—Sólo es un presentimiento.

—Estaba deseando que Simon y Baz acabaran juntos. Y ahora me muero por leer la gran escena de amor. Eso es lo único que no me gusta de *Adelante*. Echo en falta algo más de acción entre Simon y Baz.

—Casi nunca escribe escenas de amor —apuntó Cath, que se había sonrojado ligeramente.

—Sí, pero cuando lo hace, son la bomba.

—¿Tú crees?

—Uf —la chica se rio—. Sí.

—Por eso la gente nos considera unas taradas —dijo Cath.

La otra soltó otra risilla.

—Ya. A veces me olvido de que el último libro todavía no ha salido. O sea, me cuesta mucho hacerme a la idea de que la historia de verdad vaya a tener un final distinto al de Magicath.

—A veces... —comentó Cath— cuando leo los libros originales, se me olvida que Simon y Baz no están enamorados.

—¿Verdad? Me encanta Gemma T. Leslie, siempre me gustará. La considero una de las grandes influencias de mi infancia. Y sé que Magicath no existiría sin G. T. L. Pero ahora, creo que prefiero a Magicath. Podría ser mi escritora favorita. Y ni siquiera ha escrito ningún libro...

Cath la miraba con la boca entreabierta, negando con la cabeza.

—¡Qué locura!

—Ya lo sé —asintió la otra—, pero es la verdad... Oh, Dios mío, lo siento. Estoy hablando por los codos. Es que casi nunca tengo ocasión de hablar de esto en la vida real. Salvo con mi novio. Sabe que soy una friki.

—No te disculpes —dijo Cath—. Es genial.

La chica se sentó y también Cath. Esta última abrió la laptop, se quedó un momento pensando en la profesora Piper y buscó el último capítulo de *Adelante*. Algo grande estaba a punto de pasar.

♡ ♡ ♡

—Papá, soy Cath. ¿Ya has regresado de Tulsa? Era sólo para saberlo. Llámame.

...

—¿Papá? Soy Cath. Llámame.

...

—Eh, Cath, soy papá. Ya he vuelto. Estoy bien. No te preocupes por mí. Preocúpate por tus estudios. No, borra eso, no te preocupes por nada. Intenta no preocuparte, Cath; es una cualidad fantástica. Como la capacidad de volar. Te quiero, cielo, saluda a tu hermana de mi parte.

...

—¿Papá? Ya sé que no quieres que me preocupe. Pero me preocuparía menos si me devolvieras las llamadas. Y no a las tres de la madrugada.

♡ ♡ ♡

—Diez días —dijo la profesora Piper.

En vez de sentarse en el escritorio como solía, estaba posando junto a las ventanas. Nevaba en el exterior —había nevado ya varios días aquel año, y sólo estaban a principios de diciembre— y la figura de la profesora se recortaba dramática contra el cristal helado.

—Me gustaría pensar que todos han acabado sus relatos —dijo, clavando sus ojos azules en ellos—. Que les están dando los últimos retoques, atando los últimos cabos sueltos.

Se acercó a los pupitres y sonrió a unos cuantos alumnos, uno a uno. Cath se estremeció cuando las miradas de ambas se encontraron.

—Pero yo también soy escritora —prosiguió la profesora—. Sé lo poco que cuesta distraerse. Buscar distracciones. Hacer cualquier cosa, lo que sea, con tal de no enfrentarse a una página en blanco —sonrió a un chico—. A una pantalla en blanco... De modo que si no han terminado... O si ni siquiera han empezado... lo comprendo, de verdad. Pero les suplico: empiecen cuanto antes. Encláustrense. Apaguen el internet, claven tablones a la puerta. Escriban como si su vida dependiera de ello. Escriban como si su futuro dependiera de ello.

Porque les prometo una cosa... —posó los ojos en otro de sus favoritos y volvió a sonreír—. Sólo se matricularán en mi asignatura avanzada del próximo semestre aquellos que saquen un mínimo de notable. Y la nota del relato hará media con la nota final. Esta clase es para escritores —dijo—. Para gente dispuesta a superar sus miedos y a dejar de lado las distracciones. Los quiero a todos, ya lo creo que sí, pero si van a perder el tiempo, yo no pienso perder el mío —se detuvo junto al pupitre de Nick y le sonrió—. ¿Va? —le preguntó sólo a él.

Nick asintió. Cath bajó la vista.

♡ ♡ ♡

No había lavado las sábanas, pero no quedaba ni rastro de Levi en ellas.

Cath enterró la cara en la almohada con un gesto casual, aunque no había nadie más en el cuarto para opinar al respecto.

La funda olía a almohada sucia. Y un poco a nachos.

Cerró los ojos e imaginó a Levi tendido a su lado, aquellas piernas tan largas enredadas con las suyas. Recordó cómo le escocía la garganta aquella noche y cómo él la había rodeado con el brazo, como si cuidara de ella, como si intentara facilitarle las cosas.

Recordó su camisa de franela. Y su boca, rosada y blanda. Lamentó no haber pasado más tiempo enredando los dedos en el pelo de Levi.

Se echó a llorar, y cuando la nariz le empezó a moquear, se la secó con la almohada porque, a esas alturas, ¿qué más daba?

Simon corría como una exhalación. Más deprisa. Pronunciando hechizos para embrujar sus propios pies y brazos, las ramas y las piedras que encontraba a su paso.

Tal vez fuera demasiado tarde… Al principio lo creyó así, cuando vio a Agatha desmadejada en el suelo del bosque… Pero temblaba. Puede que estuviera asustada, aunque seguía de una pieza.

Arrodillado junto a la chica, Baz se estremecía con tanta violencia como ella. Iba desgreñado, algo que, en circunstancias normales, él jamás habría permitido, y su piel pálida resplandecía extraña a la luz de la luna, como el interior de una concha. Por un momento, Simon se preguntó por qué Agatha no intentaba escapar. Debía de estar aturdida, pensó. Los vampiros provocaban ese efecto, ¿verdad?

—Vete —gruñó Baz.

—Baz… —dijo Simon, tendiéndole la mano.

—No me mires.

Simon evitó los ojos de Baz pero no desvió la mirada.

—No te tengo miedo —dijo.

—Pues deberías. Podría matarlos a los dos. A ella primero y luego a ti, antes de que comprendieras siquiera lo que me proponía. Soy tan rápido, Simon… —la voz se le quebró al pronunciar las dos últimas palabras.

—Ya lo sé.

—Y tan fuerte…

—Lo sé.

—Y tengo tanta sed.

La voz de Simon quedó reducida a un susurro.

—Ya lo sé.

Los hombros de Baz se agitaron. Agatha
intentó sentarse; debía de estar recuperán-
dose. Simon la miró muy serio y negó con la
cabeza. Dio otro paso hacia ellos. Estaba
muy cerca ahora. Al alcance de Baz.

—No te tengo miedo, Baz.

—¿Por qué no? —gimió él. Sonó como el
gemido de un animal. Herido.

—Porque te conozco. Y sé que no me harías daño —Simon tendió la mano y, con mucha
delicadeza, le apartó de la frente un mechón de pelo negro. Baz levantó la cabeza al
notar el contacto. Sus colmillos brillaban
expuestos—. Eres muy fuerte, Baz.

Baz cogió a Simon por la cintura y hundió la cara en su vientre.

Agatha se escabulló entre los dos y echó
a correr hacia el castillo. Simon sostuvo a
Baz por la nuca y lo envolvió con su cuerpo.

—Lo sé —dijo Simon—. Lo sé todo.

(De *Adelante, Simon*, subido en
febrero de 2011
a FanFixx.net por Magicath.)

Capítulo 18

—¿Vienes mucho por aquí ahora?

Nick empujó el carrito de la biblioteca hasta la mesa de Cath.

—Intento escribir —repuso ella, cerrando la laptop antes de que su compañero echara un vistazo a la pantalla.

—¿Escribiendo el trabajo de fin de curso? —se sentó a su lado e intentó abrir la laptop. Ella apoyó el brazo en la tapa—. ¿Ya tienes claro el enfoque? —le preguntó.

—Sí —dijo—. Varios.

Nick frunció el ceño un instante y luego negó con la cabeza.

—No me preocupas. Eres capaz de escribir diez mil palabras mientras duermes.

Prácticamente. Cath había escrito diez mil palabras de *Adelante, Simon* en una ocasión. Las muñecas le dolieron horrores al día siguiente.

—¿Y tú? —le preguntó la chica—. ¿Has terminado?

—Casi. Bueno... Tengo una idea.

Nick sonrió. Fue una de esas sonrisas que se podían interpretar como coqueteo.

Las sonrisas inducen a confusión, pensó Cath. *Por eso yo no sonrío.*

—Creo que voy a recurrir a mi antihistoria de amor.

Enarcó sus cejas de muppet y enseñó los dientes.

Cath abrió la boca sin querer. La cerró.

—¿La historia? Hablas de... ¿el relato que estamos escribiendo juntos?

—Sí —respondió Nick emocionado, enarcando otra vez las cejas—. O sea, al principio me parecía demasiado frívolo. Un relato debe versar sobre un tema. Pero, como tú siempre dices, trata de dos personas que se enamoran. ¿Qué puede ser más trascendente? Y hemos trabajado mucho; creo que está lista —le dio un codazo amistoso e hizo chasquear la lengua contra los dientes. La miraba a los ojos—. Y bien, ¿qué te parece? Es buena idea, ¿verdad?

Cath volvió a cerrar la boca.

—Es... es que... —miró la mesa, al lugar donde solían dejar la libreta—. La hemos escrito juntos.

—Cath... —dijo él. Como si se sintiera decepcionado—. ¿Qué intentas decirme?

—Pues que te estás refiriendo a ella como *tu* historia.

—Eres tú quien la llama así —replicó él—. Siempre dices que te sientes más editora que coescritora.

—Te tomaba el pelo.

—¿Me tomas el pelo ahora? Porque no lo sé.

Ella levantó la vista para mirarlo a los ojos. Parecía impaciente. Y desilusionado. Como si Cath lo hubiera decepcionado.

—¿Quieres que seamos sinceros? —le preguntó Nick. No aguardó respuesta—. La idea es mía. Soy yo el único que trabaja fuera de la biblioteca. Te agradezco tu ayuda. Eres una editora fantástica y tienes muchísimo potencial, pero ¿de verdad crees que el relato también es tuyo?

—No —replicó Cath—. Claro que no —notó que su voz adoptaba un tono quejumbroso—. Pero la estábamos escribiendo juntos. Como Lennon y McCartney...

—Hay infinidad de citas de John Lennon y Paul McCartney en las que confiesan que componían los temas por separado y luego se los enseñaban mutuamente. ¿De verdad piensas que John Lennon compuso la mitad de "Yesterday"? ¿Crees que Paul McCartney compuso "Revolution"? No seas ingenua.

Cath cerró los puños sobre el regazo.

—Mira —dijo Nick, sonriendo sin ganas—. Te agradezco mucho todo lo que has hecho. Me has encontrado el punto, como artista, mejor que nadie. Eres mi caja de resonancia. Y me gustaría que siguiéramos compartiendo nuestros textos. Pero no quiero que tengas la sensación de que, si te hago una sugerencia, tu texto me pertenece. Y viceversa.

Ella negó con la cabeza.

—Eso no es... —Cath no sabía qué decir, así que atrajo la laptop hacia sí y empezó a enrollar el cable. El que Abel le había regalado (fue un buen regalo).

—Cath..., no. Me dejas alucinado. ¿De verdad estás enojada por esto? ¿Piensas en serio que te estoy robando algo?

Ella volvió a hacer un gesto negativo y guardó la laptop en la bolsa.

—¿Estás enfadada? —le preguntó.

—No —susurró ella. Al fin y al cabo, estaban en la biblioteca—. Sólo...

Sólo.

—Pensaba que te alegrarías por mí —siguió diciendo él—. Eres la única que sabe lo mucho que he trabajado. Sabes que he dejado la piel en esta historia.

—Ya lo sé —repuso ella. Era verdad. Nick le había dado muchas vueltas a la trama del relato. Cath no. Ella se había preocupado por la redacción. Por ese tercer elemento mágico que aparecía cuando escribían juntos. Habría quedado en la biblioteca con Nick para escribir esquelas. O la caja de un champú—. Es que... —dijo—. Tengo que redactar mi historia. Pronto serán los finales.

—¿No puedes trabajar aquí?

—No quiero desconcentrarte con el ruido de mi lap.

—¿Quieres que quedemos una última vez antes de presentar los relatos, para comprobar qué tal suenan?

—Claro —respondió Cath, que no tenía la menor intención de hacerlo.

Esperó a llegar a las escaleras para echar a correr. Recorrió sola todo el camino hasta la residencia, entre los árboles y la oscuridad.

♡ ♡ ♡

El miércoles por la tarde, tras el examen final de Biología, Cath se sentó delante de la computadora. No saldría de su cuarto ni entraría en internet hasta haber terminado el proyecto de Escritura Creativa.

No dejaría de teclear hasta tener el primer esbozo. Aunque acabara escribiendo cosas como: "No sé qué diablos estoy escribiendo ahora mismo, bla, bla, bla".

No tenía ni el argumento ni los personajes.

Se pasó una hora escribiendo una conversación entre un hombre y su mujer. Entonces se dio cuenta de que el material carecía de tensión narrativa; el tipo y su esposa discutían sobre coles de Bruselas, y las coles ni siquiera eran una metáfora de algo más profundo.

A continuación, empezó un relato sobre la ruptura de una pareja, desde la perspectiva de su perro.

Y luego comenzó a escribir la historia de un perro que destruía adrede un matrimonio. Y por fin lo dejó, porque los perros no le interesaban lo más mínimo. Ni la gente casada.

Pensó en escribir todo lo que recordaba sobre la antihistoria de amor de Nick. Seguro que a la profesora Piper le extrañaba.

Pensó en tomar uno de sus relatos de Simon y Baz y cambiar los nombres. (Seguramente lo habría colado si la profesora Piper no estuviera con la mosca detrás de la oreja.)

¿Y si presentara una historia de Simon y Baz cambiando los detalles? Simon es un abogado y Baz es un espía. Simon es un poli y Baz tiene una panadería. A Simon le gustan las coles de Bruselas y Baz es un perro.

Cath deseaba, con todas sus fuerzas, escapar a internet. Echar un vistazo al correo o lo que fuera. Pero no se permitió a sí misma abrir el navegador, ni siquiera comprobar si la "b" de Bruselas se escribía con mayúscula.

Por el contrario, se apartó del escritorio y se dirigió al cuarto de baño, pero no había nadie deambulando por allí con ganas de hacer amigos. Cath volvió a su cuarto y se tendió en la cama. Se había quedado despierta hasta muy tarde la noche anterior estudiando para el examen de Biología, y le costó muy poco cerrar los ojos.

Le pareció un cambio casi agradable dejar de maldecir a Levi para maldecir a Nick. ¿De verdad le gustaba? (O sea, Nick. Tenía muy claro que le gustaba Levi.) ¿O sólo le atraía todo lo que él representaba? Listo, con talento, guapo. Guapo al estilo de la Primera Guerra Mundial.

Ahora se moría de vergüenza de pensar en él. Había hecho el tonto. La habían timado. ¿Tenía planeado Nick desde el principio robarle la historia? ¿O sólo estaba desesperado? Tan desesperado como Cath.

Nick y su estúpido relato.

A decir verdad, era suyo. Ella nunca habría escrito algo así. Jamás habría creado un personaje femenino estúpido e inestable. Ni un personaje masculino estúpido y pretencioso. Y encima no había dragones.

Era el relato de Nick. Sencillamente, la había engañado para que se lo escribiera. Era un narrador mentiroso por excelencia.

Cath sólo quería trabajar en su propia historia. No en el relato para Escritura Creativa. En *Adelante*.

Adelante sí era la historia de Cath. Miles de personas lo leían. Miles de personas querían que lo terminara.

En cambio, ¿aquel relato del trabajo final? Una persona quería verlo acabado. Y ni siquiera era Cath.

♡ ♡ ♡

Se durmió con los zapatos puestos, tendida de bruces.

Cuando despertó, le dio muchísima rabia comprobar que había oscurecido. La desorientaba dormirse con luz y despertar a oscuras en vez de a la inversa. Le dolía la cabeza y había dejado un charquito de baba en la almohada. Eso únicamente le pasaba cuando dormía de día.

Se sentó y se dio cuenta de que el celular estaba sonando. No reconoció el número.

—¿Sí?

—¿Cather?

Era una voz masculina. Amable.

—Sí, ¿quién es?

—Hola, Cather, soy Kelly. Kelly, del trabajo de tu padre.

Kelly era el jefe de su padre, el director creativo. El tío del oso panda. "El puto Kelly", como decía su padre. "El puto Kelly quiere que volvamos a empezar la campaña de Kilpatrick". O: "Al puto Kelly se le ha metido en la cabeza que el robot debe bailar".

Gracias a él, su padre seguía teniendo trabajo. Cada vez que Kelly cambiaba de agencia, lo convencía para que se fuera con él.

Kelly achacaba la inestabilidad del padre de Cath a su creatividad.

"Su padre es un genio —les dijo a las gemelas en una fiesta de Navidad—. Su cerebro fue diseñado para hacer anuncios. Es un instrumento de precisión". Kelly hablaba en un tono meloso. Como si, cada vez que abría la boca, fuera con la intención de convencerte de algo o de venderte alguna cosa. "Chicas, ¿han probado este coctel de camarones? Es fantástico."

Ahora, oyendo la voz lisonjera de Kelly, un desagradable escalofrío recorría la espalda de Cath.

—Hola —dijo.

—Hola, Cather. Siento llamarte a la universidad. Estás en exámenes, ¿verdad? Mi hijo Connor también está en exámenes finales.

—Sí —asintió Cath.

—Mira, he buscado tu número en el celular de tu padre. Sólo quería decirte que está bien y que se recuperará enseguida. Pero va a pasar la noche y quizá un par de días más en el hospital. Aquí en el Saint Richard.

—¿Qué ha pasado?

—Nada, está bien. De verdad. Sólo necesita descansar un poco.

—¿Por qué? Quiero decir, ¿qué ha pasado? ¿Por qué lo ha llevado allí? ¿Lo ha llevado usted?

—Sí, he sido yo. Lo he traído yo mismo. No es que haya ocurrido nada. Es que el trabajo le ha pasado factura, como a todos, ya lo sabes. Todos andamos siempre muy estresados... Pero tu padre no quería salir de su oficina. Llevaba varios días encerrado...

Cuántos días, se preguntó Cath. ¿Había comido? ¿Iba al baño? ¿Había atrancado la puerta con el escritorio? ¿Había tirado un montón de ideas por la ventana del séptimo piso? ¿Se había puesto a gritar en el pasillo: "Son una pandilla de piltrafas. Todos y cada uno de ustedes. Sobre todo tú, Kelly, puto chupatintas descerebrado"? ¿Lo habían sacado por la fuerza? ¿Durante el día? ¿Lo había visto todo el mundo?

—¿Está el Saint Richard? —preguntó Cath.

—Sí, le están echando una mano. Ayudándolo a dormir un poco. Creo que eso le vendrá muy bien.

—Voy para allá —dijo la chica—. Dígale que voy para allá. ¿Se ha hecho daño?

—No, Cather... No se ha hecho daño. Está durmiendo. Estoy seguro de que enseguida se encontrará mejor. Es que lleva un par de meses muy presionado.

Meses.

—Voy para allá, ¿de acuerdo?

—Claro —accedió Kelly—. Yo me iré a casa dentro de un rato. Éste es mi número de celular. Llámame si necesitas algo, ¿de acuerdo?

—Gracias.

—Lo digo en serio. Cualquier cosa. Ya sabes lo mucho que aprecio a tu padre, es mi moneda de la suerte. Haría cualquier cosa por él.

—Gracias.

Cath cortó la comunicación a toda prisa. No podía soportarlo más. Llamó a Wren sin aguardar un momento. Cuando su hermana respondió, lo hizo en un tono de sorpresa. Cath fue directa al grano.

—Papá está el Saint Richard.

—¿Qué? ¿Por qué?

—Ha perdido la cabeza en el trabajo.

—¿Está bien?

—No lo sé. Kelly me ha dicho que no quería salir de su oficina.

Wren suspiró.

—¿El puto Kelly?

—Sí.

—Papá se va a jalar de los pelos.

—Ya lo sé —dijo Cath—. Saldré hacia allí en cuanto encuentre un coche.

—¿Kelly te ha dicho que vayas?

—¿Qué quieres decir?

—Quiero decir que estamos en exámenes y que, como bien sabes, habrán atiborrado a papá de tranquilizantes. Seguro que no se entera de nada. Podemos llamar mañana y preguntar cómo está.

—Wren, está en el hospital.

—El Saint Richard no es exactamente un hospital.

—¿No crees que debamos ir?

—Creo que deberíamos terminar los exámenes —afirmó Wren—. Para cuando hayamos acabado, habrá salido del sopor y nos encontrará allí, a su lado.

—Yo voy —declaró Cath—. Llamaré a la abuela para pedirle que me lleve.

—La abuela está en Chicago.

—Ah. Vaya.

—Si de verdad quieres hacerlo, sé que mamá te llevaría. Si tan importante es para ti.

—Ni hablar. ¿Me estás vacilando?

—Bien. Lo que tú quieras. ¿Me llamarás cuando llegues al hospital?

Cath hubiera querido cortarla, responder con alguna frase del estilo de: "No me gustaría distraerte durante los exámenes finales". En cambio, contestó:

—Sí.

A continuación llamó a Reagan. Reagan tenía coche. Ella lo entendería.

Reagan no contestó.

Cath se arrastró hasta la cama y se pasó unos minutos llorando.

Por su padre. Por la humillación que el hombre había vivido y por lo débil que era. Y por sí misma. Porque no había estado allí para impedir que pasara algo así, y porque ni siquiera algo tan desagradable la había reconciliado con Wren. ¿Por qué su hermana reaccionaba con tanta frialdad? El incidente no era nuevo, pero eso no le restaba gravedad. No significaba que su padre no las necesitara.

Luego lloró por no haber hecho más amigos con coche propio...

Y por fin llamó a Levi.

Él contestó al instante.

—¿Cath?

—Hola, Levi. Este..., ¿cómo estás?

—Muy bien. Estoy... trabajando.

—¿Siempre contestas el teléfono en el trabajo?

—No.

—Ah. Bueno, este, luego, cuando salgas, ¿habría alguna posibilidad de que me llevaras a Omaha? Ya sé que es una enorme molestia y te pagaría la gasolina. Se trata de... una especie de... emergencia familiar.

—Voy a buscarte. Dame quince minutos.

—No, Levi, puedo esperar, estás trabajando.

—¿Es una emergencia familiar?

—Sí.

—Te recojo en quince minutos.

Era imposible que Snow pudiera verlo. Desde donde se encontraba, apenas se avistaba el balcón. Además, Simon estaba demasiado ocupado intentando aprenderse los pasos de baile. Demasiado ocupado pisando las botas de seda de Agatha. Ella estaba preciosa con su pelo rubio platino y su piel rosada y cremosa. *Esa chica es opaca*, pensó Baz. Como leche. Como porcelana.

Simon se confundió de paso y ella perdió el equilibrio. El chico la sostuvo pasándole su fuerte brazo por la cintura.

Cómo brillan juntos. Qué perfecta combinación de tonos blancos y dorados.

—Jamás renunciará a ella, ¿sabes?

Baz sintió el impulso de girarse en redondo al oír la voz, pero se contuvo. Ni siquiera volteó a ver.

—Hola, Penelope.

—Pierdes el tiempo —dijo ella, y vaya si parecía cansada—. Cree que ella es su destino; no puede evitarlo.

—Lo sé —respondió Baz, sumiéndose en las sombras—. Ni yo tampoco.

(De *Tyrannus Basilton, de la Casa de Pitch*, subido en diciembre de 2009 a FanFixx.net por Magicath y Wrenegade.)

Capítulo 19

Levi no hizo preguntas y Cath no tenía ganas de dar explicaciones.

Le dijo que su padre estaba en el hospital pero no especificó por qué. Le dio las gracias una y otra vez. Le puso un billete de veinte dólares en el cenicero y le dijo que le pagaría el resto en cuanto pudiera sacar dinero.

Procuró no mirarlo a los ojos (porque cada vez que lo miraba, se lo imaginaba besando a alguien, bien a ella, bien a aquella otra chica, y ambos recuerdos le resultaban igual de dolorosos).

Cath aguardó a que apareciera el Levi de siempre, a que la friera a preguntas o le hiciera comentarios encantadores, pero él la dejó tranquila. Al cabo de unos veinte minutos, el chico le preguntó si le importaba que escuchara una clase; tenía un examen final al día siguiente.

—Adelante —dijo Cath.

Levi colocó una grabadora digital en el tablero. Durante los siguientes cuarenta minutos, escucharon a un profesor de voz profunda hablar de prácticas de ganadería sostenible.

Cuando llegaron a la ciudad, Cath le indicó por dónde tenía que ir; él sólo había estado unas cuantas veces en Omaha. Por fin, entraron en el estacionamiento del hospital. Estaba segura de que él había leído el cartel: "Centro Saint Richard de salud mental y conductual".

—Puedes dejarme aquí —dijo ella—. Te lo agradezco mucho.

Levi apagó la clase de gestión de ganado.

—Me sentiría mucho mejor si te dejara dentro.

Cath no discutió. Caminando delante de él, avanzó directamente al mostrador de ingresos. Tuvo la impresión de que Levi se dejaba caer en una silla de la sala, a su espalda.

El hombre que atendía el mostrador no fue de gran ayuda.

—Avery —dijo—. Avery... Arthur —hizo chasquear la lengua con pesar—. Me temo que no puede recibir visitas.

¿Podía Cath hablar con un médico? ¿O con una enfermera? El tipo no estaba seguro. ¿Estaba despierto su padre? No se lo podía decir, normativa federal relativa a la intimidad y todo eso.

—Bueno, pues me voy a sentar allí —se enfadó Cath—. Esperaré a que le diga a alguien que estoy aquí y que quiero ver a mi padre.

El hombre —un tipo grandulón, que más parecía un celador musculoso que un recepcionista o un enfermero— le dijo que podía sentarse si quería. Cath se preguntó si aquel tipo habría estado allí cuando habían traído a su padre. ¿Habían tenido que recurrir a la fuerza? ¿Estaba gritando? ¿Escupía? Cath quería que todos los presentes, empezando por aquel hombre, supieran que su padre era una persona, no sólo un loco. Que había gente que se preocupaba por él y que se daría cuenta si lo trataban con brusquedad o se confundían de medicamento. Rezongando, se sentó en una silla al alcance de la vista de aquel celador inútil.

Llevaban diez minutos en silencio cuando Levi preguntó:

—¿No hay suerte?

—La misma mala suerte de costumbre —se volvió hacia él pero no lo miró a los ojos—. Oye, seguro que tengo para largo. Deberías volver.

Levi se inclinó hacia las rodillas y se frotó la nuca, como si se lo estuviera pensando.

—No te voy a dejar sola en la sala de espera de un hospital —declaró por fin.

—Pero no puedo hacer nada más que esperar —objetó ella—. Así que es el lugar perfecto para mí en estos momentos.

Él se encogió de hombros y se echó hacia atrás, sin dejar de frotarse el cuello.

—Pues esperaré contigo. Alguien tendrá que llevarte de vuelta.

—Me late —repuso Cath, y se forzó a seguir hablando—. Gracias... Esto no va a convertirse en una costumbre, ¿sabes? Prometo no llamarte la próxima vez que un pariente mío se emborrache o se vuelva loco.

Levi se quitó la chamarra verde y la dejó en la silla contigua. Llevaba suéter y pantalones de mezclilla negros, y sostenía la grabadora digital en la mano. Se la guardó en el bolsillo.

—Me pregunto si habrá café por aquí —dijo.

El Saint Richard no era un hospital normal. Nada salvo la sala de espera estaba abierto al público. Ni siquiera había un televisor en una esquina para entretener a los visitantes con el canal de noticias de la Fox.

Levi se levantó y deambuló hacia la ventanilla del celador. Se inclinó hacia el mostrador y entabló conversación.

Cath sintió que la invadía una oleada de irritación y sacó el teléfono para enviarle un mensaje a Wren: *en st richard esperando ver a papá.* Pensó en llamar a la abuela, pero decidió esperar a tener más información.

Cuando alzó la vista, descubrió que Levi cruzaba las puertas de admisiones. El chico volteó a verla justo antes de que se cerraran, y sonrió. Había pasado tanto tiempo desde la última vez que le había sonreído... El corazón de Cath dio tal brinco que estuvo a punto de salírsele por la nariz. Se le saltaron las lágrimas...

Levi tardaba mucho en volver.

A lo mejor había ido a dar una vuelta por el edificio. Seguramente volvería con una jarra de cerveza, carmín por toda la cara y entradas para el partido de futbol Fiesta Bowl.

Cath no tenía nada para distraerse salvo el teléfono; pero le quedaba poca batería, así que se lo metió en el bolsillo e intentó no pensar en él.

Por fin oyó un zumbido, y vio a Levi cruzar las puertas con dos tazas de café desechables en las manos y dos sándwiches envasados en equilibrio sobre los antebrazos.

—¿Pavo o jamón? —preguntó.

—¿Por qué siempre me estás dando de comer?

—Bueno, trabajo en la restauración y mi carrera trata básicamente del pastoreo...

—Pavo —aceptó ella agradecida, aunque seguía sin poder mirar a Levi a los ojos. (Sabía cómo funcionaba eso. Levi tenía los ojos azules y amables. Te hacían sentir que te prefería al resto del mundo.) Cogió una taza de café—. ¿Cómo lo has conseguido?

—He preguntado dónde podía comprar café —repuso él.

Cath extrajo el sándwich de la caja y empezó a arrancar pedazos. Los aplastaba antes de metérselos en la boca. Su madre siempre le decía que no mutilara la comida. Su padre no le decía nada. Sus modales en la mesa eran mucho peores.

—Puedes hacerlo, ¿sabes? —dijo Levi, mientras desenvolvía el sándwich.

—¿Hacer qué?

—Llamarme la próxima vez que alguien se vuelva loco o sea arrestado... Me he alegrado de que me llamaras esta noche. Pensaba que estabas enfadada conmigo.

Cath aplastó otro trozo de sándwich. La mostaza rezumó por los lados.

—¿Eres el típico al que todo el mundo llama cuando necesita ayuda?

—¿Me preguntas si soy Superman?

Ella casi pudo escuchar cómo sonreía.

—Ya sabes lo que quiero decir. ¿Eres el típico al que todos sus amigos llaman cuando necesitan ayuda? ¿Porque saben que dirás que sí?

—No sé... —respondió él—. Soy el típico al que todo el mundo llama cuando se cambia de casa. Creo que es por la camioneta.

—Cuando te llamé esta noche —confesó ella mirándose los zapatos—, sabía que me traerías a Omaha. Si podías.

—Bien —repuso Levi—. Acertaste.

—Puede que me esté aprovechando de ti.

Él se echó a reír.

—No puedes aprovecharte de mí contra mi voluntad.

Cath dio un sorbo al café. No se parecía en nada al café con leche al pan de jengibre.

—¿Estás preocupada por tu padre? —le preguntó Levi.

—Sí —reconoció ella—. Y no. O sea... —le lanzó una mirada rápida—, no es la primera vez. Le sucede de tanto en tanto. Por lo general, las cosas no se ponen tan feas. Normalmente, estamos aquí para cuidar de él.

Levi sujetó el sándwich por una esquina y mordió la otra.

—¿Estás demasiado preocupada por tu padre como para explicarme por qué estás enfadada conmigo? —tenía la boca llena.

—No tiene importancia —musitó ella.

—Para mí, sí —Levi tragó—. Te marchas en cuanto me ves llegar —Cath no respondió, así que el chico siguió hablando—. ¿Es por lo que pasó entre nosotros?

Cath no sabía qué responder a esa pregunta. No quería contestarla. Miró la pared de enfrente y luego el lugar donde estaría la tele si aquel hospital no se pareciera tanto a una cárcel.

Notó que Levi se inclinaba hacia ella.

—Porque lo siento mucho —dijo—. No quería hacerte sentir incómoda.

Cath se pellizcó el puente de la nariz. Habría dado algo por saber por dónde pasaban los conductos de los lacrimales para poder bloquearlos.

—¿Lo sientes?

—Siento haberte disgustado —dijo—. Creo que te interpreté mal, y lo lamento mucho.

El cerebro de Cath trató de discurrir una respuesta cortante en relación a Levi y sus capacidades para interpretar nada.

—No me interpretaste mal —dijo, negando con la cabeza. Por un instante, se sintió más insultada que patética—. Fui a tu fiesta.

—¿Qué fiesta?

Cath volteó a mirarlo, aunque se había echado a llorar, tenía los lentes empañados y llevaba desde la víspera por la mañana sin cepillarse el pelo.

—La fiesta —le explicó—. En tu casa. Aquel jueves por la noche. Fui con Reagan.

—¿Y por qué no te vi?

—Estabas en la cocina. Muy ocupado.

La sonrisa de Levi se esfumó y se echó hacia atrás despacio. Ella dejó el sándwich en la silla vacía del otro lado y cerró los puños sobre el regazo.

—Ay, Cath —se lamentó Levi—. Lo siento.

—No te disculpes. Los dos lo estaban pasando muy bien.

—No me dijiste que fueras a ir.

Ella le echó una ojeada.

—Ya. Y de haber sabido que iba, no habrías estado en la cocina fajándote con otra chica.

Por una vez, Levi se quedó sin respuesta. Dejó el sándwich en una silla también y se atusó el cabello rubio y lacio con ambas manos. El pelo de Levi era más delicado que el de Cath. Seda. Plumón. Semillas de diente de león.

—Cath —repitió él—. Lo siento...

Ella no estaba segura de por qué se disculpaba. Levi la miró a los ojos, con expresión sinceramente arrepentida... y apenada por ella.

—Sólo fue un beso —dijo él, arrugando la frente con un gesto de dolor.

—¿Cuál? —preguntó Cath.

Él se llevó las manos a la nuca y una greña le cayó sobre la frente.

—Ambos.

Cath respiró hondo, temblando, y exhaló el aire por la nariz.

—Bien —respondió—. Esa es, mmm..., una información muy interesante.

—Yo no creí...

—Levi —lo interrumpió. Ahora lo miraba de frente, intentando adoptar una expresión seria a pesar de las lágrimas que inundaban sus ojos—. No puedo agradecerte bastante el que me hayas traído hasta aquí. Pero no podría decir esto más en serio: me gustaría que te marcharas ahora mismo. Yo no voy por ahí besándome con todo el mundo. Los besos no... no van conmigo. Por eso te he estado evitando. Y por eso me gustaría perderte de vista ahora, ¿va?

—Cath...

La puerta de entrada a las instalaciones zumbó y una enfermera ataviada con una bata floreada la cruzó. Sonrió a Levi.

—¿Quieren entrar ahora?

Cath se levantó y cogió su bolso. Miró a Levi.

—Por favor.

A continuación, siguió a la enfermera.

♡ ♡ ♡

Levi se había ido cuando Cath regresó al vestíbulo.

Tomó un taxi para ir a buscar el coche de su padre, que seguía en la oficina. Lo encontró lleno de envoltorios de comida rápida y hojas arrugadas. Cuando llegó a casa, aseó la cocina y le envió un mensaje de texto a Wren.

No tenía ganas de llamarla. No tenía ganas de decirle: "Eh, tenías razón. Está drogado hasta las cejas y seguramente no se despejará hasta dentro de varios días. No hace ninguna falta que vengas a casa, a menos que no puedas soportar la idea de que pase por esto solo. Pero no estará solo, porque yo sí he venido".

El padre de Cath llevaba un tiempo sin lavar la ropa. Había prendas esparcidas por los peldaños que bajaban al sótano, como si llevara varias semanas tirándolas al otro lado de la puerta.

Puso una carga en la lavadora.

Tiró varias cajas planas con trozos de pizza resecos.

Descubrió un poema pintado en el espejo del baño con pasta de dientes. Puede que fuera un poema, tal vez sólo unas palabras. Era precioso, y Cath le tomó una foto con el celular antes de limpiarlo.

Uno solo de aquellos detalles las habría puesto sobre aviso si hubieran estado en casa.

Ellas cuidaban de él.

Lo habrían encontrado sentado en el coche en mitad de la noche, llenando páginas y más páginas de ideas inconexas, y lo habrían obligado a entrar en casa.

Lo habrían visto saltarse las comidas, habrían contado las tazas de café. Habrían reparado en el tono eufórico.

Y habrían hecho lo posible por contenerlo.

Por lo general, funcionaba. Su padre se aterrorizaba cuando veía a sus hijas asustadas. Se habría metido en la cama y habría dormido quince horas. Habría pedido cita con su psicoterapeuta. Habría tomado la medicación, aunque todos sabían que la dejaría al cabo de poco tiempo.

—Cuando las tomo, no puedo pensar —le dijo a Cath una noche. Ella tenía dieciséis años. Bajó a comprobar si la puerta principal estaba cerrada con llave y la había encontrado abierta. Sin darse cuenta, lo dejó fuera. Su padre estaba sentado en los peldaños de entrada y le dio un susto de muerte a Cath cuando llamó al timbre. Te dejan atontado —afirmó, agitando un bote de pastillas de color naranja—. Planchan todas las arrugas. Es posible que entre las arrugas se cuezan las cosas malas, pero también las buenas... Te doman el cerebro como si fuera un caballo, para que haga todo lo que le mandas. Yo necesito un cerebro que sea independiente. Si no puedo pensar, ¿quién soy?

Las cosas no se ponían tan feas cuando dormía mucho. Cuando se comía los huevos que le preparaban para desayunar. Cuando no trabajaba tres semanas seguidas.

Un poco de euforia estaba bien. Un poco de euforia lo hacía feliz, productivo y carismático. Los clientes comían de la palma de su mano.

Ella y Wren habían aprendido a identificar sus estados. A darse cuenta de cuándo la euforia se convertía en manía. Cuándo el carisma mudaba en locura. Cuándo la chispa de sus ojos se transformaba en un brillo vidrioso.

Cath se quedó despierta hasta las tres de la mañana, ordenando el estropicio. Si Wren y ella hubieran estado allí, lo habrían visto venir. Lo habrían impedido.

♡ ♡ ♡

Al día siguiente, Cath se llevó la laptop al Saint Richard. Tenía treinta y una horas para escribir su relato breve. Podía enviarle un email a la profesora Piper; en ese aspecto no habría problema.

Wren por fin le respondió al mensaje.

¿estás ahí? examen final de psico mañana, ¿va?

Tenían el mismo profesor de Psicología pero asistían a clases distintas.

no podré presentarme, escribió Cath.

INACEPTABLE, replicó Wren.

NO DEJARÉ A PAPÁ SOLO, le respondió Cath.

envía un email al profesor para que te lo aplace.

va.

envíale un email y yo hablaré con él.

va. Cath no pudo avenirse a darle las gracias. Wren habría debido saltarse aquel final también.

El padre de Cath despertó hacia el mediodía y comió puré de papas con salsa de carne. La chica advirtió que estaba enfadado; enfadado por estar allí y también por hallarse demasiado atontado como para montar en cólera.

Había un televisor en la habitación, y Cath encontró una retransmisión de *Las chicas Gilmore*. Cuando Wren y Cath estaban en casa, su padre siempre veía *Las chicas Gilmore* con ellas. Le gustaba Sookie. La computadora de Cath no paraba de pararse, así que al final lo dejó a un lado y se acercó a la cama para ver la tele con él.

—¿Dónde está Wren? —preguntó el padre durante un intermedio publicitario.

—En la universidad.

—¿No deberías estar tú allí también?

—Las vacaciones de Navidad empiezan mañana.

Él asintió. Tenía la mirada turbia y distante. Cada vez que parpadeaba, dudaba de que reuniera las fuerzas para volver a abrir los ojos.

Por la tarde, entró una enfermera para administrarle más medicamentos. Luego apareció un médico, que le pidió a Cath que esperara en el pasillo y le sonrió cuando salió de la habitación.

—Iremos corrigiendo la dosis —dijo en un tono alegre y reconfortante—. Tuvimos que aplacarlo muy deprisa.

Cath se sentó junto a la cama de su padre y vio la tele hasta el final del horario de visitas.

♡ ♡ ♡

No había nada más que limpiar, y a Cath le resultaba extraño tener toda la casa para ella sola. Intentó dormir en el sofá, pero la proximidad de la calle y del dormitorio vacío de su padre la incomodaba, así que subió a su habitación y se metió en la cama. Como tampoco pudo dormir, se cambió a la cama de Wren, llevándose la laptop con ella.

El padre de Cath había estado ingresado en el hospital Saint Richard en tres ocasiones antes de aquella. Sucedió por primera vez el verano siguiente a la marcha de su madre. Al ver que su padre no quería levantarse de la cama, llamaron a la abuela, que se quedó con ellas un tiempo. Llenó el congelador de lasaña congelada antes de marcharse de nuevo.

Cuando Cath y Wren cursaban sexto, volvió a suceder. Plantado delante del lavamanos, el padre se reía y les decía que no hacía falta que volvieran al colegio. La vida era la verdadera educación, les decía. Se había cortado afeitándose, y llevaba varios trocitos de papel higiénico ensangrentado pegados a la barbilla. Las gemelas pasaron unos días con su tía Lynn, en Chicago.

La tercera vez, las chicas iban a secundaria. Tenían dieciséis años, y su abuela acudió, pero no hasta la segunda noche. Pasaron la primera las dos en la cama de Wren. Cath lloraba mientras su gemela le sujetaba las muñecas.

—Yo soy como él —susurró Cath.

—No lo eres —le aseguró Wren.

—Lo soy. Estoy loca, como él —en aquel entonces, ya sufría ataques de pánico. Cuando iba a una fiesta, se escondía en el baño. En séptimo, había llegado tarde a clase cada día durante las primeras dos semanas porque no podía soportar la idea de permanecer en el pasillo con todo el mundo entre clase y clase—. La cosa empeorará en unos años. Es entonces cuando se manifiesta.

—Ya verás cómo no —insistió Wren.

—Pero ¿y si pasa?

—Pues no lo permitas.

—La cosa no funciona así —objetó Cath.

—Nadie sabe cómo funciona.

—¿Y si no lo veo venir?

—Yo lo veré venir.

Cath quería dejar de llorar, pero llevaba tanto rato hecha un mar de lágrimas, que el llanto se había apoderado de ella. Se sorbía la nariz y respiraba entre hipidos.

—Si eso intenta apoderarse de ti —declaró Wren—, yo lo impediré.

Pocos meses después, Cath puso esa misma frase en boca de Simon, refiriéndose al deseo de sangre de Baz. Wren aún escribía con Cath en aquel entonces, y resopló cuando leyó las palabras.

—Te ayudaré si te vuelves maníaca —le dijo su hermana—. Pero si te conviertes en un vampiro, me sigo de largo.

—Pero si tú no sirves para nada —bromeó Cath. El padre de las chicas estaba en casa en aquel entonces. Y ella no tenía, por el momento, la sensación de que su ADN fuera una trampa a punto de apresarla.

—Pues a mí me parece que sí sirvo para algo —replicó Wren—. No paras de robarme mis mejores frases.

El viernes por la noche, antes de quedarse dormida, Cath pensó en enviarle un mensaje a Wren, pero no se le ocurría nada que decirle.

El Humdrum no era un hombre en absoluto, ni un monstruo. Era un niño.

Simon se acercó, quizás como un necio, para verle la cara… El poder del Humdrum lo azotaba como un viento seco, como arena caliente o puro agotamiento metido en los huesos.

El Humdrum —el niño— llevaba unos pantalones vaqueros desteñidos y una camiseta grasienta. Simon tardó demasiado en darse cuenta de que aquel chico era él mismo. Su yo de hacía unos años.

—Basta —le gritó Simon—. Muestra tu cara, cobarde. ¡Enséñame quién eres!

El chico se echó a reír.

(Capítulo 23 de *Simon Snow y el séptimo roble,* copyright de Gemma T. Leslie, 2010.)

Capítulo 20

Wren y su padre llegaron a casa el mismo día: el sábado.

El hombre ya estaba hablando de volver al trabajo; aunque los medicamentos aún le sentaban mal y cuando no parecía borracho estaba medio adormilado. Cath se preguntó si los seguiría tomando siquiera durante el fin de semana.

A lo mejor no pasaba nada si dejaba los medicamentos. Wren y ella estaban en casa para vigilarlo.

Después de todo lo sucedido, Cath no tenía claro si Wren y ella volvían a hablarse o no. Decidió que sí, por comodidad. Sin embargo, aún no se hacían confidencias; todavía no le había contado lo de Levi. Ni lo de Nick. Y no quería que Wren le revelara detalles de sus aventuras con su madre. Cath estaba segura de que su hermana había hecho planes madre-hija para la Navidad.

Al principio, Wren sólo quería comentar anécdotas de la universidad. Los exámenes finales le habían ido bien, ¿y a Cath? Ya había comprado los libros para el siguiente semestre. ¿Qué asignaturas iba a tomar ella? ¿Iban a alguna clase juntas?

Cath escuchaba y no decía gran cosa.

—¿Crees que deberíamos llamar a la abuela? —preguntó Wren.

—¿Para hablarle de qué?

—De papá.

—Vamos a ver cómo evoluciona.

Todos sus amigos de la preparatoria iban a casa por Navidad. Wren trataba de convencer a Cath de que saliera con ella.

—Ve tú —le respondía—. Yo me quedaré con papá.

—No puedo ir sin ti. Quedaría raro.

A sus amigos de la escuela les resultaba extraño ver a Wren sin Cath. A sus amigos de la universidad les habría parecido rarísimo verlas aparecer juntas en cualquier parte.

—Una de las dos debería quedarse con papá —decía Cath.

—Ve —le dijo su padre después de oír varios días la misma discusión—. No voy a perder el control aquí sentado viendo *Cocinero de hierro*.

A veces, Cath acompañaba a su hermana.

A veces, se quedaba en casa y esperaba a Wren.

A veces, Wren no dormía en casa.

—No quiero que me veas peda —le explicó una mañana a su llegada—. Me haces sentir incómoda.

—¿Ah, sí? ¿Te hago sentir incómoda? —se burló Cath—. Cuánto me alegro.

El padre de las chicas volvió al trabajo al cabo de una semana. Transcurridas dos, empezó a hacer *jogging* a primera hora de la mañana, y fue así como ella supo que había dejado la medicación. El ejercicio constituía su medicina particular; siempre hacía lo mismo cuando intentaba tomar las riendas.

Cath se acostumbró a bajar cada mañana cuando oía el pitido de la cafetera. Para echarle un vistazo, para verlo marchar.

—Hace mucho frío para salir a correr —le dijo una mañana.

Su padre le tendió el café —descafeinado— para que se lo sujetara mientras se ataba los tenis.

—Me sienta bien. ¿Por qué no me acompañas?

Se dio cuenta de que Cath le escudriñaba los ojos para tomarle la temperatura mental, así que le cogió la barbilla y le devolvió la mirada.

—Estoy bien —le aseguró con suavidad—. De vuelta al ruedo.

—¿Y qué es el ruedo? —suspiró ella, mientras lo veía ponerse una sudadera de la preparatoria South High—. ¿Correr? ¿Trabajar demasiado?

—Vivir —replicó él alzando un poco la voz—. La vida es el ruedo.

Cath preparaba el desayuno mientras él corría. Y cuando él acababa de desayunar y se iba al trabajo, volvía a dormirse en el sofá. Al cabo de unos cuantos días, se convirtió en rutina. A su padre le sentaban bien las rutinas, pero necesitaba un poco de ayuda para mantenerlas.

Por lo general, Cath volvía a levantarse cuando Wren bajaba o llegaba a casa.

Aquella mañana, Wren entró y se dirigió directamente a la cocina. Volvió con una taza de café y chupando un tenedor.

—¿Hiciste omelets?

Cath se frotó los ojos y asintió.

—Teníamos unas sobras de Los Portales, y las usé como relleno —se sentó—. Es descafeinado.

—¿Papá bebe descafeinado? Buena señal, ¿no?

—Sí...

—Hazme un omelet, Cath. A mí me salen fatal, ya lo sabes.

—¿Y qué me darás a cambio? —le preguntó ella.

Wren se echó a reír. Antes compartían esa broma privada: "¿Y qué me darás a cambio?".

—¿Qué quieres? —repuso Wren—. ¿Tienes algunos capítulos por corregir?

Era su turno de decir algo inteligente, pero no supo qué responder. Porque sabía que Wren no hablaba en serio acerca de corregir su *fic*, y porque era patético lo mucho que Cath deseaba que lo hiciera. ¿No sería fantástico pasarse así el resto de las vacaciones de Navidad? Acurrucadas ante la laptop, escribiendo juntas el principio del fin de *Adelante, Simon*.

—No —respondió Cath por fin—. Una alumna de doctorado de Rhode Island me lo corrige todo. Es una máquina —Cath se levantó y se dirigió a la cocina—. Te haré un omelet. Creo que hay una lata de chile con carne por ahí.

Wren la siguió. Se sentó en la barra, junto a los fogones, y observó cómo Cath sacaba la leche y los huevos del refrigerador. Cath sabía romperlos con una mano.

Los huevos eran su especialidad. En realidad, el desayuno en general. Había aprendido a hacer omelets en la escuela, viendo los videos de YouTube. Sabía preparar huevos escalfados y estrellados. Y revueltos, por supuesto.

A Wren se le daban mejor las cenas. Durante una época, cuando iba a la preparatoria, le dio por considerar la sopa de cebolla de sobre la base de todos los platos. Rollo de carne. Filete Stroganoff. Hamburguesas con cebolla.

"Sólo necesitamos un sobre de sopa de cebolla —sostenía—. Ya podemos tirar todas esas especias".

"No hace falta que cocinen, chicas", decía el padre.

Por desgracia, no tenían elección. O bien cocinaban o bien rezaban para que su padre se acordara de comprar unos Happy Meal al volver de la oficina. (Aún conservaban una caja en el piso superior llena de cientos de regalos del Happy Meal.) Además, si Cath preparaba el desayuno y Wren hacía la cena, se aseguraban de que, como mínimo por la mañana y por la noche, su padre no comería en la gasolinera.

"QuickTrip no es una gasolinera. Es una tienda donde venden 'todo lo que en realidad necesitas'. Y los baños están inmaculados."

Wren se inclinó hacia la sartén y observó los huevos, que empezaban a burbujear. Cath la empujó hacia atrás para apartarla del fuego.

—Es ahora cuando yo meto la pata. O se me quema por fuera o se me queda cruda por dentro.

—Eres demasiado impaciente —señaló Cath.

—No, sólo estoy demasiado hambrienta —Wren cogió el abrelatas y lo hizo girar en el dedo—. ¿Qué piensas? ¿Deberíamos llamar a la abuela?

—Bueno, mañana es Nochebuena —consideró Cath—, así que habrá que llamarla.

—Ya sabes a qué me refiero...

—Hoy parece estar bien.

—Sí... —Wren abrió la lata y se la tendió—. Pero su estado es frágil. El más mínimo contratiempo podría desestabilizarlo. ¿Qué pasará cuando volvamos a la universidad? ¿Cuando tú no estés aquí para prepararle el desayuno? Necesita que alguien cuide de él.

Cath vigilaba los huevos. Estaba controlando el tiempo.

—Aún no hemos comprado las cosas para la comida de Navidad. ¿Quieres que hagamos pavo? ¿O mejor lasaña... en honor a la abuela? También podríamos preparar lasaña mañana y pavo el día de Navidad.

—Yo no estaré mañana por la noche —Wren carraspeó—. La familia de... Laura celebra la Nochebuena.

Cath asintió y dobló el omelet por la mitad.

—Tú también podrías venir, ¿sabes? —le dijo Wren.

Resopló. Cuando volvió a alzar la vista, su hermana parecía enfurruñada.

—¿Qué pasa? —le espetó Cath—. No voy a discutir contigo. Suponía que quedarías con ella algún otro día.

Wren apretó los dientes con tanta fuerza que le temblaron las mejillas.

—No puedo creer que me obligues a hacer esto sola.

Cath blandió la espátula como si fuera una espada.

—¿Que te obligue? Yo no te obligo a hacer nada. No puedo creer que lo estés haciendo siquiera, sabiendo lo mucho que yo la odio.

Wren saltó al suelo y negó con la cabeza.

—Ya, tú lo odias todo. Odias los cambios en general. Si yo no te arrastrara tras de mí, no harías nada.

—Muy bien, pues te aseguro que mañana no me vas a arrastrar a ninguna parte —replicó Cath, alejándose de los fogones—. Ni mañana ni nunca. De ahora en adelante, quedas liberada de toda responsabilidad, a saber, arrastrarme tras de ti.

Wren cruzó los brazos y ladeó la cabeza. La santurrona.

—Yo no quería decir eso, Cath. O sea... Deberíamos hacer esto juntas.

—¿Y por qué? Eres tú la que siempre me está recordando que somos dos personas distintas y que no tenemos que hacerlo todo al mismo tiempo. ¿Sí? Pues muy bien. Recupera tú la relación con la madre que nos abandonó en la infancia, que yo me quedaré aquí cuidando del padre que recogió los pedazos.

—¡Dios mío! —Wren levantó ambas manos con las palmas abiertas—. ¿Podrías dejar de ser tan melodramática? ¿Durante cinco minutos? ¿Por favor?

—No —Cath fustigó el aire con la espátula—. Esto no es un melodrama. Es un drama en toda regla. Nos dejó. En el momento más dramático posible. El 11 de septiembre.

—*Después* del 11 de septiembre...

—Menudencias. Nos dejó. Rompió el corazón de papá y quizá su mente, y nos dejó.

Wren suavizó el tono.

—Se siente fatal por ello, Cath.

—¡Bien! —gritó ésta—. ¡Porque yo también! —dio un paso hacia su hermana—. Gracias a ella, voy a seguir siendo una loca el resto de mi vida. Voy a seguir tomando decisiones de mierda y haciendo cosas raras sin darme cuenta siquiera de lo absurdas que son. La gente me va a compadecer, y jamás tendré una relación normal; y todo porque no tuve una madre. Ese es el trauma definitivo. El tipo de pérdida del que nunca te recuperas. Espero que se sienta fatal. Espero que jamás se perdone a sí misma.

—No digas eso —Wren había enrojecido y la miraba con lágrimas en los ojos—. Yo no estoy traumatizada.

Los ojos de Cath, en cambio, permanecían secos esta vez.

—Tus cimientos están agrietados —se encogió de hombros.

—Y una mierda.

—¿Crees acaso que yo absorbí todo el golpe? ¿Que cuando mamá se fue sólo chocó contra mi lado del coche? Y una mierda, Wren. A ti también te dejó.

—Pero yo no permití que eso me hundiera. Nada puede hundirme a menos que yo lo permita.

—¿Y piensas que papá lo permitió? ¿Crees que escogió derrumbarse cuando ella se marchó?

—¡Sí! —Wren gritaba ahora—. Y creo que lo escoge una y otra vez. Creo que los dos lo hacen. Prefieren hundirse en vez de seguir avanzando.

Fue la gota que colmó el vaso. Ahora las dos gritaban, las dos lloraban. *Nadie gana hasta que nadie gana,* pensó Cath. Se dio la vuelta hacia los fogones. Los huevos se estaban quemando.

—Papá está enfermo, Wren —dijo con toda la tranquilidad que fue capaz de reunir. Rascó la sartén para retirar el omelet y lo dejó caer en un plato—. Y tu omelet se quemó. Y prefiero estar hundida que borracha —dejó el plato en la barra—. Le puedes decir a Laura que se joda. O sea, hasta el infinito y más allá. Ella no avanzará conmigo. Nunca.

Cath se alejó antes de que Wren lo hiciera. Subió a la planta superior y se puso a trabajar en *Adelante*.

Siempre emitían un maratón de *Simon Snow* en la tele el día de Nochebuena. Cath y Wren nunca se lo perdían, y su padre les preparaba palomitas en el microondas.

Habían pasado por Jacobo la noche anterior para comprar palomitas y otras provisiones para Navidad.

—Si los mexicanos no lo tienen —había dicho su padre, contento— es que no lo necesitas.

De modo que acabaron preparando lasaña con fideos chinos y comprando tamales en vez de pavo.

Con la excusa de las películas, a Cath le resultó muy fácil no hablarle a Wren de nada importante; pero tremendamente difícil no hacer comentarios sobre los propios filmes.

—El peinado de Baz rifa —dijo Wren durante *Simon Snow y los cuatro selkies*.

En aquella película a todos los actores les había crecido el pelo. El cabello negro de Baz se había convertido en un engominado copete que se alzaba sobre su afilado pico de viuda.

—Ya lo sé —repuso Cath—. Simon finge que le quiere atizar para poder tocárselo.

—¿Verdad? La última vez que Simon se ha abalanzado sobre Baz, pensaba que solo pretendía quitarle una pestaña.

—*Pide un deseo* —dijo Cath imitando la voz de Simon—, *capullo de mi alma.*

El padre de las chicas vio *Simon Snow y la quinta espada* con ellas. Sostenía un bloc en el regazo.

—He vivido demasiado tiempo con ustedes—comentó mientras dibujaba un gran cuenco de Gravioli—. Fui a ver la película de los *X-Men* con Kelly y me pasé todo el rato pensando que el Profesor X y Magneto estaban enamorados.

—Es obvio —replicó Wren.

"A veces creo que estás obsesionado con Basilton", decía Agatha en la película, con los ojos muy abiertos y una expresión preocupada.

"Está tramando algo —repuso Simon—. Lo sé".

—Esa chica trabaja peor que Liza Minnelli —opinó el padre.

Cuando llevaban una hora de película, justo antes de que Simon sorprendiera a Baz en plena cita con Agatha en el Bosque Velado, Wren recibió un mensaje de texto y se levantó del sofá. Cath decidió esconderse en el cuarto de baño, por si el timbre estaba a punto de sonar. *Laura no haría algo así, ¿verdad? No se atrevería a presentarse en casa.*

En el baño, pegó el oído a la puerta y oyó a su padre decirle a Wren que se divirtiera.

—Le daré a mamá saludos de tu parte —respondió Wren.

—No creo que sea necesario —replicó él lo más alegremente que pudo. *Bien, papá,* pensó Cath.

Después de que Wren se fuera, ninguno de los dos volvió a mencionarla.

Vieron una película más de *Simon* y comieron raciones gigantes de "espaguetisaña". De repente, el padre de Cath se dio cuenta de que no tenían árbol de Navidad.

—¿Cómo es posible que se nos haya olvidado? —preguntó, mirando el espacio junto a la ventana que el árbol solía ocupar, ahora vacío.

—Han pasado muchas cosas —apuntó Cath.

—¿Por qué Santa Claus no se levantó de la cama en Navidad? —le preguntó el padre con cara de estar haciendo un chiste.

—No sé, ¿por qué?

—Porque es Norte bi-polar.

—No —dijo Cath—, porque los osos bipolares lo estaban deprimiendo.

—Porque la nariz de Rudolph brillaba demasiado.

—Porque las chimeneas le provocan Claus-trofobia.

—Porque —el hombre se rio— estaba pasando por muchos altibajos. En el trineo, ¿lo agarras?

—Ése es malísimo —respondió Cath, riendo a su vez. Su padre tenía los ojos brillantes, aunque no demasiado. Aguardó a que se fuera a la cama antes de subir a su propio cuarto.

Wren aún no había llegado. Cath intentó escribir, pero cerró la laptop al cabo de quince minutos. Se acurrucó bajo las mantas e intentó no pensar en Wren, no imaginársela en la nueva casa de Laura, con su nueva familia.

Procuró no pensar en nada en absoluto.

Cuando consiguió dejar la mente en blanco, le sorprendió encontrar a Levi bajo todo aquel barullo. Levi en el país de los dioses. Probablemente disfrutando unas Navidades más felices que ninguno de ellos. Alegre. Así era Levi trescientos sesenta y cinco días al año. (Trescientos sesenta y seis los años bisiestos. Seguro que Levi adoraba los años bisiestos. Un día más, otra chica por besar.)

Le resultaba más fácil pensar en él ahora que sabía que nunca estarían juntos, que seguramente jamás volvería a verlo.

Se durmió pensando en su cabello rubio ceniza, en su despejadísima frente y en todo aquello que aún no estaba lista para olvidar.

—Como no tenemos árbol —les dijo el padre a Cath y Wren—, he puesto sus regalos bajo esta foto en la que aparecemos los tres junto a un árbol de Navidad en 2005. ¿Saben que ni siquiera tenemos plantas en casa? No hay nada vivo en este hogar salvo nosotros.

Cath miró el pequeño montón de paquetes y se echó a reír. Bebían ponche de huevo y comían pan de dulce de hacía dos días, una especie de bollo cubierto por un glaseado rosa. El pan de dulce procedía de la panadería de Abel. Habían pasado por allí a la vuelta del supermercado mexicano. Hacía meses que había dejado de responder los esporádicos mensajes de Abel, y él llevaba ya como mínimo un mes sin enviarlos.

—A la abuela de Abel no le ha gustado nada mi corte de pelo —comentó Wren cuando volvió a subir al coche—. ¡Ay, qué pena! ¡Qué lástima! ¡Niña! —imitó el acento mexicano de la anciana.

—¿Tenían pastel de tres leches? —preguntó Cath.

—Se les había terminado.

—Qué lástima —exclamó Cath, también con acento.

Otros años, debajo del árbol había un regalo de Abel y otro de su familia para Cath. Estas Navidades, el montón de paquetes le pareció más pequeño que nunca. Casi todo eran sobres.

Cath le regaló a Wren un par de guantillas ecuatorianas que había comprado con los hippies del centro estudiantil.

—Es alpaca —le explicó—. Más cálida que la lana. E hipoalergénica.

—Gracias —dijo Wren, alisando las guantillas en su regazo.

—Así que ya me puedes devolver mis guantes —concluyó Cath.

Wren le había comprado a Cath dos camisetas de Threadless. Eran muy monas y seguro que le quedaban bien, pero era la primera vez en diez años que su hermana no le regalaba algo relacionado con *Simon Snow*. Cath se lo tomó mal y de repente sintió ganas de llorar.

—Gracias —dijo doblando las camisetas con el dibujo por dentro—. Son muy monas.

Vales regalo de iTunes de su padre.

Vales regalo intercambiables por libros de su abuela.

La tía Lynn les había enviado ropa interior y calcetines, por tener un detalle.

Cuando el padre de las chicas hubo abierto sus regalos (todo el mundo le había comprado ropa), quedaba una cajita plateada bajo la foto del árbol de Navidad. Del lazo color granate colgaba una etiqueta decorada. "Cather", ponía en la tarjeta con unas letras negras muy recargadas. Por un instante, Cath pensó que era un regalo de Levi. "Cather", le oía decir con aquella voz que destilaba sonrisas.

Desató la cinta y abrió la caja. Descubrió una gargantilla en el interior. Una esmeralda, la piedra que correspondía a su mes de nacimiento. Miró a Wren y vio que llevaba una gargantilla igual alrededor del cuello.

Dejó caer la caja y se levantó. Trastabilló hasta las escaleras.

—Cath —la llamó Wren—, deja que te explique...

Ella negó con la cabeza y siguió corriendo hasta su habitación.

Cath intentó imaginarse a su madre.

La persona que le había regalado aquel colgante. Wren le había contado que se había vuelto a casar y que vivía en una gran casa a las afueras. También tenía hijastros. Mayores.

En el pensamiento de Cath, Laura seguía siendo joven.

"Demasiado joven —decía todo el mundo— para tener dos hijas tan mayores". Aquel comentario siempre hacía sonreír a su madre.

Cuando eran pequeñas y sus padres se peleaban, a Wren y a Cath les preocupaba que sus padres se divorciaran y las separaran como en *Tú a Londres y yo a California*.

—Yo me iré con papá —decía Wren—. Es el que necesita más ayuda.

Cath se imagina viviendo a solas con su padre, despistado y alocado, o con su madre, fría e impaciente.

—No —argüía—. Yo iré con papá. Me quiere más que mamá.

—Nos quiere a las dos más que mamá —objetaba Wren.

"No pueden ser suyas —decía la gente—. Es usted demasiado joven para tener unas hijas tan mayores".

"Me siento demasiado joven", contestaba su madre.

—Pues nos iremos las dos con papá —decidía Cath.

—El divorcio no funciona así, boba.

Cuando su madre se marchó sin llevarse a ninguna de las dos, fue un alivio en cierto sentido. Si Cath hubiera tenido que escoger a alguien, habría elegido a Wren.

♡ ♡ ♡

La puerta de su dormitorio no tenía cerrojo, así que Cath se sentó contra la puerta. Nadie subió a buscarla.

Se metió las manos debajo de las rodillas y lloró como una niña pequeña.

Demasiadas lágrimas, pensó. *Demasiadas opciones.* Estaba harta de ser la que siempre llora.

—Eres el mago más poderoso que ha existido desde hace cientos de años —el semblante del Humdrum, el rostro del propio Simon en su niñez, reflejaba aburrimiento y cansancio. No había ni una chispa de luz en sus ojos azules—. ¿Creías que tanto poder se consigue sin sacrificios? ¿Creías que podías llegar a ser quien eres sin renunciar a algo, sin dejarme a mí atrás?

Capítulo 21

El padre de Cath salía a correr cada mañana. Cath se despertaba con el pitido de la cafetera. Se levantaba y le preparaba el desayuno, y luego se volvía a dormir en el sofá hasta que Wren daba señales de vida. Se cruzaban en las escaleras sin intercambiar palabra.

A veces, Wren salía con sus amigos. Cath nunca la acompañaba.

A veces, Wren no volvía a casa. Cath nunca la esperaba levantada.

Cath pasó muchas noches a solas con su padre, pero aplazaba el momento de hablar con él, de hablar con él de verdad; no quería ser la causa de otra crisis. Sin embargo, se le acababa el tiempo... En teoría, iba a llevarlas a la universidad dentro de tres días. Wren incluso había sugerido que regresaran un día antes, el sábado, para poder "aclimatarse". (Lo que era su manera de decir: "Para no perderme ninguna fiesta".)

El jueves por la noche, Cath preparó huevos rancheros y su padre lavó los platos después de cenar. Le estaba hablando de una nueva cuenta. Gravioli funcionaba tan bien que la agencia había decidido probar con la competencia, Frankenbeans. Sentada en un taburete, Cath le escuchaba.

—Así que estaba pensando que esta vez dejaré que Kelly presente primero sus horribles ideas. Dibujos animados de alubias con el pelo a lo Frankenstein. "Monstruosamente deliciosas" o lo que sea. Los clientes siempre rechazan lo primero que les presentas.

—Papá, tengo que decirte una cosa.

Él le echó una ojeada por encima del hombro.

—Pensaba que ya habías buscado en Google todo eso de las abejitas y las flores.

—Papá...

El hombre se dio media vuelta, súbitamente inquieto.

—¿Estás embarazada? ¿Eres gay? Prefiero que seas gay a que estés embarazada. A menos que estés embarazada. En ese caso encontraremos una solución. Sea lo que sea, encontraremos una solución. ¿Estás embarazada?

—No —respondió Cath.

—Perfecto.

El padre de Cath se apoyó de espaldas en el fregadero e hizo tamborilear los dedos sobre la barra de la cocina.

—Y tampoco soy gay.

—Entonces ¿qué queda?

—Mmm... La universidad, supongo.

—¿Tienes problemas en la facultad? No lo creo. ¿Seguro que no estás embarazada?

—No es que tenga problemas... —empezó a decir Cath—. Es que he decidido que no quiero volver.

Su padre la miró como si no la tomara en serio.

—No voy a cursar el segundo semestre —anunció.

—¿Por?

—Porque no quiero. Porque no me gusta.

Él se secó las manos en los jeans.

—¿No te gusta?

—Tengo la sensación de que no es mi sitio.

El hombre se encogió de hombros.

—Bueno, no te tienes que quedar allí para siempre.

—No —se explicó ella—. Me refiero a que la Universidad de Nebraska-Lincoln no me va. Yo no la escogí, lo hizo Wren. Y para ella está bien, es feliz allí, pero yo no me siento a gusto. Es que... es como si cada día fuera el primer día.

—Pero Wren está allí...

Cath negó con la cabeza.

—Ella no me necesita.

No como tú, estuvo a punto de decir.

—¿Y qué harás?

—Viviré aquí. Iré aquí a la universidad.

—¿A la Universidad de Nebraska-Omaha?

—Sí.

—¿Te has matriculado?

Cath aún no había pensado los detalles.

—Ya lo haré...

—Deberías terminar el curso —arguyó él—. Perderás la beca.

—No —replicó Cath—. Eso me da igual.

—Bueno, pues a mí no.

—No quería decir eso. Puedo pedir un crédito. Y buscaré un trabajo.

—¿Y un coche?

—Supongo...

El padre de Cath se quitó los lentes y empezó a limpiárselos con las faldas de la camisa.

—Tienes que acabar el curso. Volveremos a hablar en primavera.

—No —suplicó ella—. Es que... —se frotó el esternón por encima de la camiseta—. No puedo volver. Odio aquel lugar. Y no aprendo nada. Aquí hago mucha más falta.

Él suspiró.

—Ya sabía yo que las cosas iban por ahí —volvió a ponerse los lentes oscuros—. Cath, no dejaré que te quedes en casa cuidando de mí.

—Bueno, no es la razón principal... pero tampoco estaría mal. Te las arreglas mejor cuando no estás solo.

—Tienes razón. Y ya he hablado con tu abuela. Fue demasiado, y demasiado pronto, separarme de mis dos hijas a la vez. La abuela se pasará por aquí unas cuantas veces a la semana. Cenaremos juntos. Y a lo mejor me quedo un tiempo con ella si vemos que todo vuelve a complicarse.

—¿Así que tú puedes volver a tu casa pero yo no? Solo tengo dieciocho años.

—Exacto. Tienes dieciocho años. Y no vas a desperdiciar tu vida para cuidar de mí.

—No estoy desperdiciando mi vida —*Ya está bastante desperdiciada*, pensó—. Intento pensar por mí misma por una vez. Seguí a Wren a Lincoln, y ella ni siquiera me quiere allí. Nadie me quiere allí.

—Háblame de ello —le propuso el padre—. Cuéntame qué te hace tan infeliz.

—Pues... todo. Hay demasiada gente. Y yo no encajo. No sé cuál es mi lugar. Ninguna de las cosas que se me dan bien tienen la menor importancia allí. No importa que seas lista... ni que sepas escribir. Y si en algún momento te parece que sí, es porque alguien busca algo de ti. No porque sientan verdadero interés en ti.

Su padre la miraba con expresión compasiva.

—Todo eso no me parece una decisión. Suena más bien a rendición.

—¿Y qué? O sea... —Cath levantó las manos y luego las dejó caer sobre el regazo—. ¿Y qué? No me van a dar un premio por quedarme un semestre más. Sólo es la universidad. ¿A quién le importa lo que yo haga?

—Piensas que las cosas serían más fáciles si vivieras aquí.

—Sí.

—Esa no es una buena manera de tomar decisiones.

—¿Y quién lo dice? ¿Winston Churchill?

—¿Qué tienes contra Winston Churchill?

Su padre parecía enfadado por primera vez desde que había comenzado la discusión. Menos mal que Cath no había nombrado a Franklin Roosevelt. El hombre era un incondicional de las fuerzas aliadas.

—Nada. Nada. Es que... ¿acaso uno no puede rendirse de vez en cuando? ¿No está bien decir "esto me duele mucho así que voy a dejar de intentarlo"?

—Sienta un precedente peligroso.

—¿Evitar el dolor?

—Evitar la vida.

Cath puso los ojos en blanco.

—Ya. El ruedo otra vez.

—Tú, tu hermana y esa manía de poner los ojos en blanco... Pensaba que cuando se hicieran mayores se les pasaría.

El padre tomó la mano de su hija. Ella intentó zafarse pero él se la sujetó con fuerza.

—Cath, mírame —la chica alzó la vista de mala gana. Su padre tenía el pelo parado y los lentes de montura metálica torcidos por la parte del puente—. Hay tantas cosas que lamento y tantas que me asustan...

Ambos oyeron ruido en la puerta principal.

Cath aguardó un instante; acto seguido, apartó la mano y se retiró al piso superior.

♡ ♡ ♡

—Papá me lo ha contado —le susurró Wren desde la cama aquella misma noche.

Cath cogió su almohada y abandonó la habitación. Durmió abajo, en el sofá. Pero en realidad no durmió demasiado, porque la puerta principal estaba allí mismo y no dejaba de imaginar que alguien entraba en la casa a mitad de la noche.

♡ ♡ ♡

El padre de Cath intentó volver a hablar con ella al día siguiente. Estaba sentado en el sofá, vestido con las ropas deportivas, cuando ella se despertó.

No estaba acostumbrada a discutir con su padre. No estaba acostumbrada a discutir con ninguno de los dos, nunca, por nada. Ni siquiera cuando Wren y ella iban a la preparatoria. Si se entretenían hasta muy tarde en los foros de *Simon Snow,* lo máximo que su padre les decía era algo del estilo: "¿No estarán mañana demasiado cansadas?".

Y desde que las chicas estaban allí pasando las vacaciones, el hombre no había mencionado siquiera el hecho de que muchas noches Wren no fuera a dormir.

—No quiero seguir hablando —le dijo Cath cuando lo vio allí sentado. Le dio la espalda y abrazó la almohada.

—Bien —repuso él—. No hables. Escucha. He estado pensando en lo que dijiste sobre quedarte en casa el próximo semestre...

—¿Sí? —Cath giró la cabeza hacia él.

—Sí —el padre de Cath buscó la rodilla de la chica por debajo de la manta y se la apretó—. Sé que, en parte, soy la razón de que quieras volver. Sé que te preocupas por mí, y que te doy muchos motivos para que lo hagas...

Ella quiso desviar la vista, pero los ojos de su padre eran implacables a veces, igual que los de Wren.

—Cath, si de verdad te preocupas por mí, te suplico que vuelvas a la facultad. Porque si lo dejas por mi culpa, si pierdes la beca, si te pones obstáculos por mi causa..., no seré capaz de vivir conmigo mismo.

Ella volvió a hundir la cara en el sofá.

Al cabo de unos minutos, la cafetera pitó y Cath notó que su padre se incorporaba. Cuando oyó que la puerta principal se cerraba, entró en la cocina para preparar el desayuno.

♡ ♡ ♡

Por la tarde, estaba arriba, escribiendo, cuando Wren entró en la habitación que compartían y empezó a hacer el equipaje.

Cath no tenía gran cosa que guardar. Lo único que había llevado a casa consigo era la computadora. Durante aquellas dos semanas se había estado poniendo la ropa que Wren y ella habían dejado en casa.

—Estás ridícula —le dijo Wren.

—¿Qué?

—Con esa camiseta.

Era una prenda de Hello Kitty de cuando iban a segundo o tercero de secundaria. Hello Kitty vestida de superhéroe. Llevaba la palabra *SuperCat* impresa en la espalda, y Wren había añadido una "h" con pintura para tela. La camiseta ya era muy corta cuando la compraron, y ahora le quedaba a Cath muy pequeña. Ésta se la estiró, avergonzada.

—¡Cath! —gritó el padre desde la planta baja—. ¡Teléfono!

Cogió el celular y lo miró.

—Creo que se refiere al fijo —apuntó Wren.

—¿Quién llama al fijo?

—Seguramente el 2005. Quiere recuperar la camiseta.

—Ja, ja, ja. Vete al carajo —musitó Cath mientras se dirigía a la escalera.

El hombre se encogió de hombros cuando le tendió el teléfono.

—¿Sí? —preguntó Cath al aparato.

—¿Queremos un sofá? —quiso saber alguien.

—¿Quién es?

—Soy Reagan. ¿Quién iba a ser? ¿Quién más te pediría permiso para llevar un sofá a la habitación de la residencia?

—¿De dónde has sacado mi número?

—Está en los impresos del alojamiento. No sé por qué no tengo tu celular, supongo que porque nunca tengo que ir muy lejos para encontrarte.

—Creo que eres la primera persona que llama al fijo desde hace años. Ni siquiera recordaba que estaba aquí.

—Eso es muy interesante, Cath. ¿Queremos un sofá?

—¿Y por qué íbamos a querer un sofá?

—No sé. Porque mi madre insiste en que necesitamos uno.

—¿Y quién se sentaría en él?

—Exacto. Nos habría resultado muy útil el semestre pasado para evitar que Levi se apoltronara en nuestras camas, pero eso ya no supone un problema. Y si metemos un sofá en el cuarto, tendremos que saltar literalmente por encima para llegar a la puerta. *Dice que no, mamá.*

—¿Y por qué Levi ya no supone un problema?

—Porque es tu cuarto. No te vas a pasar toda la vida en la biblioteca. Además, Levi y yo sólo compartimos una clase este semestre.

—Da igual... —empezó a decir Cath.

Reagan la interrumpió.

—No seas tonta. No da igual. Me siento como una mierda por lo que pasó. O sea, yo no tenga la culpa de que se besaran y de que luego él se diera un faje con esa rubia idiota, pero no debería haberte picado para que fueras a su casa. No volverá a pasar, nunca, con nadie. A la mierda eso de prestar ánimo a los colegas.

—No pasa nada —la tranquilizó Cath.

—Ya sé que no pasa nada. Lo que te digo es que todo va a ir bien a partir de ahora. Así que nada de sofás, ¿va? Mi madre está aquí mismo y no me va a dejar en paz hasta que te oiga decir que no.

—No —dijo Cath. A continuación alzó la voz—: ¡Nada de sofás!

—Joder, Cath, mi oído... ¿Ves, mamá? Estoy diciendo palabrotas por culpa de esos estúpidos muebles... Muy bien, te veo mañana. Seguramente llevaré conmigo una lámpara muy fea y puede que una alfombra. Mi madre está como una cabra.

El padre de Cath la miraba desde la cocina. Su padre, que sí estaba como una cabra.

—¿Quién era? —le preguntó.

—Mi compañera de cuarto.

—Parece Kathleen Turner.

—Sí. Algo así.

Cath se estiró la camiseta y dio media vuelta para marcharse.

—¿Qué tal un puesto de tacos? —le preguntó él—. ¿Para cenar?

—Claro.

—¿Por qué no te cambias y me acompañas?

—Claro.

Semestre de primavera de 2012

Tomates fritos para desayunar. Todos y cada uno de los bultos de su cama. Hacer magia sin preocuparse de si alguien está mirando. Agatha, por supuesto. Y Penelope. Ver al Gran Hechicero en persona; no muy a menudo, pero aun así. El uniforme de Simon. La corbata del colegio. El campo de futbol, aunque estuviera embarrado. La esgrima. Bollitos de pasas cada domingo, con crema cuajada de verdad.

¿Acaso había algo que Simon no hubiera añorado de Watford?

(Capítulo 1 de *Simon Snow*
y los cuatro selkies,
copyright de Gemma T. Leslie, 2007.)

Capítulo 22

—Ya hay cuatro luces de lectura aquí —dijo Reagan—. ¿Para qué queremos una lámpara?

Era una lámpara negra, en forma de torre Eiffel.

—Déjala en el pasillo. A lo mejor alguien se la lleva.

—Mi madre me preguntará por ella la próxima vez que venga... Está loca —Reagan metió la lámpara al fondo del armario y cerró la puerta de un puntapié—. ¿Qué tipo de locura sufre tu madre?

A Cath se le cayó el alma a los pies.

—No lo sé. Se marchó cuando yo tenía ocho años.

—Carajo —exclamó Reagan—. Eso sí que es estar loca. ¿Tienes hambre?

—Sí —repuso Cath.

—Abajo se celebra una fiesta luau de bienvenida. Están asando un cerdo en un espetón. Es asqueroso.

Cogió su credencial de estudiante y siguió a Reagan al comedor.

Al final, Cath no llegó a tomar la decisión de volver.

Sólo decidió coger la laptop.

Y luego decidió acompañar a Wren y a su padre a Lincoln.

Y por fin, cuando dejaron a Wren a la puerta de la residencia Schramm, su padre le preguntó si quería pasar por la suya, y Cath le dijo que sí. Cuando menos, podría coger sus cosas.

Y luego se quedaron sentados en el coche, en el carril de emergencia, y Cath sintió que la azotaba una oleada tras otra de ansiedad. Si se quedaba, volvería a ver a Levi. Se vería obligada a presentarse al examen final de Psicología que se había perdido. Tendría que escoger asignaturas, y a saber cuántos grupos quedarían abiertos. *Y volvería a ver a Levi.* Y todo lo que aquella imagen tendría de agradable —su cara sonriente, su rostro alargado— le sentaría también como un disparo en el vientre.

En realidad, Cath no decidió salir del coche.

Miró a su padre, sentado en el asiento del conductor, tamborileando con dos dedos en el volante, y por más que la asustara separarse de él, no soportaba la idea de decepcionarlo.

—Un semestre más —accedió Cath por fin. Estaba llorando, tanta era la angustia que le producía pronunciar aquellas palabras.

Él levantó la barbilla.

—¿Sí?

—Lo intentaré.

—Yo también —le aseguró él.

—¿Me lo prometes?

—Sí, Cath, sí. Te lo prometo. ¿Quieres que suba contigo?

—No. Eso sólo serviría para empeorar las cosas.

El padre se echó a reír.

—¿Qué pasa?

—Nada. Acabo de acordarme del primer día que las llevamos al jardín de infancia. Te echaste a llorar. Y tu madre también. Teníamos la sensación de que las dejábamos allí para siempre.

—¿Dónde estaba Wren?

—Uf, no sé, seguramente eligiendo a su primer novio.

—¿Mamá lloró?

La expresión del hombre se ensombreció. Sonrió de mala gana.

—Sí...

—Te juro que la odio —dijo Cath, negando con la cabeza mientras intentaba imaginar qué clase de madre llora el primer día de preescolar y luego se marcha en mitad de tercero.

Su padre asintió.

—Sí...

—Contesta el teléfono —le recordó Cath.

—Lo haré.

♡ ♡ ♡

—Mira, a ese también le han regalado unas botas ugg por Navidad —comentó Reagan, que ya estaba pasando revista a la gente que entraba en el comedor—. Si tuviéramos whisky, ahora me pegaría un lingotazo.

—A mí me parecen muy reconfortantes —opinó Cath.

—¿Por qué? ¿Porque son calientes?

—No. Porque me recuerdan que vivimos en un sitio donde aún te puedes poner unas botas ugg e incluso emocionarte si te las regalan. En las grandes ciudades, tienes que fingir que estás por encima de esas cosas o que siempre te han horrorizado. Pero aquí, en Nebraska, aún puedes lucir con orgullo tus nuevas botas ugg. El fin de la inocencia no existe.

—Pero mira que eres rara... —dijo Reagan—. Casi, casi te echaba de menos.

—No quiero —dijo Simon.

—¿No quieres qué? —le preguntó Baz.

Sentado a su escritorio, Baz comía una manzana. La sujetó con los dientes y procedió a arreglarse el nudo de la corbata verde y morada del uniforme. Simon aún no sabía hacerlo sin ayuda de un espejo. Después de siete años.

—Lo que sea —replicó, y volvió a enterrar la cara en la almohada—. No quiero hacer nada. Ni siquiera quiero que empiece este día porque estaré deseando que acabe.

Baz remató el nudo Windsor medio y dio un bocado a la manzana.

—Vamos, Snow, esa forma de hablar no es propia del mago más poderoso que ha conocido el mundo en siglos y siglos de historia.

—Menuda bobada —replicó Simon—. ¿Quién empezó a llamarme así?

—Seguramente el Gran Hechicero. Siempre está hablando de ti. El mago que anunciaba la profecía, el héroe al que estábamos esperando, etcétera.

—Yo no quiero ser un héroe.

—Mentiroso.

Los ojos grises de Baz lo miraban fríos y serios.

—Que me castiguen —declaró Simon—. Hoy no deseo ser un héroe.

Baz miró el corazón de la manzana antes de tirarlo al escritorio de Simon.

—¿Intentas convencerme de que nos salte-
mos Ciencias Políticas?

—Sí.

—Hecho —aceptó Baz—. Ahora levántate.

Simon sonrió y se levantó de la cama.

(De *Adelante, Simon*, subido en enero de 2012
a FanFixx.net por Magicath.)

Capítulo 23

—¿Qué quiere decir "inc"? —preguntó Cath.

Reagan levantó la cabeza. Estaba tendida en la cama, haciendo tarjetas mnemotécnicas (la ayudaban a estudiar) y tenía un cigarrillo apagado colgando de la boca. Intentaba dejar de fumar.

—Repite la pregunta de un modo que tenga sentido.

—I-n-c —dijo Cath—. Han salido mis notas, pero en vez de sobresaliente o notable, pone *inc*.

—Incompleto —respondió Reagan—. Significa que te guardan la nota.

—¿Quién?

—No sé, el profesor.

—¿Por qué?

—Yo qué sé. Normalmente lo hacen en circunstancias especiales, cuando, por ejemplo, necesitas más tiempo para terminar un trabajo.

Cath se quedó mirando su expediente. Se había presentado al examen de Psicología a la vuelta de vacaciones y esperaba encontrar un sobresaliente en la casilla de esa asignatura. (Tenía tan buenas notas en Psicología que no habría hecho falta que se presentara al final.) Pero Escritura Creativa era otra historia. Puesto que no había presentado el trabajo final, suponía que habría sacado un aprobado como mucho... o un suspenso, más probablemente.

Le parecía justo y se había mentalizado al respecto. Era el precio que debía pagar por todo lo sucedido el semestre pasado. Por Nick. Y por Levi. Por el plagio. Era el precio por descubrir que no quería escribir libros sobre el declive y la desolación de la Norteamérica rural, ni sobre nada en absoluto, de hecho.

Estaba lista para aceptar aquel suspenso y seguir adelante.

Inc.

—¿Y qué se supone que debo hacer? —le preguntó a Reagan.

—Mierda, Cath, no lo sé. Habla con tu profesor. Me estás provocando cáncer de pulmón.

♡ ♡ ♡

Era la tercera vez que Cath entraba en el edificio Andrews desde que había visto sus notas.

Las dos primeras, había entrado por un extremo y había vuelto a salir por la puerta del otro lado.

En esta ocasión llegó más lejos. Se metió en el cuarto de baño.

Entró en el edificio justo cuando los alumnos abandonaban las aulas, una marea de chicas con peinados modernos y chicos parecidos a Nick. Cath se escondió en el lavabo. Ahora estaba sentada en un compartimento de madera, esperando a que la costa se despejara. Alguien se había tomado la molestia de grabar casi toda la letra de "Stairway to Heaven" en la puerta, lo cual era un trabajo considerable. *Bah, estudiantes de Literatura.*

Cath no había escogido ninguna asignatura de Literatura aquel semestre e incluso estaba pensando en cambiar de carrera. O quizás cambiara la Escritura Creativa por Literatura del Renacimiento; eso sí le resultaría útil en el mundo real, hincharse de tanto aprender sonetos y datos sobre imaginería cristiana. *Si estudias algo que a nadie le importa, ¿te garantiza eso que te dejarán en paz?*

Tiró de la cadena para disimular y salió despacio de la cabina. Luego dejó correr el agua de un lavamanos (caliente en una llave, fría en la otra) y se lavó la cara. Podía hacerlo. Sólo tenía que encontrar la oficina del departamento y preguntar dónde estaba la oficina de la profesora Piper. Además, seguro que ella ni siquiera estaba allí.

El pasillo se había quedado casi vacío. Cath encontró las escaleras y siguió las indicaciones que señalaban el camino a la secretaría. Al final del corredor, al doblar la esquina. El mero hecho de pasar por delante de las oficinas ya supondría un gran progreso. Caminaba despacio, tocando las distintas puertas de madera.

—¿Cath?

Aunque la voz pertenecía a una mujer, Cath se asustó al principio pensando que se trataba de Nick.

—¡Cath!

La chica se giró en dirección a la voz... y vio a la profesora Piper en la oficina del otro lado del pasillo, de pie detrás de su escritorio. La profesora le indicó por gestos que entrara y ella obedeció.

—Me preguntaba dónde te habías metido —le dijo la mujer con una sonrisa afable—. Desapareciste sin más. Entra, vamos a charlar un poco.

La invitó a sentarse con un movimiento de la mano, y Cath la complació (al parecer, la profesora Piper la controlaba mediante sencillos gestos. Como el Encantador de Perros).

La profesora rodeó el escritorio y se sentó a la mesa. Su pose característica.

—¿Qué te pasó? ¿Dónde te habías metido?

—Yo... En ninguna parte —repuso Cath. Estaba pensando en salir por piernas. Le parecía demasiado avance para un solo día; no estaba preparada para aquella eventualidad: llevar a cabo sus intenciones.

—Pero no me presentaste el relato —se extrañó la profesora Piper—. ¿Te ha pasado algo?

Cath tomó un poco de aire e intentó hablar con voz más o menos firme.

—Algo así. Mi padre ha estado ingresado. Pero no fue por eso por lo que... Ya había decidido no escribirlo.

La profesora la miró sorprendida. Se cogió al borde del escritorio y se echó hacia delante.

—Pero Cath, ¿por qué? Estaba deseando ver tu trabajo.

—Es que... —Cath volvió a empezar—. Me di cuenta de que la escritura creativa no es lo mío.

La mujer la miró de hito en hito y echó la cabeza hacia atrás con un gesto de sorpresa.

—Pero ¿de qué estás hablando? Es exactamente lo tuyo. Eres una máquina, Cath. Has nacido para esto.

Esta vez fue Cath la que se quedó sin habla. Negó con la cabeza.

—No... Lo intenté. Intenté empezar el relato. Yo... mire, sé lo que piensa de la *fan fiction,* pero eso es lo que quiero escribir. Es mi pasión. Y se me da muy bien.

—Estoy segura de que sí —asintió la profesora Piper—. Posees un talento natural para contar historias. Pero sigo sin entender por qué no terminaste el trabajo de final de curso.

—Cuando comprendí que no se me daba bien, no pude forzarme a hacerlo. Decidí seguir adelante.

La profesora Piper contempló a Cath con expresión pensativa mientras tamborileaba con el dedo en el borde del escritorio.

Éste es el aspecto que tienen las personas cuerdas cuando golpetean nerviosas con el dedo.

—¿Por qué te empeñas en decir que no se te da bien? —le preguntó la mujer—. Este semestre has hecho un trabajo excelente. Me ha gustado todo lo que has escrito. Eres uno de mis alumnos más prometedores.

—Pero no quiero escribir mis propias historias —declaró Cath con toda la intensidad de la que fue capaz—. No quiero inventar mis propios personajes ni crear mis propios mundos; no me interesan —apretó los puños, que mantenía cerrados sobre el regazo—. El personaje que me interesa es Simon Snow. Y ya sé que no lo he creado yo, pero eso me da igual. Prefiero volcarme en un mundo que adoro y comprendo a hacer brotar algo de la nada.

La profesora se inclinó hacia ella.

—Pero no hay nada más profundo que crear algo de la nada —su encantador rostro adoptó una expresión ardiente—. Piénsalo, Cath. Eso es lo que hace un Dios... o una madre. No hay nada tan embriagador como la creación. Crear algo por ti misma.

No se esperaba que la profesora Piper se alegrara de su decisión, pero tampoco imaginaba que reaccionaría de ese modo. No pensaba que le pediría que volviera a intentarlo.

—A mí todo eso no me motiva —afirmó Cath.

—¿Prefieres robar, o tomar prestada, la creación de otro?

—Conozco a Simon y a Baz. Sé cómo piensan, lo que sienten. Cuando escribo sobre ellos, me sumerjo en su mundo por completo y soy feliz. En cambio, cuando me propongo escribir mi propio material, me siento como si nadara a contracorriente. O... como si cayera por un precipicio inventando sobre la marcha las ramas a las que agarrarme.

—Sí —asintió la profesora, tendiendo las manos y tratando de asir el aire delante de Cath, como si cazara moscas—. Es así como te debes sentir.

Cath negó con la cabeza. Se le saltaban las lágrimas.

—Bueno, pues lo detesto.

—¿Lo detestas? ¿O sencillamente te da miedo?

Cath suspiró y decidió secarse los ojos con la manga del jersey. Cualquier otro adulto le habría ofrecido un pañuelo de papel a esas alturas. La profesora Piper, en cambio, la siguió presionando.

—Te concedí un permiso especial para asistir a mis clases. Sin duda lo pediste porque querías escribir. Y tu trabajo es excelente. ¿No te la has pasado bien?

—Nada de lo que he escrito se puede comparar a Simon.

—Dios bendito, Cath, ¿de verdad te quieres medir con la autora más popular de la literatura contemporánea?

—Sí —afirmó Cath—. Porque cuando escribo sobre los personajes de Gemma T. Leslie, a veces, en cierto sentido, lo hago mejor que ella. Sé que parece absurdo... pero también sé que es verdad. No soy un dios. Jamás podría crear algo como el mundo de los Hechiceros, pero se me da de maravilla manipular ese mundo. Nunca llegaré tan lejos con mis propios personajes como con los suyos. Mis personajes sólo son... esbozos, comparados con los de Leslie.

—Pero no vas a llegar a ninguna parte con la *fan fiction*. Ha nacido muerta.

—La gente la leerá. Muchísimas personas la están leyendo.

—No te puedes ganar la vida con ella. No es un oficio.

—¿Y cuántas personas se ganan la vida escribiendo, de todos modos? —le espetó Cath. Sentía como si su ser al completo estuviera restallando. Sus nervios. Su temperamento. Su esófago—. Escribiré por puro placer, igual que otras personas hacen calcetas o... álbumes de recortes. Y encontraré algún otro modo de ganarme la vida.

La profesora Piper volvió a echarse hacia delante, ahora con ademán severo, y se cruzó de brazos.

—No voy a seguir hablando de *fan fiction*.

—Bien.

—Pero no he terminado contigo.

Cath volvió a respirar profundamente.

—Tengo miedo —empezó diciendo la mujer—, miedo de que nunca llegues a descubrir de lo que eres capaz. De que no llegues a ver, ni tú ni yo, las maravillas que llevas dentro. Tienes razón, nada de lo que presentaste el semestre pasado se puede comparar con *Simon Snow y el Príncipe Hechicero*. Pero sí vi muchísimo potencial en ti. Tus personajes vibran, Cath, como si quisieran saltar del papel.

Cath puso los ojos en blanco y se enjugó la nariz con el hombro.

—¿Puedo preguntarte una cosa? —pidió la profesora.

—Lo va a hacer de todas formas...

La mujer sonrió.

—¿Ayudaste a Nick Manter a redactar su trabajo final?

Cath levantó los ojos a un lado del techo y se mordió el labio inferior. Notó que la inundaba una nueva oleada de lágrimas. Maldición. Había conseguido aguantar un mes entero sin llorar.

Asintió.

—Ya me parecía —repuso la profesora con dulzura—. Oía tu voz. En algunas de las mejores partes.

Hasta el último músculo de Cath se inmovilizó.

—Nick va a colaborar conmigo como profesor auxiliar. Acaba de estar aquí, de hecho, y asiste a mi clase de Escritura Creativa avanzada. Su estilo ha... cambiado un poco en este último trabajo.

La chica miró hacia la puerta.

—Cath —la presionó la profesora.

—¿Sí? —ella no podía mirarla a los ojos.

—¿Qué tal si hacemos un trato?

Aguardó.

—Aún no he presentado tu nota. Esperaba que vinieras a verme. Y no tengo que presentarla. Podría concederte el resto del semestre para que escribieras tu relato breve. Estaba decidida a ponerte un sobresaliente, quizá incluso un sobresaliente alto.

Cath pensó en cómo la nota afectaría a su expediente. Y a su beca. Y en el hecho de que tendría que sacar muy buenas notas aquel semestre si quería conservarla. No tenía margen de error.

—¿Puede hacerlo?

—Puedo hacer lo que quiera con los alumnos del grado de Escritura Creativa. Soy el dios de este pequeño universo.

Cath se clavó las uñas en las palmas.

—¿Lo puedo pensar?

—Claro —la profesora Piper había adoptado un tono ligero como el aire—. Si aceptas, me gustaría que te reunieras conmigo regularmente, a lo largo del semestre, para comentar tus progresos. Será como un taller independiente.

—Perfecto. Lo pensaré. Y... gracias.

Recogió la mochila y se levantó. Al hacerlo, se quedó plantada muy cerca de la profesora; bajó la vista y se encaminó rauda a la puerta. No volvió a levantar los ojos hasta llegar a la residencia y salir del ascensor.

—Aquí Art.

—¿Ésa es tu nueva forma de contestar al teléfono?

—Hola, Cath.

—¿No "sí" o "diga"?

—"Diga" no me gusta. Me hace sentir como si estuviera demente, como si oyera voces y no acabara de entender lo que me dicen. ¿Diga?

—¿Cómo te encuentras, papá?

—Bien.

—¿Cómo de bien?

—Salgo del trabajo cada día a las cinco y ceno con la abuela. Esta misma mañana, Kelly me ha dicho que me ve "extraordinariamente equilibrado".

—Eso sí que es extraordinario.

—Aunque lamenta que no podamos usar a Frankenstein en la presentación porque ahora a la gente le importa un pimiento ese monstruo. Los niños quieren zombis.

—Pero las alubias no se llaman Zombibeans.

—Se llamarán si el puto Kelly se sale con la suya. Vamos a presentar "Zombeanies".

—Diablos, ¿y cómo te las arreglas para seguir equilibrado en medio de todo eso?

—Imaginándome que devoro el cerebro de mi jefe.

—Sigue siendo extraordinario, papá. Oye... Estaba pensando en ir a casa el próximo fin de semana.

—Si quieres... No quiero que te preocupes por mí, Cath. Me encuentro mejor cuando sé que estás contenta.

—Y yo estoy más contenta cuando no me preocupo por ti. Tenemos una relación simbiótica.

—Hablando de simbiosis..., ¿cómo está tu hermana?

Su padre no tenía motivos para inquietarse. A Cath le gustaba agobiarse. La hacía sentir proactiva, aunque no sirviera para nada.

Como en relación a Levi.

Cath no podía controlar si se cruzaba o no con él en el campus, pero sí podía preocuparse por ello, y mientras estuviera preocupada seguro que no se producía el encuentro. Como si la ansiedad fuera una especie de vacuna. Como cuando miras una olla para asegurarte de que no rompa a hervir.

Alimentaba pensamientos recurrentes que la reconfortaban: se inquietaba por si veía a Levi y luego se repetía todas las razones por las que aquello no iba a suceder.

En primer lugar, Reagan le había prometido que lo mantendría alejado.

En segundo lugar, Levi no cursaba ninguna asignatura en el campus urbano. Cath se decía a sí misma que Levi se pasaba el día, bien aprendiendo cosas sobre los búfalos en el campus este, bien trabajando en el Starbucks. Y si tenía algún rato libre, correría a la primera cocina que encontrara a enrollarse con alguna chica guapa. No había motivos para que sus caminos llegaran a cruzarse.

Sin embargo... se quedaba paralizada cada vez que atisbaba un cabello rubio o una chaqueta carhartt de color verde, y también cada vez que se sorprendía deseando verlos.

Y ahora estaba paralizada.

Porque ahí estaba Levi, donde no debería, sentado delante de la puerta de su cuarto. Una prueba irrefutable de que debería haberse preocupado más.

Él también la vio y se puso en pie de un salto. No sonreía. (Gracias a Dios. Cath no estaba de humor para sus sonrisas.)

Ella se fue acercando con cautela.

—Reagan está en clase —le dijo cuando llegó a pocos pasos de distancia.

—Ya lo sé —replicó él—. Por eso he venido.

Cath negó con la cabeza. El gesto podía significar "no" pero también "no te entiendo"; ambas cosas eran ciertas. Se detuvo. Le dolía tanto la barriga que tuvo ganas de doblarse sobre sí misma.

—Sólo quería decirte una cosa —se apresuró a aclarar Levi.

—No deseo que entres —repuso Cath.

—No pasa nada. Te lo puedo decir aquí.

Ella se cruzó de brazos y asintió con la cabeza.

Levi también asintió. Luego se metió las manos en los bolsillos del abrigo.

—Estaba equivocado.

Cath hizo otro gesto de asentimiento. En plan "no me digas". Y porque no sabía qué había ido Levi a hacer allí.

Él hundió las manos más profundamente en el abrigo y meneó la cabeza de un lado a otro.

—Cath —dijo Levi muy serio—. No fue sólo un beso.

—Va.

Ella miró hacia la puerta. Luego avanzó un paso más, con la llave en la mano, como si diera por terminada la conversación.

Levi se apartó. Confundido pero educado.

Cath metió la llave en la cerradura y se aferró al picaporte, con la cabeza agachada. Lo oía respirar y removerse detrás de ella. *Levi*.

—¿Cuál? —le preguntó.

—¿Qué?

—¿Cuál de los dos besos? —Cath hablaba con un hilo de voz. Como papel mojado.

—El primero —respondió Levi al cabo de unos segundos.

—¿Y el segundo sí? ¿Fue sólo un beso?

La voz de Levi sonó más cerca.

—No quiero hablar del segundo.

—Pues mala suerte.

—En ese caso, sí —asintió él—. Fue sólo un... No fue nada.

—¿Y qué me dices del tercero?

—¿Es una pregunta con trampa?

Ella se encogió de hombros.

—Cath..., intento decirte algo.

La chica se dio media vuelta y enseguida se arrepintió de haberlo hecho. Levi llevaba el pelo tan revuelto como siempre, peinado hacia atrás con los dedos, con unas cuantas greñas sobre la frente. No sonreía, así que sus ojos azules acaparaban todo el rostro ovalado.

—¿Qué intentas decirme?

—No fue sólo un beso. Ni mucho menos.

—¿No sólo?

—No.

—¿Y? —Cath hablaba con una frialdad que no reflejaba en absoluto lo que sucedía en su interior. Por dentro, sus órganos internos se estaban fundiendo entre sí para convertirse en una masa nerviosa. Sus intestinos se habían esfumado. Los riñones se le habían desintegrado. Y tenía el estómago tan contraído que creyó que en cualquier momento le asomaría por la tráquea.

—Y... *aaaaggghhhh* —frustrado, Levi se pasó ambas manos por el pelo—. Y lo siento. No sé por qué te dije eso aquel día en el hospital. O sea, sí sé por qué lo dije, pero estaba equivocado. Completamente. Y ojalá pudiera retroceder en el tiempo para volver a aquella mañana, hablar muy en serio conmigo mismo y evitar toda esta mierda.

—Me pregunto... —intervino ella—. Si existieran las máquinas del tiempo, ¿las usaría alguien para viajar al futuro?

—Cather.

—Qué.

—¿Qué piensas?

Cath negó con la cabeza. No pensaba. Se preguntaba si era posible vivir sin riñones. Hacía esfuerzos por mantenerse en pie.

—Sigo sin saber qué significa todo esto.

—Significa... que me gustas mucho —de nuevo, Levi se llevó la mano al pelo. Solo una esta vez. Y la dejó allí—. O sea, muchísimo. Y me gustaría que ese beso hubiera sido el principio de algo. No el final.

Cath miró el semblante de Levi. Tenía las cejas unidas, la piel ondulada por encima del puente de la nariz. Las mejillas lisas por una vez. Y sus labios de muñeca no mostraban ni un amago de sonrisa.

—Yo tuve la sensación de que era el principio de algo —añadió él.

Levi se metió las manos en los bolsillos y se balanceó una pizca hacia delante, como si quisiera chocar con Cath. Ella se pegó cuanto pudo a la puerta.

Luego asintió.

—Va.

—¿Va?

—Bien —se dio media vuelta e hizo girar la llave en la cerradura—. Puedes entrar. Aún no estoy segura acerca de todo lo demás.

—Okey —repitió Levi. Cath advirtió el brote de una sonrisa en su voz, como un embrión, y se sintió morir.

—No confío en ti —declaró Simon, tomando a Basil por el antebrazo.

—Muy bien, y yo no confío en ti —le escupió Basil. Le escupió realmente; gotitas de baba salpicaron la cara del otro.

—¿Y tú por qué tienes que confiar en mí? —le preguntó Simon—. ¡Soy yo el que está colgando de un precipicio!

Basil lo miró con desdén. El brazo que soportaba el peso de Simon le temblaba incontoniblemente, y le tendió el otro también. Simon lo aferró.

—Por Douglas J. Henning —maldijo Basil sin aliento, con el cuerpo casi vencido por el peso—. Conociéndote, serías capaz de hacernos caer a los dos solo por fastidiarme.

(De *Adelante, Simon*, subido en noviembre de 2010 a FanFixx.net por Magicath.)

CAPÍTULO 24

Levi se sentó en la cama de Cath.

Ella intentó fingir que el chico no la estaba mirando cuando se quitó el abrigo y se desató la bufanda del cuello. Se le antojó incómodo descalzarse estando él allí, así que se dejó puestas las botas de nieve.

Cuando terminó, Cath se sentó en la silla del escritorio.

—¿Y qué tal tu examen de Literatura juvenil? —le preguntó a Levi.

Él la miró perplejo por unos instantes.

—Saqué un notable bajo.

—Está bien, ¿no?

—Genial.

Cath asintió.

—¿Cómo está tu padre? —se interesó él.

—Mejor —repuso ella—. Es complicado.

—¿Y tu hermana?

—No lo sé, casi no nos hablamos.

Ahora le tocaba a Levi asentir.

—Esto no se me da muy bien —dijo Cath, mirándose el regazo.

—¿El qué?

—Lo que sea. El rollo chico-chica.

Levi se rio, con suavidad.

—¿De qué te ríes? —le preguntó ella.

—Se te da mucho mejor el rollo chico-chico, ¿verdad?

—Ja, ja, ja.

Volvieron a quedarse en silencio. Levi lo rompió por fin. Cath estaba segura de que era el típico que siempre rompía los silencios incómodos.

—¿Cath?

—¿Sí?

—Esto significa... ¿Me estás dando otra oportunidad?

—No lo sé —respondió ella mientras abría y cerraba las manos en el regazo.

—¿Quieres hacerlo?

—¿A qué te refieres?

Los ojos de Cath se posaron con dificultad en el semblante de él. Levi estaba pálido y se mordía el labio inferior.

—Quiero decir... ¿Estás conmigo en esto?

Cath negó con la cabeza, esta vez con expresión desorientada.

—No te entiendo.

—O sea... —Levi se echó hacia delante, sin sacar las manos de los bolsillos—. Mira, dediqué cuatro meses a encontrar la manera de besarte y luego he pasado las últimas seis semanas preguntándome cómo me las arreglé para cagarla. Lo único que quiero ahora es arreglarlo, hacerte comprender que lo siento mucho y por qué deberías darme otra oportunidad. Pero necesito saber si estás conmigo en esto. ¿Tú quieres que lo intente?

Los ojos de Cath se posaron en los de Levi con inseguridad, como si estuviera dispuesta a retirar la mirada a la menor señal de amenaza.

Asintió con la cabeza.

Levi sonrió con la comisura derecha del labio.

—Estoy contigo —susurró. Ni siquiera estaba segura de que él la hubiera oído.

La sonrisa de Levi se liberó por fin para invadir toda su cara. Empezó a apoderarse del rostro de Cath también, que tuvo que desviar la mirada.

♡ ♡ ♡

Así fue como aquel Levi de cien vatios recuperó por fin su brillo. Sentado en la cama de Cath, sonreía como si todo fuera a ir bien.

Ella quería decirle que no corriera tanto, que las cosas no se habían arreglado. Aún no lo había perdonado, y si bien era muy probable que acabara por hacerlo, seguía sin confiar en él. No confiaba en nadie, ése era el problema. Ése era el quid de la cuestión.

—Deberías quitarte el abrigo —le dijo en cambio.

Levi se desabrochó el abrigo y se lo quitó sin dejar de mirarla. Lo dejó sobre la cama de Cath. Debajo, llevaba una chaqueta que ella no conocía, de color verde oliva, con bolsillos y botones de piel. Se preguntó si sería un regalo de Navidad.

—Ven aquí —dijo él.

Cath negó con la cabeza.

—Aún no estoy lista para la fase del "ven aquí".

Levi tendió los brazos. Ella se quedó muy quieta, pero enseguida descubrió que el chico sólo pretendía alcanzar la laptop. La agarró y se la ofreció a Cath.

—No voy a hacer nada —le aseguró—. Sólo ven.

—¿Es ésa tu mejor frase? ¿"No voy a hacer nada"?

—Ya sé que ha quedado fatal —dijo él— pero es que me pones nervioso. Por favor.

Las palabras mágicas por excelencia. Cath ya se estaba levantando. Se quitó las botas y se sentó en la cama, dejando una separación de treinta centímetros entre los dos. Si Cath lo ponía nervioso, a ella Levi la dejaba catatónica.

Él le plantó la laptop en el regazo.

Cuando Cath levantó la vista, lo vio sonreír nervioso.

—Cather —le pidió—, léeme un poco de *fan fiction*.

—¿Qué? ¿Por qué?

—Porque no sé por dónde empezar. Así todo será más fácil. Para ti —Cath enarcó las cejas y él negó con la cabeza a la vez que se revolvía el pelo con una mano—. Eso también ha sonado mal.

Ella desplegó la laptop y la encendió.

Qué locura. Deberían hablar. Cath debería hacerle preguntas, escuchar sus disculpas... y luego ella debería decirle que aquello no podía funcionar, que ni siquiera sabía por qué estaban hablando.

—No recuerdo dónde lo dejamos —dijo en cambio.

—Simon acababa de tocar la mano de Baz y la había notado fría.

—¿Cómo es posible que te acuerdes?

—Mis neuronas de lectura han sido sustituidas por células de memoria.

Cath abrió el documento Word y lo examinó.

—"La mano de Baz, sin embargo, estaba fría y flácida" —leyó en voz alta—. "Cuando se fijó mejor, Simón advirtió que su compañero se había dormido" —volvió a alzar la mirada—. Suena raro. ¿No te suena raro?

Levi se colocó de lado para mirarla. Tenía los brazos cruzados, el hombro apoyado en la pared. Le sonrió y se encogió de hombros.

Cath volvió a negar con la cabeza, sin saber qué significaba el gesto esta vez. A continuación, posó la mirada en la pantalla y empezó a leer.

Simon también estaba cansado. Se preguntó si la guardería estaría hechizada con algún encantamiento que te inducía a dormir. Se imaginó a todos aquellos bebés y niños pequeños —a Baz— despertándose en una sala llena de vampiros. Y entonces Simon se durmió.

Cuando despertó, Baz estaba sentado de espaldas al fuego, mirando el conejo.

—He decidido no matarte en sueños —le espetó Baz sin dejar de mirar al techo—. Feliz Navidad.

Simon se frotó los ojos y se sentó.

—Pues... gracias.

—¿Has probado a hechizarlos?

—¿A hechizar qué?

—A los conejos.

—La carta no decía que los hechizara. Sólo que los encontrara.

—Ya —repuso Baz con impaciencia. No debían de haber dormido mucho rato; aún parecía cansado—. Pero cabe pensar que el remitente sabe que eres mago y da por supuesto que a lo mejor se te ocurre usar la magia de vez en cuando.

—¿Y qué tipo de hechizo podría probar? —preguntó Simon, levantando la vista también hacia el conejo dormido.

—No sé —Baz dio un pase con su varita de punta blanca—. *Presto mutatio.*

—¿Un hechizo de mutación? ¿Qué pretendes hacer?

—Sólo son pruebas.

—¿No eras tú el que decía que debería investigar un poco más antes de lanzarme de cabeza al peligro?

—Eso era antes de haberme pasado horas mirando ese maldito conejo —Baz agitó la varita—. *Antes y después.*

—*Antes y después* sólo funciona con los seres vivos —lo instruyó Simon.

—Sólo pruebo. *Quiquiriquí*.

No sucedió nada.

—¿Por qué no has dormido un poco más? —preguntó Simon—. Cualquiera que te viera pensaría que llevas desde primero sin dormir. Estás pálido como un fantasma.

—Los fantasmas no son pálidos, son translúcidos. Y discúlpame si no me dan ganas de acurrucarme contigo en la habitación donde asesinaron a mi madre.

Simon hizo una mueca de dolor y bajó la mirada.

—Perdona —se disculpó—. No lo había pensado.

—Qué novedad —dijo Baz, y volvió a dar un pase de varita—. *Por favor*.

Baz tragó saliva. Simon pensó que a lo mejor había estado llorando, y se dio media vuelta para dejarlo tranquilo.

—Snow, ¿estás completamente seguro de que en esa carta no ponía nada más?

Simon oyó un rumor pesado procedente del techo. Alzó la vista y vio al gigantesco y luminoso animal revolverse en sueños. Baz se puso en pie a trompicones. Simon también. Retrocedió y apretó el brazo de Baz.

—Cuidado —susurró este último a la vez que se apartaba de él y de la chimenea que tenían detrás.

—Vampiros —dijo Levi con suficiencia—. Son inflamables.

Había cerrado los ojos y apoyado la cabeza contra la pared. Cath lo miró un momento. Él abrió un ojo y le dio un toque en la pierna con la rodilla. Ella no se había dado cuenta de que lo tenía tan cerca.

Allá en lo alto, el conejo parecía adquirir cuerpo y densidad. Apoyó las patas traseras en el techo para desperezarse y movió la nariz. Con un temblor de orejas, se puso alerta.

—¿Qué tenemos que hacer? —preguntó Baz—. ¿Cazarlo? ¿Hablarle? ¿Cantarle una nana mágica?

—No lo sé —dijo Simon—. Creí que recibiría más instrucciones.

El conejo abrió un ojo rosado, del tamaño de una roca.

—He aquí las instrucciones. ¿Llevas contigo la espada?

—Sí —repuso Simon.

—Desenváinala.

—Pero si es el Conejo Luna... —objetó Simon—. Es famoso.

El conejo volteó a verlos (ahora que lo veían bien, tenía los ojos más rojos que rosados) y, abriendo la boca (para bostezar, se dijo Simon), reveló unos incisivos parecidos a colmillos, como largos cuchillos blancos.

—La espada, Snow. Ahora.

Baz agitaba la varita como un director de orquesta. A veces tenía salidas espectaculares.

Simon se llevó la mano a la cadera y susurró el encantamiento que el Gran Hechicero le había enseñado.

—Por la justicia. Por el valor. En defensa del débil. En presencia de los poderosos. Mediante la magia, la sabiduría y el bien.

Notó que la empuñadura se materializaba en su mano. No siempre acudiría, le había advertido el Gran Hechicero; la espada tenía pensamiento propio. Si Simon la invocaba en una situación que no requería su presencia, aun sin saberlo, la Espada de los Hechiceros no respondería a la llamada.

El animal tendió tímidamente las patas delanteras hacia el suelo de la guardería y, acto seguido, saltó del techo con agilidad, como un conejo doméstico que baja del sofá.

—No lo ataques —sugirió Simon—. Aún no conocemos sus intenciones... ¿Qué intenciones tienes? —gritó. Era un conejo mágico. A lo mejor sabía hablar.

El animal ladeó la cabeza, como si hubiera entendido la pregunta. A continuación, mirando el espacio vacío del cielo pintado, chilló.

—No queremos hacerte daño —aclaró Simon—. Así que... tranquilízate.

—Por Crowley, Snow, ¿también le vas a tirar un palo?

—Bueno, algo tenemos que hacer.

—Yo creo que deberíamos correr.

El conejo se había agazapado entre la puerta y el lugar donde estaban los chicos. Simon cogió su varita con la mano izquierda.

—Tranquilízate, *por favor* —gritó, recurriendo otra vez a las poderosas palabras. El conejo lo miró sacando espuma por la boca.

—Sí, —accedió Simon—. Corremos. A la de tres.

Baz ya había salido pitando hacia la puerta. El conejo le chilló, pero no llegó a dar la espalda a Simon. Intentó cachetearle las piernas con una garra de aspecto letal.

El chico rodó para esquivarlo, pero el conejo lo atacó de inmediato por el otro lado. Cuando el animal le abofeteó la cabeza, se preguntó si Baz se molestaría en traer ayuda. Seguramente daba igual; no llegaría a tiempo. Blandiendo la espada, Simon alcanzó al conejo, que retiró las patas como si se hubiera clavado una espina. De inmediato, la bestia se plantó sobre las patas traseras, prácticamente aullando.

Simon se puso en pie... y vio caer sobre el blanco pelaje una bola de fuego tras otra.

—Roedor de mierda —gritaba Baz—. Se suponía que estabas aquí para protegernos. Eras un amuleto de buena suerte. No un puto monstruo. Pensar que te hacía pasteles y quemaba incienso... Retiro los pasteles.

—¡Así se habla! —dijo Simon.

—Calla, Snow. Tienes una varita y una espada. ¿Qué haces malgastando saliva?

Simon volvió a atacar al conejo con la espada. En caso de lucha, siempre prefería el arma a la varita.

Entre bola y bola de fuego mágico, Baz lanzaba hechizos paralizadores y violentas maldiciones. Nada salvo el fuego lastimaba a la bestia.

La espada sí lo afectaba —Simon había herido al conejo— pero no lo bastante. Para el caso, podría haberle clavado una aguja de bordar.

—Creo que es inmune a la magia —vociferó Baz justo cuando el monstruoso animal se abalanzaba hacia él.

Simon corrió por detrás e intentó hundir la espada en el denso pelaje del pescuezo. La hoja se sumergió en la piel sin penetrarla.

Baz también lo atacó, dejando la varita a un lado y saltando al pecho del conejo. El animal se defendió, y Simon lo cogió por el cuello para detenerlo. Apenas alcanzaba a atisbar a Baz entre aquel remolino de pelo y colmillos. El conejo sacudía a Baz con los dientes y éste se sujetaba a una de las largas orejas golpeándole el hocico con el brazo al mismo tiempo. De repente, la cabeza de Baz desapareció entre el pelaje. Cuando Simon volvió a verlo, el chico tenía la cara cubierta de sangre.

—¡Baz! —Simon soltó al conejo, que aprovechó para lanzarlo a la otra punta de la estancia.

Aterrizó en el corro de colchonetas y procuró rodar para atenuar el impacto. Cuando se recuperó, vio que el animal, tendido de espaldas, agitaba las cuatro patas en el aire. Baz lo tenía agarrado como si abrazara a un peluche gigante; el pelo blanco que rodeaba la cabeza del chico estaba empapado de sangre.

—No —susurró Simon—. Baz. ¡No!

Corrió hacia el conejo sujetando la espada con ambas manos y, con todas sus fuerzas, hundió la hoja en uno de los rojizos ojos. El conejo se desplomó, totalmente exangüe; una de sus patazas aterrizó en el fuego.

—Baz —gimió Simon con voz ronca, estirando el brazo de su compañero.

Supuso que notaría también un peso muerto, pero no consiguió desplazarlo. Lo intentó de nuevo, hundiendo los dedos en el delgado hombro. Baz se echó hacia atrás y lo empujó. Simon cayó al suelo, confuso.

Fue entonces cuando se dio cuenta de que el otro hundía la cara en el cuello del conejo. Como si sorbiera. El animal mostraba heridas en la garganta y en la oreja, mucho más profundas que ninguna de las que él le había infligido con la espada. Baz se subió de rodillas al pecho del conejo y empujó su gigantesco morro a un lado para embutir la cabeza en la carnicería del cuello.

—Baz.... —susurró Simon, mientras se ponía en pie despacio.

Durante un instante —unos instantes— se limitó a mirar.

Por fin le pareció que Baz había... terminado.

El chico bajó del enorme cuerpo y se quedó allí plantado, de espaldas a Simon, que vio cómo Baz cogía la espada del Hechicero y la hundía en el ojo de la bestia.

A continuación, Baz se dio la vuelta. Echó la espalda hacia atrás y levantó la barbilla. Tenía la cara, toda la parte delantera del cuerpo —corbata y camisa blanca incluidas— empapada de sangre. Le goteaba por la nariz y la barbilla, y ya se estaba encharcando bajo la mano que sostenía la espada. Litros y litros. Como si acabara de sumergirse en una piscina sangrienta.

Dejó caer el arma, que aterrizó a los pies de Simon. Acto seguido, se enjugó la boca y los ojos con la manga, pero sólo consiguió desplazar el viscoso líquido, no eliminarlo.

Simon no sabía qué decir. Cómo reaccionar a... eso. A aquella sangrienta revelación. Recogió la espada y la limpió con la capa.

—¿Estás bien?

Baz se chupó los labios —como si los tuviera resecos, pensó su compañero— y asintió con la cabeza.

—Me alegro —dijo Simon. Y se dio cuenta de que hablaba en serio.

Cath dejó de leer. Levi había abierto los ojos. La estaba mirando. Tenía la boca cerrada pero no tensa, y casi parecía emocionado.

—¿Es el final? —preguntó.

Ella lo negó con la cabeza.

—¿Por eso te gusto?

—¿A qué te refieres?

—¿Porque te leo en voz alta?

—¿Que si me gustas porque sabes leer?

—Ya me entendiste.

La sonrisa de él se ensanchó y Cath alcanzó a verle los dientes. Le resultaba extraño mirarlo así. De cerca. Como si tuviera permiso para hacerlo.

—En parte —repuso él.

Nerviosa, Cath dirigió la vista más allá del chico, hacia la entrada.

—¿Crees que a Reagan le importará?

—No creo. No estamos juntos desde la escuela.

—¿Cuánto tiempo salieron?

—Tres años.

—¿Estaban enamorados?

Él se apartó el pelo de la cara, turbado pero no avergonzado.

—Locamente.

—Oh —Cath se apartó.

Él ladeó la cabeza para mirarla a los ojos.

—Vivíamos en un pueblo muy pequeño, sólo éramos once en la clase de la preparatoria... No había nadie más en trescientos kilómetros a la redonda que ninguno de los dos considerara lo bastante interesante como para merecer una cita siquiera.

—¿Y qué pasó?

—Llegamos a la universidad. Y nos dimos cuenta de que no éramos las únicas dos personas interesantes del planeta.

—Ella me dijo que te engañaba.

La expresión de Levi se ensombreció, pero no perdió la sonrisa del todo.

—Eso también.

—¿Cuántos años tienes?

—Veintiuno.

Cath asintió.

—Pareces mayor.

—Es por el pelo —afirmó él, sin dejar de sonreír.

—Me encanta tu pelo —le soltó ella.

Levi enarcó una ceja. Sólo una.

Cath movió la cabeza de lado a lado, avergonzada. Cerró los ojos, plegó la laptop.

Levi agachó la cabeza despacio, dejando que sus greñas se desplazaran hasta la oreja de la chica. Cath apartó la cara, consciente de que se había ruborizado.

—A mí también me gusta tu pelo —le dijo Levi—. O eso creo. Siempre lo llevas recogido y apretujado.

—Esto es absurdo —declaró ella, apartándose.

—¿El qué?

—Esto. Tú y yo. Esta conversación.

—¿Por qué?

—Bueno, ni siquiera sé cómo ha sucedido.

—Pero si aún no ha pasado nada...

—No tenemos nada en común —prosiguió ella. Tenía la sensación de que rebosaba objeciones y de que éstas habían empezado a desbordarse—. Ni siquiera me conoces. Eres mayor. Y fumas. Trabajas. Tienes experiencia.

—No fumo a menos que haya alguien más fumando.

—Eso es fumar.

—Pero da igual. Nada de lo que has dicho tiene importancia, Cath. Y ni siquiera es verdad. Tenemos muchas cosas en común. Charlamos un montón... o lo hacíamos antes. Y cuando conversábamos, siempre deseaba seguir hablando contigo. Es muy buena señal.

—¿Qué tenemos en común?

—Nos gustamos —afirmó él—. ¿Te parece poco? Además, comparados con el resto del mundo, tenemos muchísimo en común. Si un extraterrestre viniera a la Tierra, ni siquiera nos distinguiría.

Todo aquello se parecía demasiado a los argumentos que Cath había esgrimido ante Nick en su día...

—Yo te gusto —dijo Levi—, ¿no?

—No habría dejado que me besaras si no me gustaras —repuso Cath.

—Podrías haberlo hecho...

—No —replicó ella con firmeza—. No lo habría hecho. Y no me habría quedado levantada toda la noche, leyéndote un libro...

Levi esbozó una sonrisa tan amplia que Cath alcanzó a verle los colmillos. Y luego los premolares. Aquello no iba bien. Levi no debería estar sonriendo.

—¿Y por qué me dijiste que sólo había sido un beso? —le preguntó ella, temiendo que se le quebrara la voz en cualquier momento—. Ni siquiera me importa lo de esa otra chica. Bueno, sí me importa, pero no mucho. ¿Por qué tu primera reacción fue decirme que lo que había pasado entre nosotros no tenía importancia? ¿Y por qué debería creerte ahora que me dices que sí? ¿Por qué debería creer nada de lo que dices?

Levi captó el mensaje. Se dio cuenta de que su sonrisa estaba fuera de lugar. Se miró el regazo y luego se apoyó contra la pared.

—Supongo que tuve miedo...

Cath esperó. Levi se llevó la mano al nacimiento del pelo y cerró el puño. (Puede que por eso sufriera calvicie prematura. Por toquetearse tanto el cabello.)

—Me entró miedo —repitió—. Pensé que si te dabas cuenta de lo que aquel beso había significado para mí... te molestaría aún más que hubiera besado a otra chica.

Cath meditó la información.

—Esa lógica no se sostiene —dijo.

—Pero es que no pensaba con lógica —se volvió otra vez hacia ella, con algo de precipitación—. Estaba asustado. ¿Te soy sincero? Cuando hablamos en el hospital, ni siquiera recordaba lo de aquella chica.

—¿Porque vas por ahí besuqueándote con chicas constantemente?

—No, quiero decir que... Aggghhh —Levi desvió la mirada—. A veces, pero no. Sólo le di un beso a aquella chica porque tú no estabas allí. Porque no contestabas a mis mensajes. Porque empezaba a pensar que yo no te gustaba. Estaba confuso, un poco borracho, y allí estaba ella, que obviamente quería algo conmigo... Seguramente se marchó cinco minutos después que tú. Y al cabo de otros cinco, yo ya estaba mirando el teléfono, buscando una excusa para llamarte.

—¿Y por qué no me explicaste todo eso en el hospital?

—Porque me sentía un tarado. Y no estoy acostumbrado a sentirme un tarado. Soy Dudley el de la montaña, el personaje aquel que lo hacía todo bien, ¿sabes?

—No.

—Soy el típico buen chico. Era mi mejor arma para conquistarte...

—¿Necesitabas un arma?

—Necesitaba... —Levi golpeó la pared con la parte trasera de la cabeza y dejó caer las manos al regazo—. Más bien era una esperanza. Esperaba que te dieras cuenta de que soy un tipo legal.

—Ya me había dado cuenta.

—Claro. Y entonces me viste besando a otra chica.

Cath quería que dejara de hablar, ya había oído bastante.

—La cuestión, Levi, es...

Pronunciar su nombre en voz alta acabó de aniquilarla por dentro. Algo, quizá el bazo de Cath, exhaló su último aliento. Se inclinó hacia delante y le estiró la manga de la chaqueta, cuya lana apretó con el puño.

—Ya sé que eres un tipo legal —prosiguió ella—. Y quiero perdonarte. No es como si me hubieras engañado. O sea, sólo en parte. Pero aunque te perdone... —le estiró un poco más la manga—. No creo que esto se me dé bien. La relación chico-chica. Persona-persona. No confío en nadie. En nadie. Y cuanto más me importa alguien, más segura estoy de que se cansará de mí y me dejará.

Una nube cruzó el semblante de Levi. No como si estuviera preocupado; más bien como si sopesara las palabras de Cath. Una nube pensativa.

—Eso es una locura —objetó.

332

—Ya lo sé —asintió Cath, sintiéndose casi aliviada—. Exacto. Estoy loca.

Levi sacó los dedos y los introdujo en la manga de Cath.

—Pero aún estás dispuesta a darme una oportunidad, ¿no? ¿No sólo a mí, sino a esto? ¿A nosotros?

—Sí —respondió ella, como si se rindiera.

—Bien —Levi le tiró de la manga y sonrió mirando aquellas manos que no acababan de tocarse—. No pasa nada si estás loca —dijo con suavidad.

—Ni siquiera sabes...

—No me hace falta —la cortó él—. Estoy contigo en esto.

Levi le había prometido enviarle un mensaje al día siguiente. Habían quedado para salir en cuanto él terminara de trabajar.

Tenían una cita.

Él no había usado esa palabra, pero era una cita, ¿no? A Levi le gustaba Cath e iban a salir. Iría a buscarla.

Le habría gustado llamar a Wren. *Tengo una cita. Y no con un florero. Con alguien que no tiene nada en común con ningún objeto decorativo. Me besó. Y creo que volverá a hacerlo si le dejo.*

No llamó a Wren. Cath estudió. Y luego se quedó un rato más despierta, escribiendo ("El Insidioso Humdrum —se quejó Baz—. Si alguna vez me convierto en un supervillano, ayúdame a buscar un nombre que no recuerde al tiramisú") y rogando que Reagan volviera a la residencia.

Cath estaba casi dormida cuando la puerta se abrió.

Reagan trasteaba en la oscuridad. Se le daba bien entrar y salir sin encender la luz. Casi nunca despertaba a Cath.

—Eh —la saludó ésta con voz ronca.

—Duérmete —le susurró Reagan.

—Oye... Esta noche... ha venido Levi. Creo que tenemos una cita. ¿Te parece bien?

Los ruidos cesaron.

—Sí —respondió Reagan, casi con su voz de siempre—. ¿A ti te parece bien?

—Eso creo —repuso Cath.

—Okey —la puerta del armario de Reagan se abrió y ella se quitó las botas con dos fuertes golpes. Luego guardó algo en un cajón y se acostó—. Puto rollo raro... —murmuró.

—Ya lo sé —dijo Cath mirando la oscuridad—. Lo siento.

—Deja de disculparte. Me alegro por ti. Me alegro por Levi. Más por ti, creo.

—¿Y eso qué significa?

—Significa que Levi es muy buen tipo. Y que siempre se fija en chicas que son un plomazo.

Cath se acurrucó de lado y se tapó con el edredón hasta la cabeza.

—Más por mí —asintió.

—¿Por fin vas a salir con Agatha?

Penelope hablaba en voz baja, pese al tono de sorpresa. Ninguno de los dos quería que Sir Bleakly los oyera; era aficionado a los castigos absurdos. Podían acabar quitando el polvo de las catacumbas o corrigiendo las faltas de las notitas de amor confiscadas.

—Después de cenar —susurró Simon—. Vamos a buscar el sexto conejo en el Bosque Velado.

—¿Sabe Agatha que es una cita? Porque suena a "la típica noche del martes en compañía de Simon".

—Eso creo —Simon se esforzó por no ponerle mala cara a Penelope, aunque se moría de ganas—. Ha dicho que se pondrá su vestido nuevo.

—"La típica noche del martes en compañía de Agatha" —se burló Penelope.

—¿No crees que yo le guste?

—Oh, Simon, yo no he dicho eso. Tendría que ser idiota para que no le gustaras.

El chico sonrió.

—Así pues, lo único que estoy diciendo —prosiguió Penelope, devolviendo la atención a la tarea— es que habrá que ver.

(Capítulo 17 de *Simon Snow y los seis conejos blancos*, copyright de Gemma T. Leslie, 2009.)

Capítulo 25

Sentada al escritorio de Cath, Reagan aguardaba a que su compañera despertara.

—¿Estás despierta?

—¿Me estabas mirando dormir?

—Sí, Bella Durmiente. ¿Estás despierta?

—No.

—Bueno, pues despabílate. Tenemos que fijar unas normas básicas.

Cath se incorporó y se frotó los ojos para quitarse las legañas.

—Pero ¿qué te traes? Si llego a ser yo la que te despierta así, me habrías asesinado.

—Eso es porque yo llevo la voz cantante de nuestra relación. Espabila, tenemos que hablar de Levi.

—Va...

La mera mención del nombre arrancó una sonrisa a Cath. Tenía una cita con Levi.

—Así pues, han hecho las paces...

—Sí.

—¿Te has acostado con él?

—Dios, Reagan. *No.*

—Bien —repuso ésta. Estaba sentada en la silla de Cath con una pierna encajada debajo de la otra. Llevaba una camiseta de futbol americano y unos pantalones de algodón negros—. Cuando te acuestes con él, no quiero que me lo digas. Ésa es la primera norma.

—No me voy a acostar con él.

—Mira, ése es exactamente el tipo de comentario que no quiero oír. Espera un momento... ¿Qué significa que no te vas a acostar con él?

Cath se apretó los ojos con las palmas de las manos.

—Que no pienso hacerlo en un futuro inmediato. Sólo estuvimos charlando.

—Ya, pero han pasado un montón de rato juntos.

—Cosas a las que me has incitado de momento: uno, beber sin tener la edad legal; dos, abuso de drogas de prescripción médica; tres, sexo prematrimonial.

—Ay, Dios mío, Cath, ¿sexo prematrimonial? ¿Me estás vacilando?

—¿Adónde quieres ir a parar?

—Levi fue mi novio.

—Ya lo sé.

—Durante varios años de preparatoria.

—Lo sé, lo sé —Cath se había vuelto a tapar los ojos—. No me describas la escena.

—Perdí la virginidad con él.

—*Aaaaagghh*. Para. En serio.

—Para eso son las reglas —le explicó Reagan—. Levi es uno de mis mejores amigos y yo soy tu única amiga, y no quiero malos rollos.

—Demasiado tarde —replicó Cath—. Y no eres mi única amiga.

—Ya... —Reagan puso los ojos en blanco y agitó la mano con desdén—. Tienes a todo internet.

—¿Cuáles son las reglas?

Reagan contó con los dedos. Tenía las uñas largas, pintadas de rosa.

—Uno, nada de hablar de sexo.

—Hecho.

—Dos, nada de mimos delante de mí.

—Hecho y hecho. Ya te lo he dicho, no nos hacemos arrumacos.

—Tres, calla, no quiero saber nada de su relación.

Cath asintió.

—Muy bien.

—Cuatro...

—Lo has estado meditando a fondo, ¿eh?

—Discurrí las reglas la primera vez que se besaron. Cuatro, Levi es mi amigo y no quiero que te pongas celosa.

Cath miró a Reagan. Su pelo rojo, sus labios carnosos y sus llamativos pechos.

—Tengo la sensación de que es demasiado pronto para acceder a eso —objetó.

—No —repuso Reagan—. Tenemos que dejarlo claro desde el principio. No puedes ponerte celosa. Y a cambio, prometo no exhibir mis bíceps de mejor amiga para recordarme a mí misma, y a Levi, que me quiso a mí primero.

—Oh, Dios mío —Cath aferró el edredón con incredulidad—. ¿De verdad lo harías?

—Podría —contestó Reagan echándose hacia delante, con una expresión tan horrorizada como la de Cath—. En un momento de debilidad. Tienes que entender que llevo toda la vida siendo la favorita de Levi. Desde que rompimos, no ha vuelto a salir con nadie en serio.

—Por Dios —se lamentó Cath—. Esto es espantoso.

Reagan asintió con un gesto que valía por veinte "ya te lo dije".

—¿Por qué lo has permitido? —le preguntó Cath—. ¿Por qué has dejado que pasara aquí tanto tiempo?

—Porque sabía que le gustabas —parecía casi enfadada al respecto—. Y quiero que sea feliz.

—Ustedes dos no habrán... vuelto, ¿verdad? ¿Desde que rompieron?

—No... —Reagan desvió la vista—. Cuando rompimos, en primero de carrera, fue un horror. Sólo retomamos la amistad a finales del curso pasado. Sabía que tenía dificultades con los estudios y quise ayudarle...

—Bien —dijo Cath, decidida a tomarse aquello en serio—. ¿Me repites las reglas? No hablar de sexo, nada de muestras públicas de afecto, no hablar de la relación...

—Nada de escenas de celos.

—Nada de escenas de celos injustificados. ¿Te parece justo?

Reagan frunció los labios.

—Okey, pero si te pones celosa, procura ser razonable. Nada de escenas de celos injustificados.

—Y no ser una zorra narcisista que presume del afecto de su ex novio.

—De acuerdo —concluyó Reagan, tendiéndole la mano a Cath.

—¿Tenemos que sellarlo con un apretón de manos?

—Sí.

—Puede que lo nuestro no llegue a ninguna parte, ¿sabes? Ni siquiera hemos salido juntos todavía.

Reagan esbozó una sonrisa cínica.

—Ya verás como sí. Tengo un buen presentimiento al respecto. Choca.

Cath estrechó la mano de Reagan.

—Ahora levanta —ordenó esta última—. Me muero de hambre.

Por la tarde, en cuanto Reagan se fue a trabajar, Cath se levantó de la silla y empezó a revisar su ropa para decidir la indumentaria de la cita con Levi. Camiseta, chaqueta y jeans, con toda probabilidad. Su ropero sólo constaba de esas prendas. Extendió sus favoritas sobre la cama. Luego buscó algo que se había comprado en un mercadillo el año anterior: un pequeño collar verde de ganchillo que se abrochaba con un antiguo botón rosa.

Se preguntó adónde la llevaría Levi.

En la primera cita con Abel habían ido al cine. Wren y algunos de sus amigos estaban allí también. Tras eso, las citas con Abel solían consistir en charlar un rato en la panadería o estudiar en el cuarto de Cath. Ir a nadar en verano. Torneos de matemáticas. Aunque, bien pensado, eso último no contaba como cita. No pensaba contarle a Levi que su última cita había transcurrido en un torneo de mate.

Cath contempló las prendas tendidas sobre la cama y lamentó que Wren no estuviera allí para echarle una mano. Habría dado algo por haber podido hablar con Wren de Levi antes de que empezaran a discutir. Aunque para eso habría tenido que remontarse al curso pasado, y entonces Cath ni siquiera conocía a Levi.

¿Qué le diría Wren si estuviera allí? "Finge que él está más pendiente de ti que tú de él. Es como comprar un coche. Tienes que estar dispuesta a dar media vuelta".

No... Aquel era el tipo de consejo que Wren se daría a sí misma. ¿Qué le diría a Cath? "No frunzas el ceño. Estamos más guapas cuando sonreímos. ¿Estás segura de que no quieres un traguito?".

Pensar en Wren la hacía sentir aún peor si cabe. Ahora, además de nerviosa, estaba triste. Y se sentía sola.

Fue un alivio oír que Reagan pateaba la puerta y empezaba a charlar de la cena.

♡ ♡ ♡

—Déjate el pelo suelto —le dijo Reagan mientras partía una porción de pizza por la mitad—. Tienes una buena melena.

—Estoy segura de que ese comentario va contra las normas básicas —opinó Cath antes de tomar una cucharada de queso cottage—. La número tres, creo.

—Ya lo sé —Reagan negó con la cabeza—. Es que a veces pareces tan desamparada... Igual que mirar cómo un gatito mete la cabeza en una caja de pañuelos de papel.

Cath puso los ojos en blanco.

—No quiero tener la sensación de que debo ponerme guapa para salir con él. Me parece una chafez.

—¿Te parece chafa arreglarte para una cita? Levi se está afeitando ahora mismo, te lo aseguro.

Cath hizo una mueca de dolor.

—Basta. Nada de información privilegiada sobre Levi.

—Esto es información privilegiada sobre los chicos. Las citas funcionan así.

—Él ya sabe qué aspecto tengo —arguyó—. No tiene sentido utilizar artimañas a estas alturas.

—¿Arreglarte el pelo y quizá ponerte un poco de brillo de labios son artimañas?

—Sería como intentar distraerlo con algo brillante —Cath hizo girar la cuchara delante de su propia cara y un trozo de queso aterrizó en su suéter—. Él ya me conoce. Yo soy así.

Trató de quitarse el queso sin frotar la tela.

Reagan se inclinó sobre la mesa y le retiró la pinza del pelo. La melena cubrió las orejas de su compañera deslizándose hacia sus ojos.

—Mira —dijo—. Éste es tu verdadero aspecto. *Presto mutatio.*

—Oh, Dios mío —se burló Cath, arrebatándole la pinza a Reagan para volver a sujetarse el pelo—. ¿Eso ha sido una referencia a *Simon Snow?*

Reagan puso los ojos en blanco.

—Como si fueras la única que ha leído *Simon Snow*. Como si no fuera un fenómeno global.

Cath soltó una risilla.

Reagan frunció el ceño.

—¿Y qué estás comiendo? ¿Son duraznos eso que asoma por debajo del queso cottage?

—Asqueroso, ¿verdad? —asintió Cath—. Acabas por acostumbrarte.

Cuando doblaron el recodo del pasillo, vieron a Levi sentado contra la puerta de la habitación. Bajo ninguna circunstancia pensaba Cath dar un grito y echar a correr para arrojarse en sus brazos. Pero sí representó su propia versión de la escena: sonrió nerviosa y miró a otra parte.

—Eh —dijo Levi, poniéndose en pie.

—Eh —respondió Reagan.

Levi se acarició el pelo con timidez, como si no supiera a cuál de las dos sonreír primero.

—¿Estás lista? —le preguntó a Cath mientras Reagan abría la puerta.

Ella asintió.

—Sólo... el abrigo.

Lo encontró enseguida y se lo puso.

—Bufanda —le sugirió Levi, así que ella la cogió.

—Te veo luego —se despidió Cath de Reagan.

—Seguramente, no —repuso esta última, que se acomodaba el pelo frente al espejo.

Cath notó que se sonrojaba. No volvió a mirar a Levi hasta que llegaron al elevador. *(Estado: sonrisa estable.)* Levi le apoyó la mano en la cintura y ella prácticamente dio un respingo.

—¿Cuál es el plan? —preguntó Cath.

Levi sonrió.

—Mi plan es hacer cosas que te animen a volver a salir conmigo. ¿Cuál es el tuyo?

—Hacer el ridículo lo menos posible.

Levi le dedicó otra sonrisa.

—Entonces estamos listos.

Ella sonrió a su vez. Más o menos en su dirección.

—Había pensado enseñarte el campus este —propuso Levi.

—¿Por la noche? ¿En el mes de febrero?

Las puertas del ascensor se abrieron y él esperó a que Cath entrara primero.

—Me han hecho un precio especial por ser temporada baja. Además, esta noche no hace *tanto* frío.

Levi salió a la calle en primer lugar y echó a andar en dirección contraria al estacionamiento.

—¿No vamos en coche? —preguntó Cath.

—Había pensado que tomáramos la lanzadera.

—¿Vamos a un parque de diversiones?

Él negó con la cabeza.

—Gente de ciudad...

La lanzadera era un autobús, que llegó casi de inmediato.

—Después de ti —dijo Levi.

El interior del autobús estaba más iluminado que el campus a pleno día e iba casi vacío. Cath escogió un asiento y se acomodó de lado, con una rodilla levantada, para no compartir asiento con él. A Levi no pareció importarle. Se colocó también de lado en el sillón de delante y apoyó el brazo en el respaldo.

—Tienes muy buenos modales —comentó ella.

—A mi madre le encantaría oír eso —Levi sonrió.

—Así que tienes madre...

Él se rio.

—Sí.

—¿Y padre?

—Y cuatro hermanas.

—¿Mayores o menores que tú?

—Mayores y menores.

—¿Eres el mediano?

—Exactamente. ¿Y tú? ¿Eres la gemela mayor o la menor?

Cath se encogió de hombros.

—Fue cesárea. Pero Wren era más grande. Me quitaba el alimento o algo así. Cuando ella se fue a casa, yo me tuve que quedar tres semanas en el hospital.

No le dijo que a veces aún tenía la sensación de que Wren seguía sacando a la vida más partido del que en justicia le correspondía, como si le birlara a Cath parte de su vitalidad o como si hubiera nacido con una provisión más abundante.

No se lo dijo porque le parecía un comentario retorcido y deprimente. Y porque, en aquel preciso instante, no se habría cambiado por Wren, ni siquiera a cambio del mejor cordón umbilical.

—¿Significa eso que tu hermana es más dominante?

—No tiene por qué. O sea, supongo que sí. En casi todo. Mi padre dice que cuando éramos niñas nos repartíamos el mangoneo. Por ejemplo, yo decidía la ropa que nos poníamos y ella sobre lo que jugaríamos.

—¿Se vestían igual?

—De pequeñas sí. Nos gustaba.

—Yo tuve que ayudar una vez en un parto múltiple —explicó Levi—. Terneros. La vaca casi se muere.

Cath agrandó los ojos.

—¿Qué pasó?

—Pues a veces un buey conoce a una vaca, deciden pasar más tiempo juntos...

—¿Cómo acabaste ayudando a una vaca a dar a luz?

—Es una situación frecuente en los ranchos. El nacimiento de terneros, no los partos múltiples.

—¿Trabajabas en un rancho?

Él alzó una ceja, como si no acabara de creerse que Cath hablara en serio.

—Vivo en un rancho.

—Ah —se extrañó Cath—. No sabía que la gente vivía en los ranchos. Pensaba que eran como una especie de fábricas o de empresas, un lugar adonde vas a trabajar.

—¿Seguro que eres de Nebraska?

—Empiezo a pensar que Omaha no cuenta.

—Pues sí —sonrió él—. Vivo en un rancho.

—¿Como una especie de granja?

—Más o menos. En las granjas se cultivan productos agrícolas. En los ranchos se cultiva forraje.

—Genial... ¿Y las vacas andan sueltas por ahí?

—Sí —Levi se rio y negó con la cabeza—. No. El ganado vive en zonas especialmente designadas. Necesita mucho sitio.

—¿Y te quieres dedicar a eso cuando acabes los estudios? ¿A trabajar en un rancho?

Una nube oscureció el semblante de Levi. Su sonrisa se apagó, y frunció el ceño.

—No es... tan sencillo. A mi madre sólo le pertenece una parte del rancho. Lo comparte con mis tíos y nadie sabe qué pasará cuando todos se jubilen. Somos doce primos, así que no nos lo podemos repartir. A menos que lo vendamos y... nadie quiere perderlo. Mmm... —el chico sacudió la cabeza y recuperó la sonrisa—. Me gustaría trabajar en el rancho de mi madre o en algún otro. Ayudar al ranchero a gestionarlo mejor.

—Gestión de ranchos.

—Vaya, así que estabas más atenta de lo que parecía... Eh, ésta es nuestra parada.

—¿Ya?

—El campus este se encuentra a sólo tres kilómetros de tu residencia. Es una vergüenza que nunca hayas estado aquí.

Cath se apeó del autobús detrás de Levi. El chico se detuvo para darle las gracias al conductor; lo llamó por su nombre.

—¿Le conoces? —le preguntó ella cuando el vehículo se alejó.

Levi se encogió de hombros.

—Llevaba identificación. Okey... —echo a andar delante de ella y tendió el largo brazo para señalar un estacionamiento—. Cather Avery, como estudiante de la Facultad de Agrónomos, miembro de la comunidad de agricultores y ciudadano de Lincoln, Nebraska, te doy oficialmente la bienvenida al campus este.

—Me gusta —afirmó Cath mirando a su alrededor—. Está oscuro. Hay árboles.

—Estaciona tu sarcasmo a la entrada, Omaha.

—¿Quién iba a pensar que ser de Omaha me iba a convertir en una urbanita?

—A la derecha, el centro estudiantil del campus este. Allí está el boliche.

—Otro boliche...

—No te emociones, que los bolos no entran en los planes de esta noche.

Cather siguió a Levi por un sinuoso camino asfaltado y observó los edificios, sonriendo con educación cada vez que él le señalaba uno. Él le tocaba la espalda de vez en cuando, para atraer su atención o para asegurarse de que volvía la vista en la dirección correcta. Cath no le dijo que el campus este (en el mes de febrero, por la noche) se parecía mucho al campus urbano.

—Si hubiéramos venido de día —comentó Levi—, habríamos pasado por la vaquería a tomar un helado.

—Qué pena —repuso ella—. Hace una noche invernal perfecta para eso.

—¿Tienes frío? —el chico se detuvo delante de ella y frunció el ceño—. ¿Acaso tu madre no te enseñó a ponerte una bufanda?

Cath llevaba la bufanda floja alrededor del collar. Él se la ciñó al cuello con aire de suficiencia, le dio otra vuelta y le embutió los extremos. Ella esperaba que la tela del abrigo ocultara el temblor de su respiración.

Levi le colocó las manos a ambos lados de la cabeza y le pellizcó la punta de las orejas con cuidado.

—Bastante bien —dijo frotándoselas con las manos—. ¿Tienes mucho frío? —enarcó una ceja—. ¿Prefieres que nos metamos en alguna parte?

Ella negó con la cabeza.

—No. Quiero ver el campus este.

Levi volvió a sonreír.

—Deberías. Ni siquiera hemos llegado al Museo del Tractor. Está cerrado, por supuesto.

—Claro.

—Pero vale la pena verlo.

—Naturalmente.

Al cabo de una media hora, pasaron por la Facultad de Odonto-logía. La gente estaba desparramada por los sofás azules, estudiando. Levi sacó de la máquina expendedora una taza de chocolate caliente para los dos. A Cath no le hacía mucha gracia compartir bebidas, pero pensó que sería estúpido mencionarlo. De todos modos, ya se habían besado.

Cuando abandonaron el edificio, la noche les pareció más silen-ciosa. Más oscura.

—He reservado lo mejor para el final —afirmó Levi con voz queda.

—¿Y qué es?

—Paciencia. Por aquí...

Recorrieron juntos otro camino sinuoso hasta que él le posó una mano en el hombro para indicarle que se detuviera.

—Ya estamos —anunció, señalando un camino sucio de nieve—. Los jardines.

Cath intentó poner cara de admiración. Ni siquiera habría de-ducido que aquello era un camino de no ser por las pisadas que se apreciaban en la nieve medio derretida. Allí sólo había huellas, algu-nos arbustos secos y unas cuantas plastas de hierba y barro.

—Es impresionante —se rio.

—Sabía que te gustaría. Si te portas bien, te volveré a traer en temporada alta.

Caminaron despacio, deteniéndose de vez en cuando para echar un vistazo a las placas explicativas que asomaban entre la nieve. Levi se acercó a uno de los carteles, lo limpió con la manga y leyó en voz alta las plantas que, en teoría, crecían en aquella zona.

—De modo que, lo que nos estamos perdiendo —comentó Cath mientras permanecían inclinados delante de la placa— es una gran variedad de hierbajos autóctonos.

—Y flores silvestres —añadió Levi—. También nos estamos perdiendo las flores silvestres.

Cath se alejó un paso y él la cogió de la mano.

—Espera —le dijo—. Creo que hay un árbol de hoja perenne por allí...

Ella alzó la vista.

—Falsa alarma —bromeó Levi, apretándole los dedos.

Cath se estremeció.

—¿Tienes frío?

La chica negó con la cabeza.

Levi volvió a estrecharle la mano.

—Bien.

No volvieron a hablar de las flores que se estaban perdiendo mientras completaban el recorrido por los jardines. Cath se alegró de no haberse puesto guantes; sentía la piel de Levi, suave, casi resbaladiza, contra la suya.

Cruzaron un puente y notó un tirón en el brazo. Levi se detuvo y se apoyó contra la barandilla.

—Eh. Cath. ¿Te puedo preguntar una cosa?

Se volvió a mirarlo. Él le tomó la otra mano y la atrajo hacia sí, no para abrazarla ni nada, sólo para tenerla más cerca. Le entrelazó los dedos, como cuando haces un puente para atrapar a los niños que pasan por debajo.

En la oscuridad, Levi parecía una fotografía en blanco y negro. La tez pálida, los ojos grises, el pelo veteado...

—¿De verdad piensas que voy por ahí besando a las chicas? —dijo.

—Más o menos —repuso Cath. Trató de obviar el hecho de que notaba el contacto de cada uno de los dedos de Levi—. Hasta hace un mes, pensaba que Reagan y tú se pasaban todo el día besuqueándose.

—¿Cómo es posible que lo pensaras? Si sale al menos con cinco chicos distintos.

—Creía que tú eras uno de ellos.

—Pero si yo siempre estaba tonteando contigo —empujó las manos de Cath para remarcar la afirmación.

—Tú tonteas con todo el mundo —Cath advirtió que había agrandado los ojos al decirlo. Sintió frío en las órbitas—. Tonteas con los ancianos, con los niños y con todo lo que hay en medio.

—Eh, no es verdad —Levi hundió la barbilla con gesto indignado.

—Ya lo creo —insistió ella, empujándole las manos—. ¿Te acuerdas de aquella noche en el boliche? Coqueteaste con todos y cada uno de los presentes. Me sorprende que el tipo de los zapatos no te diera su número.

—Sólo intentaba ser amable.

—Eres exageradamente amable. Con todo el mundo. Vas por ahí haciendo que todo el mundo se sienta especial.

—Bueno, ¿y eso qué tiene de malo?

—¿Y cómo quieres que sepan los demás si de verdad los consideras especiales? ¿Cómo iba a saber yo que no te estabas haciendo el simpático conmigo?

—¿No te das cuenta de que contigo me comporto de forma distinta?

—Eso pensé yo. Durante doce horas más o menos. Y luego... Por lo que yo sé, sí, vas por ahí besuqueando a las chicas. Por ser amable. Porque te da morbo hacer que la gente se sienta especial.

Levi hizo una mueca de dolor. Tenía la barbilla casi pegada al pecho.

—Me pasaba el día en tu cuarto, te invitaba a fiestas, procuraba estar disponible cada vez que necesitabas algo, todo eso a lo largo de cuatro meses. Y tú ni siquiera te dabas cuenta.

—¡Pensaba que salías con mi compañera de habitación! —replicó Cath—. Y te lo repito: eres demasiado simpático con todo el mundo. Derrochas simpatía como si no te costara nada.

Levi se rio.

—Es que no me cuesta nada. Sonreír a los extraños no agota mis reservas de simpatía ni nada parecido.

—Bueno, pues las mías sí.

—Yo no soy tú. Poner a la gente de buen humor me hace sentir bien. Si acaso, me proporciona energía para dedicársela a las personas que me importan.

A lo largo de la conversación, Cath había hecho esfuerzos por mantener el contacto visual, como una persona adulta, pero le costaba demasiado; dejó que su mirada resbalara hacia la nieve.

—Si vas por ahí sonriendo a todo el mundo —le dijo—, ¿cómo se supone que debo sentirme cuando me sonríes a mí?

Él atrajo las manos de Cath hacia sí, cerca de los hombros.

—¿Cómo te sientes cuando te sonrío? —le preguntó, y esbozó una sonrisilla.

No me siento yo misma, pensó ella.

Aferró las manos de Levi con fuerza, para no perder el equilibrio, y luego se puso de puntitas. Le apoyó la barbilla en el hombro y le frotó la cara apenas con la mejilla. Notó su suavidad. Desde tan cerca, Levi desprendía un fuerte aroma, como a agua de colonia y a menta.

—Como una idiota —respondió por fin en susurros—. Y me gustaría que no dejaras de hacerlo nunca.

♡ ♡ ♡

Se sentaron juntos en la lanzadera y se miraron las manos porque había demasiada luz en el autobús para mirarse a los ojos. Levi guardaba silencio, pero a Cath no le importó.

Cuando llegaron a la habitación, ambos eran muy conscientes de que estaba vacía, y de que los dos tenían llave.

Levi desenrolló la bufanda de Cath y usó las puntas para atraerla hacia sí. Le apretó la cara contra la frente, sólo un instante.

—Mañana y pasado y al otro —dijo.

Hablaba en serio.

Fue a verla al día siguiente. Y al otro. Y más o menos al cabo de una semana, Cath ya sabía que Levi aparecería a lo largo del día, en un momento u otro. Y que se comportaría como si las cosas siempre hubieran sido así.

Nunca decía cosas como: "¿Nos vemos mañana?" o "¿A qué hora te va bien?". Se limitaba a decir: "¿Cuándo?" y "¿Dónde?".

Se reunían en el centro estudiantil entre clase y clase. Cath acudía al Starbucks cuando Levi tenía descanso. Él aguardaba en el pasillo a que Reagan o ella lo dejaran entrar.

De momento, los tres se las habían ingeniado para evitar los malos rollos. Cath se sentaba al escritorio y Levi en la cama, y el chico les contaba algo o les tomaba el pelo. A veces, a Cath le parecían excesivos el afecto y la intimidad que destilaba su voz. En ocasiones tenía la sensación de que Levi les hablaba como lo hacía su padre con Wren y con ella. Como si ambas fueran sus hijas.

Intentó quitarse de encima esa sensación. Procuraba reunirse con Levi en otros lugares cuando Reagan ocupaba el cuarto.

Sin embargo, cuando estaban a solas en la habitación tampoco se comportaban de manera muy distinta. Cath se sentaba al escritorio igualmente. Y Levi se apoltronaba en la cama, con los pies apoyados en la silla, enredándola con su charla perezosa y reconfortante.

Le gustaba hablar del padre y de la hermana de Cath. El tema de los gemelos le parecía fascinante.

También le encantaba conversar sobre *Simon Snow*. Había visto todas las películas dos o tres veces. Levi veía muchas películas; disfrutaba con todo aquello que tuviera buenas dosis de fantasía y aventura. Superhéroes. Hobbits. Magos. Si le gustaran más los libros, pensaba Cath, sería un auténtico friki.

Bueno... quizá.

Para ser un verdadero friki, concluyó, tenías que preferir los universos fantásticos al mundo real. Cath se habría trasladado al mundo de los Hechiceros sin pensárselo dos veces. Se había quedado hecha polvo al darse cuenta de que, por más que encontrara un agujero de gusano por el que colarse al mundo de Simon, ya no podría asistir a la Escuela Mágica de Watford.

Wren también se desanimó cuando Cath se lo señaló. Sucedió el día de su decimoctavo cumpleaños. Ambas estaban tendidas en la cama.

—Cath, despierta, vamos a comprar cigarrillos.

—No puedo —repuso Cath—. Tengo pensado ir a ver una película para mayores de dieciocho... al cine. Y luego me voy a poner hasta el culo de cerveza.

—¡Perfecto! ¿Nos saltamos las clases y vamos a ver *500 días juntos?*

—Ya sabes lo que significa, ¿verdad? —Cath miró el inmenso mapa de Watford que se extendía en el techo del dormitorio. El padre de las chicas se lo había encargado a uno de los diseñadores de la agencia como regalo de Navidad hacía un par de años—. Que ya somos mayores para asistir a Watford.

Wren se sentó contra la cabecera y miró hacia arriba.

—Oh. Tienes razón.

—No digo que lo creyera posible —siguió diciendo Cath al cabo de un minuto—, ni siquiera cuando éramos niñas, pero...

—Aun así... —suspiró Wren—. Ahora estoy demasiado triste para empezar a fumar.

Wren era una auténtica friki. Por más que se cortara el pelo y saliera con tipos buenos. Si Cath hubiera encontrado el agujero de gusano, la madriguera del conejo, la puerta al fondo del armario, Wren la habría acompañado sin pestañear.

Y seguramente aún la acompañaría, por más que se hubieran distanciado. (Aquélla sería otra de las ventajas de encontrar el portal mágico. Tendría una excusa para llamar a Wren.)

Pero Levi no era un friki. Le gustaba demasiado vivir en el mundo real. Para él, *Simon Snow* sólo era una historia. Y él adoraba las historias.

Cath llevaba retraso en *Adelante, Simon* desde que estaba con Levi. Lo cual, en parte, no estaba tan mal; demostraba que no era tan friki como para preferir las escenas de amor ficticias a las auténticas.

Por otra parte... no faltaban ni tres meses para el lanzamiento de *Simon Snow y el octavo baile,* y *Adelante* tenía que estar acabado para entonces. Obligatoriamente. *El octavo baile* era el último libro de la saga Simon Snow —la respuesta a todos los enigmas— y Cath debía resolverlos primero a su manera. Antes de que Gemma T. Leslie pusiera punto final a la historia.

Cath podía concentrarse para estudiar cuando Levi estaba en su habitación (él también tenía que estudiar; se sentaba en la cama y escuchaba sus clases, a veces jugando al solitario al mismo tiempo), pero se sentía incapaz de escribir si él se encontraba presente. Le costaba perderse en el mundo de los Hechiceros. La absorbía demasiado.

Levi medía metro ochenta. Cath lo creía más alto.

Había nacido en un rancho. Literalmente. El parto de su madre fue tan rápido que la mujer se sentó en las escaleras y agarró al bebé. El padre de Levi cortó el cordón umbilical. ("Te lo juro —dijo Levi—, es lo mismo que ayudar a parir a una vaca".)

Vivía con cinco tipos más. Se había comprado una camioneta porque pensaba que todo el mundo debería tener una; que conducir un coche era como vivir con las manos atadas a la espalda.

—Y si necesitas transportar algo, ¿qué?

—No se me ocurre ni una sola vez en que mi familia haya necesitado una camioneta —replicó Cath.

—Porque el coche los condiciona. Ni siquiera se les ocurre pensar las increíbles oportunidades que se están perdiendo.

—¿Como cuáles?

—Leña gratis.

—No tenemos chimenea.

—Astas de venado.

Cath bufó.

—Sofás de segunda mano.

—¿Sofás de segunda mano?

—Cather, algún día, cuando subas a mi habitación, te recibiré en mi precioso sofá de segunda mano.

Cuando hablaba del rancho, de su familia o de la camioneta, Levi hablaba más lentamente, casi con acento. Arrastraba las palabras. Como si alargara las vocales. Cath no sabía si lo hacía adrede o no.

"Cuando subas a mi habitación" se había convertido en una broma privada entre ellos.

No tenían que quedar en el centro estudiantil ni esperar a que Reagan los dejara solos en el cuarto. Podían ir a casa de Levi cuando quisieran.

Pero, de momento, Cath había preferido no hacerlo. Levi vivía en una casa, como un adulto. Ella, en cambio, residía en un colegio mayor, como una adolescente; como alguien que aún no ha alcanzado el estatus de adulto.

Allí, en su propia habitación, donde reinaba un ambiente juvenil, Cath podía manejar a Levi. Su cama era individual y la imagen de Simon Snow los observaba desde las paredes. Reagan podía entrar en cualquier momento.

Él debía de tener la sensación de que le habían dado gato por liebre. Antes, cuando no estaban juntos —cuando ella pensaba que pertenecía a otra persona—, Cath se había metido en la cama con él y se había dormido pegada a su boca. Ahora que había algo entre ellos (no salían, pero se veían a diario), se limitaban a hacer manitas de vez en cuando. Y cuando lo hacían, Cath fingía que no sucedía nada; sencillamente, no se daba por aludida. Y nunca era la primera en buscar el contacto.

Aunque quería hacerlo.

Dios mío, se moría de ganas de saltarle encima y rodar con él como un gato en un campo de margaritas.

Y justo por eso no lo hacía. Porque era Caperucita Roja. Era virgen e idiota. Y Levi la dejaba sin aliento delante de un ascensor con sólo posarle la mano —a través del abrigo— en la cintura.

Habría hablado de ello con Wren, si Wren aún existiera.

Su hermana le diría que no fuera tonta, que los chicos tienen tantas ganas de tocarte que les tiene sin cuidado si tienes experiencia o no.

Levi, sin embargo, no era un niño. No estaba desesperado por meterte la mano debajo de la blusa. Levi sabía muy bien lo que había debajo de las blusas. Seguramente, se limitaba a arrancarlas.

La idea le provocó un estremecimiento. Acto seguido pensó en Reagan, y el estremecimiento se convirtió más bien en un escalofrío.

Cath no tenía planeado seguir siendo virgen toda la vida. Sin embargo, sí que tenía pensado hacerlo por primera vez con alguien como Abel. Alguien que fuera, como mínimo, tan patético e inexperto como ella. Alguien que no le arrebatara el control.

Mirado objetivamente, Abel resultaba más atractivo que Levi en algunos sentidos. Abel era nadador. Tenía la espalda ancha y los brazos musculosos. Su cabello recordaba al de Frankie Avalon (según la abuela de Cath).

Levi era larguirucho y desgarbado, y su pelo —bueno, su pelo...—, pero todo en él la hacía sentir viciosa e inmoral.

Tenía la manía de morderse el labio y levantar una ceja cuando estaba decidiendo si se reía o no de algo... Para volverse loca.

Y luego, si optaba por reírse, empezaba a agitar los hombros, y las cejas se le apretujaban en el centro... Las cejas de Levi eran pornográficas. Si la decisión de Cath hubiera dependido de las cejas, habría "subido a su habitación" hacía mucho.

Pensando con lógica, en la secuencia que iba de darse la mano al sexo inducido por unas cejas abundaban las fases intermedias. Fases que invitaban a experimentar. Por desgracia, Cath no podía pensar con lógica. Levi convertía el cuerpo de Cath en una pendiente resbaladiza.

Ella se sentaba al escritorio. Él se apoltronaba en la cama y le daba patadas a la silla.

—Eh —dijo Levi—. Había pensado que este fin de semana deberíamos planear una cita como Dios manda. Ir a cenar, ver una película...

Sonreía, así que Cath sonrió también. De repente, la expresión de ella cambió.

—No puedo.

—¿Por qué? ¿Ya has quedado? ¿Las tres noches?

—Más o menos. Me voy a casa. Este semestre estoy procurando ir más a menudo, para ver cómo se las arregla mi padre.

La sonrisa de Levi se extinguió, pero él asintió de todos modos, como si se hiciera cargo.

—¿Cómo irás a casa?

—Con una chica de la residencia. Erin. Va a casa cada fin de semana para ver a su novio; lo cual no es mala idea, porque es tan aburrida y antipática que, como no lo vigile, él no tardará en conocer a alguien mejor.

—Te llevaré a casa.

—¿Con tu caballo blanco?

—Con mi camioneta roja.

Cath miró al cielo.

—No. Tendrías que hacer dos viajes. Tendría que pagar mil dólares en gasolina.

—Me da igual, quiero conocer a tu padre. Y así pasaré unas cuantas horas contigo en el coche... en una situación de no emergencia.

—No te preocupes. Iré con Erin. No está tan mal.

—¿No quieres que conozca a tu padre?

—Ni me había pasado por la cabeza.

—¿No?

Levi la miró como si se sintiera herido. (Una herida minúscula. Como cuando te arrancas un padrastro, pero aun así.)

—¿Tú has pensado en presentarme a tus padres?

—Sí —repuso él—. Había supuesto que me acompañarías a la boda de mi hermana.

—¿Cuándo es?

—En mayo.

—Sólo llevamos saliendo tres semanas y media, ¿verdad?

—Son seis meses en tiempo de novato.

—Tú no eres un novato

—Cather... —Levi enganchó el pie a la silla y la arrastró hacia la cama—. Me gustas mucho.

Cath inspiró a fondo.

—Tú a mí también.

Él sonrió y levantó una de esas cejas suyas pintadas al carboncillo.

—¿Puedo llevarte a Omaha?

Cath asintió.

—Ya estoy harto —exclamó Simon, y saltó hecho una furia por encima de la mesa del comedor. Penelope lo agarró por la orilla de la capa y él estuvo a punto de empotrarse contra el banco. Se recuperó rápidamente—. Vamos, Penny —y corrió hacia Basil, blandiendo los puños.

Basil no se movió.

—*Buenas verjas, buenos vecinos* —susurró, agitando apenas la varita.

El puño de Simon se estampó contra la sólida barrera invisible que acababa de surgir a pocos centímetros de la impasible mandíbula del otro. Simon retiró la mano aullando, sin dejar de golpearse contra la valla mágica.

Dev, Niall y los otros colegas de Basil se partían de risa como hienas borrachas. Pero Basil seguía imperturbable. Cuando habló, lo hizo en voz tan baja que sólo Simon pudo oírlo.

—¿Es así como lo piensas hacer, Snow? ¿Es así como piensas superar a tu Humdrum? —deshizo el hechizo con un pase de varita justo cuando Simon recuperaba el equilibrio—. Patético —manifestó Basil, y se alejó.

(Capítulo 4 de *Simon Snow y las cinco espadas*, copyright de Gemma T. Leslie, 2008.)

Capítulo 26

La profesora Piper abrió los brazos de par en par cuando Cath entró en su oficina.

—Cath, has vuelto. Ojalá pudiera decir que estaba segura de que lo harías, pero la verdad es que no. Sólo tenía la esperanza.

Cath había vuelto.

Había regresado para decirle a su profesora que había tomado una decisión. Otra vez. No iba a escribir el relato. Tenía mucho que escribir ahora mismo, aparte de un montón de preocupaciones. Aquel trabajo era una piedra que llevaba arrastrando desde el semestre pasado. Sólo de pensar en él notaba en la boca el sabor amargo del fracaso (igual que cuando pensaba en el plagio y en el robo de Nick); quería olvidarlo de una vez por todas.

Sin embargo, al llegar a al oficina de la profesora Piper y verla allí, sonriendo como un hada madrina, no pudo expresar todo aquello en voz alta.

Todo porque necesito una figura materna, pensó asqueada consigo misma. *Me pregunto si me pasaré la vida perdiendo el control delante de las mujeres de mediana edad hasta que me convierta en una de ellas.*

—Ha sido usted muy amable al ofrecerme una segunda oportunidad —empezó a decir Cath, aceptando la invitación de la profesora, que le indicaba por gestos que se sentara. Se suponía que a continuación debía decir: "Pero voy a tener que rechazarla".

Por el contrario, declaró:

—Y sería una idiota si no la aprovechara.

El rostro de la profesora Piper se iluminó. Apoyando un codo en el escritorio, se sujetó la barbilla con el puño, como si posara para la foto del anuario.

—¿Y bien? —le preguntó—. ¿Tienes alguna idea en mente?

—No —Cath cerró los puños y se los frotó contra los muslos—. Cada vez que intento pensar en algo me quedo... en blanco.

La mujer asintió.

—He estado dándole vueltas a algo que dijiste la última vez que nos vimos... Dijiste que no te sentías con fuerzas para inventar tu propio mundo.

Cath levantó la mirada.

—Sí. Exacto. No llevo dentro ningún mundo maravilloso suplicándome que lo deje salir. No quiero empezar de cero.

—Pero, Cath... Casi ningún escritor lo lleva. Muy pocos de nosotros somos Gemma T. Leslie —abrió el brazo con un gesto que abarcaba toda la oficina—. Escribimos sobre los mundos que ya conocemos. Yo he escrito cuatro libros, y todos se desarrollan a un radio de doscientos kilómetros de mi tierra natal. Casi todos narran hechos que sucedieron en la vida real.

—Pero usted escribe novelas históricas...

La profesora asintió.

—Parto de algo que me sucedió en 1983 y coloco a otra persona en la misma situación, sólo que en 1943. Escribir sobre ello me ayuda a analizar mi vida, a entenderla mejor.

—Entonces, ¿todo lo que cuenta en sus libros es cierto?

La mujer ladeó la cabeza con ademán meditabundo.

—Mmm... sí. Y no. Todo empieza a partir de algo real, pero luego voy tejiendo telarañas alrededor de esa idea; a veces, en dirección opuesta.

—Nunca he escrito nada que no tratara sobre magia —objetó Cath.

—Pero aún puedes hacerlo, si quieres. Lo que intento decirte es que no hace falta partir de un núcleo, con una especie de Big Bang mental.

Cath se clavó las uñas en las palmas.

—Quizá por esta vez —le propuso la profesora Piper con delicadeza—, podrías partir de un hecho real. Algo que te confunde o te tiene intrigada, algo que te gustaría explorar. Empieza y a ver qué pasa. Puedes atenerte a la verdad o convertirla en otra cosa. Puedes agregarle elementos mágicos. Pero concédete a ti misma un punto de partida.

Cath asintió, más por largarse de allí que por que hubiera entendido lo que le decía la mujer.

—Quiero volver a verte —prosiguió la profesora— dentro de unas semanas. Nos reuniremos y veremos en qué punto estás.

Ella volvió a asentir y enfiló rápidamente hacia la puerta, con la esperanza de que la profesora no se lo tomara a mal. *Unas semanas. Claro. Como si unas pocas semanas bastaran para reparar el socavón que tengo en la cabeza.* Se abrió paso entre un tropel de alegres estudiantes de Literatura y salió rápido al nevado paisaje del exterior.

♡ ♡ ♡

Levi no quería dejar en el suelo el cesto de la ropa sucia.

—Puedo llevarlo yo —dijo Cath. Seguía con la cabeza puesta en la conversación con la profesora Piper y no estaba de humor para... bueno, para él. Para su amistoso e incansable retozar. Si Levi fuera un perro, sería un golden retriever. Si fuera un juego, el ping pong, incesante, bullicioso y ligero. A Cath no se le antojaba jugar.

—Yo lo llevo —repuso—. Tú abre la puerta.

—No, en serio —insistió ella—. Puedo llevarlo yo.

Levi se deshacía en sonrisas y miradas de afecto.

—Cielo, abre la puerta. Yo lo llevo.

Cath se apretó las sienes con los dedos.

—¿Me acabas de llamar "cielo"?

Levi sonrió.

—Me ha salido así. Deseaba hacerlo.

—¿Cielo?

—¿Prefieres que te llame "cariño"? No, eso me recuerda a mi madre... ¿Qué tal "nena"? No. ¿"Corazón"? ¿"Gatita"? ¿"Patito de goma"? —se interrumpió—. ¿Sabes qué? Me quedo con "cielo".

—Ni siquiera sé por dónde empezar.

—Pues empieza por abrir la puerta.

—Levi, soy muy capaz de cargar mi apestosa ropa sucia.

—Cath, no lo voy a permitir.

—Tú no tienes que permitir nada. Es mi ropa sucia.

—La posesión es lo que cuenta.

—No hay ninguna necesidad de que me lleves las cosas. Tengo dos brazos perfectamente sanos.

—Ésa no es la cuestión —objetó él—. ¿Qué clase de tipejo sería si dejara que mi chica cargara con un bulto pesado mientras yo camino a su lado tan fresco?

—¿Tu chica? Pues serías la clase de persona que respeta la voluntad de los demás —replicó Cath—. Y la fuerza de los demás, y sus... brazos.

La sonrisa de Levi se ensanchó aún más. No se la tomaba en serio.

—Tus brazos me inspiran un gran respeto. Me encanta cómo se unen al resto de tu anatomía.

—Me haces sentir débil e incapaz. Dame esa ropa.

Cath tendió los brazos.

Levi retrocedió.

—Cath, ya sé que puedes cargar con esto. Pero yo no voy a dejarte. Literalmente, no podría caminar a tu lado con las manos vacías. No es nada personal; haría lo mismo por cualquiera que tuviera un cromosoma X en su ADN.

—Me lo pones peor.

—¿Por qué? ¿Por qué es peor? Soy respetuoso con las mujeres.

—Esa actitud no es respetuosa sino denigrante. No demuestras respeto por nuestra fuerza física.

—Sí que lo hago —le cayeron unas greñas sobre los ojos e intentó apartárselas soplando—. La caballerosidad es una muestra de respeto. Las mujeres han sido oprimidas y perseguidas desde el principio de los tiempos. Si puedo facilitarles la vida gracias a la superioridad física de mis brazos, lo haré. Siempre que tenga ocasión.

—Superioridad.

—Sí, superioridad. ¿Quieres que nos echemos unas vencidas?

—No necesito la superioridad física de tus brazos para llevar la ropa sucia.

Cath aferró las asas e intentó arrebatarle el cesto a Levi.

—Te niegas a aceptar la verdad —le espetó él.

—No, eres tú el que se niega.

—Estás como un tomate, ¿lo sabías?

—Claro —replicó ella—. Estoy enojada.

—No me obligues a besarte en pleno enojo.

—Dame la ropa.

—Los ánimos se enardecen, los rostros se congestionan... Es así como sucede.

Aquel comentario la hizo reír. Y eso aún la enfureció más. Utilizó casi toda la inferioridad física de sus brazos para empujarle la cesta contra el pecho.

Levi le devolvió el empujón con suavidad, pero no soltó el cesto.

—Discutamos esto la próxima vez que tenga un gesto amable contigo, ¿sí?

Ella lo miró a los ojos. La mirada de Levi hacía que se sintiera un libro abierto, como si llevara cada uno de los pensamientos subtitulado en la cara. Cath soltó la cesta, cogió la laptop y abrió la puerta.

—Por fin —protestó él—. Los tríceps me estaban matando.

♡ ♡ ♡

Era el invierno más frío y blanco que Cath podía recordar. Estaban ya a mediados de marzo, teóricamente en primavera, pero se diría que se encontraban en pleno enero. Cath se calzaba las botas de nieve cada mañana sin mirar el cielo siquiera.

Estaba tan acostumbrada a caminar por la nieve que no se le ocurrió comprobar las previsiones para aquel día; no había pensado en cuestiones como la visibilidad o el estado de las carreteras, ni tampoco en que quizá no fuera la tarde idónea para tomar el coche.

Ahora no podía pensar en nada más.

Se diría que ningún otro coche circulaba por la interestatal. No veían el sol, ni la carretera. Cada diez minutos más o menos, unas luces de posición surgían de entre el manto blanco que los precedía y Levi reducía la marcha.

Habían dejado de hablar hacía una hora. Él apretaba los labios y escudriñaba el parabrisas como si fuera miope.

—Deberíamos volver —susurró Cath.

—Sí... —asintió Levi. Se frotó la boca con el dorso de la mano y aferró el cambio de marchas—. Pero creo que será mejor seguir avanzando. Hemos dejado atrás lo peor. Pensaba que le tomaríamos la delantera a la tormenta.

Se oyó un traqueteo metálico cuando un coche los adelantó por la izquierda.

—¿Qué es ese ruido? —preguntó ella.

—Cadenas.

Levi no parecía asustado, pero guardaba un horrible silencio.

—Lo siento —se disculpó Cath—. No he prestado atención al tiempo.

—Es culpa mía —repuso él, dirigiéndole una sonrisa mínima—. No quería dejarte colgada. Piensa que, si te mato, yo me voy a sentir peor.

—Eso no sería nada caballeroso.

Levi volvió a sonreír. Cath alargó el brazo hacia el cambio de marchas. Rozó la mano de él con los dedos y luego los retiró.

Guardaron silencio unos minutos más; puede que no tanto tiempo. Resultaba difícil hacer cálculos en una situación tan tensa y gris.

—¿En qué piensas? —le preguntó Levi.

—En nada.

—En nada, no. Estás rara y pensativa desde que he ido a buscarte. ¿Te pone nerviosa que conozca a tu padre?

—No —se apresuró a responder Cath—. Casi se me había olvidado.

Más silencio.

—¿Y entonces?

—Es... por algo que me ha pasado con una profesora. Te lo contaré cuando no estemos en peligro mortal.

Levi palpó el asiento buscando la mano de Cath y ella se la dio. El chico la apretó con fuerza.

—No estás en peligro mortal —devolvió la mano al cambio de marcha—. Quizá... en peligro de quedarte unas horas tirada en la cuneta. Dime. No puedo hablar ahora mismo, pero sí escuchar. Me gustaría escucharte.

Cath despegó la vista de la ventanilla para voltear a mirarlo. Le gustaba contemplar a Levi cuando él no podía devolverle la mirada. Adoraba su perfil. Era muy... plano. Una línea recta desde la despejada frente hasta la nariz alargada —la nariz se curvaba un poco hacia la punta, pero no mucho— y otra desde la nariz hasta la barbilla. La barbilla se le hundía un poco cuando sonreía o cuando fingía sorpresa, pero nunca sobresalía. Algún día lo besaría allí, justo al borde de la mandíbula, donde su barbilla era más vulnerable.

—¿Qué ha pasado en clase? —preguntó él.

—Después de clase, he ido a... Bueno, verás, ¿te acuerdas de que el semestre pasado estaba matriculada en Escritura Creativa?

—Sí.

—Bueno, pues no presenté el trabajo final. Tenía que escribir un relato breve y no lo hice.

—¿Qué? —la barbilla de Levi retrocedió con un gesto de sorpresa—. ¿Por qué?

—Por... muchas razones —aquello era más delicado de lo que Cath había pensado. No quería decirle a Levi lo desgraciada que se había sentido el semestre anterior, ni que había estado a punto de dejar la universidad porque no quería volver a verlo. No le hacía gracia que descubriera el poder que ejercía sobre ella.

—Porque no quería escribirla —explicó—. O sea, también por otras cosas pero... principalmente porque no quería. Estaba bloqueada. Y además, mi padre... ya sabes, así que no volví a la universidad y no me presenté a los finales después de su crisis.

—No lo sabía.

—Ya. Es verdad. Pues decidí no hacer el trabajo final. Pero la profesora de Escritura Creativa no presentó la nota. Quiere darme una segunda oportunidad; ha dicho que puedo escribir el relato a lo largo de este semestre. Y yo más o menos he aceptado.

—Caray. Es genial.

—Sí...

—¿No es genial?

—No. Sí. Es que... fue un alivio pensar que me había quitado la piedra de encima. Sentir que había renunciado a la idea. A la escritura creativa.

—Pero si siempre estás escribiendo.

—Escribo *fan fiction*.

—No me enredes ahora mismo. Estoy conduciendo en mitad de una ventisca.

Un coche se materializó ante ellos y el rostro de Levi se crispó.

Cath esperó a que el chico volviera a relajarse.

—No quiero crear mis propios personajes, mi propio mundo. Es algo que no llevo dentro.

Guardaron silencio. Avanzaban tan despacio... Algo captó la atención de Cath por la ventanilla de Levi; un tráiler doblado en mitad de la barra de contención. Cath ahogó un grito y Levi volvió a buscar su mano.

—Sólo quedan veinticinco kilómetros.

—¿Necesitará ayuda?

—Había un coche de policía.

—No lo vi.

—Lo siento muchísimo —se disculpó Levi.

—Para ya —le ordenó Cath—. Tú no tienes la culpa de que esté nevando.

—Tu padre me va a matar.

Ella se llevó la mano de Levi a los labios y le besó los nudillos. Él arrugó la frente con un gesto casi de dolor.

—¿Estás segura? —le preguntó al cabo de unos kilómetros—. ¿Sobre lo de la escritura creativa? ¿Estás segura de que no llevas eso dentro? Eres alucinante cuando escribes sobre Simon y Baz...

—Ellos son distintos. Ya existían antes. Me limito a mover los hilos.

Levi asintió.

—A lo mejor te pareces a Frank Sinatra. Él no componía sus temas... pero los interpretaba de maravilla.

—Odio a Frank Sinatra.

—Deja eso, nadie odia a Frank Sinatra.

—Trataba a las mujeres como si fueran objetos.

—Va... —Levi se acomodó en el asiento e intentó relajar el cuello—. Pues Frank Sinatra no... Aretha Franklin.

—Puf. Una diva.

—¿Roy Acuff?

—¿Quién?

Levi sonrió y Cath volvió a besarle los dedos. Él le lanzó una breve mirada inquisitiva.

—La cuestión es... —empezó a decir el chico con suavidad. Por alguna razón, la tormenta los inducía a hablar en voz baja—. Hay distintas clases de talento. A lo mejor tienes talento como intérprete. Quizá tu fuerte sea el estilo.

—¿Y tú crees que eso cuenta?

—Tim Burton no creó a Batman. Peter Jackson no escribió *El Señor de los Anillos*.

—Bien mirado, sí que eres un friki.

La sonrisa de Levi se ensanchó. La camioneta pisó una zona resbaladiza y él retiró la mano, pero no dejó de sonreír. Dejaron atrás una torre de aguas en forma de cafetera. Habían llegado a las afueras de la ciudad; se veían más coches por allí, circulando y en las cunetas.

—En cualquier caso, tienes que escribir el relato —afirmó Levi.

—¿Por qué?

—Para subir nota. ¿No necesitas una media alta para conservar la beca?

Hacía pocos días que Cath le había contado lo de la beca. ("Salgo con un genio —había dicho él— y con una intelectual".)

Claro que quería una media alta.

—Sí...

—Pues escribe el relato. No hace falta que sea genial. Nadie espera que seas Ernest Hemingway. Tienes suerte de que te hayan dado una segunda oportunidad.

Cath suspiró.

—Sí.

—No sé dónde vives —señaló Levi—. Tendrás que darme indicaciones.

—Tú ve con cuidado —le dijo Cath, y se acercó a él rápidamente para estamparle un beso en la suave mejilla.

—No te puedes afeitar la cabeza. Parecerías un enfermo mental.

—Con este pelo, parezco algo aún peor. Parezco malvado.

—No existe nada parecido a un peinado de malvado —se rio Simon.

Estaban tendidos en el suelo de la biblioteca, entre dos filas de estanterías. Baz de espaldas y Simon de lado, apoyado sobre el codo.

—Mírame —dijo Baz, apartándose el cabello de la frente. Lo llevaba largo hasta la barbilla—. Todos los vampiros famosos tienen un pico de viuda como éste. Soy un cliché. Cualquiera pensaría que he ido a la peluquería y he pedido un "Drácula".

Simon se reía con tantas ganas que estuvo a punto de caerse encima de Baz. Éste lo empujó con la mano libre.

—En serio —prosiguió Baz, que seguía sujetándose el pelo. Hacía esfuerzos por no sonreír—. Parece una flecha apuntando a mi cara. "Al vampiro, por aquí".

Simon apartó la mano de Baz y le besó el nacimiento del cabello con toda la suavidad del mundo.

—Me gusta tu pelo —murmuró contra su frente—. Mucho, mucho.

(De *Adelante, Simon*, subido en marzo de 2012 a FanFixx.net por Magicath.)

Capítulo 27

Cuando se estacionaron en la crujiente nieve del camino de entrada, Cath exhaló el aire, a fondo, por primera vez desde hacía dos horas.

Levi se echó hacia atrás y dejó caer la cabeza contra el asiento. Abrió y cerró las manos, estirando los dedos.

—Prométeme que nunca más volveremos a hacer esto —dijo.

Cath se deslizó hacia él y, desabrochándose el cinturón, lo rodeó con los brazos. El semblante de Levi se iluminó hasta tal punto que Cath lamentó haber esperado a sufrir una descarga de adrenalina para abrazarlo así. Él le pasó las manos por la cintura y ella lo estrechó con más fuerza, hundiendo la cara en su abrigo.

Él le acercó la boca al oído.

—No deberías recompensarme por poner tu vida en peligro. Piensa en el precedente que estás sentando.

Ella se pegó aún más a su cuerpo. Levi era bueno. Era bueno y no quería perderlo. No porque hubiera pensado que Levi iba a morir en la interestatal, sino en general. En general no quería perderlo.

—No me habría importado en absoluto conducir con tanta nieve de vuelta a mi casa —le dijo con voz queda—, de haber ido solo. Pero no debería haberlo hecho contigo. Lo siento.

Ella negó con la cabeza.

Reinaba el silencio en la calle, y la cabina de la camioneta estaba pintada de gris oscuro y blanco. Al cabo de unos minutos, la mano del chico recorrió la espalda de Cath, arriba y abajo.

—Cather —susurró—. Me gustas mucho...

Cuando salieron de la camioneta, la nieve cubría el parabrisas. Levi cargó con el cesto de la ropa sucia y Cath no protestó. El chico estaba inquieto. Lo ponía nervioso la perspectiva de conocer al padre de Cath. A ella la ponía nerviosa su padre, punto. Había hablado con él a diario desde las vacaciones de Navidad y lo había visitado con frecuencia; todo indicaba que estaba bien, pero con su padre nunca se sabía...

Cuando abrió la puerta, lo encontró en mitad de la sala de estar rodeado de papeles por todas partes, hojas y hojas de papel vegetal pegadas a las cortinas y a las paredes; todas sus ideas clasificadas en prototipos. Sentado en la mesita baja, mordisqueaba el extremo de un rotulador.

—Cath —dijo sonriendo—. Eh... ¿ya es la hora de Cath?

Miró las ventanas y luego se miró la muñeca; no llevaba reloj. En aquel momento vio a Levi y se detuvo. Se puso los lentes que llevaba en la cabeza y se levantó.

—Papá, éste es Levi. Me ha traído —la presentación no había sonado muy bien. Cath volvió a intentarlo—. Éste es, mmm... Levi.

Levi le tendió la mano.

—Encantado de conocerlo, señor Avery.

Arrastraba las vocales. Puede que su acento fuera un tic nervioso.

—Lo mismo digo —respondió el padre de Cath. Un instante después, añadió—: Levi.

—Siento mucho haber traído a Cather con este tiempo —se disculpó—. No me había dado cuenta de que nevaba tanto.

La cara del hombre no mudó de expresión. Miró hacia la ventana.

—¿Hace mal tiempo? Supongo que no he prestado atención...

Levi se quedó a cuadros. Sonrió con educación.

El hombre miró a Cath y recordó que se disponía a abrazarla.

—¿Tienen hambre? —preguntó—. ¿Ya es la hora de cenar? Llevo todo el día Franken-despistado.

—¿Han conseguido la cuenta de Frankenbeans? —le preguntó Cath.

—Aún estamos con presentaciones. Mi vida es una eterna presentación. Bueno, Levi —le dijo—, ¿te quedas a cenar?

—Ah —repuso Levi—. Gracias, señor, pero será mejor que vuelva mientras aún es de día.

Cath se giró sobre los talones.

—¿Bromeas? No vas a volver a Lincoln con este tiempo.

—No me pasará nada —le aseguró él—. Tracción de cuatro ruedas. Neumáticos de nieve. Móvil.

—Ni soñarlo —se negó ella—. No seas idiota. Tenemos suerte de haber llegado bien. No vas a volver.

Él se mordió el labio y alzó las cejas con ademán de impotencia.

El padre de Cath se encaminó a la puerta.

—Dios mío —gritó desde el porche—. Tiene razón, Levi. Repetiré tu nombre hasta que sea capaz de recordarlo, ¿te parece bien?

—Claro, señor.

Cath tiró de la manga de Levi.

—Te quedas, ¿okey?

El chico se lamió los labios con ademán nervioso. Cath no estaba acostumbrada a verlo tan alterado.

—Sí, señora —susurró.

—Bueno —dijo el padre cuando volvió a entrar en el salón—, la cena...

Aún parecía Franken-despistado.

—Yo la prepararé —se ofreció Cath—. Tú sigue trabajando. Se diría que estás a punto de dar con algo...

El hombre sonrió agradecido.

—Gracias, cariño. Dame media hora para acabar de perfilarlo —devolvió la atención a sus bocetos—. Levi, quítate el abrigo.

Cath se descalzó y colgó el abrigo del perchero. Volvió a estirar la manga de Levi.

—Quítate el abrigo.

El chico obedeció.

—Ven —le dijo ella, entrando en la cocina.

Todo parecía en orden. Echó un vistazo al dormitorio de su padre y al cuarto de baño. No vio poemas escritos con pasta de dientes.

—Lo siento —dijo Levi cuando entraron en la cocina.

—Cállate —replicó ella—. Me estás poniendo nerviosa.

—Debería irme.

—No tan nerviosa como me pondría si te fueras a casa en plena ventisca. Siéntate. No pasa nada, ¿sí?

Él esbozó una sonrisa típicamente Levi.

—Va.

Se sentó en un taburete.

—Me resulta raro verte aquí —comentó Cath—. El choque de dos mundos.

Levi se sacudió el pelo con los dedos para retirar la nieve.

—Tu padre ni se ha inmutado.

—Está acostumbrado a ver chicos por aquí.

Él levantó una ceja.

—¿Ah, sí?

—Mi hermana —aclaró Cath, notando un hormigueo en las mejillas.

Abrió la nevera. Saltaba a la vista que su abuela había estado allí. Todos los viejos tarros de condimentos habían desaparecido, sustituidos por fiambreras llenas, marcadas con rotulador permanente. También había leche, huevos y yogures. Abrió el congelador. Platos precocinados Opción Sana, seguramente los mismos de la última vez que Cath estuvo en casa.

Se volvió a mirar a Levi.

—¿Qué te parece si preparo unos huevos?

—Fenomenal. Me parece fenomenal que prepares unos huevos.

Una de las fiambreras contenía salchichas con pimiento rojo. Cath vertió la mezcla en una sartén y decidió preparar huevos escalfados. Por lucirse. Había pan para hacer tostadas. Y mantequilla. La cena no estaría nada mal.

—¿Te ayudo? —le preguntó Levi.

—No. Yo lo hago —Cath lo miró por encima del hombro y luego, ya de cara a los fogones, sonrió—. Deja que, por una vez, sea yo la que hace algo por ti.

—Claro... —aceptó él—. ¿Qué hace tu padre allí dentro?

Cath se lo contó. Le habló del puto Kelly y de Gravioli, y de aquella vez que habían ido de vacaciones al Gran Cañón y su padre se había quedado en el interior del coche de alquiler con un bloc y un rotulador.

Como era inevitable al vivir en Nebraska, el padre de Cath había trabajado a lo largo de los años con varios clientes que se dedicaban a la agricultura, y Levi reconoció el eslogan que el hombre había acuñado para un fertilizante: "Los beneficios crecen, los campos florecen... Pásese a Sprut el año que viene".

—Tu padre es un Mad Man —exclamó el chico, en referencia al mítico nombre de los primeros publicitarios.

Cath se echó a reír y Levi, al darse cuenta del significado de las palabras, se disculpó avergonzado:

—Lo siento, no pretendía llamarlo loco...

Cenaron sentados a la mesa del comedor, y hacia la mitad de la cena Cath tuvo la sensación de que no tenía por qué estar tan nerviosa. Levi, ahora relajado, exhibía una versión algo más educada de su habitual talante "todo el mundo me adora" y el padre sencillamente parecía encantado de tener a Cath allí.

Los huevos le habían quedado perfectos.

El ambiente sólo se enrareció cuando el hombre preguntó por Wren. Cath se encogió de hombros y cambió de tema. Su padre no se dio por enterado. Parecía un poco inquieto y alterado aquella noche, algo distante, pero Cath concluyó que sólo estaba concentrado en el trabajo. Tenía buen color y le aseguró que hacía *jogging* cada mañana. De vez en cuando, salía de su ensimismamiento lo suficiente como para mirar a Levi con curiosidad.

Después de cenar, Levi insistió en quitar la mesa y lavar los platos. En cuanto se marchó a la cocina, el padre de Cath cuchicheó:

—¿Es tu novio?

Cath puso los ojos en blanco, pero asintió.

—¿Cuánto hace que están juntos?

—Un mes —repuso ella—. Más o menos. Más. No sé.

—¿Cuántos años tiene?

—Veintiuno.

—Parece mayor.

—Es por el pelo.

El hombre asintió.

—Y muy agradable.

—Lo es —afirmó Cath de corazón. Quería que su padre la creyera—. Es un buen chico, te lo juro.

—No sabía que hubieras roto con Abel.

Después de guardar los platos (Cath los secó), Levi y ella decidieron ver una película, pero el padre hizo un gesto de dolor cuando su hija empezó a retirar los papeles del sofá.

—¿Les importa ver la tele arriba? Mañana seré todo tuyo, Cath, te lo prometo, pero es que...

—Claro —asintió ella—. No te vayas a dormir muy tarde, ¿de acuerdo?

El hombre sonrió, pero ya había devuelto la mirada al bloc.

Cath se giró hacia Levi y le indicó por gestos que la siguiera al piso de arriba. Oía los pasos del chico subiendo tras ella, y empezó a ponerse nerviosa. Cuando llegaron al primer piso, Levi le acarició el brazo, por detrás. Cath enfiló a toda prisa hacia su habitación.

Al verlo a través de los ojos del chico, Cath advirtió que parecía un dormitorio infantil. Era grande —ocupaba la mitad de la planta—, con el techo abuhardillado, una alfombra rosa fucsia y dos camas adoseladas de color crema, idénticas.

Hasta el último centímetro de techo y pared estaba cubierto de carteles y dibujos; Wren y ella no habían quitado nada conforme se hacían mayores. Sencillamente añadían más cosas. *Vintage* romántico mezclado con *Simon Snow*.

Levi la miró con ojos risueños, mordiéndose el labio inferior. Cath lo empujó y él estalló en carcajadas.

—Es lo más cuco que he visto en mi vida —se burló.

Ella suspiró.

—Va...

—No, en serio. Habría que conservar esta habitación para que las futuras generaciones supieran lo que les gustaba a las adolescentes del siglo XXI.

—Ya entendí...

—Oh, Dios mío —continuó Levi, sin dejar de reír—. Es demasiado para mí...

Bajó unos cuantos peldaños para volver a subirlos al momento y estallar otra vez en carcajadas.

—Okey —dijo Cath. Caminó hasta su cama y se sentó contra la cabecera. Una colcha a cuadros, en tonos rosa y verde, cubría el lecho. Las fundas de almohada eran de *Simon Snow*. Un móvil de Sanrio colgaba sobre su cabeza como si fuera un atrapasueños.

Levi se acercó al lecho también y se sentó en el centro de la cama.

—Estás tan deslumbrantemente mona en este momento que tendré que hacer un agujerito en una hoja de papel para poder mirarte.

Cath puso los ojos en blanco y Levi subió los pies a la cama para entrelazárselos.

—No puedo creer que tu padre me haya dejado subir a tu cuarto tan pronto. Lo único que sabe de mí es que te he traído a casa en mitad de una ventisca.

—Él es así —repuso ella—. Nunca nos ha controlado mucho.

—¿Nunca? ¿Ni siquiera cuando eran niñas?

—Nunca —Cath negó con la cabeza—. Confía en nosotras. Además, ya le has visto... Siempre está en las nubes.

—Bueno, pues no esperes que mi madre haga lo mismo cuando te la presente.

—Seguro que Reagan estaba encantada.

Los ojos de Levi se agrandaron.

—Mi madre y Reagan no se podían ver, te lo aseguro. La hermana mayor de Reagan se quedó embarazada cuando estudiaba bachillerato, y mi madre estaba convencida de que aquello era hereditario. Le pidió a todo su círculo de oración que nos vigilara. Cuando se enteró de que habíamos roto, dio gracias al Señor.

Cath sonrió, incómoda. Se cubrió el regazo con un almohadón y toqueteó la tela.

—¿Te molesta que hable de Reagan? —le preguntó Levi.

—He sido yo la que ha sacado el tema.

—¿Te molesta?

—Un poco —reconoció Cath. Negó con la cabeza—. Cuéntame más cosas de tu madre.

—Por fin me he colado en tu habitación y aquí nos tienes, hablando de mi exnovia y de mi madre.

Cath sonrió sin levantar la vista.

—Bueno —empezó él—. Mi madre se crio en un rancho. Teje colchas. Es cristiana practicante.

—¿De qué iglesia?

—Baptista.

—¿Cómo se llama?

—Marlisse —respondió Levi—. ¿Cómo se llama tu madre?

—Laura.

—¿Y cómo es?

Cath enarcó las cejas y se encogió de hombros.

—Era dibujante. Bueno, supongo que lo sigue siendo. Mi padre y ella se conocieron en una agencia de publicidad, justo al terminar la carrera.

Levi le dio un toque con la rodilla.

—Y...

Cath suspiró.

—Y no quería casarse, ni quedarse embarazada ni nada de todo eso. Ni siquiera salían en serio. Ella buscaba trabajo en Minneapolis o Chicago. Pero se quedó embarazada... Creo que también le venía de familia; los embarazos sorpresa se remontan a varias generaciones. Y se casaron —miró a Levi—. Fue un desastre. Ella no quería tener un hijo; imagínate lo mal que le sentó enterarse de que eran dos.

—¿Cómo sabes todo eso? ¿Te lo ha dicho tu padre?

—Ella nos lo dijo. Pensaba que debíamos saber quién era en realidad y cómo había acabado en una situación tan lamentable. Supongo que para que no cometiéramos sus mismos errores.

—¿Y qué les quiso enseñar con eso?

—No lo sé —repuso ella—. ¿"Manténganse alejadas de los hombres"? Quizá "usen siempre condón". O "manténganse alejadas de los hombres que no saben cómo funciona un condón".

—Empiezo a ver con mejores ojos al círculo de oración.

Cath lanzó una débil carcajada.

—¿Cuándo se marchó? —siguió preguntando Levi.

Él ya sabía que su madre se había marchado. Ella misma se lo contó un día, sin darle pie a que le hiciera preguntas. Pero ahora...

—Cuando teníamos ocho años —respondió.

—¿Se lo esperaban?

—No —Cath lo miró a los ojos—. No creo que nadie se espere algo así. O sea, cuando eres una niña, no te esperas que tu madre vaya a dejarte, por muy mal que vayan las cosas, ¿sabes? Ni siquiera si estás convencida de que no te quiere.

—Estoy seguro de que te quería.

—Se marchó —declaró Cath— y nunca volvió. ¿Qué clase de persona hace algo así?

—No lo sé... Alguien que busca la parte que le falta.

A Cath se le saltaban las lágrimas. Sacudió la cabeza.

—¿La echas de menos? —quiso saber Levi.

—No —se apresuró a responder Cath—. Ella me importa un comino. A la que echo de menos es a Wren.

Levi recogió las piernas y se echó hacia delante. Reptó por la cama hasta sentarse junto a Cath. La rodeó con un brazo y le recostó la cabeza contra su pecho.

—¿Bien?

Cath asintió y se inclinó hacia él insegura, como si no supiera qué postura adoptar. Levi le dibujó círculos en el hombro con el pulgar.

—¿Sabes? —dijo él—. Llevo todo el rato pensando que parece como si Simon Snow hubiera vomitado aquí... pero es más bien como si alguien se hubiera comido a Simon Snow, como si alguien hubiera ido a un bufet libre de Simon Snow, y luego hubiera vomitado en esta habitación.

Cath se rio.

—Me gusta.

—Yo no he dicho que no me gustara.

Mientras siguieran hablando, todo sería fácil. Y Levi siempre estaba hablando.

Le habló de la organización juvenil 4-H.

—¿Qué representan?

—Cabeza, corazón, manos y salud. *Head, heart, hands* and *health,* en inglés. ¿No existe la 4-H en el sur de Omaha?

—Sí, pero representan cerveza, chicas, coches y cariño, he encogido a los niños.

—Vaya, lamento oírlo. Te has perdido la cría de conejos más competitiva del país.

—¿Criabas conejos?

—Conejos con pedigrí —afirmó él—. Y un año, un cerdo.

—Se diría que hemos crecido en dos planetas distintos.

—Cabeza, corazón, manos y salud... Es muy bonito, ¿no te parece?

—¿Y tienes alguna foto donde se te vea con esos conejos?

—Y hasta lazos azules —afirmó él.

—Tendré que hacer un agujerito en una hoja de papel para poder mirarlas.

—¿Me estás vacilando? Yo era tan mono que tendrías que ponerte lentes especiales. Eh, acabo de recordar la promesa de la 4-H: "Me comprometo a usar la cabeza para pensar con más claridad, a usar el corazón para ser más leal, a emplear las manos para servir a los demás y a cuidar mi salud para vivir mejor, por el club, por la comunidad, por el país y por el mundo".

Cath cerró los ojos.

—¿Dónde están esos lentes?

Levi le habló también de la feria estatal: más conejos, más cerdos y todo un año horneando brownies muy en serio. Y le enseñó las fotos de sus hermanas que llevaba en el celular, todas rubias.

Cath no conseguía retener sus nombres. Procedían de la Biblia.

—Del Antiguo Testamento —le explicó Levi.

Tenía una hermana de la edad de Cath y otra que aún iba a la preparatoria.

—¿No te da mal rollo?

—¿El qué?

—Salir con alguien de la edad de tu hermana pequeña.

—Me daría mal rollo salir con mi hermana pequeña.

—Aún soy adolescente.

Levi se encogió de hombros.

—Eres mayor de edad.

Ella le dio un empujón.

—Cath, sólo soy dos años y medio mayor que tú.

—Años universitarios —arguyó Cath—. Eso equivale a una década.

Él puso los ojos en blanco.

—Mi padre pensaba que tenías treinta.

Levi agrandó los ojos.

—No... ¿En serio?

Ella soltó una risilla.

—No.

El chico advirtió que Cath tenía un juego de mesa tipo Charade aunque de Simon Snow, e insistió en que jugaran. Ella pensó que le daría una paliza, pero Levi tenía una memoria prodigiosa y, por desgracia, todas las preguntas versaban sobre las películas, no sobre los libros.

—Lástima que no haya ninguna pregunta sobre el subtexto homosexual —dijo Levi—. Cuando te haya ganado, quiero un lazo azul.

A medianoche, Cath empezó a pensar que su padre seguiría despierto y que debería dormir un poco.

—¿Estás cansado? —le preguntó a Levi.

—¿Voy a dormir en mi propia tienda?

—Se llama dosel, y no. Dormirás en tu propio sofá. Le diré a mi padre que tienes sueño, así tendrá que dejar de trabajar.

Levi asintió.

—¿Necesitas piyama o algo?

—Puedo dormir vestido. Sólo es una noche.

Cath buscó un cepillo de dientes nuevo para Levi, sacó una sábana limpia y cogió una almohada.

Cuando llegaron abajo, descubrieron que los papeles se habían multiplicado, pero el padre de Cath despejó valeroso el sofá y besó a Cath en la frente. Ella le hizo prometer que no seguiría trabajando en el dormitorio.

—No hagas que me enfade contigo delante de los invitados.

Cath dispuso el sofá para pasar la noche y, cuando Levi salió del cuarto de baño con la cara y las greñas mojadas, le tendió la almohada. Él la dejó en el sofá y sonrió.

—¿Necesitas algo más? —preguntó ella.

Levi negó con la cabeza. Cath retrocedió un paso y el chico le tomó la mano. Ella le pasó los dedos por la palma; luego la apartó.

—Buenas noches —dijo.

—Buenas noches, cielo.

♡ ♡ ♡

Cath despertó a las tres, con la mente despejada y el corazón desbocado.

Bajó las escaleras de puntitas, aunque sabía que crujirían igual.

Cruzó la cocina y comprobó que los fogones estuvieran cerrados, la puerta trasera asegurada y todo en su sitio.

El padre de Cath había dejado la puerta de su cuarto entornada; ella se quedó en el umbral hasta que le oyó respirar. Acto seguido, se alejó lo más sigilosamente que pudo, pasando junto al sofá. La puerta principal estaba cerrada con llave. Las cortinas corridas. Una máquina quitanieves se arrastraba calle arriba.

Al darse la vuelta, descubrió que Levi la miraba, apoyado sobre el codo.

Se había quitado la sudadera y sólo llevaba una ancha camiseta blanca. Tenía el pelo revuelto, la mirada soñolienta.

Cabeza, corazón, manos...

—¿Qué pasa? —susurró él.

Cath negó con la cabeza y subió a su cuarto a toda prisa.

♡ ♡ ♡

Levi tuvo que marcharse antes de desayunar; le tocaba turno en el Starbucks. Jim Flowers, el hombre del tiempo favorito del padre de

Cath, dijo que las carreteras estaban mucho mejor, pero que la gente debía "tomárselo con calma".

El padre dijo que llevaría a Cath de vuelta a la facultad el domingo por la noche, pero Levi miró el Honda semienterrado en la nieve y aseguró que no le importaba regresar.

—Bueno —comentó Art. Estaban en el porche, mirando cómo la camioneta de Levi doblaba la esquina—. Así que ése es tu nuevo novio.

Cath asintió.

—¿Aún estás deseando volver a casa? ¿Pedir que te trasladen a la Universidad de Omaha? ¿Pasarte toda la vida cuidando de un padre mentalmente inestable?

Al darse la vuelta para dirigirse a la sala, Cath le propinó un empujón con el hombro.

—¿Desayunamos?

Pasaron un buen fin de semana. Cinco mil palabras de *Adelante*. Tacos de pescado con rabanitos y col en juliana. Sólo dos conversaciones más sobre Wren. Y el domingo por la tarde Levi estaba de regreso, subiendo de dos en dos los escalones de entrada.

El Humdrum lanzaba una pequeña pelota roja al aire y la volvía a coger.

Durante un año como mínimo, Simon había llevado aquella pelota a todas partes. La perdió a su llegada a Watford; ya no la necesitaba.

—Mientes —dijo—. Tú no eres yo. No eres parte de mí.

—Soy lo que queda de ti —afirmó el Humdrum.

Simon habría jurado que su propia voz jamás le había parecido tan aguda, ni tan dulce.

(Capítulo 23 de *Simon Snow y el séptimo roble*, copyright de Gemma T. Leslie, 2010.)

Capítulo 28

—Uf, Cath, si necesitas un descanso, dímelo.

Levi estaba tendido en la cama de ella y acababa de decirle que se marchaba a casa un par de días para asistir a la fiesta de cumpleaños de su hermana. Y en lugar de responder "te echaré de menos" o "que te diviertas", Cath se había limitado a exclamar: "Ah, qué bien".

—No quería decir eso —se disculpó—. Es que mi padre se va de viaje a Tulsa este fin de semana, así que no me necesita. Y tú te marchas a casa, así que no me necesitarás. Eso significa que tendré todo el fin de semana para escribir. Voy muy atrasada con *Adelante*...

Mucho. Y no acababa de agarrar el ritmo.

Si no escribía a diario, aunque sólo fueran unas líneas, Cath perdía el hilo de la historia, el impulso. Acababa por escribir una larga conversación que no llegaba a ninguna parte o escenas en las que Baz y Simon memorizaban planos de la cara del otro. (Esas escenas eran curiosamente populares entre sus seguidores, pero no hacían avanzar la historia.)

—Sí que te necesito —bromeó Levi.

A continuación se enzarzaron en una larga conversación durante la cual ella intentó memorizar planos de su cara. (Era más difícil de lo que parecía, porque cambiaba de expresión sin parar.) Cath estuvo a punto de darle un beso...

Por la tarde, estuvo a punto de besarlo otra vez, cuando Levi pasó por la residencia para despedirse. Cath se quedó en la acera y Levi se asomó por la ventanilla de la camioneta. Le habría costado tan poco acercarse a él... Y tampoco habría corrido peligro, porque él estaba atrapado en el vehículo y además se marchaba de la ciudad. De modo que no se produciría una reacción en cadena. Nada de "una cosa llevó a la otra". Nada de "a la otra".

Pero si Cath le daba un beso —si dejaba que Levi supiera que podía besarla—, dejaría de vivir del recuerdo de aquel beso soñoliento de noviembre...

Habían pasado seis horas desde que Levi había partido con destino a Arnold, y Cath ya había escrito dos mil palabras de su *fanfic* de Simon. Había progresado tanto aquella noche que estaba pensando en tomarse un descanso al día siguiente para empezar el relato de Escritura Creativa; a lo mejor incluso lo acababa. Sería genial poder decirle a Levi a su regreso que lo había terminado.

Estaba apoltronada en la silla, estirando los brazos, cuando la puerta se abrió de golpe para ceder el paso a Reagan, que entró como un vendaval (Cath ni se inmutó).

—Pero mira a quién tenemos aquí —exclamó Reagan—. Sola y desamparada. ¿No deberías estar por ahí estrechando los lazos con el orgullo de Arnold?

—Se ha ido a casa para el cumpleaños de su hermana.

—Lo sé —Reagan se acercó al armario y se quedó allí, pensando—. Trató de enredarme para que lo acompañara. Ese chico es alérgico a la soledad.

—A mí también me lo ha pedido —saltó Cath.

—¿Y dónde te habrías alojado?

—No lo ha especificado.

—Ja —exclamó Reagan, aflojándose la corbata del uniforme—. Sería capaz de ir a Arnold sólo por no perderme el espectáculo. Por presenciar tu encuentro con Marlisse.

—¿Tan horrible es?

—Seguramente ya no. Te despejé el camino.

Reagan se quitó la camisa blanca por la cabeza y cogió un suéter negro. Llevaba un sostén lila.

Aquello. Era justo aquello lo que se colaba de puntitas en la mente de Cath para impedir que besara a Levi. Ver la lencería de su exnovia en tecnicolor. Saber exactamente con quién se había iniciado el chico. En momentos así habría odiado a su compañera de cuarto si no le cayera tan bien.

Reagan se acercó y le plantó la cabeza en la nariz.

—¿Me huele el pelo a pan de ajo?

Cath se lo olisqueó con cuidado.

—No mucho.

—Maldición —exclamó Reagan incorporándose—. No tengo tiempo de lavarme la cabeza —se sacudió la melena delante del espejo de cuerpo entero y cogió el bolso—. Ok —anunció—, a menos que todo vaya muy mal, esta noche tendrás el cuarto para ti sola. No hagas nada que yo no haría.

—De momento, no lo he hecho —replicó Cath en tono burlón.

Reagan bufó y se marchó.

Cath se quedó mirando la puerta con el ceño fruncido. *No te pongas celosa.* Ya existía una regla al respecto, pero debía añadir otra, para sí misma: *No te compares con Reagan. Es como comparar manzanas con... toronjas.*

Cuando sonó el celular unos minutos después, sacudió la cabeza para quitarse de encima el gusanillo de los celos y sonrió. Levi había quedado en llamarla antes de que Cath se fuera a la cama. Cogió el teléfono. Estaba a punto de responder cuando vio el nombre de Wren en la pantalla. *Wren.*

Wren y ella llevaban desde las vacaciones de Navidad sin dirigirse la palabra, sin enviarse un mensaje siquiera. Tres meses. ¿Qué quería ahora su hermana? Puede que pretendiera llamar a otra persona. Quizá se había vuelto a confundir de C.

Sostuvo el celular en la palma de la mano y lo miró fijamente, como si esperara una explicación.

El teléfono dejó de sonar. Cath lo observó. Volvió a empezar.

Wren.

Cath pulsó la tecla de "Aceptar llamada" y se llevó el aparato al oído.

—¿Sí?

—¿Hola? —no era la voz de Wren—. ¿Cather?

—Sí.

—Gracias a Dios. Soy... tu madre.

Tu madre. Cath se apartó el celular de la oreja.

—¿Cather?

—Sí —repuso ella con un hilo de voz.

—Estoy en el hospital con Wren.

Tu madre. Cather.

Wren.

—¿Por qué? ¿Le pasa algo?

—Ha bebido demasiado. Alguien... La verdad es que no sé gran cosa, pero alguien la ha dejado aquí. Pensaba que a lo mejor tú sabías algo.

—No —respondió Cath—. No sé nada. Voy para allá. ¿En qué hospital estás?

—En el Saint Elizabeth. Ya llamé a tu padre. Tomará el primer avión de vuelta.

—Bien —dijo Cath—. Llegaré enseguida.

—Bueno —repuso Laura. *Tu madre*—. Bien.

Cath asintió en silencio, todavía con el teléfono a unos centímetros de la oreja. Cortó la comunicación.

♡ ♡ ♡

Reagan regresó en cuanto la llamó. Cath intentó comunicarse con Levi primero. Ya sabía que no podía ayudarla, que estaba a varias horas de allí, pero necesitaba ponerse en contacto con él. (Llamar a su refugio. A un lugar seguro.) Levi no respondió, así que le envió un mensaje en plan minimalista: *wren en el hospital*. Luego telefoneó a su padre. Éste tampoco respondió.

Reagan, que sabía dónde estaba el Saint Elizabeth, dejó a Cath junto a la entrada.

—¿Quieres que te acompañe?

—No —respondió, con la esperanza de que Reagan adivinara sus verdaderos sentimientos.

No lo hizo. Su compañera se marchó, y ella se quedó un momento ante la puerta giratoria, con la sensación de que no lograría traspasarla.

La actividad en el hospital era mínima durante las horas nocturnas. No había nadie en recepción y los ascensores principales no funcionaban. Tras dar unos cuantos rodeos, Cath acabó por encontrar las emergencias. Allí, una administrativa le dijo que Wren ya estaba ingresada, y la envió a otro pasillo desierto. Por fin, Cath tomó un ascensor para subir al sexto piso, sin saber lo que se iba a encontrar.

Cuando intentaba imaginarse a Laura, sólo recordaba el aspecto que tenía su madre en las fotos familiares. Una larga melena castaña, grandes ojos marrones. Anillos de plata. Pantalones vaqueros desteñidos. Un sencillo vestido amarillo el día de su boda, con barriga incipiente.

Aquella mujer no estaba allí.

La sala de espera se hallaba desierta salvo por una señora rubia que, sentada en una esquina, cerraba los puños sobre el regazo. Alzó la vista al ver entrar a Cath.

—¿Cather?

Los rasgos y los colores de la extraña tardaron unos segundos en adoptar la forma de un rostro que Cath creyó reconocer. En el transcurso de aquellos segundos, una parte de Cath corrió hacia la mujer rubia, le rodeó las piernas con los brazos y le hundió la cara en la barriga. Una parte de Cath gritó. Con todas sus fuerzas. Una parte de ella prendió fuego al mundo entero sólo por verlo arder.

La mujer se levantó y caminó hacia Cath.

Ella se quedó inmóvil.

Laura pasó de largo para dirigirse al puesto de enfermeras. Les dijo algo en voz baja.

—¿Eres la hermana? —preguntó una enfermera, alzando la vista.

Cath asintió.

—Tendríamos que hacerte unas preguntas.

Cath respondió lo mejor que pudo. No sabía lo que había bebido Wren. No sabía dónde había estado ni con quién. El resto de las preguntas le parecieron demasiado íntimas como para responderlas delante de una desconocida (delante de Laura, que estaba de pie a su lado, observando el rostro de Cath como si tomara notas). La chica la miró con impotencia, a la defensiva, y Laura volvió a su rincón. ¿Bebía Wren regularmente? Sí. ¿Se emborrachaba a menudo? Sí. ¿Perdía el sentido? Sí. ¿Consumía drogas? No lo sé. ¿Tomaba algún medicamento? Píldoras anticonceptivas. ¿Tiene seguro médico? Sí.

—¿Puedo verla? —preguntó Cath.

—Aún no —respondió la enfermera.

—¿Se encuentra bien?

—Yo no soy su enfermera. Pero el médico acaba de informar a tu madre.

Cath volteó a mirar a Laura, a su madre, a aquella rubia preocupada de ojos cansados y jeans carísimos. Se sentó enfrente de ella, al otro lado de la salita, intentando serenarse. Aquello no era un reencuentro; no era nada. Cath estaba allí por Wren.

—¿Está bien?

La mujer alzó la vista.

—Creo que sí. Aún no ha despertado. Alguien la ha dejado en la sala de emergencias hace unas horas y se ha marchado. Supongo que no respiraba... con normalidad. No sé... No tengo ni idea de lo que pasa en esos casos. La están hidratando. Es cuestión de tiempo. Hay que esperar.

Laura lucía una media melena que le colgaba por debajo de la barbilla como dos puntiagudas alas. Llevaba una rígida camisa blanca y demasiados anillos en los dedos.

—¿Por qué te han llamado? —preguntó Cath. Puede que fuera una pregunta impertinente pero le daba igual.

—Oh —dijo Laura. Metió la mano en un bolso Coach color crema y le tendió el celular de Wren desde el otro lado del pasillo.

Cath lo tomó.

—Han mirado los contactos —explicó Laura—. Me han dicho que siempre llaman a la madre primero.

A la madre, pensó Cath.

Marcó el teléfono de su padre. Saltó directamente la contestadora. Cath se levantó y se alejó unos pasos, buscando intimidad.

—Papá, soy Cath. Estoy en el hospital. Aún no he visto a Wren. Te llamaré cuando sepa algo más.

—He hablado con él hace un rato —dijo Laura—. Está en Tulsa.

—Ya lo sé —replicó Cath, mirando el teléfono—. ¿Por qué no me ha llamado él?

—Le... le he dicho que yo lo haría. Él tenía que contactar con la compañía aérea.

Cath volvió a sentarse, pero no frente a Laura esta vez. No tenía nada más que decirle, ni quería oír nada de ella.

—Aún... —Laura carraspeó. Empezaba cada frase como si le faltara el aliento para continuarla—. Aún se parecen mucho.

La hija levantó la cabeza al instante para mirarla.

Tuvo la sensación de que no la conocía de nada.

Y luego se sintió como si estuviera mirando a esa persona que esperas que acuda a consolarte cuando despiertas en plena pesadilla.

Cada vez que Levi le preguntaba por su madre, Cath respondía que apenas la recordaba. Y era verdad.

Pero eso había cambiado. Ahora, el mero hecho de estar tan cerca de Laura había abierto una puertecita secreta en la mente de Cath. Y veía a su madre con absoluta claridad, sentada al otro lado de la mesa del comedor. Se reía de algo que Wren había dicho, así que Wren lo repetía y la madre seguía riendo. Era castaña y se encajaba rotuladores en la coleta para tenerlos siempre a mano. Dibujaba cualquier cosa. Una flor. Un caballito de mar. Un unicornio. Cuando se impacientaba, las hacía callar. Chasqueaba los dedos. *Chas, chas, chas,* mientras hablaba por teléfono. Las cejas juntas, los dientes al descubierto. "Chist". Estaba en el dormitorio con su marido, gritando. En el zoo, ayudando a Wren a perseguir a un pavo real. Aplanando la masa para preparar galletas de jengibre. Al teléfono, siseando. En el dormitorio, gritando. De pie en el porche, recogiéndole el pelo a Cath detrás de las orejas, una y otra vez, acariciándole la mejilla con un pulgar largo y plano y haciendo promesas que no iba a cumplir.

—Somos gemelas —replicó. Porque fue la respuesta más tonta que se le ocurrió. Porque eso es lo que merece un comentario como "aún se parecen mucho" cuando es tu madre quien lo hace.

Sacó el teléfono y le mandó un mensaje a Levi: *estoy en el hospital, aún no he visto a wren. intoxicación por alcohol. mi madre está aquí. te llamo mañana.* Y luego añadió: *me alegro de que estés leyendo esto en alguna parte, cuando lo leas, me hace sentir mejor.* El piloto de la batería mudó a rojo.

Laura también sacó su teléfono. (¿Por qué Cath la llamaba así? Cuando era niña, ni siquiera sabía cómo se llamaba su madre. Su padre se dirigía a ella como "cariño" —fatigado, tenso y cuidadoso— y Laura lo llamaba "Art".) Ahora estaba enviando un mensaje, seguramente a su marido actual, y el gesto, por alguna razón, molestó a Cath. Le dio rabia que contactara con alguien en aquel preciso instante. Que hiciera ostentación de su nueva vida.

Se cruzó de brazos y miró hacia el puesto de enfermeras. Cuando notó que se le saltaban las lágrimas, se dijo que lloraba por Wren, y sin duda en parte era verdad.

Esperaron.

Siguieron esperando.

Pero no juntas.

En determinado momento, Laura se levantó para ir al baño. Caminaba como Wren, meneando las caderas y apartándose el pelo de la cara.

—¿Gustas un café? —preguntó.

—No, gracias —respondió Cath.

En ausencia de Laura, intentó contactar con su padre. Si contestaba al teléfono, estaba segura de que se echaría a llorar. A lo mejor hasta lo llamaba "papi". El hombre no respondió.

Cuando volvió, Laura trajo consigo una botella de agua, que dejó en una mesita, al lado de Cath. La chica no la tocó.

Las enfermeras las ignoraban. Laura hojeó una revista. Cuando un médico entró en la sala de espera, ambas se pusieron en pie.

—¿Señora Avery? —dijo, mirando a Laura.

—¿Cómo está? —preguntó ella.

Una manera elegante de escurrir el bulto, pensó Cath.

—Creo que todo va a ir bien —repuso el médico—. Respira con normalidad. Los niveles de oxígeno son correctos... Y hace un rato se ha despertado y ha charlado un poco conmigo. Creo que todo va a quedar en un susto. A veces un susto viene bien.

—¿Puedo verla? —preguntó Cath.

El médico la miró. *Gemelas,* casi lo oyó pensar.

—Sí —asintió—. No hay problema. Ahora le estamos haciendo otra prueba. Le diré a la enfermera que salga a buscarlas cuando hayamos terminado.

Cath asintió y se cruzó de brazos otra vez.

—Gracias —dijo Laura.

Cath regresó a la silla, a esperar. Pero la mujer se quedó junto al puesto de enfermeras. Al cabo de un minuto, volvió a la zona de espera, cogió el bolso Coach, metió un pañuelo de papel en un bolsillo interior y alisó las asas de cuero con ademán nervioso.

—Bueno —anunció—. Creo que me voy a casa.

—¿Qué?

Cath se giró hacia ella.

—Debería irme —dijo Laura—. Tu papá llegará enseguida.

—Pero... no puedes irte ahora.

La mujer se colgó el bolso del hombro.

—Ya lo has oído —siguió diciendo Cath—. Podremos verla dentro de un momento.

—Ve tú —replicó Laura—. Eres tú quien debería ir.

—Tú también deberías entrar.

—¿Es eso lo que quieres? ¿De verdad? —le espetó la mujer en tono seco. Una parte de Cath se encogió.

—Es lo que querría Wren.

—No estés tan segura —repuso Laura, otra vez en tono fatigado. Se pellizcó el puente de la nariz—. Mira... yo no debería estar aquí. Me han llamado por casualidad. Tú estás aquí, tu padre está en camino...

—No está bien dejar a alguien tirado en el hospital —le reprochó Cath con vehemencia.

—Wren no está sola —repuso Laura muy seria—. Te tiene a ti.

Cath se levantó y se balanceó en el sitio. *Wren no,* pensó. *No me refería a Wren.*

La mujer se ajustó el bolso al hombro.

—Cather...

—No te puedes marchar así...

—Es lo adecuado —insistió Laura, bajando la voz.

—¿En qué universo paralelo? —la rabia ascendía por la garganta de Cath como un corcho que sube a la superficie—. ¿Qué clase de madre se larga del hospital sin ver a su hija? ¿Qué clase de madre se larga? Wren ha estado inconsciente... Y si crees que eso a ti no te afecta, es que no estás en contacto con la realidad. Y yo estoy aquí, y hace diez años que no me ves y ahora, ¿vas y te largas? ¿Ahora?

—No me hagas responsable a mí —susurró Laura—. Salta a la vista que no quieres que esté aquí.

—No me hagas responsable tú a mí —replicó Cath—. No me corresponde a mí quererte aquí o no. No se supone que sea la hija quien se tenga que ganar a la madre.

—Cather —Laura tenía la boca y los puños apretados—. He intentado acercarme a ti. Lo he intentado.

—Eres mi madre —le reprochó Cath. Tenía los puños aún más apretados—. Inténtalo más.

—Éste no es el momento ni el lugar para mantener esta conversación —dijo Laura en voz baja, serena, ajustándose el bolso—. Luego hablaré con Wren. Y me encantaría charlar contigo más tarde también. Me encantaría, Cather, pero... ahora mismo éste no es mi sitio.

Cath negó con la cabeza.

—Pues ahora es todo lo que tienes —le lanzó, lamentando que la frase no tuviera mucho sentido. Echando en falta más palabras, o mejores—. Ahora es todo lo que vas a tener jamás.

Laura levantó la barbilla y se apartó el pelo de la cara. Ya no la escuchaba. Estaba representando el papel de "la digna".

—Éste no es mi sitio —volvió a decir—. No quiero imponer mi presencia.

Y se alejó. Con la espalda erguida y meneando las caderas.

Tenía que decirle al Gran Hechicero lo que había visto.

Por fin he visto al Humdrum, señor. Ya sé contra qué nos enfrentamos: contra mí.

"Contra lo que queda de ti", le había dicho el monstruo.

¿Y qué queda de mí?, se preguntó Simon. ¿Un fantasma? ¿Un vacío? ¿Un eco?

¿Un niño enfadado de manos inquietas?

(Capítulo 24 de *Simon Snow y el séptimo roble*, copyright de Gemma T. Leslie, 2010.)

Capítulo 29

Transcurrió otra hora antes de que la enfermera fuera a buscarla. Cath se bebió la botella de agua. Se secó la cara con la camiseta. Pensó que aquella sala de espera era mucho más agradable que la del Saint Richard. Toqueteó el teléfono, pero estaba muerto.

Cuando llegó la enfermera, Cath se levantó al instante.

—¿Eres pariente de Wren Avery?

Asintió.

—Puedes entrar a verla. ¿Quieres esperar a tu madre?

Negó con la cabeza.

♡ ♡ ♡

Wren tenía una habitación para ella sola. La luz estaba apagada y su gemela descansaba con los ojos cerrados. Cath no supo si dormía.

—¿Tengo que vigilar algo? —le preguntó a la enfermera.

—No, ahora está tranquila.

—Nuestro padre no tardará.

—Bien. Le diré que entre.

Despacio para no hacer ruido, se sentó en la butaca que había junto a la cama de Wren. Su hermana estaba pálida. Tenía una mancha oscura en la mejilla. Un moretón, quizá. Le había crecido el pelo desde Navidad; le tapaba los ojos y se le curvaba a la altura del cuello. Cath se lo retiró de la cara.

—Estoy despierta, ¿sabes? —susurró Wren.

—¿Aún estás borracha?

—Un poco. Confusa.

Volvió a retirarle el pelo con un gesto tranquilizador. Tranquilizador para Cath, cuando menos.

—¿Qué pasó?

—No me acuerdo.

—¿Quién te trajo?

Wren se encogió de hombros. Llevaba un catéter del vial en la muñeca y algo pegado al dedo índice. De cerca, olía a vómito. Y a Wren..., a detergente Tide y a perfume Lola de Marc Jacobs.

—¿Te encuentras bien?

—Confusa —repitió Wren—. Mareada.

—Papá viene hacia aquí.

Wren gimió.

Cath cruzó los brazos sobre el colchón y apoyó la cabeza, suspirando con fuerza.

—Me alegro de que te hayan traído —dijo—. Quienquiera que haya sido. Yo... lo siento.

Lamento no haber estado contigo, que tú no me quisieras allí contigo, saber que no habría podido evitarlo, de todos modos.

Ahora que estaba con su hermana y que ésta no corría peligro, Cath se dio cuenta de lo cansada que estaba. Se guardó los lentes en el bolsillo del abrigo y apoyó la cabeza en el respaldo de la silla. Se estaba adormilando —o quizá se hubiera dormido ya— cuando oyó un sollozo. Levantó la cabeza. Wren estaba llorando. Tenía los ojos cerrados y las lágrimas se estrellaban contra su cabello. Cath casi podía oír el goteo.

—¿Qué te pasa?

Wren negó con la cabeza. Cath le enjugó las lágrimas con los dedos y se los secó en la camiseta.

—¿Quieres que avise a la enfermera?

Wren volvió a decir que no con un gesto y empezó a desplazarse en la cama.

—Ven —dijo, haciéndole sitio a su hermana.

—¿Estás segura? —le preguntó Cath—. No quiero que por mi culpa te ahogues en tu propio vómito.

—No me queda nada —susurró Wren.

Se quitó las botas y, pasando por encima de la barandilla, se tendió en el espacio que la otra le había dejado. Con cuidado, le pasó el brazo por debajo del cuello.

—Ven —le dijo.

Apoyando la cabeza en su hombro, Wren se acurrucó contra ella. Cath intentó desenredar los tubos que rodeaban el brazo de su hermana y le estrechó la mano con fuerza. La tenía pegajosa.

A Wren aún le temblaban los hombros.

—No pasa nada —la tranquilizó Cath—. No pasa nada.

No quería dormirse hasta que Wren lo hiciera, pero estaba cansada, lo veía todo desenfocado y la envolvía la oscuridad.

—Dios mío —oyó decir a su papá—. Ay, Wren. Nena.

Cath abrió los ojos y lo vio inclinado sobre ambas, besándoles la frente. Se sentó con cuidado.

Wren tenía los ojos hinchados y legañosos, pero abiertos.

Él se incorporó y posó una mano en la mejilla de Wren.

—Santo Dios —exclamó, meneando la cabeza—. Pequeña.

Llevaba un traje gris y una camisa azul cielo por fuera. La corbata, naranja con destellos blancos, asomaba de cualquier manera de su bolsillo. *Ropa de trabajo,* pensó Cath.

Por costumbre, observó su mirada. Tenía los ojos fatigados y vidriosos, pero despejados.

De repente, a Cath la invadió un fuerte sentimiento de afecto, y aunque no era la protagonista del drama, tendió los brazos y lo abrazó. Hundió la cara en la sudada camisa de su padre hasta que oyó el latido de su corazón. Él la rodeó con el brazo.

—Bien —dijo desconcertado. Cath notó que Wren le tomaba la mano—. Bien —repitió el padre de las chicas—. Ahora todo va bien.

♡ ♡ ♡

Wren no tenía que quedarse en el hospital.

—Si duermes y sigues bebiendo agua, te puedes ir a casa —le dijo el médico.

A su casa de verdad. A Omaha.

—Te vienes conmigo —ordenó el padre, y Wren no discutió.

—Yo también voy —intervino Cath. El hombre asintió.

Una enfermera le retiró el suero a Wren, y Cath la acompañó al baño. Le dio palmaditas en la espalda mientras ella daba arcadas sobre el lavamanos. Luego la ayudó a lavarse la cara y a vestirse: jeans y camiseta sin mangas.

—¿Dónde está tu abrigo? —le preguntó el padre.

Wren se encogió de hombros. Cath se quitó la chaqueta y se la tendió.

—Huele a sudor —se quejó Wren.

—Tú hueles aún peor —replicó ella.

Tuvieron que esperar a que les entregaran los papeles del alta. La enfermera le preguntó a Wren si quería hablar con un especialista en adicciones. Ella dijo que no. Su papá se limitó a fruncir el ceño.

—¿Has comido algo? —le preguntó Cath.

El hombre bostezó.

—Ya pararemos en alguna parte.

—Yo conduzco —dijo Cath.

El padre de las chicas había intentado reservar un vuelo para salir de Tulsa la víspera, pero no había ninguno hasta el día siguiente por la tarde, así que había decidido alquilar un coche —"Kelly me ha dado la Visa de la agencia"— y conducir siete horas hasta allí.

La enfermera regresó con los papeles y le dijo a Wren que tendría que abandonar el hospital en silla de ruedas.

—Son las normas.

Ella protestó, pero su padre se plantó detrás de la silla y le dijo:

—¿Qué prefieres? ¿Ir a casa o quedarte aquí discutiendo?

Cuando la enfermera les abrió las puertas que conducían a la sala de espera, a Cath le dio un vuelco el corazón, y comprendió que medio esperaba ver a Laura allí sentada. *Lo tienes claro,* se dijo.

Al cruzarlas, Wren ahogó un sollozo. Por un instante, Cath pensó que quizá Laura siguiera allí después de todo. O tal vez Wren tuviera ganas de vomitar de nuevo.

Había un chico sentado en la sala de espera con la cabeza entre las manos. Oyó el gritito de Wren y alzó la vista. Ella se levantó y arrastró los pies hacia él. El chico la estrechó entre sus brazos y le hundió la cara en la apestosa melena.

Era el musculoso de Muggsy's. El que repartía puñetazos. Cath no recordaba su nombre. Javier. Julio...

—¿Quién es ése? —preguntó el padre de las chicas.

—Jandro —respondió Cath.

—Ah —repuso el padre, observando el abrazo—. Jandro.

—Sí...

Cath esperaba que no hubiera sido Jandro quien había dejado a Wren en la sala de emergencias y luego se había largado. Esperaba que no supiera nada de aquel moretón que su hermana tenía en la mejilla.

—Eh —dijo alguien, y Cath se echó a un lado al darse cuenta de que estaba en mitad del pasillo—. Eh —repitió.

Levantó la mirada... y vio el sonriente rostro de Levi.

—Eh —exclamó a su vez, casi con signos de admiración—. ¿Qué haces aquí?

—Recibí tu mensaje. Te contesté.

—Se me ha acabado la batería.

Cath alzó la vista hacia los ojos risueños de Levi, a su sonrisa de alivio, intentando al mismo tiempo asimilar toda la imagen.

Sostenía dos tazas de café y le asomaba un plátano del bolsillo de la camisa de franela.

—¿Señor Avery? —Levi le ofreció una taza al padre de Cath—. Era para Jandro, pero creo que él está servido.

El hombre tomó el café.

—Gracias. Levi.

—Levi —repitió Cath, y supo que estaba a punto de echarse a llorar—. No hacía falta que vinieras.

Él cerró el puño y, propinándole un toque amistoso en la barbilla, dio medio paso hacia ella.

—Pues lo he hecho.

Cath intentaba no sonreír... pero acabó sonriendo tanto que casi se le taponaron los oídos.

—No me han dejado entrar —dijo—. Ni a Jandro. Sólo familia inmediata.

Cath asintió.

—¿Tu hermana está bien?

—Sí. Resacosa. Avergonzada... Ahora nos vamos a Omaha los tres.

—¿Y tú estás bien?

—Sí. *Sí* —Cath le tomó la mano y se la apretó—. Gracias —dijo.

—Ni siquiera sabías que estaba aquí.

—Ahora lo sé, y el sentimiento vale en retrospectiva. Gracias... ¿Te has perdido la fiesta de tu hermana?

—No, se celebra mañana después de misa. Echaré una cabezada y volveré..., a menos que necesites algo.

—No.

—¿Tienes hambre?

Cath se rio.

—¿No me digas que estás a punto de ofrecerme un plátano?

—Estoy a punto de ofrecerte medio plátano —aclaró Levi soltándole la mano.

Le cedió el café y, tras sacarse la fruta del bolsillo, la peló. Cath echó un vistazo a Wren, que le estaba explicando a su padre quién era Jandro. Tenía un aspecto horrible, pero Jandro la miraba como si fuera la Dama del Lago. Levi le tendió medio plátano a Cath y ella lo tomó.

—Salud —dijo Levi, fingiendo un brindis.

Mientras comía, Cath buscó sus ojos.

—Ahora mismo, te daría la luna —declaró.

Levi la miró radiante y enarcó una ceja.

—Sí, pero ¿la matarías por mí?

Cath condujo de vuelta a casa. De camino, pasaron por un restaurante de comida rápida. El padre de las chicas pidió dos sándwiches de pescado y les advirtió que no le dieran lata.

Wren hizo una mueca.

—Me da igual que sea malo para tu colesterol. Es el olor lo que me da asco.

—A lo mejor no deberías haberte emborrachado hasta entrar en shock —replicó él.

Entonces Cath comprendió que su padre no iba a fingir que no había pasado nada. Que el incidente tendría consecuencias.

Aplastó la hamburguesa con queso contra el volante. Era la única conductora de toda la interestatal que respetaba el límite de velocidad.

Cuando llegaron a casa, Wren se metió directamente en la ducha.

El padre de las chicas se quedó en el salón, con expresión ensimismada.

—Luego vas tú —le dijo Cath—. Yo no llevo tanta mugre encima.

—Tenemos que hablar de esto —anunció él—. Esta noche. O sea, no tú. Esto no va contigo. Tenemos que hablar Wren y yo. Debería haberle dicho algo en Navidad, pero estaban pasando muchas cosas y...

—Lo siento.

—No te disculpes, Cath.

—También es culpa mía. Yo te lo oculté.

Él se quitó los lentes y se frotó la frente.

—No creas. Yo también me di cuenta... Y pensé, no sé, que se le pasaría. Que volvería al buen camino.

La corbata había escapado casi completamente de su bolsillo.

—Deberías dormir —le sugirió Cath—. Date una ducha y luego duerme un rato.

Wren salió del baño envuelta en bata de hombre y les sonrió apenas. Tras darle a su padre unas palmadas de aliento en el brazo, Cath siguió a su hermana al piso de arriba. Cuando entró la habitación que compartían, encontró a Wren de pie ante la cómoda, rebuscando con impaciencia en un cajón casi vacío.

—No tenemos ninguna piyama.

—Tranquilízate, Junie B. Jones —bromeó Cath mientras se dirigía a su propia cómoda—. Toma.

Le tendió una camiseta y unos pantalones de gimnasia viejos.

Su hermana se cambió y se metió en la cama. Cath se dejó caer a su lado, encima del edredón.

—Hueles a vómito —se quejó Wren.

—Es tuyo —dijo Cath—. ¿Cómo te encuentras?

—Cansada —cerró los ojos.

Cath le golpeteó el brazo con el dedo.

—¿Era tu novio?

—Sí —susurró su hermana—. Alejandro.

—Alejandro —repitió Cath—. ¿Sales con él desde el semestre pasado?

—Sí.

—¿Estaba contigo ayer por la noche?

Wren negó con la cabeza. Las lágrimas empezaban a acumularse entre sus pestañas.

—¿Con quién ibas?

—Con Courtney.

—¿Cómo te diste ese golpe en la cara?

—No me acuerdo.

—Pero no fue Alejandro.

Wren agrandó mucho los ojos.

—Por Dios, Cath. No —volvió a cerrar los ojos con fuerza y sacudió la cabeza—. Seguro que rompe conmigo. Odia que me emborrache. Dice que el alcohol me denigra.

—Pues esta mañana no parecía a punto de romper contigo.

Wren ahogó un sollozo.

—No quiero pensar en eso ahora mismo.

—No lo hagas. Duérmete.

Y se durmió. Cath regresó a la planta baja. Su padre ya estaba durmiendo. Se había saltado el baño.

La invadió una sensación de paz inexplicable. Lo último que le había dicho Levi cuando se habían separado en el vestíbulo del hospital había sido: "Carga el teléfono". Así que lo hizo. Luego puso ropa a lavar.

—No podemos ser amigos —afirmó Baz mientras le pasaba la pelota a Simon.

—¿Por qué no? —quiso saber él. Dio un puntapié al balón y luego un toque de rodilla.

—Porque ya somos enemigos.

—Eso no tiene por qué seguir siendo así. Ninguna regla lo dice.

—Sí que hay una regla —repuso Baz—. La hice yo mismo. "No te hagas amigo de Snow. Ya tiene demasiados".

Le apartó con el hombro y golpeó la pelota con la rodilla a su vez.

—Me sacas de quicio —dijo Simon.

—Bien. Cumplo con mi papel de antagonista.

—Tú no eres mi antagonista. Es el Humdrum.

—Mmm —dudó Baz. Dejó caer el balón y se lo pasó a Simon—. Ya veremos. La historia aún no ha terminado.

(De *Baz, te gusta*, subido en septiembre de 2008 a FanFixx.net por Magicath y Wrenegade.)

Capítulo 30

—No creo que sea necesario hablar de esto —protestó Wren.

—Acabas de ser hospitalizada por intoxicación etílica —arguyó su padre—. Vamos a hablar de ello.

Cath colocó un montón de burritos envueltos en papel de aluminio sobre la mesa y luego se sentó a la cabecera.

—No hay nada que hablar —insistió Wren. Su aspecto seguía siendo horrible. Tenía ojeras y la piel macilenta—. Tú vas a decir que no debería beber tanto y yo voy a reconocer que tienes razón...

—No —la interrumpió el hombre—. Voy a decir que no deberías beber nada en absoluto.

—Ya, pero eso no es muy realista.

El padre de las chicas estampó el puño sobre la mesa.

—¿Y por qué no, eh? A ver por qué diablos.

Wren se echó hacia atrás y tardó un instante en recuperarse de la impresión. Él nunca les gritaba.

—Todo el mundo bebe —expuso ella con tranquilidad. En plan "la más racional de los dos".

—Tu hermana no.

Wren puso los ojos en blanco.

—Perdona, pero no pienso pasarme varios años encerrada en mi habitación escribiendo sobre magos gays.

—Protesto —intervino Cath a la vez que tomaba un burrito.

—Se acepta la protesta —dijo el padre—. Tu hermana ha sacado un promedio sobresaliente, Wren. Y tiene un novio muy educado. Le va de maravilla en la universidad.

Wren se giró hacia Cath rápidamente.

—¿Tienes novio?

—¿No conoces a Levi? —el padre de las chicas puso cara de sorpresa... y de tristeza—. ¿Ni siquiera se hablan?

—¿Le robaste el novio a tu compañera de cuarto?

Wren la miraba con unos ojos como platos.

—Es una larga historia —repuso Cath.

Su hermana no apartó la vista.

—¿Se han besado?

—Wren —la interrumpió el padre—. Estoy hablando en serio.

—¿Qué quieres que diga? Bebo demasiado.

—Estás descontrolada —replicó él.

—Estoy perfectamente. Sólo tengo dieciocho años.

—Exacto —asintió el hombre—. Y vas a volver a casa.

Cath estuvo a punto de escupir la carne.

—No —dijo Wren.

—Ya lo creo que sí.

—No me puedes obligar —respondió ella, como si sólo tuviera doce.

—Claro que puedo —golpeaba la mesa con tanta fuerza que debía de hacerse daño—. Soy tu padre. Yo mando. Debería haber hecho esto hace tiempo, pero mejor tarde que nunca, supongo. Soy tu padre, ¿me oyes?

—Papá —susurró Cath.

—No —replicó él, sin apartar los ojos de Wren—. No dejaré que corras peligro. No recibiré otra llamada como ésa. No voy a pasarme los fines de semana, a partir de ahora, preguntándome dónde estás y con quién, o si estás siquiera lo bastante sobria como para saber lo bajo que has caído.

Cath había presenciado otros enfados de su padre —lo había oído despotricar, lo había visto agitar los brazos y sacar vapor por las orejas—, pero nunca por algo que hubieran hecho ellas. Nunca con ellas.

—Esto ha sido una advertencia —prosiguió él casi a voz en cuello. Apuntaba a Wren con el dedo—. Esto ha sido sólo un adelanto de lo que viene. Y tú no quieres escuchar el aviso. ¿Qué clase de padre sería si te enviara otra vez a la universidad sabiendo que no has aprendido la lección?

—¡Tengo dieciocho años! —gritó Wren.

Cath consideró aquella respuesta una pésima estrategia.

—¡Me da igual! —vociferó él—. Sigues siendo mi hija.

—Estamos a mitad de semestre. Lo voy a suspender todo.

—No te preocupaban tanto tus estudios y tu futuro cuando te estabas matando con tequila.

Wren ladeó la cabeza.

—¿Cómo sabes que había bebido tequila?

—Por Dios, Wren —suspiró él con amargura—. Apestabas más que una licuadora de margaritas.

—Aún apesta —apuntó Cath.

Wren plantó los codos en la mesa y enterró la cara en las manos.

—Todo el mundo bebe —repitió obstinada.

Su padre empujó la silla hacia atrás.

—Si eso es lo único que sabes decir, yo también seguiré en mis trece: te quedas en casa.

Se levantó y se metió en su habitación. Cerró de un portazo.

Wren dejó caer la cabeza y las manos sobre la mesa.

Cath arrastró la silla hacia ella.

—¿Quieres una aspirina?

Wren guardó silencio unos instantes.

—¿Por qué no estás enfadada conmigo?

—¿Y por qué iba a estar enfadada contigo? —le preguntó Cath.

—Llevas enfadada conmigo desde noviembre. No, desde julio.

—Bueno, pues ya no lo estoy. ¿Te duele la cabeza?

—¿Ya no lo estás? —con la mejilla apoyada en la mesa, Wren volteó a mirar a Cath.

—Esta noche he pasado mucho miedo —le explicó ésta—. Y he decidido que no quiero volver a alejarme tanto de ti. ¿Y si te hubieras muerto y yo llevara tres meses sin hablarte?

—No me iba a morir.

Wren volvió a poner los ojos en blanco.

—Papá tiene razón —afirmó Cath—. Hablas como una idiota.

Su hermana bajó la vista y se frotó la cara con la muñeca.

—No voy a dejar de beber.

¿Por qué no?, quiso preguntarle Cath. En cambio, dijo:

—Pues descansa un poco. Durante el resto del año. Demuéstrale a papá que eres capaz.

—No puedo creer que tengas novio —susurró Wren— y que yo ni siquiera lo supiera.

Le temblaban los hombros. Estaba llorando otra vez. Wren jamás en su vida había llorado tanto.

—Eh —le dijo Cath—, no pasa nada.

—No me iba a morir —repitió Wren.

—Bien.

—Es que... te echaba mucho de menos.

—¿Aún estás peda? —le preguntó su hermana.

—Creo que no.

Cath se echó hacia delante. Sentada en el borde de la silla, acarició el pelo de Wren.

—Tranquila. Yo también te echo de menos. Ese rollo de la bebida no, pero a ti sí.

—He sido una tarada contigo —susurró Wren sin alzar los ojos de la mesa.

—Y yo contigo.

—Es verdad —reconoció Wren—, pero... ¿me perdonas?

—No.

Su hermana la miró desconsolada.

—No tengo que perdonarte —arguyó Cath—. Las cosas no funcionan así entre nosotras. Estamos unidas. De por vida. Pase lo que pase.

Wren levantó la cabeza y se enjugó los ojos con el dorso de los pulgares.

—Sí.

Cath asintió con un gesto.

—Sí.

El padre de las chicas salió a correr.

Wren se comió un burrito y volvió a la cama.

Cath leyó por fin los mensajes de Levi.

doy la vuelta ahora mismo... llegaré a las 3.

cather... me importas mucho. me parecía un buen momento para decírtelo. a una hora de camino.

en la sala de espera, no familia, no puedo entrar, jandro está aquí también. aquí... ok? si me necesitas.

en arnold. maravilloso día. sabías que arnold tiene cañones de limolita y colinas de arena? la diversidad biológica te haría llorar cather avery. llámame cielo.

y eso quiere decir que debes llamarme... no que debas llamarme cielo aunque me
puedes llamar así si quieres. llama llama llama.

Cath lo llamó. Levi estaba cenando con su familia.

—¿Estás bien? —le preguntó.

—Sí —respondió ella—, sólo un poco nerviosa. Mi papá se ha
enfadado con Wren, pero no tiene muy claro cómo tratarnos cuando
está enfadado. Y Wren se comporta como una mocosa malcriada.
Creo que no sabe muy bien cómo portarse cuando está equivocada.

—Ojalá pudiera charlar más —se disculpó Levi— pero a mi madre le molesta que hablemos por teléfono durante las comidas en familia. Te llamo mañana desde el coche, ¿sí?

—Sólo si la carretera es llana y sin curvas, y si no hay tráfico.

—¿Volverás mañana? —quiso saber Levi.

—No lo sé.

—Te echo de menos.

—Vaya tontería —dijo Cath—. Nos hemos visto esta mañana.

—No es cuestión de tiempo —replicó él, y Cath advirtió que estaba sonriendo—, sino de distancia.

Al cabo de pocos minutos, Levi le envió otro mensaje de texto:
IDEA... *si estás aburrida y me echas de menos podrías escribir una fan fiction obs-*
cena sobre nosotros. me la lees a la vuelta. qué buena idea, verdad?

Mirando el teléfono, Cath sonrió como una boba.

Trató de imaginarse cómo se sentiría si tuviera que volver a casa
y separarse de Levi. No concebía siquiera cómo sobreviviría al verano sin él.

Su padre no sería capaz de algo así. No obligaría a Wren a dejar
la universidad. Eso sería una locura...

Claro, que su padre estaba loco. Y puede que tuviera razón.
Wren estaba descontrolada. De la peor manera posible. Descontrolada de un modo que te hace creer que todo va bien, gracias.

A ella no le desagradaba la idea de que Wren se quedara en casa. Wren y su padre, los dos juntos, donde pudiera cuidar de ellos. Le habría gustado dejar allí un trozo de sí misma para vigilarlos...

La puerta principal se abrió y el padre de Cath entró resollando con fuerza tras la carrera. Dejó las llaves y el teléfono sobre la mesa.

—Hola —saludó a Cath. Se quitó los lentes para limpiarlos y se los volvió a poner.

—Hola —respondió ella—. Te he puesto a calentar un burrito en el horno.

Su padre asintió y echó a andar hacia la cocina. Cath lo siguió.

—¿Vienes a interceder por ella? —preguntó él.

—No.

—Podría haber muerto, Cath.

—Ya lo sé. Y creo que hace tiempo que está en peligro. Ha tenido suerte.

—Por lo que sabemos —añadió su papá.

—Pero es que... ¿dejar la universidad?

—¿Se te ocurre algo mejor?

Cath negó con la cabeza.

—Igual podría hablar con un psicoterapeuta o algo así.

Su padre puso la misma cara que si Cath hubiera rascado un hierro con la uña.

—Por Dios, Cath, ¿cómo te sentirías si alguien te obligara a hablar con un psicoterapeuta?

Ya lo han hecho, pensó.

—Fatal —reconoció ella.

—Sí.

El padre de Cath había dejado el burrito en un plato y ahora se servía un vaso de leche. Parecía cansado y absolutamente hundido.

—Te quiero —le dijo ella.

Él alzó la vista y sostuvo el envase sobre el vaso. Unas cuantas arrugas desaparecieron de su frente.

—Yo también te quiero —repuso en tono de pregunta.

—Es que me parecía un buen momento para decírtelo.

El padre asintió. Sus ojos reflejaban algún sentimiento difícil.

—¿Puedo tomar tu laptop?

—Sí, claro. Está en...

—Ya lo sé. Gracias.

Cath se dirigió a la sala y tomó la laptop plateada de su padre. Le encantaba aquella computadora, pero él siempre le decía que no le hacía ninguna falta un procesador de textos de ochocientos dólares.

Cuando subió a su habitación, encontró a Wren llorando al teléfono. Su hermana se levantó de la cama y se metió en el armario. Sentada en el suelo, cerró la puerta. Se trataba de un gesto bastante normal, salvo por el llanto; era lo que hacían siempre que necesitaban intimidad. Tenían un armario grande.

Cath entró en su cuenta de FanFixx y miró por encima los comentarios. Había demasiados como para responderlos a todos de forma individual, así que subió uno general: "Hola a todos, gracias... ¡Demasiado atareada escribiendo para poder contestarles uno por uno!". Luego abrió el esbozo de su capítulo más reciente...

Había dejado a Baz arrodillado en la tumba de su madre. Le explicaba por qué se había rebelado contra su padre, por qué le había dado la espalda a la Casa de Pitch para luchar junto a Simon.

—No sólo lo hago por Simon —dijo Baz mientras acariciaba el nombre de su madre con sus largos dedos—. También por Watford. Por el mundo de los Hechiceros.

Al cabo de un rato, Wren salió del armario y se subió a la cama de Cath. Ésta se hizo a un lado y siguió escribiendo.

Y unos minutos después, Wren se tapó y se quedó dormida.

Y luego, más tarde aún, el padre de las chicas asomó la cabeza desde las escaleras. Miró a Cath y vocalizó sin sonido:

"Buenas noches."

Cath asintió.

Escribió mil palabras.

Escribió quinientas más.

La habitación estaba en penumbra, y Cath no sabía a ciencia cierta cuánto tiempo llevaba despierta Wren ni si hacía mucho que leía por encima de su codo.

—¿De verdad el Gran Hechicero va a traicionar a Simon o se trata de una maniobra de distracción? —hablaba en susurros, aunque no había nadie a quien despertar.

—Creo que lo va a traicionar realmente —repuso Cath.

—Me pasé tres días llorando después de leer el capítulo aquel en el que Simon quema los huevos de dragón.

Cath dejó de escribir.

—¿Lo leíste?

—Pues claro. ¿Has echado un vistazo últimamente al número de visitas? Están por las nubes. Nadie falta a su cita con *Adelante*.

—Pensaba que tú sí —dijo Cath—. Desde hacía mucho tiempo.

—Bueno, pues te equivocabas —Wren apoyó la cabeza en la mano—. Añádelo a tu larga lista de equivocaciones.

—Creo que el Gran Hechicero va a matar a Baz.

Cath no se lo había dicho a nadie, ni siquiera a su editora.

Wren se incorporó con expresión horrorizada.

—Cath —susurró—, no...

—¿Alejandro ha roto contigo?

Wren negó con la cabeza.

—No... Sólo está disgustado. Cath, no puedes matar a Baz.

A Cath no se le ocurrió qué responder a eso.

Wren cogió la laptop y se la encaramó al regazo.

—A ver... Considera esto una mediación...

Cuando Cath despertó al día siguiente, estaba sola en la habitación. El aroma del café se colaba en el cuarto. Y el del desayuno.

Bajó a la planta inferior y encontró a su padre sentado a la mesa, dibujando en un bloc. Cath le tendió la laptop.

—Ah. Bien —dijo él—. Wren me ha pedido que te esperáramos.

—¿Para qué?

—Para mi veredicto. Voy a ponerme en plan de rey Salomón.

—¿Quién era el rey Salomón?

—Fue su madre la que decidió que no recibieran educación religiosa.

—También decidió que nos criáramos sin madre.

—Buena observación, querida. ¿Wren? Ven. Tu hermana ya se ha levantado.

Wren entró en el comedor. Llevaba en la mano una sartén y un salvamanteles metálico.

—Estabas durmiendo —le explicó a la vez que dejaba los objetos sobre la mesa—, así que he preparado yo el almuerzo.

—Por Dios, no —exclamó el padre—. ¿Preparaste Gravioli?

—No —repuso Wren—. Preparé los nuevos Gravioli al queso.

—Siéntense —les pidió el hombre—. Vamos a hablar.

Iba vestido otra vez con las prendas de hacer *jogging*. Parecía agobiado y tenso.

Wren se sentó. Aunque aparentaba despreocupación, también estaba intranquila. Cath se dio cuenta por su manera de cerrar los puños. Sintió tentación de alargar el brazo para obligarla a relajar las manos.

—Muy bien —empezó a decir el padre, apartando los Gravioli para que no estuvieran allí en medio—. He aquí mis condiciones. Puedes volver a la universidad —tanto Wren como Cath suspiraron aliviadas—. Pero no beberás. Nada en absoluto. Ni siquiera con moderación, ni con tu novio, ni en las fiestas; nunca. Irás a ver a un psicoterapeuta cada semana y empezarás a asistir a reuniones de Alcohólicos Anónimos.

—Papá —objetó Wren—. No soy alcohólica.

—Me parece muy bien. No es contagioso. Asistirás a las reuniones.

—Yo te acompañaré —se ofreció Cath.

—No he terminado —las interrumpió el padre.

—¿Qué más quieres? —gimió Wren—. ¿Análisis de sangre?

—Vendrás a casa cada fin de semana.

—Papá.

—O te vienes a vivir aquí. Tú decides.

—Tengo una vida —arguyó Wren—. En Lincoln.

—No me hables de tu vida, nena. Has demostrado una absoluta indiferencia hacia ella.

Wren apretaba los puños con fuerza, dos carbones al rojo en su regazo. Cath le dio un puntapié en la espinilla.

—Bien —asintió Wren—. Bien.

—Entendido —dijo el padre, que tomó aire y lo retuvo unos instantes—. Dentro de un rato las llevaré a la universidad, si les parece bien —se levantó y miró los Gravioli—. No me voy a comer eso.

Cath atrajo la sartén hacia sí y tomó una cuchara.

—Yo me lo comeré —probó un bocado. La pasta se disolvió al instante en su boca—. Me gusta lo blanditos que son —comentó—. Así no tengo que usar los dientes.

Wren se quedó mirando a su hermana durante unos segundos. Acto seguido, tomó otra cuchara y los probó también.

—Son como los Gravioli de siempre...

Cath volvió a la carga.

—Pero con más queso.

—Tres alimentos caseros en uno —dijo Wren.

—Son como snacks de pizza.

—Como doritos mojados.

—Qué horror —dijo Cath—. Eso no sirve.

—Empiezo a tener la sensación de que no te gusta que yo ande cerca.

—Nunca me ha gustado que andes cerca —replicó Simon, abriéndose paso con un empujón.

—Cierto —Baz se desplazó para impedirle cruzar la puerta—. Hubo un tiempo en que eso era verdad. Hasta que decidiste que querías tenerme siempre cerca, que la vida era una concha vacía a menos que mi corazón latiera en tus inmediaciones.

—¿Yo decidí eso?

—A lo mejor fui yo el que lo decidió. Da igual. Para el caso…

Simon soltó un profundo suspiro, obviamente nervioso.

—Simon, ¿estás nervioso?

—Un poco.

—Alistair todopoderoso, pensé que jamás llegaría este día.

(De *Adelante, Simon*, subido en febrero de 2012 a FanFixx.net por Magicath.)

CAPÍTULO 31

Cuando llegaron a la residencia Schramm, Alejandro las estaba esperando. Le dio la mano a Cath con una actitud muy formal.

—Modales de chico de fraternidad —le explicó Wren—. Son todos muy educados —Jandro pertenecía a una fraternidad del campus este, le dijo, llamada La Granja—. Es el nombre auténtico.

Casi todos los miembros de La Granja eran estudiantes de agrónomos procedentes de la Nebraska profunda. Jandro era de Scottsbluff, que prácticamente estaba en Wyoming.

—No sabía que hubiera mexicanos allí —dijo Wren—, pero él asegura que existe una gran comunidad.

Jandro no dijo mucho más que:

—Me alegro de conocerte al fin, Cath. Wren siempre está hablando de ti. Cuando subes las historias de *Simon Snow,* tengo prohibido dirigirle la palabra hasta que ha terminado de leer.

Tenía el mismo aspecto que todos los novios de Wren —pelo corto, sanote, complexión atlética—, pero Cath no recordaba que Wren hubiera mirado a ninguno de aquellos chicos como ahora miraba a Jandro. Como si se hubiera convertido.

♡ ♡ ♡

Pasaban de las diez cuando Levi llegó de Arnold.

Cath ya se había bañado y puesto la piyama. Se sentía como si el fin de semana hubiera durado dos años en vez de dos días. "Años de novato", oyó decir a Levi.

El chico la llamó para contarle que había vuelto. Saber que estaban en la misma ciudad avivó la sensación de añoranza en su interior. En su estómago. ¿Por qué todo el mundo se empeñaba en hablar del corazón? Casi todo lo que guardaba relación con Levi sucedía en el estómago de Cath.

—¿Puedo pasar a verte un momento? —preguntó él. Como si lo estuviera deseando—. ¿A darte las buenas noches?

—Reagan está aquí —repuso Cath—. Se está bañando. Creo que se va a la cama.

—¿Por qué no te vienes tú?

—¿Y adónde iríamos? —preguntó Cath.

—Podríamos sentarnos en la camioneta...

—Hace un frío terrible.

—Pondremos la calefacción.

—La calefacción no funciona.

Levi titubeó.

—Podrías venir a mi casa.

—¿Y tus compañeros? ¿No están allí?

Se diría que Cath hubiera redactado una lista de excusas y las estuviera leyendo en voz alta, una a una. Ni siquiera estaba segura de por qué.

—Eso da igual —la presionó Levi—. Tengo una habitación para mí solo. Además, quieren conocerte.

—Los conocí a casi todos en la fiesta.

Levi gimió.

—¿Cuántas reglas básicas puso Reagan?

—No sé. ¿Unas cinco? Seis.

—Va pues, ésta es la séptima: no volver a mencionar la maldita fiesta a menos que sea absolutamente relevante.

Cath sonrió.

—Y entonces ¿cómo te fastidiaré?

—Estoy seguro de que se te ocurrirá algo.

—Qué va —dijo Cath—. Tu bondad es infinita.

—Ven a mi casa, Cath —ella adivinó que Levi estaba sonriendo—. Es pronto, y no tengo ganas de despedirme de ti.

—Yo nunca quiero despedirme de ti, pero se hace lo que se puede.

—¿Ah, no? ¿Nunca?

—No —susurró Cath.

—Ven a mi casa —suplicó él.

—¿A tu antro de perdición?

—Sí, así es como todo el mundo define mi cuarto.

—Uf —exclamó Cath—. Ya te lo he dicho. Es demasiado... Tu casa. Tu cuarto. Entraremos y allí dentro no habrá más que una cama. Vomitaré de nervios.

—¿Y de deseo?

—Sobre todo de nervios —aclaró ella.

—Pero si no es para tanto... En tu habitación tampoco hay nada más que una cama.

—Dos camas —lo corrigió Cath— y dos escritorios. Y la posibilidad de que mi compañera entre en cualquier momento.

—Por eso precisamente tendríamos que ir a mi casa. Aquí no va a entrar nadie.

—Eso es lo que me pone nerviosa.

—Mmm... —Levi estaba pensando—. ¿Y si prometo no tocarte?

Cath se echó a reír.

—¿Entonces para qué quiero ir? En ese caso, no tiene gracia.

—¿Y si te prometo esperar a que me toques tú primero?

—¿Hablas en serio? Si hay alguien poco de fiar en esta relación, soy yo. No sé tener las manos quietas.

—De momento, no has hecho nada que lo demuestre, Cath.

—Mentalmente, no sé tener las manos quietas.

—Quiero vivir en tu mente.

Cath se tapó la cara con la mano, como si Levi la estuviera mirando. No solían coquetear. No de forma tan descarada. A lo mejor el teléfono la desinhibía. O quizás lo sucedido aquel fin de semana. Todo lo sucedido aquel fin de semana.

—Eh, Cath... —la voz de Levi rezumaba dulzura—. ¿Qué estamos esperando?

—¿A qué te refieres?

—¿Has hecho voto de castidad?

Cath se echó a reír, pero se las arregló para adoptar un tono ofendido.

—No.

—Entonces... —Levi lanzó un suspiro, como si le costara pronunciar las palabras—. ¿Es un problema de confianza? ¿Sigues sin fiarte de mí?

La voz de Cath casi se perdió en la nada.

—Por Dios, Levi. No. Confío en ti.

—No me refiero al sexo siquiera —arguyó él—. O sea..., no sólo al sexo. Podemos obviar el tema si eso te hace sentir mejor. Quitarlo de encima de la mesa. Por completo.

—¿Por completo?

—Hasta más adelante. Si supieras que no te voy a presionar en ese sentido, que no lo voy a plantear siquiera, ¿me dejarías acariciarte?

—¿Qué tipo de caricias? —preguntó ella.

—¿Te hago una demostración con un muñeco?

428

Cath se partía de risa.

—Hablo de acariciarte —dijo él—. De abrazarte. Quiero sentarme a tu lado aunque haya otros asientos libres.

Ella respiró profundamente. Tenía la sensación de que le debía, como mínimo, una conversación sobre el tema. Tenía que devolverle algo a cambio.

—Yo también tengo ganas de acariciarte.

—¿Sí?

—Sí —le aseguró ella.

—¿Qué tipo de caricias? —quiso saber Levi.

—¿Ya le diste a la telefonista el número de tu tarjeta de crédito?

Levi se rio.

—Ven a mi casa, Cath. Te echo de menos. No quiero despedirme de ti.

La puerta se abrió y Reagan apareció vestida con camiseta, pantalones de algodón y el pelo envuelto en una toalla.

—Bueno, —accedió Cath—. ¿Cuánto tardarás en llegar?

Era obvio que Levi estaba sonriendo.

—Estoy aquí abajo.

Cath se puso unas mallas de punto y un vestido corto que le había tomado a Wren. Además de unos mitones que recordaban a guantines, como si fuera una especie de caballero medieval pertrechado con una armadura de ganchillo rosa. Las burlas de Levi sobre su predilección por los suéteres de punto sólo habían servido para afianzarla.

—¿Vas a salir? —le preguntó Reagan.

—Levi acaba de llegar.

—¿Te espero despierta? —le preguntó con malicia.

—Sí —replicó Cath—. Así tendrás más tiempo para pensar en que tienes la cara muy dura por saltarte así tus propias normas.

Cath se sintió un poco boba mientras esperaba el ascensor. Las chicas andaban de acá para allá en piyama y ella iba vestida para salir.

Cuando llegó al vestíbulo, Levi ya la estaba esperando. Apoyado contra una columna, hablaba con una chica que debía de conocer de algo... En cuanto vio a Cath, la sonrisa del chico se ensanchó. Se despegó de la columna dándose impulso con el hombro y, de inmediato, se despidió de la chica.

—Hola —saludó a Cath antes de besarla en la coronilla—. Tienes el pelo mojado.

—Suele pasar cuando te lo lavas.

Levi le puso la capucha. Ella le tomó la mano antes de que lo hiciera él, y el chico la recompensó con una sonrisa particularmente dentona.

Cuando abandonaron el edificio, Cath presintió en el corazón, en el estómago, que no volvería hasta el día siguiente.

♡ ♡ ♡

Al principio, Cath pensó que se estaba celebrando otra fiesta en la casa. Sonaba música y había gente por todas partes.

Sin embargo, sólo eran los compañeros de Levi; y los amigos de sus compañeros, sus novias y, en un caso, probablemente el novio.

Levi se la presentó a todos.

"Ésta es Cather."

"Ésta es mi novia, Cather."

"Eh, todos. Cather."

Ella sonreía nerviosa, consciente de que no recordaría ninguno de aquellos nombres.

Luego la condujo por una escalera que no debía de ser la original de la casa. Los rellanos eran estrechos y raros, los pasillos adoptaban formas irregulares. Levi le fue indicando dónde dormía cada chico. Le señaló los cuartos de baño. Cath contó tres pisos y seguían subiendo. Cuando la escalera se volvió tan estrecha que ya no podían remontarla juntos, él tomó la delantera.

Subieron un último tramo y llegaron a una puerta aislada. Levi se detuvo allí y se dio la vuelta, cogido a las barandillas de ambos lados del descansillo.

—Cather —sonrió—. Oficialmente, acabas de subir a mi habitación.

—¿Quién iba a imaginar que estaba situada al final de un laberinto?

Levi abrió la puerta sin darle la espalda. A continuación, tomando las dos manos de Cath, la ayudó a remontar los últimos peldaños y la guio a su cuarto.

El dormitorio era pequeño, con dos estrechas claraboyas que sobresalían a ambos lados. Ninguna lámpara pendía del techo y Levi encendió la lamparilla que descansaba junto a la cama doble. En verdad, sólo era una habitación con una cama (y un sofá de dos plazas de brillante color turquesa que debía de tener cincuenta años de antigüedad).

—Estamos en lo alto de la casa, ¿verdad?

—En la habitación del servicio —aclaró Levi—. Fui el único al que no le importó subir todas esas escaleras.

—¿Cómo te las arreglaste para traer el sofá hasta aquí?

—Le pedí a Tommy que me ayudara. Fue un horror. No sé cómo consiguieron pasar el colchón por todos esos recovecos. Lleva aquí desde el principio de los tiempos.

Cath desplazó el peso, nerviosa, y el suelo crujió a sus pies. La cama de Levi estaba deshecha, con una estrafalaria colcha tirada por encima de cualquier manera y las almohadas revueltas. Él arregló la colcha y recogió un almohadón del suelo.

Aquel cuarto estaba más a la intemperie que ninguna otra zona de la casa. Te sentías expuesto. Cath oía el viento silbar por las rendijas.

—Esto se debe de enfriar mucho, ¿no?

—Y se calienta en verano —asintió Levi—. ¿Tienes sed? Si quieres, preparo té. Debería habértelo preguntado abajo.

—No te preocupes —repuso ella.

En la zona donde estaba Levi, el techo era tan bajo que lo rozaba con el pelo.

—¿Te importa si me cambio? Bañé a los caballos antes de marcharme. Estoy lleno de barro.

Cath hizo esfuerzos por sonreír.

—Claro, adelante.

Había cajones empotrados en una pared. Levi se arrodilló para sacar algo del interior y luego se agachó para salir del cuarto (el umbral era casi tres centímetros más bajo que él). Cath se sentó en el sofá con cautela. Notó el frío de la tela bajo su cuerpo —algún tipo de algodón satinado con toscas flores y espirales— y la acarició con la palma de la mano.

Aquel cuarto era aún peor de lo que había imaginado.

Oscuro. Recóndito. Casi como una casa en el árbol. Prácticamente encantado.

Allí dentro, hasta un examen de Cálculo se convertiría en una situación muy íntima.

Se quitó el abrigo y lo dejó sobre la cama. Luego se sacó las botas y se acomodó en el sofá, con las piernas en alto. Si contenía el aliento, oía a Bon Iver cantando a lo lejos, dos pisos por debajo.

Levi regresó antes de que Cath estuviera preparada para volver a verlo. (Lo cual tenía que suceder antes o después.) El chico se había lavado la cara y ahora llevaba jeans y una camisa de franela color azul cielo. El color le sentaba bien. Le acentuaba el bronceado del rostro, el rubio del cabello y el rosa de los labios. Él se sentó a su lado, en el dos plazas; Cath sabía que lo haría. En aquel cuarto no había sitio para el espacio personal.

Levi tomó la mano de Cath y la sostuvo entre las suyas con languidez. Con la mirada baja, le acarició el dorso de los dedos, arriba y abajo.

Ella respiró profundamente.

—¿Cómo acabaste viviendo aquí?

—Trabajaba con Tommy en el Starbucks. Uno de los chicos que se alojaban con él se graduó y se marchó. Yo compartía casa con tres gandules y no me importaba subir escaleras, así que... El papá de Tommy compró esta vivienda como inversión. Él vive aquí desde segundo.

—¿Y qué estudia?

—Derecho.

Cath asintió. Cuanto más le tocaba Levi la mano, más le hormigueaba la piel. Estiró los dedos y suspiró con suavidad.

—¿Te sientes bien? —le preguntó él, mirándola a los ojos desde abajo, con la cabeza gacha.

Ella asintió otra vez. Si Levi la seguía acariciando, sería incapaz hasta de asentir; tendría que empezar a parpadear: una vez, sí; dos, no.

—¿Y qué ha pasado este fin de semana? —siguió preguntando el chico—. ¿Cómo están todos?

Cath negó con la cabeza.

—Locos. Bien. Yo... Wren y yo hemos hecho las paces.

Él torció los labios a un lado.

—¿Sí?

—Sí.

—Es genial —se notaba que lo decía de veras.

—Sí —repitió Cath—. Lo es. Me siento...

Levi levantó una pierna para apoyarla en el sofá y le tocó la rodilla con el muslo. Ella dio tal respingo que estuvo a punto de acabar en el brazo del sofá.

Él hizo un ruido de frustración, entre risa y suspiro, y arrugó la nariz.

—Pero ¿tan nerviosa estás?

—Supongo que sí —repuso ella—. Lo siento.

—¿Sabes por qué? O sea, ¿qué te pone tan nerviosa? Lo que te he dicho antes sobre retirar el tema de la mesa iba en serio.

—Aquí no hay ninguna mesa —replicó Cath—. Sólo una cama.

Levi cogió la mano de Cath y se la acercó al pecho.

—¿Es esto lo que te asusta?

—No sé qué es lo que me asusta.

Era mentira. Una enorme como una casa. Le asustaba que él empezara a acariciarla y que luego no pudieran parar. Le daba miedo no estar lista para ser de ésas. De ésas que no se detienen.

—Lo siento —se disculpó.

Levi se miró las manos. Parecía decepcionado y confuso; y ella se sentía una impresentable por tratarlo así. Por no ser sincera. Por poner distancia. Con lo que la había apoyado Levi una y otra vez.

—Este fin de semana... —dijo, e intentó arrimarse a él. Colocó la rodilla en el cojín que descansaba junto a Levi—. Gracias.

Levi sonrió y alzó la mirada, sólo la mirada, hacia ella.

—No creo que pueda expresar lo mucho que significa para mí lo que hiciste —prosiguió Cath—. Esperarme en el hospital. Ir hasta allí.

Él le apretó la mano. Cath se forzó a continuar:

—No creo que lo pueda expresar nunca. Levi.

El chico levantó la cabeza esta vez. Sus ojos reflejaban esperanza. Cautela.

—Ven aquí —dijo estrechándole la mano otra vez.

—No estoy segura de saber cómo hacerlo.

Él apretó los dientes.

—Tengo una idea.

—No te puedo leer *fan fiction* —bromeó ella—. No he traído la computadora.

—¿Y el teléfono?

Cath ladeó la cabeza.

—¿Qué estás tramando? ¿*Fan fiction*?

—Sí —asintió él, frotándole la palma de la mano—. Eso siempre te relaja.

—Pensaba que me pedías que te leyera porque te gustaba la historia.

—Y me gusta. Y me gusta ver cómo te relajas cuando lees. No terminaste de leerme la historia del conejo, ¿sabes? Y nunca me has leído nada de *Adelante*.

Cath miró su abrigo. Llevaba el teléfono en el bolsillo.

—Tengo la sensación de que te estoy fallando —dijo—. Se suponía que venía aquí a hacer cosas contigo, no a leer mi triste *fan fiction*.

Levi se mordió el labio para reprimir una carcajada.

—"Hacer cosas." ¿Es así como lo llaman ahora? Ven, Cath, quiero saber qué pasa. Acababan de matar al conejo y Simon había descubierto por fin que Baz era un vampiro.

—¿Estás seguro?

Levi sonrió, aún con mucha cautela, y asintió.

Cath alargó el brazo por encima del sofá y cogió el teléfono. No estaba acostumbrada a buscar en Google sus propias historias, pero cuando escribió *Magicath* y *El quinto conejo,* el relato apareció al instante.

Mientras buscaba la frase en la que habían interrumpido la historia, Levi la cogió por la cintura con suavidad y atrajo la espalda de Cath contra su cuerpo.

—¿Va? —le preguntó.

Ella asintió.

—¿Te leí esto? "Simon no sabía qué decir. Cómo reaccionar a... eso. A aquella sangrienta revelación".

—Sí, creo que sí.

—¿Leímos la parte en la que el conejo se incendia?

—¿Qué? No.

—Bien —se animó ella—. Creo que ya lo tengo.

Se apoyó contra el pecho de Levi y notó su barbilla en el pelo. *No pasa nada,* se dijo. *Ya hemos pasado por esto.* Se subió los lentes a la cabeza y carraspeó.

Simon no sabía qué decir. Cómo reaccionar a... eso. A aquella sangrienta revelación. Recogió la espada y la limpió con la capa.

—¿Estás bien?

Baz se chupó los labios —como si los tuviera resecos, pensó su compañero— y asintió con la cabeza.

—Me alegro —dijo Simon. Y se dio cuenta de que hablaba en serio.

En aquel momento, un penacho de fuego se elevó por detrás de Baz, sumiendo su cara en sombras.

Él se dio media vuelta rápidamente y se alejó del conejo. Grandes llamas se elevaban ahora de la pata del animal y empezaban a lamerle el pecho.

—Mi varita —dijo Baz, mirando el suelo a su alrededor—. Rápido, haz un hechizo de extinción, Simon.

—No... no sé ninguno —tartamudeó éste.

Con sus dedos ensangrentados, Baz envolvió la mano con la que Simon sujetaba la varita.

—*Pide un deseo* —gritó, trazando un semicírculo en el aire.

El fuego chisporroteó y la guardería se sumió en la oscuridad.

Tras soltar la mano de Simon, Baz se puso a buscar su varita por el suelo. Su compañero se acercó al horripilante cadáver.

—¿Y ahora qué? —le preguntó.

Como en respuesta, el conejo titiló y luego empezó a desvanecerse. Por fin desapareció, sin dejar nada tras de sí salvo el tufo a sangre y a pelo quemado.

Y algo más...

Baz invocó una de sus bolas azules.

—Ah —dijo mientras recogía su varita—. El muy cabrón se había caído encima.

—Mira —exclamó Simon, señalando otra sombra del suelo—. Creo que es una llave.

Se agachó para cogerla: una llave anticuada cuyos dientes eran unos grandes colmillos de conejo.

Baz se acercó a mirar. Goteaba sangre a su paso y el tufo a carnicería resultaba insoportable.

—¿Crees que era esto lo que tenía que encontrar? —preguntó Simon.

—Bueno —repuso Baz con expresión meditabunda—. En principio, las llaves son más útiles que los conejos gigantes asesinos. ¿Con cuántos como ése vas a tener que luchar?

—Con cinco. Pero no puedo hacerlo solo. Éste me habría matado si...

—Tenemos que limpiar toda esta porquería —lo interrumpió Baz, mirando las manchas de la alfombra arrugada.

—Ni hablar. Hay que contárselo al Gran Hechicero cuando vuelva —objetó Simon—. Los daños son demasiado importantes para encargarnos nosotros solos.

Baz guardó silencio.

—Vámonos —dijo Simon—. Vamos a bañarnos. Eso sí podemos hacerlo.

Las regaderas de los chicos estaban tan desiertas como el resto del colegio. Escogieron dos cabinas, la una frente a la otra...

—¿Qué pasa? —le preguntó Levi.

Cath había dejado de leer.

—Me siento rara leyendo sobre un romance gay tan pasteloso en voz alta; tus compañeros están aquí. Hay uno que es gay, ¿verdad? No me gusta leer esto sabiendo que hay gays en la casa.

Levi soltó una risilla.

—¿Micah? No pasa nada, créeme. Siempre está viendo romances hetero. Está obsesionado con *Titanic*.

—Eso es distinto.

—Cath, tranquila. Nadie te oye... Espera un momento, ¿ahora viene una escena de ducha? O sea, ¿una auténtica escena de ducha?

—No —replicó Cath—. Por Dios.

Levi le rodeó la cintura con los brazos hasta que ella volvió a acomodarse. Luego le posó los labios en el pelo.

—Sigue leyendo, cielo.

Simon terminó primero y se puso unos jeans limpios. Cuando volteó a ver a Baz, advirtió que el agua aún fluía rojiza por sus tobillos.

Es un vampiro, pensó mientras veía correr el agua. Era la primera vez que se atrevía a pronunciar la palabra, mentalmente cuando menos.

La idea debería haberle provocado odio y repulsión; era eso lo que solía sentir cuando pensaba en Baz. Sin embargo, lo único que experimentaba ahora mismo era alivio. Baz lo había ayudado a buscar el conejo, había luchado a su lado y les había salvado a ambos la vida.

Simon se sentía aliviado. Y agradecido.

Después de tirar las prendas ensangrentadas y hechas trizas a la basura, volvió a su cuarto. Pasó un buen rato antes de que Baz se reuniera con él. Cuando lo hizo, Simon reparó en que tenía buen aspecto por primera vez en todo el año. Las mejillas y los labios de Baz se habían teñido de un rosa vivo, y sus ojos grises habían perdido aquel aire tétrico.

—¿Tienes hambre? —le preguntó Simon.

Baz se echó a reír.

El sol aún no había asomado por el horizonte; no había nadie en las cocinas. Simon tomó pan, queso y manzanas, y lo dispuso todo en una bandeja. Les resultaba raro comer a solas en el salón vacío, así que Baz y él se sentaron en las losas de la cocina, apoyados contra una fila de armarios.

—Aclaremos esto —dijo Baz, y dio un mordisco a una manzana. Saltaba a la vista que intentaba adoptar un aire desenfadado—. ¿Le vas a hablar al Gran Hechicero de mí?

—Ya sabe que eres un pesado —replicó Simon.

—Sí —repuso Baz con voz queda—, pero esto es peor, y lo sabes. Sabes lo que hará si se entera.

Entregar a Baz al Aquelarre.

Lo encarcelarían; puede que lo mataran. Simon llevaba seis años tratando de que expulsaran a Baz, pero nunca había querido que lo quemaran en la hoguera.

Sin embargo... Baz era un vampiro. Un vampiro, maldita sea. Un monstruo. Y siempre había sido el enemigo de Simon.

—Un monstruo —repitió Levi. Levantó una mano y le soltó el pelo a Cath. Los lentes, que la chica llevaba sobre la cabeza, se le cayeron al brazo. Levi los recogió y los dejó sobre la cama—. Aún llevas el pelo mojado —le dijo mientras se lo ahuecaba con una mano.

Simon miró a Baz e intentó sentirse tan horrorizado como exigía la situación. Lo único que experimentó fue abatimiento.

—¿Desde cuándo? —preguntó.

—Ya te lo he dicho —repuso Baz—. Acabamos de abandonar la escena del crimen.

—¿Te mordieron en la guardería? ¿De niño? ¿Y por qué nadie se dio cuenta?

—Mi madre había muerto. Mi padre entró corriendo y me llevó a nuestra finca. Creo que debió de sospecharlo... Nunca hemos hablado de ello.

—¿No se dio cuenta cuando empezaste a chupar sangre por ahí?

—No lo hago —replicó Baz indignado—. Además, la... sed no surge de inmediato. Aparece en la adolescencia.

—¿Como el acné?

—Habla por ti, Simon.

—¿Y cuándo te sucedió a ti?

—Este verano —respondió Baz con la mirada gacha.

—Y no has...

—No.

—¿Por qué no?

Baz se encaró con él.

—¿Me tomas el pelo? Los vampiros asesinaron a mi madre. Y si me descubrieran, lo perdería todo... Mi varita. Mi familia. Seguramente la vida. Soy un mago. No soy —se señaló el cuello y la cara— esto.

Simon se preguntó si alguna ocasión Baz y él habían estado tan cerca, si se habían atrevido a sentarse así de juntos en todos los años que llevaban compartiendo cuarto. Sus hombros casi se rozaban y Simon podía ver hasta la última imperfección de la (hay que reconocerlo) palidísima piel de Baz. Cada pliegue de sus labios, cada destello azul de sus ojos grises.

—¿Cómo te mantienes con vida? —le preguntó.

—Me las arreglo, gracias.

—A duras penas —afirmó Simon—. Tienes un aspecto horrible.

Baz sonrió con suficiencia.

—Gracias otra vez, Snow. Eres un gran consuelo.

—No hablo de ahora —aclaró Simon—. Ahora estás estupendo —Baz enarcó una ceja y bajó la otra—. Pero últimamente... —prosiguió— parecías a punto de esfumarte. ¿Te has... alimentado de... algo?

—Hago lo que puedo —repuso Baz dejando caer el corazón de la manzana en el plato—. No creo que quieras conocer los detalles.

—Sí que quiero —objetó Simon—. Mira, como compañero de cuarto, tengo derecho a saber cómo te las ingenias para no ir por ahí mordiendo a la gente.

Levi seguía acariciando el pelo de Cath. Ella notó que se incorporaba y le besaba la nuca. Con la otra mano, atrajo el muslo de Cath contra él. Ella se concentró en el texto. Hacía mucho tiempo que había escrito aquel relato y no se acordaba muy bien de cómo acababa.

—Yo jamás te mordería —dijo Baz, mirando a Simon a los ojos.

—Me alegro —respondió éste—. Es una suerte que sigas decidido a matarme a la vieja usanza. Pero tendrás que reconocer que te supone un gran esfuerzo.

—Claro que me supone un gran esfuerzo —Baz levantó una mano con un gesto muy típico en él, pensó Simon—. Sufro la sed de los antiguos y me paso el día rodeado de inútiles bolsas de sangre.

—Y la noche —añadió Simon con voz queda.

Baz negó con la cabeza y desvió la mirada.

—He dicho que jamás se me ocurriría hacerte daño —musitó.

—Pues deja que te ayude —Simon se movió un centímetro, lo justo para rozarle con el hombro. Aun a través de la tela de su camisa, y de la camiseta del otro, notaba que Baz ya no tenía frío. Había entrado en calor. Parecía en forma otra vez.

—¿Por qué quieres ayudarme? —preguntó éste al tiempo que volteaba a mirar a Simon. Lo tenía tan cerca que podía notar el suave calor de su aliento en la barbilla—. ¿Serías capaz de guardar un secreto para ayudar a un enemigo?

—No eres mi enemigo —repuso Simon—. Sólo eres... un compañero de cuarto muy molesto.

Levi se echó a reír y Cath notó una corriente cálida en la nuca.

Baz se rio y Simon notó una corriente cálida en las pestañas.

—Me odias —afirmó Baz—. Me odias desde el instante en que nos conocimos.

—Esto no me parece odioso en absoluto —repuso Simon—. Admiro lo que estás haciendo: reprimir tus necesidades más apremiantes por proteger a los demás. Me parece un gesto más heroico que cualquiera de los que yo he protagonizado.

—No son mis necesidades más apremiantes —replicó Baz entre dientes.

—¿Sabes que te pasas la mitad del día —dijo Simon— hablando contigo mismo?

—Uy, Snow, pensaba que no te habías dado cuenta.

—Sí me he dado cuenta —afirmó Simon. Seis años de rabia e impaciencia (y doce horas de extremo cansancio) alcanzaron su punto álgido en forma de vértigo. Sacudió la cabeza y debió de torcerse hacia delante, porque su barbilla y su nariz chocaron con las de Baz—. Deja que te ayude —repitió.

Baz no se había apartado. Cuando asintió, golpeó con suavidad la frente de Simon.

—Me he dado cuenta —volvió a decir Simon, cuya boca ya se desplazaba hacia delante.

Pensó en todas las cosas que habían pasado por los labios de Baz. Sangre, bilis y maldiciones.

Pero ahora, aquella boca era infinitamente suave y sabía a manzanas.

Y aunque era consciente de que aquel gesto lo cambiaría todo, no le importó por el momento.

Cath cerró los ojos y Levi le acarició la nuca con la barbilla.

—Sigue leyendo —le susurró.

—No puedo —repuso ella—. Es el final.

—¿Es el final? —Levi apartó la cara—. Pero ¿qué pasa después? ¿Se enfrentan a los demás conejos? ¿Siguen juntos? ¿Rompe Simon con Agatha?

—Eso debes decidirlo tú. La historia acaba ahí.

—Pero me lo podrías decir. Tú la escribiste.

—La escribí hace dos años —dijo Cath—. No sé lo que tenía en la cabeza en aquel entonces. Sobre todo cuando escribí el último párrafo. Es bastante malo.

—A mí me ha gustado todo —afirmó Levi—. Me gusta eso de "la sed de los antiguos".

—Sí, esa frase está bien, pero...

—Lee algo más —susurró él, besándole la piel de debajo de la oreja.

Cath inspiró profundamente.

—¿El qué?

—Lo que sea. Más *fan fiction,* los presupuestos del estado... Eres como un tigre que adora a Brahms; mientras sigas leyendo, me dejarás que te acaricie.

Levi tenía razón. Mientras siguiera leyendo, Cath se sentiría como si estuvieran acariciando a otra persona. Lo cual, bien pensado, no tenía ni pies ni cabeza...

Cath dejó el teléfono en el suelo.

Se volvió a mirar a Levi, despacio, torciendo la cintura entre sus brazos. Levantó los ojos, no más allá de la barbilla de él, y negó con la cabeza.

—No. No quiero distracciones. Yo también quiero acariciarte.

El pecho de Levi se hinchó de golpe cuando Cath posó ambas manos sobre la camisa de franela.

Abrió unos ojos como platos.

—Va...

Cath se concentró en la punta de sus propios dedos. Palpando la tela, la notó resbalar contra la camiseta interior. Y notó al propio Levi, las protuberancias de sus músculos y de sus huesos. Su corazón, que latía bajo la mano de Cath, allí mismo, como si pudiera ceñirlo con los dedos...

—Me gustas mucho —susurró Levi.

Ella asintió y abrió los dedos.

—A mí también me gustas mucho.

—Vuelve a decirlo —le pidió él.

Cath se rio. Debería existir una palabra para las risas que se extinguen nada más nacer. Una risa que es más una exclamación de sorpresa y aprobación que otra cosa. Cath se rio así, y dejó caer la cabeza hacia delante mientras hundía las manos en aquel pecho.

—Me gustas mucho, Levi.

Notaba sus dedos en la cintura, su boca en el pelo.

—Sigue diciéndolo —suplicó él.

Cath sonrió.

—Me gustas —repitió, rozándole la barbilla con la nariz.

—De haber sabido que iba a verte esta noche, me habría afeitado.

Se le movía la barbilla cuando hablaba.

—Me gustas así —dijo Cath, dejando que la barba incipiente le rozara la nariz y la mejilla—. Me gustas.

Levi la cogió por la nuca.

—Cath...

Ella tragó saliva y le posó los labios en la barbilla.

—Levi.

En aquel momento, Cath se dio cuenta de lo cerca que estaba del filo de su mandíbula... y recordó lo que se había prometido hacerle en la cara. Cerró los ojos y lo besó bajo la mandíbula, allí donde la carne era blanda, casi como una mejilla de bebé. Él arqueó el cuello y el beso resultó aún más dulce de lo que Cath esperaba.

—Me gustas —volvió a decir ella—. Muchísimo. Me gusta esto.

Tocó el cuello de Levi. Dios mío, qué cálido era, qué caliente y gruesa su piel, mucho más densa que la de Cath. Le hundió los dedos en el pelo y le sujetó la cabeza con el cuenco de la mano.

Levi la tomó por la nuca también y la obligó a levantar la cara.

—Cath, si te beso ahora, ¿te apartarás?

—No.

—¿Te va a entrar miedo?

Cath negó con la cabeza.

—Seguramente no.

Él le mordió el labio inferior, sólo por un lado, y sonrió. Su boca en forma de corazón no alcanzaba las comisuras.

—Me gustas —susurró ella.

Levi la atrajo hacia sí.

Bien. Ya estaban allí. En el beso.

Sabía mucho mejor cuando estabas despierta y no tenías la boca pastosa tras toda una noche leyendo en voz alta. Cath asintió. Asintió y le devolvió el beso.

Cuando Baz y Simon se besaban, Cath concedía mucha importancia al momento en que uno de los dos abría la boca. En cambio, cuando besabas a alguien de verdad, costaba mucho dejar la boca cerrada. La de Cath se abrió antes incluso de que Levi llegara. Seguía abierta ahora.

Levi también abría los labios y retrocedía de vez en cuando como para decir algo. Luego su barbilla volvía a avanzar hacia Cath.

Dios mío, su barbilla. Quería casarse con aquella barbilla. Quería encerrarla bajo llave.

Cuando Levi volvió a retroceder, Cath le hundió la cara debajo de la mandíbula y le besó la barbilla.

—Me gusta esto.

—A mí me gustas mucho tú —repuso él, dejando caer la cabeza contra el respaldo del sofá—. Incluso más que eso, ¿sabes?

—Y esto —siguió diciendo Cath mientras le hundía la nariz en la oreja. Levi tenía los lóbulos pegados a la cabeza. Y ella pensó en el cuadro de Punnett. Y en las leyes de Mendel. E intentó separarle el lóbulo con los dientes—. Sabes muy bien —dijo. Él subió los hombros, como si le hiciera cosquillas.

—Ven, ven, ven —suplicó, tomándola por la cintura.

Cath estaba sentada a su lado y, al parecer, Levi la quería en su regazo.

—Peso mucho —le advirtió ella.

—Mejor.

Cath siempre había sabido que se pondría en evidencia si alguna vez sorprendía a Levi por su cuenta, y eso era justo lo que estaba haciendo. Le estaba machacando la oreja. Quería notarla en toda la piel de la cara.

"No estuvo mal —se lo imaginó diciéndole a Reagan o a cualquiera de sus dieciocho compañeros de departamento al día siguiente—. No paraba de chuparme la oreja; creo que es fetichista. Y no quieras saber lo que me hizo en la barbilla".

—Y esto también —dijo Cath. Hablaba como si le doliera. Levi era tan maravilloso, tan bueno, tan todo...—. Me encanta esto. En realidad..., toda tu cabeza. Me gusta toda tu cabeza.

Levi se echó a reír y Cath trató de besar sus rasgos en movimiento. El cuello, los labios, las mejillas, el rabillo de los ojos.

Baz jamás habría besado a Simon de un modo tan caótico.

Simon nunca había aplastado la nariz contra el pico de viuda de Baz como Cath estaba a punto de hacer.

Cedió al gesto de Levi y se encaramó a su regazo, con las rodillas a ambos lados de su cadera. Él estiró el cuello para mirarla pero Cath le sujetó la cara por las sienes.

—Y esto y esto y esto —decía, besándole la frente y acariciando por fin su pelo suave como plumas—. Dios mío, Levi, esto me vuelve loca.

Le echó el pelo hacia atrás con las manos y con la cara, le besó la coronilla como hacía él siempre (eran los únicos besos a los que ella había accedido a lo largo de varias semanas).

El cabello de Levi no olía a champú (ni a trébol recién cortado). Olía sobre todo a café, y a la almohada de Cath la semana después de que Levi pasara la noche en su cama. Le posó la boca en el nacimiento del pelo, allí donde las hebras eran más delicadas; su propio pelo no era ni de lejos tan suave.

—Me gustas —le dijo, sintiéndose rara y llorosa—. Me gustas muchísimo, Levi.

"Y luego me besó el nacimiento del pelo y se echó a llorar", se lo imaginó diciendo. En su pensamiento, Levi era Danny Zuko; y sus compañeros de piso, el resto de los T-Birds. *Tell me more, tell me more. Cuenta, cuenta.*

Notaba el rostro de Levi arrebolado entre sus palmas.

—Ven aquí —dijo él, y cogió la mandíbula de Cath con una mano para acercarle la boca.

En fin.

Ya habían llegado *allí*. Al beso.

Allí y allí y allí.

—No es verdad que no puedas tener las manos quietas —susurró Levi más tarde. Estaba acurrucado en una esquina del sofá, y Cath descansaba encima de él. Llevaba horas encima de él. Agazapada sobre Levi como un vampiro. Ni siquiera agotada como estaba podía dejar de pasarle los entumecidos labios por la franela del pecho—. No puedes tener la boca quieta —concluyó.

—Perdona —se disculpó Cath, mordiéndose los labios.

—No seas boba —replicó él deshaciendo el mohín de Cath con el pulgar—. Y no te disculpes... nunca más.

La forzó a incorporarse, de tal modo que Cath lo mirara desde arriba. Los ojos de ella se desplazaron a la barbilla del chico, por costumbre.

—Mírame —dijo él.

Cath levantó la mirada. Al rostro color pastel de Levi. Tan maravilloso, tan bueno.

—Me gustas así —le dijo, estrechándola con fuerza—. Conmigo.

Ella sonrió, y su mirada empezó a descender.

—Cather...

Lo miró a los ojos.

—Sabes que me estoy enamorando de ti, ¿verdad?

—¿Siempre lo has sabido?

—No siempre —dijo Penelope—, pero sí desde hace mucho tiempo. Por lo menos desde quinto, cuando te empeñaste en que siguiera a Baz por todo el castillo. Me obligaste a asistir a todos sus partidos de futbol.

—Para asegurarme de que no hiciera trampas —arguyó Simon, por costumbre.

—Ya —repuso Penelope—. Empezaba a preguntarme si tú lo habías descubierto. Lo has descubierto, ¿verdad?

Simon notó que sonreía y se sonrojaba, no por primera vez ni por quinta aquella semana.

—Sí…

(De *Adelante, Simon*, subido en marzo de 2011 a FanFixx.net por Magicath.)

Capítulo 32

Cath había recuperado a Wren y se sentía como si el mundo volviera a estar al derecho. Como si se hubiera pasado todo el curso colgando cabeza abajo del suelo, luchando por no caer a través del techo.

Podía llamar a Wren cuando quisiera. Sin pensar y sin preocuparse. Quedaban para comer y para cenar. Organizaban sus horarios en función de la otra y se reunían cada vez que tenían un hueco.

—Se diría que te ha vuelto a crecer una pierna cortada o algo así —comentó Levi—. Pareces una alegre estrella de mar —por su manera de sonreír, cualquiera habría pensado que era él quien había hecho las paces con su hermana—. No te sentaba nada bien. Eso de no hablarle a tu madre. Ni a tu hermana. En plan Jacob y Esaú.

—Sigo sin hablarle a mi madre.

Cath, sin embargo, le había hablado a Wren de Laura. Y mucho.

A Wren no le sorprendió que Laura no se hubiera quedado en el hospital.

—No quiere responsabilidades —explicó—. No puedo creer que viniera siquiera.

—A lo mejor pensó que te estabas muriendo.

—No me estaba muriendo.

—¿Cómo que no quiere responsabilidades? —se indignó Cath—. Ser madre es el súmmum de la responsabilidad.

—Ella no quiere ser una madre —repuso Wren—. Me ha pedido que la llame "Laura".

Cath decidió empezar a llamarla mentalmente "mamá". Y luego pensó que mejor no la llamaba de ninguna manera.

Wren seguía en contacto con ella ("con La-Que-No-Debe-Ser-Nombrada"). Dijo que sobre todo se comunicaban a través de mensajes y que se habían hecho amigas en facebook. Su hermana estaba conforme con aquel grado de implicación. Cuando menos, le parecía mejor que nada y más seguro que una relación más estrecha.

Cath no lo entendía. Su cerebro no funcionaba así. Su corazón, tampoco.

Pero ya no se peleaba con ella al respecto.

Ahora que Cath y Wren volvían a ser Cath y Wren, Levi se había empeñado en que fueran juntos a todas partes. Los cuatro.

—¿Sabías que Jandro estudia en la Facultad de Agrónomos? ¿Que incluso coincidimos en algunas clases?

—Ya, ¿y por qué no salimos siempre con ellos? —replicó Cath—. Así, cuando nos casemos el mismo día en una boda doble, con vestidos iguales, podremos encender la vela de la unidad los cuatro al mismo tiempo.

—Puf —dijo Levi—. Yo quiero elegir mi traje.

De hecho, habían coincidido los cuatro un par de veces, por casualidad. Cuando Jandro iba a buscar a Wren. Cuando Levi iba a buscar a Cath.

—No creo que quieras salir con Wren y conmigo —intentaba convencerlo Cath—. Lo único que hacemos es escuchar música rap y hablar de Simon.

Sólo quedaban seis semanas para la publicación de *El octavo baile*, y Wren estaba aún más estresada que Cath.

—Es que no sé cómo lo vas a engarzar todo —decía.

—Ya tengo un esquema —le repetía Cath en cada ocasión.

—Sí, pero también tienes clase. Déjame verlo.

Por lo general, se apiñaban delante de la computadora en la habitación de Cath. Estaba más cerca del campus.

—No esperen que las distinga —declaró Reagan cuando aquello pasó a ser costumbre.

—Yo llevo el pelo corto —señaló Wren—. Y ella usa gafas.

—Basta —gimió Reagan—. No me obliguen a mirarlas. Esto parece *El resplandor*.

Wren ladeó la cabeza y la escudriñó.

—No sabría decir si hablas en serio.

—Da igual —le dijo Cath—. Ignórala.

Reagan miró a su compañera frunciendo el ceño.

—¿Quién eres? ¿Zack o Cody?

Aquel día estaban en la habitación de Wren para darle un respiro a Reagan. Se habían sentado en la cama con la laptop entre las dos. Courtney también estaba allí, arreglándose para salir. Había quedado para estudiar con el chico de la fraternidad Sigma Chi.

—No puedes matar a Baz —decía Wren, que ojeaba el esquema de Cath bajando por el documento. Siempre acababan igual; Wren no se rendía.

—Nunca creí que fuera a matar a Baz —arguyó Cath—. Jamás. Pero será el acto de redención definitivo, ¿sabes? Si se sacrifica por Simon, tras años de peleas y tras este último curso de amor, todo lo que han vivido juntos adquiere sentido.

—Si matas a Baz, tendré que matarte —declaró Wren—. Y seré la primera de una larga fila.

—Seguro que Basil muere en la última película —intervino Courtney mientras se ponía la chaqueta—. Simon tiene que matarlo; es un vampiro.

—Antes tendrá que morir en el libro —le espetó Cath.

Aún no sabía si Courtney era tonta o sencillamente no se molestaba en pensar antes de hablar. Wren negó con la cabeza y puso los ojos en blanco, como diciendo: "No pierdas el tiempo con ella".

—No trabajen demasiado, damiselas —dijo Courtney, haciendo un gesto de despedida.

Sólo Cath le respondió.

Wren y Courtney habían discutido. Cath no estaba segura de si la discusión guardaba relación con el asunto de la sala de emergencias o con alguna otra cosa. Seguían siendo amigas y aún comían juntas, pero últimamente todo lo que hacía Courtney molestaba a Wren, hasta los detalles más insignificantes: el hecho de que llevara jeans con tacones o que dijera "comprao" en vez de "comprado". Cath le había preguntado a su hermana al respecto, pero ella se encogía de hombros sin responder.

—Se equivoca —decía Cath ahora—. No creo que Gemma T. Leslie vaya a matar a Baz.

—Ni tú tampoco —replicó Wren.

—Pero eso lo convertiría en el héroe romántico por excelencia. Piensa en Tony de *West Side Story* o en Jack de *Titanic*... Piensa en Jesús.

—Eso es una güevada.

Cath soltó una risilla.

—¿Güevada?

Wren le propinó un codazo.

—Sí. El acto heroico por excelencia no debería ser la muerte. Siempre dices que quieres concederle a Baz la historia que merece. Rescatarlo de las garras de Gemma...

—Sencillamente, creo que no se da cuenta del potencial que tiene ese personaje —aclaró Cath.

—¿Así que lo matas? No hay mejor venganza que una larga vida, ¿o no? La forma más punk de terminar *Adelante* sería dejar que Baz y Simon vivieran felices por siempre jamás.

Cath se echó a reír.

—Hablo en serio —insistió Wren—. Han pasado tantas cosas juntos... No sólo en tu historia sino también en la original y en los cientos de *fics* que hemos leído sobre ellos... Piensa en tus lectores. Piensa en lo bien que te sentirás si nos concedes un poco de esperanza.

—Pero no quiero que sea un final cursi.

—"Y vivieron felices por siempre jamás" o, sencillamente, "estuvieron juntos por siempre jamás" no es un final cursi —arguyó Wren—. Es lo más noble, en plan, lo más valiente a lo que pueden aspirar dos personas.

Cath miró a Wren a los ojos. Tuvo la sensación de mirarse a un espejo un tanto combado. *Como en un espejo.*

—¿Estás enamorada?

Wren se sonrojó y bajó la vista al teclado.

—No estamos hablando de mí. Estamos hablando de Baz y Simon.

—Yo sí estoy hablando de ti —dijo Cath—. ¿Estás enamorada?

Wren atrajo la laptop a su regazo y se puso a retroceder por el documento.

—Sí —repuso con frialdad—. ¿Qué tiene de malo?

—Yo no he dicho que tenga nada de malo —sonrió Cath—. Estás enamorada.

—Ay, cállate ya. Y tú también.

Cath abrió la boca para discutir.

—Déjalo —le advirtió Wren, apuntándola con un dedo—. He visto cómo miras a Levi. ¿Qué escribiste una vez de Simon, eso de que sus ojos seguían a Baz "como si fuera lo más brillante de toda la sala, como si proyectara sombras sobre todo lo demás"? Pues ésa eres tú. No puedes dejar de mirarlo.

—Yo... —Cath estaba convencida de que no podía haber nada más brillante que Levi en ninguna sala. Brillante, cálido y chispeante; era una hoguera humana—. Me gusta mucho.

—¿Te has acostado con él?

—No —Cath sabía muy bien a qué se refería Wren. Su hermana no le estaba pidiendo detalles sobre la colcha de la abuela de Levi ni sentía curiosidad por saber si habían dormido acurrucados el uno en brazos del otro, como sillas apilables—. ¿Y tú? ¿Con Jandro?

Wren se rio.

—Ya te digo. Y qué... ¿lo vas a hacer?

Cath se frotó la muñeca derecha. Su muñeca de teclear.

—Sí —respondió—. Eso creo.

Wren cogió a Cath por el brazo y luego la empujó.

—Oh... Dios... Mío... ¿Me lo dirás cuando lo hagas?

—Te lo diré —Cath la empujó a su vez—. En fin, no tengo la sensación de que tenga que pasar ahora mismo, en plan, inmediatamente, pero él hace que tenga ganas. Y me ayuda a pensar... que todo irá bien. Que no tengo que preocuparme por si la cago.

Wren puso los ojos en blanco.

—No la vas a cagar.

—Bueno, tampoco me estoy luciendo que digamos. ¿Te acuerdas de lo mucho que me costó aprender a conducir? Y todavía no sé patinar hacia atrás...

—Piensa en todas esas preciosas primeras veces que has escrito para Simon y Baz.

—Eso es distinto —replicó Cath en tono desdeñoso—. Ni siquiera tenemos lo mismo allá abajo.

Wren se moría de risa. Se abrazó la laptop contra el pecho.

—Te sientes más cómoda con lo que tienen ellos allá abajo que... —no podía parar de soltar risillas— con lo tuyo... y ni siquiera has visto lo suyo...

—Doy rodeos para describirlo —Cath también se reía.

—Ya lo sé —asintió Wren—. Y lo haces de muerte.

Cuando pudieron parar de reír, Wren le dio a Cath un puñetazo amistoso en el brazo.

—Todo irá bien. Las primeras veces estás aprobada sólo por presentarte.

—Genial —bufó Cath—. Eso me hace sentir mejor —negó con la cabeza—. Toda esta conversación es prematura.

Wren sonrió, pero había adoptado un aire grave, como si se dispusiera a pedir algo.

—Eh, Cath...

—¿Y ahora qué?

—No mates a Baz. Te corregiré el estilo, si quieres. Pero... no lo mates. Baz merece más que nadie un final feliz.

-Chist.
  -Es que…
  -Calla.
  -Me preocupa que…
  -No.
  -Pero…
  -Simon.
  -¿Baz?
  -Ven.

        (De *Adelante, Simon*, subido en septiembre
              de 2011 a Fanfixx.net por Magicath.)

Capítulo 33

—¿Has empezado? —le preguntó la profesora Piper.

—Sí —mintió Cath.

No pudo evitarlo. No fue capaz de decir que no; la profesora podía mandar todo el asunto al diablo. Cath aún no le había enseñado nada...

Porque no había escrito nada.

Estaban pasando demasiadas cosas. Wren. Levi. Baz. Simon. Su padre... En realidad, en los últimos tiempos no se preocupaba tanto por su padre como antes. Era una de las ventajas de que Wren pasara los fines de semana en casa. Los fines de semana, su hermana se aburría tanto que prácticamente le escribía un *liveblog* mediante mensajes de texto e emails constantes: *papá me está obligando a ver un documental sobre los exploradores lewis y clark. casi me está* EMPUJANDO *a beber.* Cath no le había hablado a Wren sobre su trabajo de Escritura Creativa.

De hecho, Cath estaba considerando —otra vez— la idea de decirle a la profesora Piper que la escritura creativa no era lo suyo, que la idea de escribir ficción le producía algo similar a una fobia. Pero una vez allí, al ver el semblante confiado de la mujer...

Fue incapaz de pronunciar las palabras. Prefería soportar aquellas horribles tutorías a decirle la verdad; que sólo prestaba atención al proyecto cuando estaba sentada en la oficina de la profesora.

—Maravilloso —dijo la profesora, echándose hacia delante para palmear el brazo de Cath con cariño y sonriendo justo como la chica esperaba que hiciera—. Qué alivio. Pensaba que tendría que darte otra charla sobre "sangre, sudor y lágrimas" al estilo de Winston Churchill y no sabía si tendría fuerzas.

Cath sonrió. Y se sintió un ser detestable al hacerlo.

—Bueno, cuéntame más —le pidió la mujer—. ¿Me dejas leer lo que has escrito?

Cath empezó a negar con rápidos movimientos de la cabeza pero enseguida adoptó un ritmo de negación más normal.

—No, o sea, aún no. Es que... aún no.

—Me parece bien —la profesora Piper la miraba con suspicacia. (O puede que Cath estuviera paranoica)—. ¿Me puedes hablar del tema de tu relato?

—Sí —repuso Cath—. Claro. Estoy escribiendo sobre... —imaginó una gran ruleta girando ante ella. Como en *El precio justo* o *La ruleta de la fortuna*. Cuando se detuviera, no habría vuelta atrás. Tendría que escribir sobre eso—. Estoy escribiendo sobre...

La profesora Piper sonrió. Como si supiera que Cath mentía pero de todos modos quisiera arrancarle una respuesta.

—Mi madre —dijo Cath. Y tragó saliva.

—Tu madre —repitió la mujer.

—Sí. O sea, voy a empezar con eso.

El rostro de la profesora Piper adoptó una expresión casi traviesa.

—Todo el mundo lo hace.

—Una casa colgante —dijo Cath—. A eso me recuerda este sitio.

Levi estaba sentado contra la cabecera de la cama y Cath se había acomodado en su regazo, ciñendo con las rodillas las caderas del chico. Últimamente pasaba mucho tiempo en el regazo de Levi. Le gustaba estar encima, tener la sensación de que podía retirarse cuando quisiera (casi nunca quería). También dedicaba mucho tiempo a no pensar en lo que podría pasar en aquel regazo; el regazo de Levi era territorio abstracto, por lo que concernía a Cath. Desubicado. No registrado. Si pensaba en el regazo de Levi en términos más concretos, acababa por bajarse de la cama y acurrucarse a solas en el sofá.

—¿Qué es una casa colgante? —preguntó él.

—Un nido de águilas.

—Ah —asintió Levi—, ya.

Levi se pasó la mano por el pelo. Cath le acompañó el movimiento con su propia mano y notó la textura sedosa resbalándole entre los dedos. Él sonrió como si Cath fuera un cliente que le pedía un café con leche a la menta.

—¿Está todo bien? —preguntó ella.

Levi asintió y le besó la nariz.

—Claro —cuando volvió a sonreír, lo hizo sólo con la boca.

—¿Qué pasa?

Intentó levantarse, pero él se lo impidió.

—Nada. Nada importante. Es que... —Levi cerró los ojos como si le doliera la cabeza—. Hoy me han dado la nota de un examen. Penosa, incluso para ser yo.

—Vaya. ¿Habías estudiado?

—Obviamente, no lo bastante.

Cath no estaba segura de cuánto estudiaba Levi. Jamás abría un libro, pero iba de acá para allá con los auriculares puestos. Cuando acudía a buscarla con la camioneta, siempre lo encontraba escuchando una clase. Se quitaba los audífonos en cuanto ella subía al vehículo.

Recordó cómo solía estudiar Levi con Reagan, las tarjetas de memoria esparcidas por la habitación, el repaso constante.

—Es culpa mía, ¿verdad?

—No —Levi negó con la cabeza.

—Indirectamente —afirmó ella—. No estudias con nadie más que conmigo.

—Cather. Mírame. Jamás en mi vida he sido tan feliz.

—No pareces muy feliz.

—No me refiero a este instante en concreto.

Levi sonrió; fue una sonrisa cansada, pero genuina. Cath quiso besarle su boquita rosada e inmóvil.

—Tienes que estudiar —afirmó, dándole un puñetazo amistoso en el pecho.

—Okey.

—Con Reagan. Con todas esas chicas de las que te aprovechas.

—Bien.

—Conmigo, si quieres. Podría ayudarte a estudiar.

Levi alargó la mano hacia la coleta de Cath y empezó a quitarle la liga. Ella dejó caer la cabeza hacia atrás.

—Tú tienes mucho trabajo —objetó él—. Y miles de fans de *Simon Snow* pendientes de cada una de tus palabras.

Cath miró las grietas del techo mientras él le soltaba el pelo.

—Si eso implica estar aquí contigo, en la casa colgante —afirmó ella—, en vez de en cualquier otra parte con alguien que no eres tú, me sacrificaré encantada.

Levi le deslizó la melena hacia la cara; ya le llegaba por debajo de los hombros.

—No sé si me quieres por mí mismo —dijo— o sólo por mi habitación.

—Las dos cosas —repuso Cath. En aquel momento, reparó en las palabras que Levi había elegido y se sonrojó.

Él sonrió, como si le hubiera tendido una trampa.

—Bueno —dijo mientras jugueteaba con su cabello—. Estudiaré más —hizo rebotar las piernas para acercar más a Cath—. Quítate los lentes.

—¿Por qué? Pensaba que te gustaban mis lentes.

—Me encantan. Sobre todo cuando te los quitas.

—¿No tienes que estudiar esta noche?

—No. Sólo he cateado un examen. No tengo nada que estudiar —las piernas de Levi dieron otro bote.

Cath puso los ojos en blanco y se quitó los lentes.

Levi sonrió.

—¿De qué color son tus ojos?

Ella los abrió al máximo.

—Los veo —arguyó él—, pero no tengo claro de qué color son. ¿Qué ponen en tu licencia de conducir?

—Azules.

—No son azules.

—Sí. Por la parte exterior del iris.

—Y marrones en el centro —dijo Levi—. Y grises junto a la pupila, y verdes entre el gris y el marrón.

Cath se encogió de hombros y le miró el cuello. Tenía un lunar justo debajo de la oreja y otro encima de la clavícula. Estaba más pálido que cuando lo había conocido; aquel día, su piel lucía un tono tan bronceado como la de un niño que se hubiera pasado todo el verano jugando al aire libre.

—¿Qué vas a hacer este verano? —le preguntó.

—Trabajar en el rancho.

—¿Nos veremos?

—Sí.

—¿Cuándo?

—Ya buscaremos la manera —Levi le tocó la mejilla.

—Pero no así...

El chico miró a su alrededor y tomó la cara de Cath entre las manos.

—No así —reconoció.

Cath asintió y se inclinó para besarle el lunar de debajo de la oreja.

—¿Estás seguro de que no tienes que estudiar?

—¿Y tú?

—No —repuso ella—. Es viernes.

Levi acababa de afeitarse, así que su cara y su cuello estaban irresistibles. Suaves con un toque mentolado. Le pasó la mano por la camisa de franela hasta que los dedos se toparon con el primer botón. Y decidió, en aquel mismo instante, desabrocharlo.

Levi respiró entrecortadamente.

Cath descendió al segundo botón.

Cuando desabrochó el tercero, él se apartó y se quitó la camisa por la cabeza, e hizo lo mismo con la camiseta. Cath le miró el pecho como si nunca hubiera visto nada parecido. Como si jamás hubiera pisado una piscina pública.

—Vestido pareces más delgado —comentó sorprendida, acariciándole los hombros con los dedos.

Levi se rio.

—¿Eso es un cumplido?

—Es que... No me esperaba que fueras tan fuerte.

Él intentó besarla, pero Cath se echó hacia atrás; aún no estaba dispuesta a dejar de mirar. Levi no era visiblemente musculoso. No como Jandro. Ni siquiera como Abel. Sin embargo, era fibroso y estaba bien formado; se le marcaban los deltoides, los bíceps y los pectorales.

Cath habría querido reescribir cada una de las escenas subidas a la red en las que hablaba sobre los pectorales de Baz y Simon. Siempre los describía como algo plano, duro y huesudo. Levi era puro movimiento y respiración, un suave conjunto de curvas y huecos cálidos. El pecho de Levi parecía un ser vivo.

—Eres hermoso —le dijo.

—Tú eres hermosa.

—No discutas conmigo. Eres hermoso.

Quitarle la camisa a Levi había resultado una idea tan inspirada que Cath estaba pensando en desembarazarse de la suya también. El chico pensaba lo mismo. Jugaba con la orilla de la camiseta y le deslizaba los dedos justo hasta el borde mientras se besaban. Besar. Cath adoraba aquella palabra. Apenas la utilizaba cuando escribía *fic* porque le parecía inmensamente poderosa. Como si el mero hecho de pronunciarla ya transmitiera la sensación de un beso. Bien hecho, lenguaje.

Levi besaba con la mandíbula y el labio inferior. A Cath no la habían besado tantas veces como para saber si aquel gesto tenía algo de particular. Le parecía que sí. Levi la besaba y jugueteaba con la orilla de la camiseta; y si Cath levantara los brazos ahora mismo, seguro que él se la quitaba. Podía contar con que le echaría una mano. Cath no recordaba qué estaba esperando, a qué le tenía miedo en realidad...

¿Estaba esperando a casarse? En aquel momento, le costaba pensar más allá de Levi... con el que no iba a contraer matrimonio en un futuro próximo. La idea sólo sirvió para exacerbar su deseo. Porque si al final no se casaba con Levi, no tendría toda una vida para disfrutar de su pecho, de sus labios y de lo que fuera que estaba sucediendo en su regazo. ¿Y si se casaban con otras personas? Cath tenía que hacerlo con Levi, ahora, mientras podía.

Menuda falacia, le gritaba el cerebro. *Ese razonamiento no se sostiene por ninguna parte.*

¿Cómo vas a saber cuántas probabilidades tienes de casarte con alguien?, se preguntó. ¿Es una cuestión de tiempo? ¿O de distancia?

El celular de Cath emitió una señal.

Levi le lamió la boca como si intentara atrapar los restos de la mermelada del fondo de su garganta.

La señal se repitió.

Seguro que no era nada importante. Wren. Quejándose de su padre. O su padre quejándose de Wren. O alguno de los dos de camino al hospital.

Cath se apartó. Tomando las manos de Levi, intentó recuperar el aliento.

—Déjame mirar quién es —dijo—. Wren...

Levi asintió y retiró las manos de la camiseta. Cath resistió la tentación de deslizarse por las piernas del chico como si fuera un caballito balancín. (Le habría encantado, pero puede que nunca hubiera recuperado la dignidad.) En cambio, desmontó a trompicones y tendió la mano para coger el teléfono.

El chico se arrastró tras ella para poder leer por encima de su hombro.

Wren. *eh, deberías venir a omaha. jandro está aquí, luego iremos a bailar a guaca maya. fiesta! ven!*

no puedo, escribió Cath. *hora de levi.*

Tiró el teléfono al suelo e intentó desandar el camino hasta el regazo de Levi. Pero él ya se había sentado contra la cabecera, con las rodillas en alto. Regazo no disponible.

Cath trató de apartarle las rodillas pero él no la dejó. La miraba como si todavía estuviera tratando de discernir de qué color tenía los ojos.

—¿Va todo bien? —le preguntó Cath, arrodillada delante de él.

—Sí. ¿Todo bien por allí?

Levi señaló el teléfono con la barbilla.

Cath asintió.

—Perfectamente.

Levi asintió a su vez.

Cath asintió de nuevo.

Y luego levantó los brazos por encima de la cabeza.

Agatha retorció la capa de Simon entre los dedos, consternada. (Pero hermosa pese a todo. El rostro de Agatha, aun empapado de lágrimas, era un dechado de belleza.) Él quería decirle que no pasaba nada, olvidar la escena con Baz en el bosque… Agatha erguida a la luz de la luna, sosteniendo las pálidas manos de Baz…

—Háblame —le pidió Simon con voz temblorosa.

—Es que no sé qué decir —gimoteó ella—. Aquí estás tú. Y eres bueno. Y lo haces todo bien. Y allí está él… Y él es *distinto*.

—Él es un monstruo —Simon apretó los dientes.

Agatha se limitó a asentir.

—Quizá.

(Capítulo 18 de *Simon Snow y el séptimo roble*, copyright de Gemma T. Leslie, 2010.)

Capítulo 34

Entraron en el ascensor y Cath pulsó el botón del noveno piso.

—No puedo creer que llevemos un cuarto de hora discutiendo sobre si Simon debería tomar la espada o la varita en un párrafo chafa *fan fiction*.

Y con "no puedo creer" Cath quería decir "no puedo creer lo contenta que estoy". Wren iba a subir a su habitación para ayudarla con *Adelante* hasta que Levi saliera del trabajo. Aquello se había convertido en una costumbre. A Cath le gustaban las costumbres. Se sentía rebosante de serotonina.

Wren le propinó un empujón.

—No es insignificante. Es importante.

—Sólo para mí.

—Y para mí. Y para todos los que la leen. Además, basta con que sea importante para ti. Llevas trabajando es esto casi dos años. Es la obra de tu vida.

—Por Dios, qué patético.

—Quiero decir, la obra de tu vida actual; y es magnífica. Lo seguiría siendo aunque no tuvieras miles de fans. Jandro no se puede creer la cantidad de gente que te sigue. Piensa que deberías sacarle partido... No acaba de entender el rollo de la *fan fiction*. Intenté que viera *El Príncipe Hechicero* y se quedó dormido.

Cath ahogó un grito de horror que era fingido en parte.

—No me habías dicho que fuera agnóstico.

—Quería que lo conocieras primero. ¿Qué me dices de Levi?

Las puertas del ascensor se abrieron en el piso de Cath.

—Le encanta —respondió ésta—. *Simon Snow. La fan fiction,* todo. Me pide que le lea mis relatos en voz alta.

—¿No le tira mal rollo el tema gay?

—No, es zen. ¿Por qué? ¿A Jandro sí?

—Ya lo creo.

—¿Le desagradan los gays?

—No... Bueno, puede ser. Más bien le desagrada la idea de que una chica hetero escriba sobre chicos gays; le parece aberrante.

Cath soltó una risilla. Wren se echó a reír con ella.

—Entonces piensa que la pervertida soy yo —dijo Cath.

—Calla —Wren volvió a empujarla.

Cath se detuvo en seco. Acababa de ver a un chico esperando junto a la puerta de su habitación.

El chico equivocado.

—¿Qué pasa? —Wren se paró también—. ¿Has olvidado algo?

—Cath —la llamó Nick, dando unos pasos hacia ella—. Hola. Te estaba esperando.

—Eh —dijo Cath—. Hola, Nick.

—Hola —repitió él.

Cath seguía parada a dos metros de su cuarto. No quería acercarse más.

—¿Qué haces aquí?

Nick parecía enfurruñado y tenía la boca entreabierta. Cath lo veía frotarse la lengua contra los dientes.

—Quería hablar contigo.

—¿Éste es tu chico de la biblioteca? —preguntó Wren, mirándolo como si fuera una foto de facebook y no un ser humano.

—No —replicó Cath. Reaccionaba a lo de "tu".

Nick echó un vistazo a Wren y decidió ignorar su presencia.

—Mira, Cath...

—¿No podías llamar?

—No tengo tu número de celular. He intentado llamar a tu habitación. Estás en el directorio de alumnos... Te he dejado un montón de mensajes.

—¿Tenemos un buzón de voz?

La puerta de la habitación se abrió de repente y Reagan se asomó.

—¿Esto es tuyo? —le preguntó a Cath señalando a Nick con la barbilla.

—No —respondió Cath.

—Eso me ha parecido, así que le he dicho que esperara fuera.

—Tenías razón —intervino Wren, en un tono no muy bajo—. Tiene una pinta algo decadente...

Reagan y Wren no sabían por qué se había peleado con Nick, ni cómo éste había utilizado a Cath. Sólo sabían que no quería hablar con él... y que se negaba a entrar en la biblioteca Love. Le daba vergüenza contarles los detalles.

Ahora que lo tenía delante, Cath no sentía vergüenza alguna. Estaba enfadada. Se sentía estafada. Había escrito cosas muy buenas con Nick y ya nunca las recuperaría. Si quisiera usar alguna de aquellas frases o bromas, la gente pensaría que se las había robado a él. Y ni en sueños le habría robado nada (salvo la bufada de cachemira que llevaba en aquel momento; a Cath siempre le había gustado aquella bufanda). Pero Nick podía quedarse con su segunda persona y su tiempo presente de mierda. Y con todas esas protagonistas escuálidas con los dedos manchados de nicotina. (Nick había puesto los chistes de Cath en boca de ellas; era exasperante.)

—Mira, es que tengo que hablar contigo —dijo él—. No tardaremos mucho.

—Pues habla —le espetó Wren.

—Sí —terció Reagan, apoyada contra el marco de la puerta—. Habla.

Al parecer, Nick estaba esperando a que Cath le echara un cable, pero ella no estaba de humor. Pensó en marcharse y dejar que se las arreglara con Reagan y Wren, dos personas particularmente difíciles y desagradables incluso cuando les caías bien.

—Adelante —dijo Cath por fin—. Te escucho.

—Va... —Nick carraspeó—. Mmm. Muy bien. He venido a decir, a decirle a Cath —la miró— que mi relato ha sido seleccionado para la revista *Prairie Schooner*. Es la publicación literaria de la universidad —le aclaró a Wren—. Un gran honor para un estudiante.

—Felicidades —replicó Cath, que volvía a sentirse utilizada. Como si le estuvieran robando por segunda vez, ahora a punta de pistola.

Nick asintió.

—Sí. Bueno... La jefa de estudios de la facultad, ya sabes, la profesora Piper, pues... —miró a su alrededor con ademán nervioso y soltó un bufido—. Sabe que colaboraste en la versión final de mi relato, y piensa que sería un bonito gesto que lo firmáramos los dos.

—*Su* relato... —Wren miró a Cath.

—¿Un bonito gesto? —preguntó esta última.

—Es una publicación muy prestigiosa —aclaró Nick— y firmarías como coautora. Podemos firmar por orden alfabético. Tu nombre aparecería primero.

Cath notó una mano en la espalda.

—Eh —dijo Levi besándole la coronilla—. He salido temprano. Hola —saludó alegremente a Nick. Tendió la mano por delante de Cath para estrechar la del chico—. Soy Levi.

El otro respondió al gesto con expresión confundida y molesta.

—Nick.

—Nick, el de la biblioteca —dedujo Levi, sin perder el aire desenfadado. Rodeó los hombros de Cath con el brazo.

Nick volvió a mirar a Cath.

—¿Qué dices? ¿Te parece bien? ¿Le dirás a la profesora Piper que te parece bien?

—No sé —repuso ella—. Es sólo que... —sólo, sólo, sólo—. Después de todo lo que ha pasado. No estoy segura de que me vaya a sentir cómoda.

Él clavó sus ojos azul marino en los de Cath.

—Tienes que decir que sí, Cath. No puedo perder esta oportunidad. Sabes lo mucho que significa para mí.

—Pues quédatela —replicó Cath con voz queda. Intentaba fingir que todas las personas de su vida no estaban allí mismo, escuchando—. Quédate con los méritos, Nick. No hace falta que los compartas conmigo.

Él también simulaba que estaban solos.

—No puedo —se lamentó. Dio otro paso hacia ella—. Ella... La profesora Piper dice que o firmamos los dos o no se publica. Cath. Por favor.

En el pasillo no se oía ni una mosca.

Reagan miraba a Nick como si lo estuviera atando a las vías del ferrocarril.

Wren lo contemplaba como una de las chicas cool de sus relatos. Rezumando desdén.

Levi sonreía. Igual que había sonreído a los borrachos de Muggsy's. Antes de convencer a Jandro de que les atizara.

Cath volvió a fingir que no estaban allí. Pensó en el relato de Nick —¿el relato de ambos?—, en todo lo que había volcado en él y en la posibilidad de obtener algo a cambio.

Y luego recordó todos aquellos ratos que había pasado con Nick en el almacén, tratando de arrebatarle la libreta.

Levi le apretó el hombro.

—Lo siento —dijo Cath—, pero no quiero ningún mérito. Tú tenías razón. El relato te pertenece.

—No —replicó él apretando los dientes—. No puedo perder esta oportunidad.

—Ya vendrán otras. Eres un magnífico escritor, Nick —le aseguró, y lo decía de corazón—. No me necesitas.

—No. Tienes que ayudarme. Ya he perdido el puesto de profesor auxiliar por tu culpa.

Cath retrocedió un paso. Hacia Levi.

Reagan abrió la puerta de par en par, y Wren arrastró a Cath a la habitación, empujando a Nick al pasar.

—Encantado de conocerte —dijo Levi, y tenías que conocerlo muy bien para saber que no lo decía en serio.

Nick se quedó donde estaba, como si pensara que aún podía convencer a Cath de que lo ayudara.

Reagan le cerró la puerta en las narices.

—¿De verdad salías con ese tipo? —le preguntó antes de que se cerrara del todo—. ¿Ése era tu novio de la biblioteca?

—Mi compañero de escritura —aclaró Cath sin mirar a nadie mientras dejaba la mochila en el suelo.

—Menudo cretino —musitó Reagan—. Estoy segura de que mi madre tiene una bufanda como esa.

—¿Te robó el relato? —le preguntó Wren—. ¿El que estaban escribiendo juntos?

—No. No exactamente —Cath se dio media vuelta—. Da igual —dijo en el tono más conciliador que pudo adoptar—. ¿Sale?

Miró aquellos tres rostros, tan dispuestos a indignarse en su nombre, y se dio cuenta de que de verdad le daba igual. Nick —que había sido incapaz de escribir su antihistoria de amor sin su ayuda— era agua pasada.

Cath sonrió a Levi.

—¿Estás bien? —le preguntó él, sonriendo a su vez porque no podía evitarlo. (*Bendito sea. Bendito hasta el infinito y más allá.*)

—Estoy de maravilla.

Wren seguía escudriñando a su hermana.

—Genial —dijo como si acabara de decidir algo—. Okey. Genial —se giró hacia Levi y le propinó un puñetazo amistoso en el brazo—. Muy bien, teniente Starbuck, ya que estás aquí, podrías llevarnos a La Granja. Y de paso podrías invitarnos a una ronda de café con chocolate blanco de camino hacia allí.

—Pues será mejor que nos vayamos cuanto antes —repuso Levi en plan valeroso—. He estacionado en doble fila.

Cath recogió la mochila.

—Y para que lo sepan —añadió el chico mientras abría la puerta (Cath se asomó para asegurarse de que Nick se había ido)—, me he dado cuenta de que acabas de citar *Galáctica, estrella de combate*.

—¡Bravo! —exclamó Wren—. Eres un friki de primera categoría.

Cuando llegaron a la sede de la fraternidad de Jandro, Levi se apeó de la camioneta para ayudar a Wren. Ya casi nunca ayudaba a Cath a subir y a bajar. Por lo general, ella no se esperaba a que Levi le echara una mano. Cuando su hermana se alejó del vehículo, Cath se deslizó de mala gana hacia la ventanilla del copiloto y se puso el cinturón.

Levi arrancó la camioneta y cambió de marcha sin mirarla. No había vuelto a posar los ojos en ella desde que habían salido de la habitación.

—¿Te pasa algo? —le preguntó Cath.

—No. Es que tengo hambre. ¿Tú tienes hambre?

Seguía sin mirarla.

—¿Esto es por Nick? —quiso saber ella. Se dio cuenta de que estaba esperando a que Levi se mostrara celoso de Nick.

—No —repuso Levi—. ¿Debería? Tenía la sensación de que no querías hablar de él.

—Y no quiero —dijo ella.

—Bueno. ¿Tienes hambre?

—No. ¿Estás celoso?

—No —el chico sacudió la cabeza, como si quisiera sacudirse algo de encima. A continuación volteó a verla y sonrió—. ¿Te gustaría que lo estuviera? —enarcó una ceja—. Puedo montarte una escena ahora mismo si te gustan ese tipo de cosas.

—Prefiero que no —respondió Cath—. Gracias de todos modos.

—Bien. Estoy demasiado hambriento como para enojarme. ¿Te importa si paramos en alguna parte?

—Claro —accedió ella—. También podría prepararte algo, si quieres. Unos huevos.

Levi sonrió de oreja a oreja.

—Oh, sí, por favor. ¿Puedo mirar?

Cath sonrió también.

—Qué tonto eres.

Levi quería un omelet. Sacó los huevos y el queso de la nevera mientras Cath buscaba una sartén y la mantequilla. (A Cath, la cocina ya casi no le recordaba a la rubia. Aquella chica no tenía poder de permanencia.)

Acababa de cascar los huevos cuando Levi le tiró de la coleta.

—Eh.

—¿Qué?

—¿Por qué no le caigo bien a tu hermana?

—Le caes bien a todo el mundo —repuso Cath, que ahora batía los huevos con un tenedor.

—Y entonces ¿por qué sólo quedas con ella cuando yo no estoy?

Ella volteó a verlo. Estaba apoyado contra el fregadero.

—Queso —pidió, señalando las manos de Levi con la barbilla—. El rallador —al ver que él no se movía, respondió—: Puede que me guste tenerte para mí sola.

—Puede que... —sugirió él, peinándose con los dedos—. Puede que te avergüences de mí.

Cath vertió los huevos en la sartén y cogió el rallador.

—¿Y de qué me avergüenzo exactamente? ¿De tu irresistible atractivo o de tu arrolladora personalidad?

—A Alejandro le han concedido una beca honoraria —dijo Levi con voz queda, a la espalda de Cath—. Y su familia posee la mitad de Sand Hills.

—Un momento..., ¿qué? —la chica lo dejó todo y se dio media vuelta—. ¿De verdad crees que me avergüenzo de ti?

Levi sonrió compungido y se encogió de hombros.

—No me voy a enfadar por eso, cielo.

—¿Estás loco o qué? Yo ni siquiera sabía todo eso de Jandro y, además, ¿a mí qué me importa? —Cath le puso las manos en el pecho y le retorció la sudadera negra entre los puños—. Por Dios, Levi. Mírate..., eres... —no tenía palabras para describir a Levi. Era una pintura rupestre. Era *El globo rojo*. Se puso de puntitas y lo atrajo hacia sí hasta tener su cara tan cerca que no podía mirarlo a los dos ojos al mismo tiempo—. Eres mágico —dijo.

Levi mostró una sonrisa tan inmensa que casi le desaparecieron los ojos. Ella le besó la comisura de los labios y él movió la cabeza para atraparle la boca.

Cuando Cath oyó que los huevos empezaban a chisporrotear, se dio media vuelta... pero Levi la tomó por la cintura.

—¿Entonces por qué? ¿No le caigo bien a tu hermana? ¿No encajo con ustedes? Sé que no te gusta que yo ande por ahí cuando estás con ella.

Cath lo empujó y regresó a los fogones. Se puso a rallar queso encima de la sartén.

—No tiene nada que ver contigo.

Inclinándose sobre el mármol, Levi trató de interponerse en su campo de visión.

—¿Y cómo has llegado a esa conclusión?

—Es que... no sé, es una cosa rara —trató de explicarse Cath—. Sería distinto si hubieras crecido con nosotras o nos hubieras conocido a la vez...

—¿Distinto en qué sentido?

Cath negó con la cabeza y despegó el omelet con una espátula de madera.

—En ese caso sabría que poseías la información suficiente para preferirme a mí.

Levi se inclinó hacia la cocina, intentando mirarla a los ojos.

—Échate hacia atrás —le dijo Cath—. Te vas a quemar.

Él retrocedió, pero sólo unos centímetros.

—Pues claro que te prefiero.

—Pero cuando nos conocimos, no habías visto a Wren.

—Cath...

Ella lamentó que los omelets no requirieran más tarea que vigilarlos.

—Sé que te parece guapa...

—Lo sabes porque tú me pareces guapa.

—Dijiste que estaba buena.

—¿Cuándo?

—Cuando la conociste.

Levi se quedó pensativo, enarcando una ceja con un gesto exquisito.

—Dijiste que era Superman —le reprochó Cath.

—Cather —la reprendió él, al recordarlo—. Intentaba llamar tu atención. Te estaba echando un piropo.

—Pues fue un piropo horrible.

—Lo siento.

Levi volvió a cogerla por la cintura. Cath siguió mirando el omelet.

—Ya sé que te gusto —reconoció ella.

—Ya sabes que te quiero.

La chica no levantó la vista.

—Pero ella se parece mucho a mí. Algunos de nuestros mejores amigos ni siquiera nos distinguen al principio. Y cuando lo hacen, es porque se han dado cuenta de que ella es mejor. Porque habla más o sonríe más... O sencillamente porque es más guapa.

—Yo las distingo sin problema.

—Pelo largo. Lentes.

—Cath..., vámonos, mírame —Levi le tiró de las trabillas del pantalón, pero ella dio la vuelta al omelet antes de voltear a mirarlo—. Sé quién es quién.

—Tenemos la misma voz. Hablamos igual. Compartimos los mismos gestos.

—Es verdad —asintió él, y la obligó a levantar la barbilla—, pero eso aún acentúa más sus diferencias.

—¿A qué te refieres?

—Significa que a veces tu hermana dice algo y casi me sorprende oír que lo expresa con tu misma voz.

Cath lo miró a los ojos, con inseguridad. Allí estaban, grandes y serios.

—¿Como qué?

—No se me ocurre nada concreto —arguyó él—. O sea..., ella sonríe más que tú, es verdad, pero en cierto sentido me parece más dura que tú. Más cerrada.

—Soy yo la que nunca sale de su habitación.

—No me estoy explicando... Wren me cae bien —afirmó—, lo que conozco de ella. Pero es más... resuelta que tú.

—Tiene más confianza en sí misma.

—En parte. Quizá. Lo que quiero decir es... que toma lo que quiere de cada situación.

—Eso no es nada malo.

—No, ya lo sé —asintió Levi—. Pero tú no eres así. Tú no entras a saco. Prestas atención. Lo asimilas todo. Me gusta eso de ti. Me gusta más.

Cath cerró los ojos y notó que las lágrimas le resbalaban por las mejillas.

—Me gustan tus lentes —prosiguió Levi—. Y tus camisetas de *Simon Snow*. Me gusta que no vayas por ahí sonriendo a todo el mun-

do porque cuando me sonríes a mí... Cather —la besó en los labios—.
Mírame.

Ella lo hizo.

—Te prefiero a ti por encima de cualquier otra.

Cath respiró entrecortadamente y acarició la barbilla del chico.

—Te quiero —dijo—, Levi.

El rostro de él se iluminó justo antes de besarla.

Se separó al cabo de unos segundos.

—Vuelve a decirlo.

Cath tuvo que preparar otro omelet.

—¿Sabes qué es lo más decepcionante de ser mago?

Penelope negó con la cabeza y puso los ojos en blanco, una combinación de gestos que le salía de maravilla tras años de práctica.

—No seas tonto, Simon. No hay nada decepcionante en el hecho de ser mago.

—Sí que lo hay —protestó él, que le estaba tomando el pelo sólo en parte—. Siempre supuse que, a estas alturas, ya habría aprendido a volar.

—Bobadas —replicó Penelope—. Todo el mundo puede volar. Sólo hace falta un amigo.

Ella tendió la mano enjoyada hacia Simon y sonrió.

—¡Arriba, arriba y adiós!

Simon notó que dejaba atrás los escalones y se rio mientras daba una voltereta en el aire. Cuando volvió a tener la cabeza sobre los pies, apuntó a Penelope con la varita.

Capítulo 35

—Míralos —dijo Reagan moviendo la cabeza de lado a lado con cariño—. Ya se han hecho mayores.

Cath se giró hacia el bufé de cereales y vio a dos novatas resacosas que revolvían entre los cuencos.

—Aún recuerdo la noche que llegaron a la residencia con sus primeros tatuajes de My Little Pony —observó Reagan.

—¿Y te acuerdas de que una mañana nos dimos cuenta de que se les habían infectado? —añadió Cath entre sorbos de jugo de tomate.

Aquélla era una de las cosas que echaría de menos de la residencia. Cuatro tipos de jugo distintos a granel, incluido el de tomate. ¿En qué otro sitio encuentras jugo de tomate? Reagan detestaba que lo bebiera. "Parece que estés bebiendo sangre —decía—. Si la sangre fuera tan espesa como una salsa".

La compañera de Cath seguía mirando a las chicas que parecían haber tomado mucho.

—Me pregunto cuántas caras conocidas veremos al año que viene. Cada año llega una nueva hornada, y casi nadie repite en la residencia.

—El año que viene —dijo Cath— no cometeré el error de encariñarme tanto con alguien.

Reagan bufó.

—Habrá que presentar los formularios si queremos volver a compartir habitación.

Cath dejó en la mesa el vaso de jugo.

—Un momento... ¿Me estás diciendo que quieres volver a alojarte conmigo el año que viene?

—Uta, pues claro, si casi nunca estás en casa. Es como tener por fin una habitación para mí sola.

Cath sonrió. Luego dio un buen trago al jugo.

—Bien... Lo pensaré. ¿Tienes algún otro ex novio guapo?

Wren tenía razón.

No paraba de azuzar a Cath para que escribiera un capítulo de *Adelante* cada noche.

—Como no lo hagas, no vas a acabar antes de que salga *El octavo baíle*.

Habían acordado asistir a la fiesta de medianoche que celebraba la librería Bookworm de Omaha con motivo del lanzamiento. Levi también quería ir.

—¿Vamos a ir disfrazados? —le había preguntado hacía un rato.

—No nos disfrazamos desde secundaria.

Estaban en casa de Levi. Cath, sentada en el sofá dos plazas, escribía en la laptop. Últimamente ni siquiera Levi la distraía; estaba tan concentrada que habría podido escribir en una sala llena de animales de circo.

—Maldición —protestó él—. Yo quería ir disfrazado.

—¿Y de quién te disfrazarías?

—Del Hechicero. O quizá de uno de los vampiros... del conde Vidalia. O de Baz. ¿Te volvería eso loca de deseo?

—Ya estoy loca de deseo.

—Eso dicen todas sin levantar la vista de la laptop.

—Lo siento —se disculpó Cath frotándose los ojos. Levi llevaba toda la noche picándola. Tomándole el pelo. Intentando sacarla de su ensimismamiento—. Es que tengo que acabar este capítulo si quiero que Wren lo lea antes de irse a dormir.

Estaba tan cerca del final que todos los capítulos le parecían de suma importancia. Si escribía alguna tontería, no tendría ocasión de arreglarlo o reencauzarlo después. No podía meter paja; cada capítulo era la resolución de una línea argumental o la gran escena final de un personaje. Quería que todos ellos tuvieran el final que merecían. No sólo Baz, Simon, Agatha y Penelope, sino todos los demás también: Declan, el reacio cazador de vampiros; Eb, el cabrero; el profesor Benedict; Mac, el instructor...

Cath hacía esfuerzos por no prestar atención al número de visitas —hacerlo le habría servido para sentirse aún más presionada— pero sabía que estaban batiendo todos los récords. Se contaban por decenas de miles. Le dejaban tantos comentarios que Wren se estaba encargando de gestionarlos en su lugar, usando su perfil para dar las gracias y responder a las preguntas más importantes.

Cath a duras penas lograba presentar los trabajos de clase. El resto de las tareas que tenía pendientes se le antojaban obstáculos que debía salvar para llegar a Simon y Baz.

Lo curioso de escribir tanto era que su cerebro nunca desconectaba del todo del mundo de los Hechiceros. Cuando se sentaba a escribir, no tenía que volver a entrar en la historia lentamente, para empaparse del clima. Ya estaba allí, todo el tiempo. Todo el día. La vida real se desarrollaba en los márgenes de su campo de visión.

La laptop se cerró y Cath sacó los dedos justo a tiempo. Ni siquiera se había dado cuenta de que Levi se acercaba al sofá. Le quitó la computadora y la dejó en el suelo con cuidado.

—Pausa para anuncios.

—Los libros no tienen anuncios.

—No soy muy aficionado a los libros —replicó él, tirando de ella para sentarla en su regazo—. ¿Intermedio, pues?

De mala gana, Cath se desplazó al regazo de Levi. Aún le estaba dando vueltas a lo último que había escrito; no tenía claro si dejarlo como estaba o cambiarlo.

—Los libros tampoco tienen intermedios.

—¿Y qué tienen entonces?

—Finales.

Levi la cogía ahora por las caderas.

—Todo llegará —dijo él husmeando el cuello de la camiseta de Cath. El pelo del chico le hizo cosquillas en la barbilla y rompió el hechizo que la tenía encantada. O más bien formuló otro nuevo.

—Bueno —suspiró Cath. Besó la cabeza de Levi y se balanceó encima de él—. Bien. Intermedio.

♡ ♡ ♡

—Tienes que escribir un capítulo dedicado a Penelope —afirmó Wren.

Se dirigían hacia la residencia Pound, vadeando los charcos. Wren llevaba botas de agua y no paraba de pisarlos. En cada ocasión, salpicaba los tobillos y las piernas de Cath.

—¿Y dónde lo meto? —resopló ella. La nieve empezaba a derretirse, pero aún veía el vapor de su aliento—. Debería haberlo escrito hace dos semanas. Ahora quedaría forzado... Por eso los escritores de verdad esperan a tener sus libros terminados antes de enseñárselos a nadie. Ojalá pudiera volver a empezar y reescribirlo todo.

—Tú eres una escritora de verdad —arguyó Wren, saltando en un charco—. Eres como Dickens. Él también escribía por entregas.

—Voy a cortar esas botas en pedazos.

—Envidiosa —replicó Wren mientras pisaba otro charco.

—No me das envidia. Son horrorosas. Seguro que te sudan los pies.

—Me da igual, nadie lo nota.

—Lo notaré yo cuando lleguemos a mi habitación y te las quites. Son un asco.

—Eh —dijo Wren—. Precisamente de eso quería hablarte.

—De qué.

—De tu habitación. De dormitorios. De compañeras de cuarto. Había pensado que el curso que viene podríamos compartir cuarto. Si quieres, nos alojamos en Pound; a mí me da igual.

Cath se detuvo para mirar a su hermana. Wren siguió andando unos instantes antes de reparar en que la otra no la seguía. Entonces se paró también.

—¿Quieres compartir habitación conmigo?

Wren estaba nerviosa. Se encogió de hombros.

—Sí. Si te parece bien. Si no sigues enfadada por... todo.

—No estoy enfadada —repuso. Recordó el día del verano pasado en que Wren le había dicho que no quería alojarse con ella. Cath nunca se había sentido tan traicionada. Casi nunca—. No estoy enfadada —repitió, esta vez de corazón.

Una sonrisa animó el semblante de Wren, que estampó el pie en un charco.

—Bien.

—Pero no puedo —se excusó Cath.

La alegría de Wren se disipó.

—¿Qué quieres decir?

—Es que ya le he dicho a Reagan que me alojaría con ella.

—Pero si Reagan te odia.

—¿Qué? No, qué va. ¿Por qué dices eso?

—Te trata fatal.

—Ella es así. Creo que, en realidad, soy su mejor amiga.

—Oh —musitó Wren. Parecía una niña empapada. Cath no estaba segura de qué decir a continuación...

—Tú eres mi mejor amiga —le aseguró Cath, incómoda—. Ya lo sabes. Unidas. De por vida.

Su hermana asintió.

—Ya... No, no pasa nada. Debería haberlo pensado. Que volverían a compartir cuarto.

Echó a andar y Cath la siguió.

—¿Y qué pasa con Courtney?

—Se muda a la sede de Delta Gamma.

—Oh —dijo Cath—. Había olvidado que había solicitado plaza.

—Pero no te lo pedí por eso —señaló Wren, como si le pareciera importante aclararlo.

—Deberías mudarte a Pound. Podrías vivir en nuestra misma planta. Lo digo en serio.

Wren sonrió e irguió los hombros, ya casi recuperada.

—Sí —asintió—. Sale. ¿Por qué no? Está más cerca del campus.

Cath saltó en un gran charco y empapó a Wren hasta los muslos. Wren se apartó gritando. Había valido la pena. Total, Cath ya tenía los pies empapados.

—Por el amor de Morgan, Simon, frena —Penelope tendió el brazo para impedirle el paso y echó una ojeada a su alrededor. Un resplandor irreal iluminaba el patio—. Hay más de un camino para cruzar una puerta en llamas.

CAPÍTULO 36

Cath llevaba cuatro horas escribiendo, y cuando oyó que llamaban a la puerta tuvo la sensación de que estaba al fondo de un lago, mirando el sol.

Era Levi.

—Eh —lo saludó Cath. Se puso los lentes—. ¿Por qué no me has enviado un mensaje? Podría haber bajado.

—Lo he hecho —contestó él antes de darle un beso en la frente.

Ella se sacó el teléfono del bolsillo. Se había perdido tres mensajes y una llamada. Había dejado el teléfono sin sonido.

—Lo siento —se disculpó, negando con la cabeza—. Enseguida tomo las cosas.

Levi se apoltronó en la cama y la miró. Verlo allí sentado, apoyado contra la pared, le trajo a Cath tantos recuerdos y le inspiró tanta ternura que se subió a la cama y empezó a besarlo por toda la cara.

Él sonrió y la envolvió con su largo brazo.

—¿Te queda mucho trabajo?

—Sí —repuso Cath mientras le frotaba la barbilla con la suya—. Horas y horas antes de irme a dormir.

—¿Le has enseñado algo a tu profesora?

Cath le estaba mordiendo la barbilla cuando oyó la pregunta. Se apartó y miró las marcas en la piel.

—¿A qué te refieres?

—¿Se la has ido presentando parte por parte o quieres esperar a que la historia esté acabada?

—Yo... he estado trabajando en *Adelante*.

—Eso ya lo sé —repuso él, sonriendo y acariciándole el cabello—. Te preguntaba por el relato de Escritura Creativa. Quiero que me lo leas cuando lo hayas terminado.

Cath se sentó en la cama. Las manos de Levi no dejaron de acariciarla.

—No..., no lo voy a escribir —respondió.

La sonrisa de Levi se esfumó. No entendía a qué se refería Cath.

—No lo voy a escribir —declaró—. Fue un error prometer que lo haría.

Las manos de Levi se crisparon sobre el cuerpo de Cath.

—No, no lo fue. ¿De qué hablas? ¿No has empezado?

Ella se apartó aún más. Se bajó de la cama y se encaminó al escritorio.

—Me equivoqué al decirle a la profesora que podía hacerlo; no puedo. No se me ocurre nada; me sobrepasa. Ni siquiera estoy segura de poder acabar *Adelante*.

—Claro que lo acabarás.

Cath lo miró enfurruñada.

—Sólo tengo nueve días.

Levi parecía confuso. Y puede que un poco herido.

—Faltan doce días para que se acabe el semestre. Y sólo catorce para que me marche a Arnold pero, por lo que yo sé, tienes el resto de la vida para terminar *Adelante*.

La expresión de Cath se endureció.

—No lo entiendes —dijo—. Tú no entiendes nada.

—Pues explícamelo.

—*Simon Snow y el octavo baile* se publica dentro de nueve días.

Levi se encogió de hombros.

—¿Y?

—Pues que llevo trabajando dos años para este momento.

—¿Para terminar *Adelante*?

—Sí, y tengo que acabarlo antes de que el último libro de la serie se ponga a la venta.

—¿Por qué? ¿Acaso Gemma Leslie te desafió a una carrera?

Cath se guardó en la mochila el cable enrollado.

—No lo entiendes.

Le temblaban las manos cuando se puso la chaqueta, una gruesa prenda de punto trenzado, con flecos en la orilla.

—Lo que no entiendo es cómo puedes mandar a volar esa asignatura, dos veces —le reprochó Levi, enfurruñado y agitado—. A mí me toca ganarme a pulso cada uno de mis aprobados; mataría por tener una segunda oportunidad en casi todas las asignaturas. Y tú renuncias a Escritura Creativa porque no tienes ganas de hacer un trabajo, porque tienes que acabar otra cosa en un plazo totalmente arbitrario y porque no ves más allá de tu nariz.

—No quiero hablar de esto —replicó Cath.

—No, tú no quieres hablar y punto.

—Tienes razón. Ahora mismo no tengo tiempo para discutir contigo.

Aquella frase estaba fuera de lugar. Levi levantó la cabeza, herido. Cath farfulló buscando algo más que decir, pero no se le ocurría nada apropiado.

—Será mejor que me quede aquí esta noche.

Los ojos de Levi resbalaron sobre ella, más fríos de lo que Cath habría creído posible. Dos profundas arrugas le surcaban el entrecejo.

—Muy bien —dijo él, poniéndose en pie—. Nos vemos dentro de nueve días.

Levi abandonó la habitación antes de que ella pudiera tartamudear:

—¿Qué?

Cath no había querido declarar una batalla campal de nueve días, sólo escapar por aquella noche. No tenía tiempo para sentirse culpable por Escritura Creativa. El mero hecho de pensar en aquel estúpido relato la hacía sentir desgarrada y expuesta.

Tendida en la cama, se echó a llorar. La almohada no olía a Levi. No olía a ninguno de los dos.

Él no lo entendía.

Cuando el último libro de *Simon Snow* se publicara, todo habría terminado. Todos aquellos años imaginando y recreando. Gemma T. Leslie tendría la última palabra, y eso sería todo; cuanto Cath había creado a lo largo de aquellos dos años se convertiría en un universo alternativo. Oficialmente no compatible.

La idea le arrancó una patética risilla llorosa contra la almohada.

Como si ganarle a Gemma T. Leslie por la mano cambiara algo.

Como si Cath de verdad pudiera hacer que Baz y Simon vivieran felices por siempre sólo por ponerlo por escrito. *Lo siento, Gemma, te agradezco todo lo que has hecho, pero creo que todos podemos estar de acuerdo en que la historia debería acabar así.*

Aquello no era una carrera. Gemma T. Leslie ni siquiera sabía que Cath existía. Gracias a Dios.

Y sin embargo..., cuando cerraba los ojos, Cath sólo veía a Simon y a Baz.

Mentalmente, los oía hablar. Eran suyos y siempre lo habían sido. Se amaban porque ella pensaba que era así. Necesitaban que Cath lo pusiera todo en su sitio. Necesitaban que los sacara adelante.

Baz y Simon en la cabeza. Levi en el vientre.

Levi en alguna parte, lejos de allí.

Dentro de nueve días, todo habría terminado. Dentro de doce días, Cath dejaría de ser una alumna de primero. Y dentro de catorce...

Por Dios, pero qué idiota era.

¿Acaso siempre se iba a portar como una cretina? ¿Toda su triste vida?

Lloró hasta que no le quedaron lágrimas. Luego se levantó de la cama a trompicones y bebió agua. Cuando abrió la puerta, encontró a Levi sentado en el pasillo, con las piernas dobladas, encorvado hacia delante. Alzó la vista cuando la vio salir.

—Soy un idiota.

Cath se arrodilló y lo abrazó.

—No puedo creer que te haya dicho eso —siguió hablando él—. No puedo pasar ni nueve horas sin verte.

—No, tienes razón —arguyó Cath—. Me he portado como una loca. Todo esto es una locura. Ni siquiera es real.

—Yo no quería decir eso. Sí que es real. Tienes que terminarlo.

—Sí —asintió ella mientras le besaba la barbilla y decidía dónde besarlo a continuación—. Pero no hoy. Tenías razón. Hay tiempo. Me esperarán.

Cath metió las manos en los bolsillos de su abrigo.

Levi la cogió por los hombros.

—Haz lo que tengas que hacer —le dijo—. Pero déjame estar contigo. Durante las próximas dos semanas, ¿de acuerdo?

Ella asintió. Catorce días. Con Levi. Luego, el telón caería por aquel curso.

—A lo mejor no se trata de luchar con él —dijo Simon.

—¿Qué?

Con la espalda apoyada contra un árbol, Baz intentaba contener el aliento. Las greñas le caían sobre la cara como raíces pringosas e iba todo manchado de barro y sangre. Seguro que el aspecto de Simon era aún peor.

—No pensarás rendirte ahora —objetó Baz. Cogió a Simon por los broches de la capa y lo atrajo hacia sí, con furia—. No te dejaré.

—No voy a rendirme —aclaró—. Es sólo que… A lo mejor enfrentarme a él no es la solución. No lo fue contigo.

Baz enarcó una ceja con un gesto elegante.

—¿Te vas a besuquear con el Humdrum, pues? ¿Ése es tu plan? Porque sólo tiene once años. Y es igualito a ti. Eso sería narcisista además de pervertido, Snow, incluso tratándose de ti.

Simon se las arregló para soltar una carcajada y cogió a Baz por el cuello con fuerza.

—No sé lo que voy a hacer. Pero estoy harto de enfrentamientos. Si seguimos así, no quedará nada por lo que luchar.

(De *Adelante, Simon*, subido en abril de 2012 a FanFixx.net por Magicath.)

Capítulo 37

—Cather.

—Mmmmmm.

—Eh, despierta.

—No.

—Sí.

—¿Por qué?

—Tengo que irme a trabajar. Si no me marcho enseguida, llegaré tarde.

Cath abrió los ojos. Levi ya se había levantado y se había puesto su gótico uniforme del Starbucks. Olía a primavera irlandesa.

—¿Me puedo quedar?

—¿Aquí?

—Sí.

—Pero no podrás irte en todo el día.

—Me gusta estar aquí. Y, de todas formas, sólo tengo que escribir.

Levi sonrió.

—Bueno…, claro. Traeré la cena… Escribe todo lo que tengas que escribir —dijo—. Dales recuerdos a Simon y a Baz de mi parte.

Cath creyó que volvería a dormirse, pero no pudo. Se levantó y se bañó (ahora olía como Levi), aliviada de no ver a nadie más en el descansillo. Por lo menos uno de los inquilinos estaba en casa. Se oía música.

Volvió a subir al dormitorio de Levi. La noche anterior había sido cálida y se habían dormido con la ventana abierta. Pero el tiempo había cambiado y hacía frío ahora, sobre todo con el pelo mojado. Tomó la laptop y, colocándosela sobre el regazo, se acurrucó bajo la colcha. No quería cerrar la ventana.

Pulsó el botón de encendido y aguardó a que la computadora arrancara. Luego abrió un documento Word y contempló el cursor, que parpadeaba ante ella. Diez mil palabras y ninguna tenía que ser buena; sólo las iba a leer otra persona. Daba igual por dónde comenzara, siempre y cuando terminara. Cath empezó a teclear...

Me senté en las escaleras traseras.

No.

Se sentó en las escaleras traseras.

Las palabras se le antojaban pesadas y dolorosas, como si Cath se las estuviera arrancando una a una del estómago.

Un avión sobrevoló la casa y supo que no debía estar allí, no debía estar allí ni mucho menos. Su hermana también lo sabía, porque le apretó la mano como si las dos fueran a desaparecer si no lo hacía.

No era muy bueno, pero era algo. Cath siempre podía cambiarlo más tarde. Aquello era lo bueno de acumular palabras; cuantas más había, menos valor tenían. Estaría bien volver atrás y suprimir aquel párrafo cuando se le hubiera ocurrido algo mejor.

El avión volaba tan bajo, planeaba tan perezoso por el cielo, que cualquiera habría pensado que sólo estaba escogiendo el tejado perfecto para aterrizar. Oían el motor; sonaba más cerca que los gritos del interior de la casa. Su hermana levantó los brazos como para tocarlo. Como si quisiera agarrarse.

La chica apretó la mano de su hermana, para que no saliera volando. *Si te vas,* pensó, *me voy contigo.*

A veces, escribir se parece a correr cuesta abajo. Los dedos vuelan por delante de ti en el teclado igual que hacen las piernas cuando no pueden resistir del todo la atracción de la gravedad.

Cath bajaba y bajaba, dejando tras de sí una estela de palabras confusas y malas comparaciones. A veces, le temblaba la barbilla. En un par de ocasiones tuvo que secarse los ojos con la manga.

Cuando hizo un descanso, advirtió que se moría de hambre, y tenía tantas ganas de hacer pis que estuvo a punto de no llegar al cuarto de baño del tercer piso. Encontró una barrita de proteínas en la mochila de Levi y volvió a meterse en la cama. Siguió escribiendo hasta que le oyó subir las escaleras a toda prisa.

Cerró la laptop antes de que se abriera la puerta; y al ver su rostro sonriente casi se le saltaron las lágrimas, directamente desde la garganta.

—Deja de dar saltitos —lo riñó Wren—. Parecemos frikis.

—Claro —dijo Reagan—. Parecemos frikis precisamente por eso. Por los saltitos.

Levi sonrió a Cath.

—Lo siento. Es que me estoy contagiando del ambiente.

Levi le había cogido prestada la camiseta roja de *Adelante,* y la llevaba encima de otra negra de manga larga. Por alguna razón, la imagen de Baz y Simon sobre el pecho de Levi ponía a Cath a cien.

—Tranquilo —le dijo.

Ella también se estaba contagiando del ambiente. Llevaban más de dos horas haciendo cola. En la librería sonaba la banda sonora de *Simon Snow* y había gente por todas partes. Cath reconoció a unas cuantas personas de las fiestas de lanzamiento anteriores; era como si formaran parte de un club que se reunía cada par de años.

11:58

Los libreros empezaron a sacar grandes cajas; unos embalajes especiales, de color azul oscuro con estrellas doradas. La encargada de la tienda se había puesto una capa y un gorro de bruja acabado en punta que no pintaba nada allí. (En Watford, nadie llevaba gorros picudos.) La mujer se sentó y dio unos golpecitos a la caja registradora con una varita mágica que nadie salvo Campanilla habría llevado. Cath puso los ojos en blanco.

—Ahórrate el teatro —dijo Reagan, mirando a la mujer con impaciencia—. Mañana tengo un final.

Levi daba saltitos otra vez.

La encargada llamó a la primera persona de la fila con ademanes muy ceremoniosos y todos los presentes aplaudieron. La fila comenzó a avanzar y unos minutos después llegó el turno de Cath. La librera le tendió un libro de casi ocho centímetros de grosor. La sobrecubierta parecía de terciopelo.

Aferrando el libro con ambas manos, Cath se apartó de la caja registradora para no estorbar. En la portada, aparecía Simon bajo un cielo estrellado blandiendo la Espada de los Hechiceros.

—¿Estás bien? —oyó que le preguntaba alguien (¿Levi?)—. Eh..., ¿estás llorando?

Cath acarició la cubierta y siguió con los dedos la tipografía dorada.

En aquel momento, alguien corrió hacia ella y le empujó el libro contra el pecho. Dos libros contra el pecho. Cath alzó la vista y vio a Wren, que le pasaba un brazo por los hombros.

—Las dos están llorando —oyeron decir a Reagan—. No quiero ni mirar.

Cath sujetó el libro con una mano para rodear a su hermana con el otro brazo.

—No puedo creer que esto haya terminado —le susurró.

Wren la estrechó con fuerza y negó con la cabeza. Lloraba a lágrima viva.

—No seas tan melodramática, Cath —se rio con voz ronca—. Nunca terminará... Es Simon.

Simon dio un paso hacia el Humdrum. Jamás se había acercado tanto. Apenas podía soportar el calor y el poder de absorción que emanaban de él; creyó que el Humdrum le arrancaría el corazón del pecho, los pensamientos del cerebro.

—Mi propia ambición te creó —dijo Simon—. Mi necesidad de magia.

—Tus capacidades me crearon —replicó el Humdrum.

Simon se encogió de hombros, lo que fue un esfuerzo enorme en presencia del Humdrum, bajo una presión tan inmensa.

El joven mago se había pasado toda la vida, o más bien los últimos ocho años, buscando la manera de convertirse en un mago más poderoso, de estar a la altura de su destino; de llegar a ser el tipo de mago, quizá el único, capaz de vencer al Insidioso Humdrum.

Y lo único que había conseguido había sido otorgar más poder a su gran enemigo.

Simon dio el último paso adelante.

—Ya no siento esa ansia.

(Capítulo 27 de *Simon Snow y el octavo baile,* copyright de Gemma T. Leslie, 2012.)

Capítulo 38

Aquélla sería la última noche de viernes en la residencia Pound.

Había un chico en su habitación.

En la cama de Cath, ocupando mucho más espacio del que le correspondía y comiéndose lo que quedaba de mantequilla de cacahuate.

El chico se sacó la cuchara de la boca.

—¿Lo has entregado?

—Lo he metido por debajo de la puerta. Se lo enviaré también por email, por si acaso.

—¿Me lo vas a leer?

—Bah —sacó *El octavo baile* de la mochila y lo tiró a la cama—. Lo primero es lo primero. Hazme un sitio.

Levi arrugó la nariz e intentó quitarse los restos de mantequilla de cacahuate con la lengua.

Cath le empujó el hombro y él sonrió. Se apoyó contra la almohada y dio unas palmadas a la cama entre sus piernas dobladas. Ella se acomodó entre las largas patazas y Levi la rodeó con los brazos para atraerla hacia sí. Cath notó el roce del mentón en la coronilla.

—¿Me vas a llenar el pelo de mantequilla de cacahuate?

—Sólo como medida preventiva. Así cuando te escupa el chicle, no se pegará.

Cath abrió el libro e intentó encontrar por dónde iban. Era un tronco inmenso. Llevaban dos días leyendo, aprovechando los ratos libres entre las horas de estudio y los finales, pero aún les quedaban cuatrocientas páginas. Levi se marcharía dentro de una semana y Cath pensaba leer hasta quedarse sin aire.

—No puedo creer que no me lo hayan machacado ya —comentó ella.

—Yo pensaba dejarte machacada más tarde, pero si quieres, empezamos por ahí...

—Hoy he comido con Wren y ha estado a punto de arruinarme el final cuatro veces. No me atrevo ni a entrar en internet. Los comentarios bullen por todo FanFixx...

—Yo he escrito un cartel para pegármelo al delantal que pone: "No me digas cómo termina *Simon Snow*".

—A lo mejor debería escribírmelo en la frente —comentó Cath.

—Podríamos convertirlo en parte del machaque...

—¿Recuerdas dónde lo dejamos? He perdido el punto.

—Página trescientos diecinueve. El Humdrum había lanzado a los lobos de mar contra el colegio y los bichos andaban de acá para allá arrastrando las aletas, mojándolo todo y mordisqueando a los niños pequeños. Entonces nuestra heroína, Penelope Bunce, pronuncia un hechizo que provoca una lluvia de plata...

—Perdona, pero creo que es Baz quien pronuncia el hechizo.

—Va, pero Penelope está allí. Se vale de ella.

—Página trescientos diecinueve —lo cortó Cath—. ¿Listo?

Levi le dio unos apapachos, la besó en el cuello unas cuantas veces y luego se lo mordió, atrapó a Cath entre las rodillas y la estrujó.

—Listo.

Cath se imaginó a Levi cerrando los ojos. A continuación, carraspeó.

La plata rebotó como mercurio en la piel de Simon, pero se pegó al pelo de los lobos de mar. Los ojos amarillos se inyectaron en líneas grises y las bestias se desplomaron con un chapoteo.

Simon contuvo el aliento y miró la hierba que lo rodeaba. Todos los lobos de mar se habían desmayado y Penelope se llevaba a los niños pequeños a la seguridad relativa del castillo.

Baz recorrió el jardín a grandes zancadas en dirección a Simon al mismo tiempo que se quitaba la plata de la capa negra. Ni siquiera se molestaba en ocultar los colmillos; Simon alcanzaba a verlos desde donde estaba.

El heredero ciñó con más fuerza la empuñadura de la Espada de los Hechiceros y la esgrimió a modo de advertencia.

Baz se detuvo delante de él y suspiró.

—No fastidies, Snow.

Simon cogió la espada con más fuerza.

—¿De verdad piensas que quiero luchar contigo? —preguntó Baz—. ¿Ahora?

—¿Y en qué se diferencia el día de hoy de cualquier otro de nuestras vidas?

—Hoy estamos librando una guerra. Y la estamos perdiendo. Tú vas perdiendo... por una vez. Y no resulta ni mucho menos tan divertido como siempre creí que sería.

Simon se dispuso a objetar: a decir que no iban perdiendo, que él jamás permitiría que perdieran aquella guerra... pero no tuvo el valor de decirlo. Le asustaba, le aterrorizaba que Baz estuviera en lo cierto.

—¿Qué quieres, Baz? —preguntó con debilidad. Se llevó la espada al costado.

—Quiero ayudarte.

Simon lanzó una carcajada y se enjugó la cara con la manga. Manchas de sangre y plata se extendieron por su piel.

—¿De verdad? Tendrás que disculparme si no te tomo en serio, teniendo en cuenta que te has pasado ocho años intentando matarme y demás.

—Pero ¿no ves que, si de verdad hubiera querido matarte, ya lo habría hecho a estas alturas? —Baz enarcó una ceja oscura—. No soy tan inepto, ¿sabes? Más bien pretendía hacerte desgraciado... y robarte la novia.

Los dedos de Simon se crisparon en la empuñadura de la espada. Baz dio un paso hacia él.

—Snow, si pierdes, todos perdemos. Puede que quiera vivir en un mundo sin ti... y en un mundo sin el tirano de tu padre. Pero no deseo un mundo sin magia. Si el Humdrum gana...

Simon observó el pálido rostro de Baz, su grave semblante y sus ardientes ojos grises. En ocasiones, tenía la sensación de que conocía aquellos ojos mejor que los suyos propios...

Levi soltó una risilla.

—Chist —lo hizo callar Cath—. No puedo creer que esto esté pasando...

...ocasiones en que se sentía capaz de interpretar las expresiones de su enemigo mejor que las de ninguna otra persona. Mejor incluso que las de Agatha.

—Deja que te ayude —dijo Baz.

Simon advirtió algo en su voz que no reconoció. Sinceridad, tal vez. Vulnerabilidad.

Se decidió al instante. (No sabía hacer las cosas de otro modo.) Asintió y se envainó la Espada de los Hechiceros. Luego se secó la mano en los jeans y se la tendió a Baz.

Baz miró a Simon con la misma rabia que siempre, y Simon se preguntó si no habría demasiada animosidad —demasiada historia— entre ellos para salvar la brecha. Demasiado que dejar de lado o que superar.

Todas las maldiciones.

Todos los hechizos.

Todas las veces en que habían rodado por el suelo entrechocando espadas e intercambiando puñetazos, agarrando la garganta del otro...

Y entonces Baz se la estrechó.

Los dos magos, ahora dos jovencitos, se dieron la mano y, por un instante, no albergaron nada más (¿qué más podían albergar?) que entendimiento mutuo.

—¿Y qué pasa con Agatha? —preguntó Simon cuando el momento pasó y sus manos se separaron.

Baz sonrió y echó a andar por la empinada cuesta que conducía al castillo.

—No seas bobo, Snow. Jamás renunciaré a Agatha.

EPÍLOGO

El problema de jugar al escondite con tu hermana es que a veces se aburre y deja de buscarte.

Y allí estás tú, debajo del sofá, dentro del armario, agazapada detrás de un arbusto, empeñada en no rendirte por si acaso sólo está haciendo tiempo. Pero puede que se haya marchado…

A lo mejor está en el salón, viendo la tele y acabándose la bolsa de onduladas.

Esperas. Esperas hasta olvidar que estás esperando, hasta perder de vista que existe algo más allá de la quietud y el silencio; una hormiga trepa por tu rodilla y no mueves ni un dedo. Ya da igual si te busca o no; te basta con esconderte. (Ganas si nadie te encuentra, aunque no te estén buscando.)

Y sólo sales de detrás del árbol cuando tú quieres. Es el primer aliento tras una

larga inmersión. Las ramillas chasquean
bajo tus pies, y el mundo te recibe, más cálido y brillante. *Esté lista o no, allá voy.*
Allá voy, esté lista o no.

(De *Sola*, por Cather Avery, ganadora del
premio para estudiantes universitarios
Prairie Schooner, otoño de 2012.)